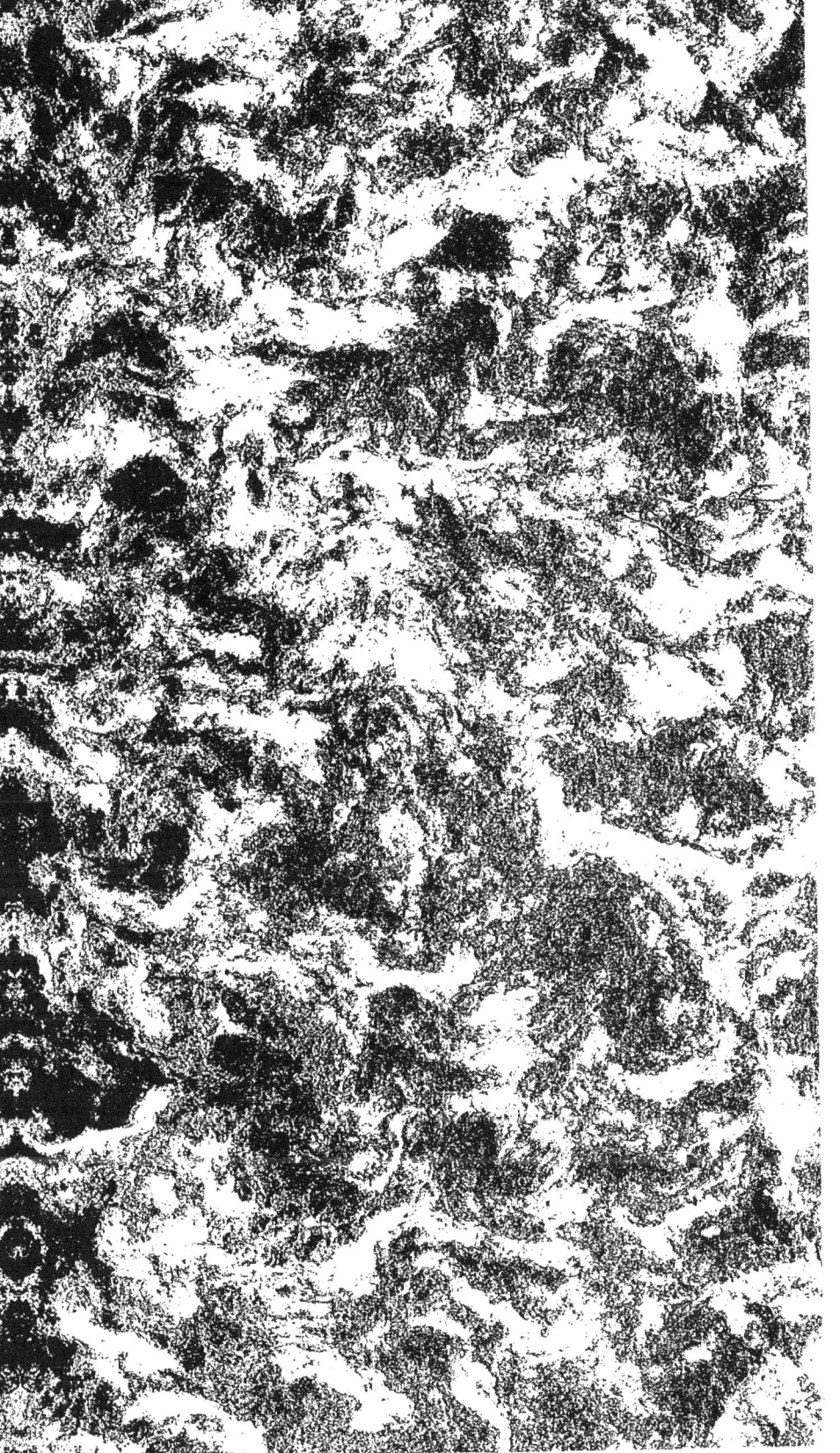

·G.BÉREAUX 1987

JEAN VAUQUELIN

SIEUR DE LA FRESNAIE 181

IL A ÉTÉ TIRÉ DE CET OUVRAGE :

200 exemplaires in-8º carré fur papier vergé de Hollande.
 25   —   in-8º jéfus   —   —
  2   —   —   fur vrai papier de Chine.

Quelques exemplaires ont été tirés fur papier vélin ordinaire & ne feront pas mis dans le commerce.

LES

DIVERSES POÉSIES

DE

JEAN VAUQUELIN

SIEUR DE LA FRESNAIE

Publiées & annotées

PAR

JULIEN TRAVERS

Tome I

A CAEN

DE L'IMPRIMERIE DE F. LE BLANC-HARDEL

Rue Froide, 2

M. D. CCC. LXIX

PRÉFACE.

'IL eſt un poète français dont la réimpreſſion ſoit vivement déſirée, c'eſt à coup ſûr Vauquelin de la Freſnaie (1). Son recueil de 1605 eſt devenu ſi rare que des exemplaires médiocres ſe paient de trois à cinq cents francs, indépendamment de la reliure, — & n'en a pas qui veut, même à ce prix! car il n'en exiſte qu'un très-petit nombre. Un biographe le porte à cinq ou ſix : c'eſt trop peu ; nous en connaiſſons, nous, une quinzaine. Peut-être en trouverait-on le double, ce qui, dans tous les cas,

(1) Nous ſuivons pour *la Freſnaie* l'orthographe employée par l'auteur ſur le titre de ce recueil, comme ſur le titre des *Foreſteries* (1555), orthographe qu'il a très-capricieuſement variée en écrivant *de la Freſnée, de la Frénée, de la Frénée, de la Frénaïe, de la Freſnaïe, de la Frenaye, de la Freſnaye.*

ferait loin de répondre au défir légitime qu'ont d'en pofféder les amateurs de notre vieille poéfie.

Les inftances qu'on a faites depuis une dizaine d'années pour nous déterminer à céder le nôtre, nous ont fait réfléchir & nous ont enfin décidé à réimprimer le précieux volume. En l'offrant au public d'éiite qui nous encourage, nous allons préfenter un compte-rendu préliminaire de notre édition.

Avant de la commencer (qu'on nous pardonne cet aveu!), nous n'avions pas une idée bien nette de la difficulté de l'entreprife. Nous avions lu Vauquelin à l'époque, déjà reculée, où M. Sainte-Beuve venait d'appeler l'attention des littérateurs fur la Pléiade, qui avait pour chef le vendômois Ronfard, & dont notre poète bas-normand méritait d'être une étoile. Nous ne favions pas ou nous avions oublié à quel point l'œuvre du fieur de la Frefnaie eft défectueufe fous le rapport de la correction typographique.

Réfolu à confoler, autant qu'il nous ferait poffible, les nombreux amateurs qui foupiraient après la poffeffion du recueil de 1605, nous ne voulions d'abord que le reproduire en caractères italiques fe rapprochant de ceux de Charles Macé, & page pour page, en nous conformant à l'orthographe & à la ponctuation primitives, sauf à corriger les quelques fautes fignalées dans l'*errata* de l'édition princeps. Nous avons fuivi ce fyftème dans le titre, la préface & le privilége; mais dès les premières feuilles de l'ART POETIQVE, nous avons cru devoir l'abandonner, & plus nous avons avancé dans notre pénible travail, plus nous nous fommes *mis à l'aife en reftant efclave.*

Refter efclave eft la loi d'un éditeur qui a confcience de fon devoir de fidélité, tout à la fois, envers fon auteur & envers fes lecteurs. Cette loi, nous l'avons fuivie en reproduifant, page pour page, le texte de 1605, & fon orthographe irrégulière, ou hafardée, ou fantaififte, & fa ponctuation également irrégulière, également hafardée & parfois très-anormale. Notre efclavage cependant a eu fes bornes, & voici dans quel fens nous nous fommes *mis à l'aife.*

Tout en nous gardant de rien rajeunir, nous avons été prefque forcément amené par le bon fens à ne pas refpecter des fautes groffières, dues évidemment à la négligence de l'imprimeur. S'il ajoute une fyllabe & eftropie un vers par maladreffe; s'il coupe mal à propos une phrafe en deux; s'il fait pis encore, s'il introduit un alinéa qui interrompt tout rapport entre le commencement & la fin d'une période, de manière

à jeter les ténèbres là où la fimple virgule
primitive avait mis la clarté, ne faut-il pas
fupprimer le point frauduleux, l'abfurde alinéa,
& rétablir la virgule de l'auteur ?

Notre fidélité fyftématique a généralement ref-
pecté les variantes de l'orthographe : *même*, par
exemple, écrit *mefme, même, méme*, à quelques
vers de diftance ; — les initiales de certains mots
avec grandes ou petites lettres, fans autre règle
que le caprice; — les *é* fermés avant la dernière
fyllabe, employés dans les premières feuilles de
l'ouvrage & plus loin définitivement abandonnés;
— les lettres doubles fupprimées, & les lettres
fimples doublées fans motif; — *ou* conftamment
écrit fans accent, qu'il foit adverbe ou con-
jonction; — *là*, adverbe, tantôt avec & tantôt
fans accent; — les terminaifons en *aux*, en *oux*,
tantôt avec une *s* & tantôt avec une *x*; — les
traits d'union admis ou rejetés dans le même
mot de la même page; la terminaifon *é* pour *ai*,
à la première perfonne du paffé défini; — la première de l'imparfait en *oy* & en *ois* indiffé-
remment; — *avec* écrit *auec, aueque, auecque,
auecques;* — beaucoup de mots réunis, comme
d'autrepart, derechef, depres; — d'autres féparés,
comme *au tour, au parauant, bien toft;* —
&c., &c., &c.

Mais quand une lettre a été omife, comme l'*e* final de *fublime,* écrit *fublim* par erreur, nous n'avons pas craint de compléter le mot.

La ponctuation nous a trouvé auffi docile que l'orthographe. Nous n'avons pas fubftitué les règles modernes aux règles anciennes, ou, fi l'on veut, aux ufages plus ou moins arbitraires de la fin du XVIe fiècle & des premières années du XVIIe : nous avons laiffé les deux points pour des virgules, les virgules pour des deux points, autant que le fens n'en était pas trop obfcurci ; mais quand la clarté nous en a fait une loi, nous n'avons pas héfité à remonter à 260, à 280 ans en arrière, & à prendre, felon nos forces, le rôle de correcteur & de prote de ce temps-là.

Ce rôle de prote habile, de bon correcteur d'épreuves d'une époque quelconque eft celui que doit remplir l'éditeur des œuvres de cette époque. Nous l'avons ambitionné dans le cours de notre long & faftidieux travail, & ce n'eft pas notre faute fi nous n'avons pas atteint tout d'abord la perfection d'un fyftème auffi raifonnable. Quelques inadvertances ont pu nous échapper (il en échappe aux Didot, aux Claye, aux Jouauft, même à l'Imprimerie impériale) : qu'on nous les pardonne en compenfation des centaines d'autres que nous avons fait difparaître ;

car, il faut qu'on le fache, & nous l'avons indiqué plus haut, l'impreffion de 1605 eft très-négligée, & il n'y a qu'une édition! & les manufcrits de l'auteur n'ont pas été confervés par la famille! La famille? elle eut fi peu de fouci de fon grand homme, qu'elle eft accufée d'avoir contribué à la rareté actuelle en détruifant le plus d'exemplaires poffible d'un livre aujourd'hui très-recherché. — Peut-être s'imagina-t-elle que le noble feigneur de la Frefnaie dérogeait en fe livrant ainfi aux cenfures des vilains : Frédéric Galeron le croyait, d'après des traditions qui lui femblaient vraifemblables; — peut-être les paffages trop libres que l'amour-propre du poète ne fut point facrifier à fa grande pofition dans la magiftrature, firent-ils rougir, non fon fils des Yveteaux, fort aguerri contre toutes les hardieffes, mais quelque refpectable parente dont les fcrupules fe comprennent.

Nous qui ne voulons point pouffer le rigorifme plus loin que les Jéfuites de Caen, qui donnaient l'ouvrage en prix à leurs élèves 121 ans après fa publication (1), nous le réimprimons en

(1) Une page ajoutée en tête de notre exemplaire, portant le fceau de la Société des Jéfuites & la fignature du P. Du Tertre, conftate que le volume a été donné pour fecond prix de verfion, dans la claffe de 3ᵉ, à Charles de Chaumont, élève

fon entier, non pour la jeuneffe, peu foucieufe aujourd'hui de nos vieux poètes, mais pour les hommes de goût, pour les amateurs paffionnés de nos richeffes littéraires.

Comme l'œuvre de Vauquelin eft confidérable, nous avons fuivi l'exemple qu'on nous avait donné, il y a bien longtemps. Il y a plus d'un fiècle, en effet, qu'on avait divifé le recueil en deux tomes auxquels on avait adapté des titres nouveaux. Nous ferons également un premier tome de l'Art poetiqve & des cinq livres des Satyres. Les autres œuvres compoferont le fecond, qui fera groffi par un travail fur la vie & les œuvres de Vauquelin de la Frefnaie, & de notes littéraires, hiftoriques, géographiques, &c., pour l'intelligence de paffages affez difficiles. Nous défefpérons de tout éclaircir; mais nous n'imiterons pas les commentateurs qui fe donnent des peines infinies pour diffimuler leur ignorance. Il y a des contemporains de notre poète qui n'ont plus de nom depuis longtemps, ou dont nous n'avons pas rencontré la trace; Vau-

de leur collége, à Caen, le 7 août 1726. Les poéfies de Vauquelin étaient donc affez communes au fiècle dernier; les obfcénités qui s'y rencontrent n'empêchaient pas de les mettre inconfidérément aux mains des écoliers. Le problème de leur rareté n'en eft que plus difficile à réfoudre.

quelin fait parfois allufion à des faits peu connus ou fort oubliés : nous renonçons à découvrir ce qu'ont en vain cherché plufieurs de nos plus favants amis ; mais nous rappelons , dans un grand nombre de notes , des fouvenirs claffiques (tous les poètes du temps font pleins de l'antiquité) ; nous faifons connaître des perfonnages qui furent liés avec Vauquelin , des localités obfcures dont il parle & qui ne font confignées dans aucun Dictionnaire géographique ; enfin nous expliquons quelques mots vieillis ou forgés par l'auteur avec trop de liberté.

Quelque longues & minutieufes que foient nos recherches , quelque fatigante que foit la révifion des épreuves , nous comptons publier le fecond volume en 1869. Notre zèle au travail répond à l'impatience d el'attente.

Caen , le 21 mars 1869.

LES

DIVERSES

POESIES DV

SIEVR DE LA FRES-

NAIE VAVQVELIN.

*Dont le contenu ſe void en
la page ſuiuante.*

EXPES   SPERO.

A CAEN,

Par CHARLES MACÉ, Imprimeur
du Roy.

M. DCV.

Auec priuilege de ſa Maieſté.

SOMMAIRE DV

contenu en ce Volume.

L'ART POETIQVE
LIV. III.

SATYRES LIV. V.

IDILLIES LIV. II.

EPIGRAMMES LIV. I.

EPITAPHES LIV. I.

DIVERS SONETS
LIV. I.

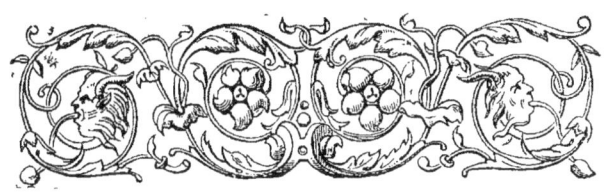

AV LECTEVR.

ECTEVR, ce font ici des vieilles & des nouuelles Poëfies : Vieilles, car la pluf-part font compofees il y a long temps : Nouuelles, car on n'efcrit point à cette heure, comme on efcriuoit quand elles furent efcrites. Si elles ne font telles qu'elles deuroient eftre, c'eft mon defaut : car de mon temps on

efcriuoit affez bien. Si elles ne font affez reueües & pollies, c'eft ma pareffe. Auffi que iamais ie ne m'oubliay tant, que ie laiffaffe mes affaires pour entendre à mes vers : Et me donnant garde que les Syrenes des Mufes ne m'abufaffent, ie me tenoy lié à ma profeffion toute contraire à leurs Chanfons, lefquelles ie n'ecoutoy qu'à mon grand loifir & aux heures ou d'autres s'ebatent à des exercices moins honneftes. Le Public donc ou i'eftois attaché, tous les troubles de ce Royaume auenus de mon âge & le foin de mon menage m'empefcherent de les reuoir & de les faire imprimer alors que leur langage & leur ftile euft efté, peut eftre, receu comme celuy de beaucoup qui firent voir leurs ouurages au mefme temps. Mais grand nombre des Poëtes de mon fiecle & de ceux à qui i'auoy donné de mes vers font trépaffez, & le Roy mort, par le commandement duquel i'auoy paracheué mon Art Poëtique : & quant & quant ces doux paffetemps tombez en tel mépris, que depuis on n'en a tenu guere de conte. Ce qui fera que ceux-ci venants hors de faifon & comme mets d'entree de table à la fin du difner, (ou comme ceux qui apres la dixiefme annee vinrent au fecours de Troye) ne feront fi bien receus qu'ils auroient efté du viuant de mes contemporains. C'eft pourquoy vn ancien difoit bien à propos, qu'il eftoit malaifé de rendre conte de fa vie deuant des hommes d'vn autre fiecle que de celuy auquel on auoit vefcu. Toutefois ne les pouuant changer ni r'accoutrer fuiuant la façon des habits de maintenant, ie les laiffe à leur naturel. Et me fouuenant qu'en AEtiopie encor que les plus grands & les plus beaux fuffent choifis pour eftre Rois, que pourtant ceux-la n'eftoient chaffez du Royaume, ni de la Chofe publique qui en la ftature & en la proportion des membres auoient eu la Nature moins fauorable : i'efpere ainfi, que mes vers en leur premier accoutrement pourront auoir quelque place entre les moindres, s'ils ne peuuent attaindre à la hauteur des grands. Sinon me voyant garanti par la defence de mes ans (& que la pofterité fera iuge des ouurages d'autruy & non ceux qui viuent) ie les laifferay au rang des vanitez du monde, dont ie me moqueray auec ceux qui s'en moqueront, ie te prie Lecteur d'en faire de mefme : car ie ne trouue plus rien ici bas d'admirable que les œuures de Dieu : aux volontez duquel, i'effaye

à me ranger & à me conformer de
forte, que quand il me faudra partir
pour aller à luy, ie m'y en aille volontairement & fans regret.

EXTRAICT DV PRIVILEGE
DV ROY.

PAR Lettres patentes du Roy, donnees à
Paris le vingt troifiefme iour de Decembre
mil fix cents quatre, fignees par le Roy en fon
Confeil Angenouft, & feellees du grand fceau en
cire iaune. Il eft permis au Sieur de la Frefnaie
Vauquelin, de faire imprimer, vendre & diftribuer fes Poefies Françoifes durant le temps de
dix ans, fans qu'autres que ceux qu'il y commet-
tra les puiffent imprimer, ou faire imprimer,
vendre & diftribuer, fur peine de confifcation
& d'amende arbitraire, comme il est plus am-
plement contenu éfdites Lettres.

Ledit fieur de la Frefnaie au fauuage, Saffi, Boeffey, les Yueteaux, les Aulnez, & d'Arri, Confeiller du Roy, & Prefident au Bailliage & Siege Prefidial de Caen, a tranfporté ledit Priuilege à Charles Macé, pour en iouir fuiuant l'intention de fa Maiefté, deuant les Tabellions Royaux à Caen, le vingt-troifiefme de Iuillet mil fix cents cinq.

L'ART
POETIQVE
FRANÇOIS,

Ou l'on peut remarquer la perfection & le defaut
des anciennes & des modernes poëſies.

AV ROY.

Par le sr. DE LA FRESNAIE VAVQVELIN.

LIVRE PREMIER.

 *IRE, ie conte ici les beaus enſeignemens*
De l'Art de Poëſie, & quels commen-
   cemens
Les Poëmes ont eu; quels auteurs, quelle
   trace
Il faut ſuiure qui veut grimper deſſus Parnaſſe.
  Muſes, s'il eſt permis d'enſeigner l'Art des vers,
Et montrer d'Helicon les ſaints écrins ouuers,

A

Que chacune de vous me montre ſa cachette,
Permettez que les huis de Cirrhe ie crochette,
Que ie monte en Parnaſſe ouurant vos cabinets,
Que ie cueille les fleurs des feconds iardinets
De Pimple & de Permeſſe : & que l'eau de Pirene
Ruiſſelle dans mes vers ſur la françoiſe arene.

   Apollon, pren pour moy ton Luth harmonieux,
Etoufe d'vn ſon doux le bruit calomnieux
De ceux qui blameront cette mode enſeignante
Pour ne ſentir aſſez ſa façon elegante.
Et vous, ô mon grand Roy, ſoyez le deffendeur
De l'ouurage duquel vous eſtes commandeur.

   Comme Dieu, grand ouurier, fiſt de rien toute choſe,
Son œuure auſſi de peu le Poëte compoſe :
Mais quand vn homme va pour vn plaiſant ſoulas,
Dans quelque beau iardin, dreſſé par entrelas
D'aires, de pourmenoirs & de longues allees,
Partis diuerſement en ſentes egallees ;
S'il marche dedaigneux par deſſus les plançons
Des aires, compartis en diuerſes façons,
Et qu'il rompe en paſſant les bordures tondues,
Et d'vn gentil dedal les hayettes fendues,
Au lieu d'aller ioyeux par les petits ſentiers,
Diuiſant le parterre en ſes diuers quartiers,
Le iardinier faſché de voir les pieds ſuperbes
De ce hautain gaſter ſon iardin & ſes herbes,
De mots iniurieux à luy s'adreſſera,
Et hors de ſon iardin, dépit le chaſſera.

   Ainſi quand le grand Dieu, iardinier de la terre,
Nous void marcher hautains au monde ſon parterre,

Hors de ſes chemins droits, les eſpaliers briſant,
Les berceaus & les fleurs de ſon iardin plaiſant,
Il nous chaſſe dehors : il luy déplaiſt que l'homme
Retenté de nouueau regouſte de la pomme :
Sa loy, ſes mandemens, ſentiers de la cité,
Sont chemins ou l'on peut marcher en ſeureté.

  SIRE, pareillement ſi quelcun plein d'audace,
Malin, outrecuidé vos Ediĉts outrepaſſe,
De vos grands Parlemens le ſeuere pouuoir
Le fait bien toſt ranger à ſon humble deuoir :
Voſtre image parlant en vos liĉs de iuſtice,
Fait de voſtre Royaume obſeruer la police,
Et voſtre bras vangeur pourſuit de toutes pars
Ceux qui vous irritant veulent irriter Mars.
Les Ediĉts de nos Roys, vos iuſtes ordonnances,
Doiuent à vos ſuiets ſer. ir de ſouuenances
Du trac, dont on ne doit iamais ſe detraquer,
Qui ne veut le couroux du prince prouoquer.

  De meſme en tous les arts formeȝ ſur la Nature,
Sans art il ne faut point marcher à l'auenture :
Autrement Apollon ne guidant point nos pas
Monter au double mont ne nous ſouffriroit pas,
Les chemins ſont traceȝ, qui veut par autre voye
Regaigner les deuants, bien ſouuent ſe ſouruoye :
Car nos ſçauans maieurs nous ont deſia tracé
Vn ſentier qui de nous ne doit eſtre laiſſé.

  Pour ce enſuiuant les pas du fils de Nicomache,
Du harpeur de Calabre, & tout ce que remache
Vide, & Minturne aprés, i'ay cet œuure apreſlé,
Sire, l'accommodant au langage vſité

De voſtre France, afin que la françoiſe Muſe
Sans Art à l'auenir ne demeure confuſe.
Mais qui ſelon cet Art du tout ſe formera
Hardiment peut oſer tout ce qui luy plaira
Eſcriuant en françois; ainſi voſtre langage
Par ces vers ne reçoit vn leger auantage,
Veu qu'il ſe trouue plus de comments mille fois
Au latin, que de vers en l'Art du Calabrois :
Et puis ce n'eſt pas peu de ioindre à vos domaines,
Sans dépence ou haſard les dépouilles Romaines.
Mais tout par art ſe fait, tout par art ſe conſtruit,
Par art guide les Naux le Nautonnier inſtruit,
Et ſur tous le Poëte en ſon dous exercice
Meſle auec la nature vn plaiſant artifice;
Teſmoin en eſt cet Art, qui par les vers conté
A tous les autres arts aiſément ſurmonté.

   Comme on void que les voix fortement entonnees
Dans le cuyure étrecy des trompettes ſonnees,
Iettent vn ſon plus clair, plus haut, plus ſouuerain,
Pour eſtre l'air contraint dans les canaux d'erain :
Ainſi les beaus deſſeins plus clairs on fait entendre,
De les ſoumettre aux loix qu'en proſe les étendre.
Premier cette raiſon fiſt aſſeruir les voix
Soubs l'air de la ſyllabe à conter par ſes doigs.

   L'inuention des vers eſtre des cieux venue,
Eſt vne opinion des plus ſçauans tenue,
Et le fils de Latone ils y font preſider,
Et les vierges qu'on fait en Pinde reſider,
Pour monſtrer que la ſource en eſt toute celeſte,
Ce qu'vn rauiſſement à pluſieurs manifeſte;

Car eſtants idiots de fureur ſainte epris,
Ils ſentent tellement éleuer leurs eſpris,
Et de Phœbus ſi fort échauffer leurs poitrines
Que, comme s'ils auoient apris toutes doctrines,
Ils chantent mille vers qu'on pourroit égaller
A ceux qui font la Muſe en Homere parler :
Puis quand cet éguillon plus ne les epoinçonne,
Ils remachent leurs vers, leur Muſe plus ne ſonne :
Et demeurants muets ils ſont émerueilleʒ,
Quel Ange auoit ainſi tous leurs ſens reueilleʒ,
Quel Bacchus leur auoit l'ame tant éleuee,
Et du Nectar des dieux tellement abreuuee,
Que ſans corps ils eſtoient en tel rauiſſement
Tireʒ iuſques au Ciel, ou le ſaint ſouſlement
De la bouche de Dieu leur halenoit en l'ame
Vne fureur diuine, vn rayon, vne flame,
Qui ſans art, ſans ſçauoir, les faiſoit tant oſer,
Qu'en tous arts ils vouloient & ſçauoient compoſer :
Cela fiſt que l'on vid maints doctes recognoiſtre,
Les Orateurs ſe faire, & les Poëtes naiſtre.
Et truchemens des dieux beaucoup les appeloient,
Croyans que par leur bouche aux humains ils parloient.
    On void auſſi que l'homme ayant dés la naiſſance
Le Nombre, l'Armonie & la Contrefaiſance,
Trois points que le Poëte obſerue en tous ſes vers,
Que de la ſont venus tous les genres diuers
Qu'on a de Poëſie : à raiſon que naiſſante
Premier cette Nature en tous contrefaiſante,
Fiſt que celuy qui fut enclin pour imiter,
S'enhardit peu à peu de nous repreſenter

Tous les geftes d'autruy, chanter à l'auenture,
Rapportant à la voix l'accort & la mefure;
Depuis il s'enfuiuit qu'en beaucoup de façons
Elle fut diuifee en l'efprit des garçons,
Selon que de leurs meurs la couftume diuerfe
A faire les pouffoit des vers à la trauerfe.
De la vint qu'on voyoit les fages genereux
Les geftes imiter des hommes valeureux :
Les prudens contrefaire vne vieille prudence,
Et mettre d'vn Neftor l'efprit en euidence,
En imitant leurs meurs, leurs belles actions,
Comme elles reffembloient à leurs intentions :
Les autres plus legers les actions legeres
Imitoient des mauuais : & comme harengeres
Touchoient l'honneur de tous, vfant de mots picquants,
Au contraire de ceux qui les dieux inuoquants,
Faifoient à leur honneur des Hymnes venerables,
Ou celebroient des bons les bontez fauorables :
De Nature ils eftoient pouffez à cet effet :
Nul ne penfoit à l'Art qui depuis s'en eft fait :
Mais l'vfage fift l'Art; l'Art par apprentiffage
Renouuelle, embellit, regle & maintient l'vfage :
Et ce bel Art nous fert d'efcalier pour monter
A Dieu, quand du nectar nous defirons goufter.
Le Nombre & la Mufique en leur douce Harmonie,
Sont quafi comme l'ame en la fainte manie
De tout genre de vers, de qui faut emprunter
Le fucre & la douceur pour les faire goufter.
*   Bien que la vigne foit auffi belle, auffi viue,*
Q'aucun autre arbriffeau qu'vn laboureur cultiue,

Il la faut toutesfois appuyer d'échalas,
Ou quelque arbre à plaisir luy bailler pour soulas :
Ainsi des autres Arts il faudra qu'on appuye
La Poësie, afin qu'elle en bas ne s'ennuye :
Le Lierre en la sorte en forme de serpent,
Sans son grand artifice en bas iroit rampant :
Aux arbres il s'attache, industrieux il grimpe
Par son trauail, plus haut que le coupeau d'Olimpe :
Il grauit contremont sur les antiques murs,
Il s'éleue collé dessus les chesnes durs,
Et sa force si bien haussant il etançonne,
Que plus ferme est son pied qu'vne ferme coulonne.
De mesme la Nature aux Arts a son recours,
Pour auoir vn soustien, pour auoir vn secours,
Qui ferme rend sa peine en plaisir égayee
De se voir par les fleurs de science étayee :
C'est pourquoy quand on fait par vn prix droicturier,
La couronne aux sçauans de verdoyant laurier,
(Signe que la verdeur d'immortelle duree
Aura contre le temps vne force asseuree)
On y met du lierre ensemble entrelassé,
Pour montrer que sans l'Art l'esprit est tost lassé :
Ainsi representoit l'Egiptienne écolle
Le Poëte parfait, par ce gentil symbolle.
Comme vn autre disoit, que de laict doucereux,
Pour montrer la Nature ; & de miel sauoureux.
Pour marquer l'artifice, on debueroit repaistre,
Celuy qui veut aux vers se faire appeler maistre,
Personne ne pouuant sans leur conionction
Iamais toucher au but de la perfection.

C'eſt vn Art d'imiter, vn Art de contrefaire
Que toute Poëſie, ainſi que de pourtraire.
Et l'imitation eſt naturelle en nous :
Vn autre contrefaire il eſt facile à tous :
Et nous plaiſt en peinture vne choſe hideuſe,
Qui ſeroit à la voir en eſſence facheuſe.
    Comme il fait plus beau voir vn ſinge bien pourtrait.
Vn dragon écaillé proprement contrefait,
Vn viſage hideux de quelque laid Therſite,
Que le vray naturel qu'vn ſçauant peintre imite :
Il eſt auſſi plus beau voir d'vn pinceau parlant
Dépeinte dans les vers la fureur de Roland,
Et l'amour forcené de la pauure Climene,
Que de voir tout au vray la rage qui les mene.
    Tant s'en faut que le beau, contrefait, ne ſoit beau,
Que du laid n'eſt point laid, vn imité tableau :
Car tant de grace auient par cette vray-ſemblance,
Que ſur tout agreable eſt la contrefaiſance.
    Donc s'vn peintre auoit peint vn beau viſage humain.
Y ioignant puis aprés d'vn trait de meſme main,
Vn haut col de cheual dont l'eſtrange figure
D'vn plumage diuers bigarraſt la nature,
Et qu'ores d'vne beſte, & qu'ores d'vn oyſeau
Il adioutaſt vn membre à ce monſtre nouueau,
Ses membres aſſemblant d'vne telle ordonnance,
Que le bas d'vn poiſſon euſt du tout la ſemblance,
Et le haut d'vne femme, ainſi qu'on dit qu'eſtoient
Celles qui de leurs voix les nochers arreſtoient :
Sire, venant à voir ce monſtre de Sirene,
De rire que ie croy vous vous t:endriez à peine.

Croyez, ô mon grand Roy, qu'en ce tableau diuers,
Semblable vous verrez vn beau liure en ces vers,
Auquel feintes feront diuerfes Poëfies,
Comme au chef d'vn fieureux font mille fantafies :
De forte que le bas ni le fommet auffi
Ne fe rapporte point à mefme forte icy :
Toutesfois tout le corps des figures dépeintes
Donnent vn grand plaifir ainfi qu'elles font feintes ;
Ce font des vers muets que les tableaux de prix,
Ce font tableaux parlants que les vers bien écris.

 Le Peintre & le Poëte ont gaigné la puiffance
D'ofer ce qu'il leur plaift, fans faire à l'Art nuifance :
Au moins nous receuons cette excufe en payment,
Et la mefme donnons aux autres mefmement.
Mais non pas touteffois que les chofes terribles,
Se ioignent fans propos auecques les paifibles :
Comme de voir couplez les ferpens aux oyfeaux,
Aux tigres furieux les dous bellants agneaux.
Tout fe doit rapporter par quelque apartenance,
Tant qu'vn fait ioint à l'autre ait de la conuenance,
Comme en Crotefque on voit par entremeflemens
De beftes & d'oyfeaux diuers accouplemens.

 Bien fouuent baftiffant d'vn hautain artifice
Quelque ouurage fuperbe, on met au frontifpice
Et de pourpre & d'azur maint braue parement,
Pour enrichir le front d'vn tel commencement.
Tout de mefme on defcrit la foreft honoree,
Et l'autel ou iadis fut Diane adoree,
Ou le bel arc en ciel bigarré de couleurs,
Ou le pré s'émaillant de differentes fleurs :

Ou le Rhin Germanique, ou la Françoiſe Seine,
Qui par tant de beaus champs en ſerpent ſe pourmeine,
Puis embraſſe en paſſant de ſes bras tortueux
Paris le beau ſeiour des libres vertueux.
Mais de ne mettre point choſe qui ne conuienne
Au ſuiet entrepris touſiours il te ſouuienne :
Et ne fay pas ainſi que ce peintre ignorant,
Qui peindre ne ſçauoit qu'vn Cipreʒ odorant :
Et deſirant de luy tirer quelque peinture,
Touſiours de ce Cipreʒ il bailloit la figure.
A quel propos cela ? quand pour argent donné
Veut eſtre peint celuy, qui ſur mer fortuné
Le nauffrage a ſouffert ? te chargeant de pourtraire
Vn Satire cornu, ne fay rien au contraire.
Parquoy doncques au lieu d'vn Satire paillard,
Nous viens tu figurer Sylene le vieillard ?
   Si tu fais vn Sonnet ou ſi tu fais vne Ode,
Il faut qu'vn meſme fil au ſuiet s'accommode :
Et plain de iugement vn tel ordre tenir,
Que hautain commençant haut tu puiſſes finir.
   Pour dire en bref il faut qu'à toymeſme ſemblable,
Ton vers ſoit touſiours meſme en ſoymeſme agreable,
Si bien que ton Poëme égal & pareil ſoit.
Soubs l'eſpece du bien ſouuent on ſe deçoit :
Qui fait que la pluſpart des Poëtes s'abuſe.
Car l'vn pour eſtre bref importunant la muſe,
Trop obſcur il deuient : à l'autre le cœur faut
Suiuant vn ſuiet bas : trop s'enflant s'il eſt haut :
Qui trop veut eſtre ſeur, & qui trop craint l'orage,
Il demeure rampant à terre ſans courage.

Qui veut d'vn autre part, prodigue de ſes vers,
Vn meſme fait changer par vn parler diuers,
Il conduit aux foreſts les Dauphins hors des ondes,
Les Sangliers hors des bois dedans les eaux profondes,
Et les Cerfs il veut faire en hardes abbander,
Pour aller hors la terre en la mer viander :
Au vice nous conduit la faute qu'on éuite,
Si par Art elle n'eſt du iugement conduite.

  A Paris, Renaudin, Imager diligent,
Sçait bien repreſenter en bronze & en argent
Les ongles & la main : & de douce entailleure
Imiter gentiment la crêpe cheueleure :
Mais le chetif ne peut d'vne derniere main
Parfaire ſon ouurage : Ainſi ie fais en vain
Mille vers, quand ie veux compoſer vn Poëme,
Qu'imparfait, ie ne puis paracheuer de meſme
Que ie l'ay commencé : comme ſi mal en point
I'auois la chauſſe neufue & quelque vieux pourpoint.

  O vous qui compoſez, que prudens on s'efforce
De prendre vn argument qui ſoit de voſtre force :
Penſez long temps au fais que vous pourrez porter :
Car s'il eſt trop peſant il s'en faut deporter.
Qui ſçait bien vn ſuiet ſelon ſa force elire,
Point ne luy manquera l'ordre ni le bien dire.

  La grace & la beauté de cet ordre ſera,
Si ie ne me deçoy, quand bien on dreſſera
Ce qui dire ſe doit, & non ſe dire à l'heure,
Reſeruant pluſieurs points en leur ſaiſon meilleure,
Et quand bien à propos on ſçaura prendre vn point,
Et quand hors de propos on ne le prendra point.

Sur tout bien inuenter, bien difpofer, bien dire,
Fait l'ouurage des vers comme vn Soleil reluire.
Comme fur tous louable eft l'edifice, ou l'art
Fait prifer la matiere, auquel d'vne autre part
La matiere fait l'art eftimer dauantage :
Tout ainfi le Poëme a l'honneur en partage,
Quand vn digne fuiet fait les vers eftimer,
Et quand les vers bien faits font le fuiet aimer.
  Si quelques mots nouueaux tu veux mettre en vfage,
Montre toy chiche & caut à leur donner paffage :
Ce que bien tu feras les ioignant finement
Auec ceux dont la France vfe communement.
Si mefme le premier il te faut d'auenture,
Découurir en françois des fecrets de nature
Non encor exprimez, lors prudent & rufé,
Tu peux feindre des mots dont on n'a point vfé :
Et puis les mots nouueaux que les noftres inuentent,
Qui de l'Italien la langue reprefentent,
Ou qui font du Latin quelque peu détournez,
Ou qui font du milieu de la Grece amenez,
Seront receus, pourueu qu'auec propre matiere
La France rarement en foit faite heritiere :
Et tous les mots qui font proprement françoifez,
Et tous ceux qui ne font du françois deguifez,
Et les vieux compofez defquels toufiours en France
On vfoit à l'égal de la Grecque eloquence.
  Mais feroit ce raifon qu'à Thiard fuft permis,
Comme à Sceue d'auoir tant de mots nouueaux mis
En France, dont il a noftre langue embellie
Par les vers éleuez de fa haute Delie,

Et que Bellay, Ronfard, & Baif inuentant
Mile propres beaus mots, n'en peuſſent faire autant ?
Si i'en inuente auſſi, par la trace ſuiuie
Des plus doctes, pourquoy m'en porte l'on enuie ?
Puis que tant ont ainſi noſtre langage orné,
Quand à nouuelle choſe ils ont vn nom donné ?
Comme ont fait nos Herauts, en beaucoup de manieres
Blaſonnant les eſcus armoyez aux banieres :
Comme en la chaſſe ont fait nos antiques chaſſeurs,
Comme ore font auſſi nos recens baſtiſſeurs :
Teſmoin vn Iean Martin qui noſtre langue a faite,
Propre pour exprimer Vitruue l'architecte :
En la chaſſe il y a pour les champs & les bois,
Du Fouilloux & Modus, & le prince de Foix,
Dont puiſer tu pourras les mots de venerie :
Et puis Iean de Franciere en la fauconnerie,
Vollant t'enſeignera les traits & les façons
D'affaiter & leurrer les Gerfauts & Faucons.
Et du braue cheual caluacadour agile
Le parler tu ſçauras d'vn eſcuyer habile,
Et voirras le Griſon (bien qu'à le manier
Il ne ſoit à la fin qu'vn françois eſcuier)
Et d'autre part Nicot, qui de plume diuine
Voyageant t'aſſembla des termes de marine.
L'idiome Norman, l'Angeuin, le Manceau ,
Le François, le Picard, le poli Tourangeau ,
Aprens, comme les mots de tous arts mecaniques
Pour en orner aprés tes phraſes Poëtiques.
Si tu veux vn deſſein ou d'armes ou d'amour,
Ou de lettres montrer qui ſoit digne du iour,

Que tu faches la regle au vray des Entreprifes,
Cris-de-bataille, Mots, Ordres, Chiffres, Deuifes,
Brifures & Couleurs, les Armes des maifons,
Anagrammes, Rebus, Emblefmes & Blafons,
Et des Egiptiens des chofes les images
Soubs lefquels ils couuroient leurs doɗrines plus fages.
Aux feftins folennels, aux iouftes, aux tournois
Tu rempliras ainfi les Oualles des Rois
D'ames & de beaus corps : ce font Mots & Figures,
Qui de guerre & d'amour cachent les auantures :
Alors il te fera permis de mots vfer
Que la neceffité ne pourroit refufer :
(Ie ne veux toutesfois qu'vn bon efprit fe fiche
A faire vn Anagramme, à faire vne Accrofliche
D'vn trauail obfliné : ce font fruiɗs abortifs
Dont la femence vient des poures apprentifs,)
Lors en renouuelant vne vieille empirance
Changer tu peux des mots par quelque tolerance.
On a toufiours permis, eft, & permis fera
Faire naiftre vn beau mot, qui reprefentera
Vne chofe à propos, pourueu que fans contrainte
Au coin du temps prefent la marque y foit emprainte.
Comme on void tous les ans les fueilles s'en aller,
Au bois naiftre & mourir, & puis renouueler :
Ainfi le vieux langage & les vieuls mots periffent,
Et comme ieunes gens les nouueaux refleuriffent.
Tout ce que nous ferons eft fuiet à la mort :
Ce qui fut terre ferme à cette heure eft un port,
Oeuure haute & royalle : & maintenant la Seine
Pour enceindre la ville abandonne la pleine :

Et ce qui d'vn cofté n'eftoit rien que marefts,
Et qui d'vn autre endroit n'eftoit rien que forefts
Eft, fendu foubs le foc , deuenu champ fertille
Des blonds cheueux que tond la dent de la faucille.
Comme ore en mainte part Loire a changé fon cours.
Et fans plus nuire aux bleds, des prez eft le fecours :
La mer en maint endroit de nos coftes Normandes
A pris, fans partager des campagnes trop grandes :
Ailleurs fe reculant de fes bords fablonneux,
Elle a fait des paftils de marefts limonneux.
A la fin periront toutes chofes mortelles :
Auffi fera l'honneur des paroles plus belles :
Car fi l'vfage veut, plufieurs mots reuiendront
Aprés vn long exil, & les autres perdront
Leur honneur & leur prix, fortant hors de l'vfage
Soubs le plaifir duquel fe regle tout langage.

De quel air,. en quel vers on doit des Empereurs,
Des princes & des Rois defcrire les erreurs ,
Les voyages, les faits, les guerres entreprifes,
D'vn fiege de dix ans les grandes villes prifes,
L'enfeigne Homere grec, & Virgile Romain :
Autre exemple choifir ne te trauaille en vain.
Comme Apelle en peinture eftoit inimitable
En fes traits, en fes vers Virgile eft tout femblable :
En l'Epique tu peux fuiure ce braue autheur :
Nul ne peut en fa langue attaindre à fa hauteur.

Pour t'aider tu pourras bien remarquer tes fautes
Dedans la Thebaide & dans les Argonautes,
Suiure vn coulant Ouide, & cet Italien,
Qui ne les fuit de loin, bien que d'vn feul lien,

Dans vn mefme fuiet de trois digne, il affemble
Vn long fiege, vn voyage & maint amour enfemble.
  Et d'autant qu'il ne fiet au Poëte fameux,
De prendre rien des fiens quand il écrit comme eux,
(Eftant né de bon fiecle auec la vehemence
Qu'en la France a produit la premiere femence)
Sans rien luy dérober honore ce bel Art
En Francus voyageant foubs noftre grand Ronfard.
  Si né foubs bon afpect tu auois le genie,
Qui d'Apolon attire à foy la compagnie,
Pour d'vn ton affez fort l'Heroïque entonner,
Les fiecles auenir tu pourrois étonner :
Mais il faut de cet Art tous les preceptes prendre,
Quand tu voudras parfait vn tel ouurage rendre :
Par ci par là meflé rien ici tu ne lis,
Qui ne rende les vers d'vn tel œuure embellis.
  Tel ouurage eft femblable à ces fecons herbages,
Qui font fournis de prez & de gras pafturages.
D'vne haute fuftaye, & d'vn bocage épais,
Ou courent les ruiffeaux, ou font les ombres frais,
Ou l'on void des eftangs, des vallons, des montagnes,
Des vignes, des fruictiers, des forefts, des campagnes :
Vn Prince en fait fon parc, y fait des baftimens,
Et le fait diuifer en beaus appartemens :
Les cerfs, foit en la taille, ou foit dans les gaignages,
Y font leurs viandis, leurs buiffons, leurs ombrages :
Les abeilles y vont par efquadrons bruyants
Chercher parmi les fleurs leurs viures roufoyants :
Le bœuf laborieux, le mouton y pafture,
Et tout autre animal y prend fa nourriture.

                              En

En l'ouurage Heroïque ainſi chacun ſe plaiſt,
Meſme y trouue de quoy ſon eſprit il repaiſt :
L'vn y tondra la fleur ſeulement de l'Hiſtoire,
Et l'autre à la beauté du langage prend gloire :
Vn autre aux riches mots des propos figurez,
Aux enrichiſſemens qui ſont elabourez :
Vn autre aux fictions, aux contes delectables
Qui ſemblent plus au vray qu'ils ne ſont veritables :
Bref tous y vont cherchant, comme ſont leurs humeurs,
Des raiſons, des diſcours, pour y former leurs mœurs :
Vn autre plus ſublime à trauers le nuage
Des ſentiers obſcurcis, auiſe le paſſage
Qui conduit les humains à leur bien-heureté
Tenant autant qu'on peut l'eſprit en ſeureté.

C'eſt vn tableau du monde, vn miroir qui raporte
Les geſtes des mortels en differente ſorte.
On y void peint au vray le gendarme vaillant,
Le ſage capitaine vne ville aſſaillant,
Les conſeils d'vn vieil homme, ecarmouches, batailles,
Les ruſes qu'on pratique au ſiege des murailles,
Les iouſtes, les tournois, les feſtins & les ieux,
Qu'vne grand' Royne fait au Prince courageux,
Que la mer a ietté par vn piteux naufrage,
Apres mille dangers à bord à ſon riuage.
On y void les combats, les harengues des chefs,
L'heur apres le malheur, & les triſtes méchefs
Qui tallonnent les Roys : les erreurs, les tempeſtes
Qui des Troyens errants pendent deſſus les teſtes,
Les ſectes, les diſcords, les points religieux,
Qui brouillent les humains entre eux litigieux :

B

Les aſtres on y void & la terre deſcrite,
L'ocean merueilleux quand aquilon l'irrite :
Les amours, les duels, les ſuperbes dédains,
Ou l'ambition miſt les deux freres Thebains :
Les enfers tenebreux, les ſecrettes magies,
Les augures par qui les citez ſont regies :
Les fleuues ſerpentants, bruyants en leurs canaux,
Le cercle de la Lune, ou ſont les gros iournaux
Des choſes d'ici bas, prieres, ſacrifices,
Et des Empires grands les loix & les polices.
On y void diſcourir le plus ſouuent les Dieux,
Vn Terpandre chanter vn chant melodieux,
A l'exemple d'Orphee : & plus d'vne Medee
Accorder la toyſon par Iaſon demandee :
On y void le dépit ou pouſſa Cupidon
La fille de Dicæe & la poure Didon :
Car toute Poëſie il contient en ſoyméme
Soit Tragique ou Comique, ou ſoit autre Poëme.
Heureux celuy que Dieu d'eſprit voudra remplir,
Pour vn ſi grand ouurage en françois acomplir !
En vers de dix ou douze aprés il le faut metre :
Ces vers la nous prenons pour le graue Hexametre
Suiuant la rime plate, il faut que mariez
Par la Muſique ils ſoient enſemble appariez,
Et tellement coulans que leur veine pollie
Coule auſſi doucement que l'eau de Caſtallie.
Mais du vers Heroic ailleurs nous parlerons
Et tandis d'autres vers ici nous meſlerons.
    Les vers que les Latins d'inegale iointure
Nommoient vne Elegie, aigrete en ſa pointure,

Seruoient tant feulement aux bons fiecles paffez,
Pour dire aprés la mort les faits des trepaffez;
Depuis à tous fuiets: ces plaintes inuentees,
Par nos Alexandrins font bien reprefentees,
Et par les vers communs, foit que diuerfement
En Stances ils foient mis, ou bien ioints autrement.

  Cette Elegie vn Lay nos François appelerent,
Et l'Epitete encor de trifte luy baillerent:
Beaucoup en ont efcrit; tu les imiteras,
Et le prix non gaigné peut eftre emporteras.
Breue tu la feras, te reglant en partie
Sur le Patron poli de l'amant de Cinthie,
Les preceptes toufiours generaux obferuant,
Tels que nous les auons cottez par ci deuant.

  Nos Poëtes François, qui beaus Cignes fe fient
A leur voler hautain, or la diuerfifient
En cent genres de vers; fi trop long eft leur cours,
Ils couurent fa longueur d'vn beau nom de difcours.

  Qui la trifte Elegie a premier amenee,
Cette caufe au Palais encor eft demenee:
Car les Grammairiens entre eux en vont plaidant,
Et foubs le Iuge encor eft le procez pendant.
Tibulle eft le premier dont la Mufe bien nette
A Romaine imité Callimaque & Philætte:
Puis Ouide & Properce, & Gallus le vieillart,
Dont tu peux emprunter les regles de cet Art.
Mais ta Mufe ne foit iamais enbefongnee
Qu'aux vers dont la façon ici t'eft enfeignee,
Et des vieux chants Royaux décharge le fardeau,
Ofte moy la Ballade, ofte moy le Rondeau.

Les Sonnets amoureux des Tançons Prouençalles
Succederent depuis aux marches inegalles
Dont marche l'Elegie : alors des Trobadours
Fut la Rime trouuee en chantant leurs amours :
Et quand leurs vers Rimez ils mirent en eſtime ,
Ils ſonnoient, ils chantoient, ils balloient ſous leur Rime.
Du Son ſe fiſt Sonnet, du Chant ſe fiſt Chanſon,
Et du Bal la Ballade , en diuerſe façon :
Ces Trouuerres alloient par toutes les Prouinces .
Sonner, chanter, danſer leurs Rimes chez les Princes.
Des Grecs & des Romains cet Art renouuelé,
Aux François les premiers ainſi fut reuelé :
A leur exemple priſt le bien diſant Petrarque
De leurs graues Sonnets l'ancienne remarque :
En récompence il fait memoire de Rembaud,
De Fouques, de Remon, de Hugues & d'Aarnaud.
Mais il marcha ſi bien par cette vieille trace,
Qu'il orna le Sonnet de ſa premiere grace :
Tant que l'Italien eſt eſtimé l'autheur
De ce dont le François eſt premier inuenteur :
Iuſqu'à tant que Thiard, épris de Paſithee,
L'eut chanté d'vne mode alors inuſitee,
Quand Sceue par dixains en ſes vers Deliens
Voulut auoir l'honneur ſur les Italiens,
Quand deſia Saingilais, & doux & populaire,
Refaiſant des premiers le Sonnet tout vulgaire,
En Court en eut l'honneur : quand bien toſt du Bellay
Son Olliue chantant l'eut du tout r'appelé :
Et que Ronſard bruſlant de l'amour de Caſſandre
Par deſſus le Toſcan ſe ſceut bien faire entendre :

Et Baïf dudepuis (Meline en ſes ébats
N'ayant gaigné le prix des amoureux combats)
Ces Sonnets repillant, d'vn plus hardi courage,
Et changeant ſon amour, & changeant ſon langage,
Chanta de ſa Francine au parangon de tous,
Faiſant noſtre vulgaire & plus bas & plus dous.

Puis Ronſard reprenant du Sonnet la meſure
Fiſt noſtre langue auſſi n'eſtre plus tant obſcure,
Et deſlors à l'enui fut des François repris
L'intereſt du vieux ſort, que l'Itale auoit pris.
Et du Bellay quitant ceſte amoureuſe flame,
Premier fiſt le Sonnet ſentir ſon Epigrame :
Capable le rendant, comme on void, de pouuoir
Tout plaiſant argument en ſes vers receuoir.

Deſportes d'Apolon ayant l'ame remplie,
Alors que noſtre langue eſtoit plus accomplie,
Reprenant les Sonnets, d'art & de iugement
Plus que deuant encor écriuit doucement.
De noſtre Cathelane ou langue Prouençalle
La langue d'Italie & d'Eſpagne eſt vaſſalle :
Et ce qui fiſt priſer Petrarque le mignon,
Fut la grace des vers qu'il priſt en Auignon :
Et Bembe reconnoiſt qu'ils ont pris en Sicille
La premiere façon de la Rime gentille,
Que l'on y fut planter auecques nos Romants,
Quand conquiſe elle fut par nos Gaulois Normands,
Qui faiſoient de leurs faits inuenter aux Trouuerres
Les vers que leurs Iouglours, leurs Contours & Chanterres
Rechantoient par apres. (Ainſi les Grecs auoient
Des Rapſodes, qui lors tous les carmes ſçauoient

D'Homere & d'Hefiode, eſtant les ſecretaires,
Interpretes, conteurs des fabuleux miſteres
De ces Poëtes vieux.) Lors Triſtau de Ciſteaux
En Pouille auec Guiſcart plantoit ſes panonceaux.
Puis enſuite plus grand Tancred de Hauteuille,
Conduiſant douze fils de ſa terre fertille,
Miſt en Pouille & Calabre vn vulgaire François
Du Cathelan, Roman, Vualon & Thiois,
Langages tous formez ſur la langue Gauloiſe,
Que corrompit ainſi la Latine & Thioiſe;
Qui par les Cours des grands Romande ſe forma,
Et chacun à la fin ceſte derniere aima.
Les Normands derechef, ſuiuant hors de leur terre
Guillaume leur grand duc, mirent en Angleterre
Leur couſtume & leur langue, & de la d'autres lois,
Qu'en François bien long tems n'ont point eu les Anglois.
   D'Archilocque premier la furieuſe rage,
De ſon Iambe propre arma le fier courage :
Ce pied du gros ſoulier des Comicques fut pris,
Et du beau brodequin des tragiques eſpris :
Outil propre à traiter des communes affaires,
Des propos mutuels & des bruits populaires,
Se pouuant comme on veut en François r'apporter,
Car il peut en tous vers l'oreille contenter :
Mais noſtre vers d'huict ſied bien aux Comedies,
Comme celuy de douze aux graues Tragedies.
   Nos longs vers on appelle Alexandrins, d'autant
Que le Roman qui va les proueſſes contant
D'Alexandre le grand, l'vn des neuf preux de l'aage,
En ces vers fut eſcrit d'vn Romanzé langage :

Heroïques ainſi les Carmes furent dits,
D'autant que des Heros les hauts geſtes iadis
En ces vers on chanta : Heros qui de la Grece
Guiderent en Colchos la fleur de la ieuneſſe
Dans la parlante Nef, quand le preux fils d'AEſon,
Mais deſloyal amant, emporta la toyſon.
   On peut le Sonnet dire vne chanſon petite,
Fors qu'en quatorze vers touſiours on le limite :
Et l'Ode & la Chanſon peuuent tout librement
Courir par le chemin d'vn bel entendement.
La chanſon amoureuſe, affable & naturelle,
Sans ſentir rien de l'Art, comme vne villanelle,
Marche parmy le peuple aux danſes, aux feſtins.
Et raconte aux carfours les geſtes des mutins :
L'Ode d'vn graue pied, plus nombreuſe & preſſee
Aux dames & ſeigneurs par toy ſoit addreſſee :
De mots beaus & choiſis tu la façonneras,
De mile belles fleurs tu la couronneras :
D'ornemens, de couleurs, de peintures brunies,
En leurs deiectemens egalement vnies.
En cent ſortes de vers tu la peux varier :
Mais touſiours aux accords du Luth la marier :
Et que chacun couplet r'entre de telle ſorte,
Que quelque mot poignant en ſa fin il rapporte
Sentant ſon Epigramme, & tellement ſoit ioint
Qu'au lecteur il ſemble eſtre acomply de tout point.
Si d'vne fiction d'vn long diſcours tu cauſes,
Tu pourras diuiſer cette longueur en pauſes,
Ou par les plis tournez des Odes du Sonneur,
Qui Grec ſur les neuf Grecs lyriques eut l'honneur.

Mais rien n'eſt ſi plaiſant que la courte Odelette
Pleine de ieu d'amour, douce & mignardelette :
Si tu veux du ſçauoir philoſophé y meſler,
Par la Muſe il le faut à ton aide appeler ,
A toy meſme aſſeruant la douce Polimnie,
Autrement ſa faueur, depite elle denie,
Et non l'aſſuiettir aux mots ſentencieux
Sans qu'elle ſente vn peu ſon air capricieux ,
Sur quelque fantaſie éleué (par la grace
De contes fabuleux) deſſus la proſe baſſe.

La Muſe ſur le Luth pour ſuiet fiſt ioüer
Et les Dieux & les Rois, & leurs mignons loüer,
Les iouſtes, les combats, la ieuneſſe s'aymante
A picquer les cheuaux ſoubs la bride écumante ;
Les ballets & le vin, les danſes, les banquets
Et des ieunes amants les amoureux caquets.

Mais auec ſon fredon, or la Lyre cornue
En la France eſt autant qu'en la Grece connue :
Et nul vulgaire encor n'a iamais entrepris
De vouloir par ſus elle en emporter le pris.
Car depuis que Ronſard eut amené les modes
Du Tour & du Retour & du Repos des Odes,
Imitant la pauane ou du Roy le grand bal,
Le François n'eut depuis en l'Europe d'égal :
D'Elbene le premier cette lyre ancienne,
A l'enuy des François, fait ore Italienne.

En ce genre ſur tous propoſer tu te dois
L'inimitable main de Pindare Gregois,
Et du Harpeur Latin, & t'eſiouir & rire
Et ſur la Teïenne & la Saphique Lyre,

Le but de Galien c'eſt garder de mourir
Le malade qu'il veut par drogues ſecourir :
Le but de Ciceron c'eſt de bien faire croire
Par ſes viues raiſons, ſon fait comme vne hiſtoire.
Mais quand & l'vn & l'autre à ce but n'atteindroit,
Le nom de medecin Galien ne perdroit,
Ni Ciceron ſon tiltre : à raiſon que procede
Le mal ſouuent d'vn point qui n'a point de remede :
Et qu'auſſi d'vn procez l'entremeſlé defaut
Empeſche qu'on ne ſoit entendu comme il faut :
Mais ſans donner plaiſir ſon nom perd vn Homere,
Il deuient de Poëte vne laide Chimere.
C'eſt le but, c'eſt la fin des vers que reſiouir :
Les Muſes autrement ne les veulent ouir.
Les Peintres font ainſi peingnants la Madelene,
Pleurante ils la feront reſſembler vne Helene,
Nonchalante, agreable, ouurant de tous coſtez,
En ſon rauiſſement vn threſor de beautez.
  Ce qui fiſt ſembler beaus à la Grece ancienne
Et les vers & les chants de Saphon Leſbienne,
C'eſt qu'ils parloient touſiours de mile faits plaiſans,
Des ombrages, des prez, des oyſeaux degoiſans.
Des épeſſes foreſts, des ſources gaſouillardes,
Roullant ſur le grauois leurs ondes babillardes,
Des Heſperides Sœurs, de leurs iardins encor,
Ou le dragon vueillant gardoit les pommes d'or :
Des Nimphes, de leur bal, des danſes meſurees
Qu'elles branloient en rond ſur les tardes ſerees,
De mile autres plaiſirs qui tous delicieux
Sont, ſans les regarder, agreables aux yeux :

Semblables au Printemps, dont les fleurs aurilleres
Bigarrant vn iardin, promtes & iournalieres,
Vous plaisent sans penser aux bons fruicts de l'Esté,
Tant vous est à propos ce plaisir presenté :
Sans fruict ainsi vous plaist vne rose nouuelle,
Et le baiser sans fruict qu'on prend d'vne pucelle.

    Puis des vers le Genie estant du Ciel venu,
Pour celeste plustost que terrestre est tenu.
Car encor que la perle Indienne & gemmeuse
Naisse dedans le nacre en la mer escumeuse,
Toutefois elle tient plus du Ciel que de l'eau,
Aprochant en couleur de son visage beau :
Aussi l'esprit conduit par la Muse diuine,
Dépend plustost du Ciel, dont il prend origine,
Que non pas de la terre ou son corps est viuant,
Ainsi que le Soucy son beau soleil suiuant.

    C'est pourquoy des beaus vers la ioyeuse alegresse
Nous conduit aux vertus d'vne plaisante addresse,
Et pourquoy Dieu se prie aux Temples en chantant,
Et d'vn cœur réioui, plustost qu'en lamentant.

    Ie sçay bien toutefois que profiter & plaire,
Comme ailleurs ie diray, est le seul exemplaire
De la perfection; mais tousiours si faut il
Qu'on trouue quelque chose au profit de gentil :
Chasteau-vieux bouffonnant pour gosser & pour rire
Ne laisse à profiter & plaire en son medire.

    Des gemmes que l'on trouue aux riuages Indois,
I'estime tousiours celle estre de plus grand chois,
Qui non seulement belle en couleur variante
Sçait réiouir les yeux agreable & riante,

Mais qui fçait à des maux remedes aporter,
Et par vertu fecrete vn efprit conforter :
Ainfi des Mufes eft la chanfon fouueraine,
Qui n'a pas feulement la voix belle & fereine,
La parole plaifante & l'air delicieux :
Mais qui fçait d'auantage enchaffer precieux
Le diamant en l'or, tirant auec delices,
Par fes enfeignemens vn homme de fes vices.

   Si quelqu'vn deuant vous, fi quelqu'vn puis aprés
Imite en mefme endroit les Latins & les Grecs,
Vous rencontrant enfemble, il ne faut par enuie,
Ni par dépit laiffer l'œuure non pourfuiuie :
Les Autheurs font communs, tels les imiteront,
Qui mieux que les premiers les reprefenteront :
Qui va même chemin & fait méme voyage,
Quelquefois fe rencontre en vn méme paffage.

   Comme tout peintre n'eft parfait en châque part
De tout ce que requiert la regle de fon art :
Mais l'vn en fimples traits tant feulement charbonne,
L'autre fçait porfiler l'ombre d'vne perfonne :
L'vn de membres fait bien vn raccourciffement,
L'autre fçait de couleurs faire vn rehauffement :
L'vn peindra feulement des grands dieux les images,
Et l'autre au naturel contrefait les vifages :
L'vn fçait bien les couleurs fubtil entremefler,
Et l'autre en Symmetrie auffi tout egaller.
Des Poëtes ainfi, l'vn fait vn Epigrame,
L'autre vne Ode, vn Sonnet, en l'honneur d'vne dame.
L'vn vne Comedie, & l'autre d'vn ton haut,
Tragique fait armer le royal echafaut.

L'vn fait vne Satyre, & l'autre vne Idillie,
Qui iufque aux petits chants des Pafteurs s'humillie,
Et peu, qui font bien peu, la trompette entonnant,
Font bruire d'vn rebat l'air au tour refonnant.
Mais comme auec Apelle on loüe vn Timagore,
Protogene, Zeufis, Timante, Apollodore,
Parraffe & Pollignot, peignants diuerfement :
Homere feul ainfi, ni Maron feulement
N'ont gaigné le Laurier : De cette branche on pare
Comme eux, Catule, Horace, Hefiode & Pindare :
Auffi pour le fuiet des premiers ne traitter,
On ne doit de leur rang les feconds reietter :
Chacun en fon efpece a part à la Couronne
De l'arbre Delphien, qui leurs chefs enuironne.
　　Mais celuy qui ne peut garder l'ordre diuers,
Et les couleurs de l'œuure en efcriuant des vers,
Et donner fon vray iour à l'argument qu'il traite,
Ne meritera point qu'on l'appelle Poëte.
Pourquoy veut il honteux, ignorant demeurer,
Pluftoft qu'en aprenant, plus hardy s'affeurer ?
　　Par vn Tragicque vers ne veut eftre traitee
Vne chofe Comique, ains baffement contee :
Et ne faut reciter en vers priuez & bas
De Thiëfte fanglant le plorable trefpas ;
Chacune chofe doit en fa naïfue grace
Retenir proprement fa naturelle place :
Si l'Art on n'accommode à la Nature, en vain
Se trauaille de plaire en fes vers l'efcriuain :
Neaumoins quelquefois de voix vn peu hardie
S'éleue en fon couroux la baffe Comedie :

Et d'vne bouche enflee on void fouuentefois
Chremes fe dépiter en éleuant fa voix ;
Le Tragicque fouuent de bouche humble & petite,
Baffement fa complainte aux échaffauts recite.

 Quand Telephe & Pelé banis & caimandans,
S'efforcent d'émouuoir le cœur des regardans,
Et Ragot belittrant, vn Euefque importune,
Il a des mots piteux propres à fa fortune,
Tous laiffent les gros mots empoulez & venteux,
Comme mal conuenant aux banis fouffretteux.

 Non ce n'eft pas affez de faire vn bel ouurage,
Il faut qu'en tous endroits doux en foit le langage,
Et que de l'écouteur il fache le defir,
Le cœur & le vouloir tirer à fon plaifir.
Montre face riante en voulant que l'on rie,
Pour nous rendre marris montre la nous marrie,
Si tu veux que ie pleure il faut premierement
Que tu pleures & puis ie plaindray ton tourment.

 Ragot, fi tu venois en priere caimande,
Me faire, trop hautain, vne fotte demande,
Ie me rirois, ou bien tu n'aurois rien de moy ;
Vn doux parler eft propre aux hommes tels que toy :
Aux hommes furieux paroles furieufes,
Lafciues aux lafcifs, & aux ioyeux ioyeufes :
Et le fage propos & le graue difcours
A quiconque a paffé de ieuneffe le cours :
Car Nature premier dedans nous a formee
L'impreffion de tout pour la rendre exprimee
Par le parler aprés ; & felon l'accident
Elle nous aide, ou met en vn mal euident,

Ou d'angoiſſe le cœur ſi durement nous ſerre,
Qu'elle nous fait ſouuent pamez tomber à terre,
Et découurir apres d'vn parler indiſcret,
Aueuglez de fureur, de nos cœurs le ſecret.
Il faut que la perſonne à propos diſcourante,
Suiue ſa paſſion pour eſtre bien diſante.

  Si le graue langage à celuy qui le tient,
Selon ſà qualité, peu ſeant n'appartient,
La Nobleſſe Françoiſe & le bas populace
Se paſmeront de rire en voyant ſon audace.

  Grand' difference y a faire vn maiſtre parler,
Ou Dauus qui ne doit au maiſtre s'égaller,
Ou le bon Pantalon, ou Zany dont Ganaſſe
Nous a repreſenté la façon & la grace :
Ou le ſage vieillard, ou le garçon bouillant
Au meſtier de l'amour & des armes veillant :
Ou bien faire parler vne dame ſçauante,
Ou la ſimple nourrice, ou la ieune ſeruante,
Ou celuy qui la pleine en ſillons va trenchant,
Ou bien de port en port vagabond le marchant,
L'Alleman, le Souiſſe, ou bien quelque habile homme
Qui n'eſt point amendé de voyager à Rome,
Ou celuy qui nourri dans l'Eſpagne ſera,
Ou celuy qui d'Italle en France paſſera.

  Toy, qui ſçauant eſcris d'vne plume eſtimee,
Au plus pres ſuy cela que tient la renommee :
Ou bien des choſes ſein, conuenantes ſi bien
Que de non vray-ſemblable en elles n'y ait rien.

  Si tu deſcris d'Achille, honoré par Homere,
Les faits & la valeur, l'ardeur & la colere,

Fay le brufque & hautain, actif & conuoiteux,
Ardant, impitoyable, inuaincu depiteux,
Ne confeffant iamais que les loix engrauees,
Pour luy foient en du cuyure es tables eleuees:
Mais voulant par le fer, pouffé de fon dedain,
Soumettre toute chofe à fon pouuoir hautain.

   Defcris vne Medee, indomtable & cruelle,
Inon toute epleuree, Ixion infidelle,
Orefte furieux, Ion vagabondant
De fon dieu rauiffeur le fecours attendant.

   Si tu veux fur le ieu de nouueau mettre en veüe
Vne perfonne encor en la Scene inconneüe,
Telle iufqu'à la fin tu la dois maintenir,
Que tu l'as au premier fait parler & venir.
Mais il eft malaifé de bien proprement dire
Ce qu'on n'a point encor veu par vn autre efcrire:
Pour ce plus feurement tu pourras imiter
L'Aueugle clair voyant, qu'vn fuiet inuenter,
(Qui n'ait point efté dit) de chofes inouyes,
Rendant fans aucun fruict des fleurs epanouyes.
Ou bien fi d'vne Hiftoire, vn grand Prince fameux
Tu veux faire floter fur les flots ecumeux,
Faire tu le pourras, & Chreftien fon nauire
Hors des bancs perilleux & des ecueils conduire:
Auffi bien en ce temps, ouir parler des dieux
En vne Poëfie eft fouuent odieux.
Des fiecles le retour & les faifons changees,
Souuent foubs d'autres loix ont les Mufes rangees.

   Taffo, qui de nouueau dans Solyme a conduit
Le deuot Godefroy, qu'vne grand' troupe fuit,

Certaine preuue en fait ; mais vn ſuiet ſemblable.
Il te faut imiter ſur vne vieille fable,
Et pour n'eſtre dedit, il faut bien aduertir
De prendre vn argument ou l'on puiſſe mentir :
Le vers du vray-ſemblable aime vne conterie,
Qui pluſtoſt que le vray ſuit vne menterie.

  Si d'vne longue alaine vn bel œuure tu veux
Parfaire pour paſſer iuſqu'aux derniers neueux,
Chante d'vn air moyen, non tel que l'Heroïque,
Ni ſi bas deſcendant que le vers Bucolique,
Mais qui de l'vn & l'autre vn vers enlaſſera,
Qui tantoſt s'éleuant, tantoſt s'abbaiſſera :
Tel que du grand Maron le doux plaiſant ouurage,
Qu'imitant Heſiode il fiſt du labourage :
Et que celuy d'Ouide ayant par les retours
De l'an, chanté l'honneur de leurs chommables iours :
Et tel qu'aprés Pontan en noſtre langue encores
Auoit bien commencé Baïf aux Meteores :
Tel que de Saintemarthe eſt cet œuure diuin
Qu'il a fait ſur le Clain au bel air Poiteuin :
Quand Latin & François imitant la Nature,
Il chante des enfans la chere nourriture,
Et tel qu'apres Arat Manile chante ainſi
Les Eſtoiles du Ciel, leurs figures auſſi :
Tel qu'apres Empedocle, ô Lucrece, tu oſes
Chanter d'vn air pareil la Nature des choſes.

  Premier ſouuienne toy, par vn humble recours,
De la toute puiſſance inuoquer le ſecours
Soubs quelque nom diuin, puis de trop d'abondance,
Garde toy de la Muſe enfraindre l'ordonnance,

                     Enfillant

Enfillant tes propos fi Poëtiquement,
Qu'ils ne fentent groffiers la Profe aucunement :
Et ne mets nul fuiet, nul conte, nulle hiftoire,
Qui dans le cabinet des filles de memoire,
Ne puiffe bien entrer : de peur de cette erreur,
Rends au bon iugement fuiette ta fureur :
A quoy te feruiront mile chofes chantees
Par les Grecs, dudepuis des Romains imitees.

Les argumens connus aux Poëmes ouuers,
Comme tiens fe liront eftre tes propres vers,
Si tout tu ne veux point t'embrouiller à la fuite
De l'ample & du vil tour de la matiere efcrite.
Pour ce tu ne doibs point, mot pour mot t'arrefter,
A vouloir vn fuiet fidelle interpreter.
Car l'on ne doit iamais, lors que libre on imite,
De fon gré s'engager en place trop petite :
La honte d'en fortir nous viendroit empefcher,
Et la loy de l'ouurage enfemble d'y toucher.
Qui veut trop curieux vne langue traduire
Veut la langue eftrangere & la fienne deftruire :
Ce qui proprement eft au langage ancien
Il le faut proprement dire au langage fien.

Pourtant ie ne veux pas à nos François deffendre
De ne traduire plus, & fidellement rendre
Le Grec & le Latin : quiconque aura cet heur,
De rapporter au vray le fens d'vn vieil autheur,
Profite à la ieuneffe en la langue fuiuante,
Qui fans Grec & Latin fera toufiours fçauante :
Salel premier ainfi, du grand François conduit,
Beaucoup de l'Illiade a doucement traduit,

C

Et Iamin bien di∫ant l'a tellement refaite
Qu'à l'autheur ne fait tort vn ∫i bon interprete :
Long temps auparauant le bon Octauien
De Saintgilais fi∫t voir le preux Dardanien
En habit de François : & depuis des Ma∑ures
Le fi∫t marcher encor ∫oubs plus douces me∫ures.
Mais nos deux Cheualiers doctes freres ont ioint
Leurs e∫prits, & l'ont mis encores mieux en point :
Et pour e∫tre François Apolon me∫me auoue
Qu'en eux ∫e reconnoi∫t le Cigne de Mantoue :
Qu'ain∫i pui∫∫ions nous voir tous autres vers chante∑
Auecques la trompette en France interprete∑.
Ie voudrois bien au∫∫i quelquefois variable
Rendre no∫tre François au Latin mariable,
Et ∫uyure en tradui∫ant no∫tre langue ∫ur tout
Mais ô mechef! ∫ouuent nous n'allons iu∫que au bout
De la cour∫e arre∫tee, & recullons arriere
Deuant qu'auoir attaint le but de la carriere.
Car les vns retire∑ par leurs empe∫chements,
Les autres détourne∑ par fouls débauchements
Abandonnent les vers : Mais bien peu par addre∫∫e
Fendent l'empe∫chement, comme on fend vne pre∫∫e
De gens en vn pa∫∫age : & l'ayant renuer∫é,
Le chemin d'ignorance e∫t bien to∫t trauer∫é.

    Comme pour s'e∫iouir de voir briller la flame
Des rais d'vn beau Soleil par les yeux d'vne dame
Qui ∫oit auecques nous : nous ne pouuons pas voir
Que l'Amour ait ∫ur nous encor aucun pouuoir :
Car à tous e∫t commun de ∫entir quelque ioye
Quand vn œil amoureux ∫es regards nous enuoye,

Puis elongnez de luy la flame s'amortit
Auffi toft qu'autre part fon œil on diuertit.
Mais ne le voyant plus, & porter dedans l'ame
Le trait de la beauté qui noftre cœur entame,
De ce trifte depart toufiours s'entretenir,
Ne paiffant nos efprits que de fon fouuenir,
C'eft d'Amour qui commence vne enfeigne certaine,
Qui porte en fon drapeau pourtraite noftre peine.
Qui nous pouffe à reuoir ce bel œil meffager
D'Amour, qui s'eft venu dans noftre ame loger :
Auffi pour voir plufieurs s'efiouir & fe plaire
Aupres du faint troupeau des neuf Mufes, & faire
Mile fortes de vers, ce n'eft pour affeurer
Qu'ils pourront amoureux des neuf Sœurs demeurer :
Aux affaires tirez, aux vers plus ils ne penfent,
Et de fuiure la Mufe oublieux fe difpenfent :
Mais celuy qui vrayment fent l'éguillon picqueur
Des Mufes iufqu'au vif luy chatouiller le cœur,
Il fait, doux & modefte, amoureux fes careffes,
Courtifant par fes vers fes fçauantes maiftreffes :
Puis s'il en eft diftrait, aux affaires tiré,
On le verra fafcheux bruflant & martiré
De toute autre entreprife : Impatient encore
De fe voir abfenté, de l'amour qui deuore
Son efprit elongné des Sœurs & d'Apolon,
Oubliant fes amis : dépiteux & felon,
Iufques à tant qu'il foit de retour auec elles :
Tant le point le defir de fes doctes pucelles,
Tant il fe tient heureux en fon loifir dequoy
Il peut viure feulet comme elles à recoy,

Sçachant pour en iouïr prendre l'heure opportune,
Aidé de la fcience & non de la fortune.
Car bien qu'vn bon Pilote aborde par hafard
Auffi toft à bon port, comme il fait par fon art,
Et qu'vn grand Capitaine auffi toft mette en fuite
L'ennemy par hafard comme il fait par conduite :
Toutefois la fortune aux arts ne fert de rien :
Sinon qu'elle feruit à ce Peintre ancien.
Lequel ayant tiré de main prefque animante,
Vn cheual furieux à la bouche ecumante,
Il n'en peut onc l'écume au vif reprefenter :
Ce qui le fift cent fois à la fin depiter :
Et iettant dédaigneux fon éponge fouillee,
(Et de toutes couleurs du pinceau barbouillee)
Au mords de fon courfier, le dedain par hafart
Fift ce que le pinceau ne peut faire par art.
Mais le beau iugement à l'art conioint, affemble
Vne perfeâion qui les vnit enfemble.

 De ce beau iugement vn exemple fe voit,
Quand Polignot, Scopas, & Diocle (qu'on croit
Trois peintres excellens auoir des leur bas aage
Payé foubs Apelles le droit de l'écollage)
Entreprindrent chacun de tirer curieux
Le Roy borgne Antigone, à qui feroit le mieux.

 Polignot lors eftant à fon art tout fidelle,
Bien qu'il fceuft que le Roy portaft haine mortelle
A ceux qui fe moquoient de fon œil arraché,
Toutefois fans refpeâ de l'en rendre fafché,
Marchant par le chemin aux peintres ordinaire
Le Roy borgne & hideux au vray va contrefaire :

De sorte qu'il sembloit auec son œil osté,
Estre en l'image mort mieux qu'au vif rapporté.
Mais Scopas plus craintif n'ayant pas osé peindre
Le Roy tel qu'il estoit : ni ne voulant enfraindre
Les regles de son Art, il le peignit moins vieux.
Tel qu'il estoit alors qu'il auoit ses deux yeux :
Son pinceau deslié rapportoit chose vraye,
Antigone n'ayant encor receu la playe
Qui luy fist perdre l'œil : ce pourtrait bien tiré
Semblable à ceux du temps fut de tous admiré.
Scopas par ce moyen se pensa digne d'estre
De ses deux compagnons le premier & le maistre
Pouuant se conseruer en la grace du Roy,
Auecques le renom que l'art tire apres soy.
  Mais Diocle d'ailleurs desseignant mesme chose
Que Polignot faisoit, en l'ame se propose
Les respects qui rendoient Scopas aussi douteux,
Ne voulant se iouer à ce prince airêteux,
Ni suiure de son Art le plus commun vsage,
Ni trop flater le Roy par vn lasche courage :
Ains suiuant du moyen le sentier asseuré,
Auecques vn espoir du laurier esperé,
Il peignit en profil d'Antigone la face :
Dont le tableau couuroit, d'ombre de bonne grace.
Vne part du visage : & son œil emporté
En droite ligne estoit couuert de ce costé.
Tant qu'auecques bien peu de soigneux artifice,
En l'ombre se cachoit de son œil tout le vice :
Et l'outreplus si bien le Roy representoit,
Que le Roy si semblable à luy mesme n'estoit.

Quand au iour arreſté les trois ſe rencontrerent,
Et leurs tableaux au Roy chacun à part montrerent :
Le Roy voyant celuy de Polignot, ſoudain
Conceut en ſon eſprit vn ſuperbe dedain,
Penſant lors receuoir vn affront, vn outrage
De ſe voir peint ainſi d'vn ſi hideux viſage,
Des l'heure le faiſant hors de ſa Court chaſſer,
Et hors de ſon Royaume en autre endroit paſſer :
Par ce que la prudence il auoit par enûie,
A ſon art glorieux trop malin aſſeruie :
Art dont il hauſſoit plus la baſſe qualité
Que de l'honneur Royal la haute dignité.

   Le tableau de Scopas à tous fut agreable
Pour raporter au vray cette aage fauorable
Auquel fut Antigone au beau May de ſes ans,
Ayant encor ſes yeux amoureux & plaiſans :
Toutefois au viſage vne rougeur luy monte,
Qui naturelle fait qu'il ſemble qu'il ait honte
D'auoir eſté trompé par le pinceau menteur,
Qui trop ieune l'a fait dans ſon tableau flateur :
La façon de flater eſt douce & delicate
Quand point elle n'importe à celuy que l'on flate :
Mais celle la deſpleut à ſa ſimple bonté,
Et le voulut chaſſer comme vn homme ehonté.

   A l'heure Diocles ſon tableau luy preſente :
Qui des le premier front tout le monde contente :
Et ſur tous Antigone en fut fort ſatiſſait :
Luymeſme remarquant le iugement parfait
De ce peintre modeſte, ayant pluſtoſt laiſſee
La grandeur de ſon art par ſa gloire abaiſſee

Que de manquer prudent à l'auis temperé,
Qui de l'extremité rend l'erreur moderé,
Et pour ne sembler pas aimer la courtoisie,
Qui par vn noble choix des nobles est choisie.
De sorte que voyant le defaut du pourtrait
Du visage en profil en epargne retrait,
Il sembloit qu'à dessein cette petite espace
Plustost qu'vne plus grande adioustast de la grace
A ce que cachoit l'ombre : & le Roy de costé
Mieux que parlant estoit muet representé.
Antigone depuis luy fist de l'auantage,
Autant que meritoit le prix de cet ouurage .
Et luy fist reconnoistre en prenant le tableau
Qu'il payoit son esprit plustost que son pinceau.

   Beaus esprits, pensez y, vostre Muse auertie
Ne soit doncques si fort à l'Art assuiettie,
Que le bon iugement ne face election
De tout ce qui depend de la discretion :
Donnez puissance egalle aux mœurs, au tems, aux Muses,
Sans pourtant tromper l'Art de quelques fausses ruses.

   Quand vous voudrez les Roys à vos chants amuser,
De paroles de soye il faut tousiours vser :
Et sans les flater trop d'vne ame trop mauuaise,
Leur ombrager le vray par chose qui leur plaise.
Sans pourtant offusquer du tout la verité :
Mais leur faire à propos paroistre sa clarté.
Vous en aurez ainsi de l'honneur sans dommage.
Et vostre iugement fera que dauantage
Vous tirerez profit de cet Art, ou souuent
Les sçauants indiscrets n'emportent que du vent.

Ie ne fay point du Ciel vn Apolon defcendre,
Pour faire ce bel Art mieux par fa bouche entendre,
Et donner à mes vers plus grande auctorité
Suiuant des vieux autheurs la docte antiquité·
De peur d'eftre femblable à ces bouffons tragiques,
Qui veftus de drap d'or pompeux & magnifiques,
Ouuroient la bouche grande vn Priam imitant,
Ou le Roy des Gregois enflez reprefentant,
Puis difoient quelque chofe indigne d'eftre à peine,
Ou dite par Hecube ou dite par Helene :
Mais fans deguifement, fans le mafque d'autruy,
Ces Preceptes ie mets comme on parle auiourdhuy,
Marri que n'eft ma Mufe & plus nette & polie,
Sans geindre foubs le fais de la melancolie :
Plus nette elle feroit fi les criarts tabus
Du Palais ne m'auoient feparé de Phœbus.
Car pour neant aux vers mes efprits s'euertuent :
Ie fuis toufiours troublé, les affaires me tuent :
Ie fuis comme vn grand lac ou beaucoup vont à l'eau
Qui tariffent ma fource & troublent mon ruiffeau.
Il faut laiffer r'affeoir cette eau tant epaiffie :
C'eft affez iufqu'à tant qu'elle foit eclaurfie.

FIN DV I. LIVRE.

L'ART

POETIQVE

FRANÇOIS,

Ou l'on peut remarquer la perfection & le defaut
des anciennes & des modernes poëfies.

AV ROY.

Par le sr. DE LA FRESNAIE VAVQVELIN.

LIVRE SECOND.

 VSES, *filles de Dieu, qui tous les Arts*
    fçauez,
Le refle de cet Art, Nimphettes, acheuez :
Montrez moy le chemin par lequel il
    me loife
Conduire feurement la ieuneffe Gauloife :
Quitez, Vierges, quitez le mont de Citheron,
Habitez des François le plaifant enuiron,
Et faites que les eaux d'Hipocrene chantantes,
Aprennent leurs chanfons à nos eaux ecoutantes :

Donnez moy de l'esprit la reluisante ardeur,
Que la grace Aglaïe accorde à la verdeur
De Thalie, agreable en sa ieuneße blonde.
Faites que la gayeté d'Euphrosine responde
Auecques la douceur de sa ioyeuse vois,
Et qu'vn plaisir parfait ie reçoiue des trois.

  Faites que vostre grace, ô riantes Charites,
Couure ici le defaut de ces Regles escrites
En vers mal agencez : & vous, Phœbus, ostez
Les cailloux des chemins, qui sont mal rabotez :
Marchez deuant afin que ces maßes rocheuses
Rendent suiuant vos pas les sentes moins facheuses.

  SIRE, qui sçauez faire vn saint accouplement
Des neuf filles du Ciel, (diuin aßemblement!)
Et des Graces ensemble : aportez vostre grace,
Qui ces filles du Ciel & les Charites paße :
Il est fort mal aisé les Muses bien gouster,
Qui ne sçait attentif leurs beaus chants ecouter :
De bien loin on ne peut la hauteur reconnoistre
Des hauts monts que l'on void seulement aparoistre :
Mais en les approchant on tient pour merueilleux
De grimper sans danger sur leur dos orgueilleux :
Et puis on s'esbahit quand quelque sente estroitte
Nous conduit au plus haut de la montaigne droitte
On ne regarde außi combien sont les espris
Des Poëtes hautains en leurs faits entrepris,
Comme ils sont esleuez sur toute chose humaine,
Si soymesme on ne veut entrer dans leur doumaine,
Et contempler de pres leurs diuines façons,
En l'antre Thespien imitant leurs chansons :

Et puis on s'esbahit que pas à pas on gaigne
Au haut sommet cornu de la double montaigne.
  Comme l'Emant le fer, & l'Ambre le festu
Attire sans effort, par secrete vertu :
La Muse attire ainsi, sans force violente.
Par vn secret instinc, à soy l'ame excellente;
Quasi des le berceau tout bel entendement
Met à suiure ses pas tout son contentement.
L'Auette pour aimer la douceur sauoureuse
De toute plante douce est tousiours amoureuse :
L'homme aussi de luymesme estant ingenieux
Aime, embrasse & cherit tout œuure industrieux.
C'est pourquoy l'enfançon de sa nature, en haste
Prendra plustost qu'vn pain vn oiselet de paste :
Et quand on luy presente vn pourtrait, vn belet
En argent imprimé, l'argent luy semble laid
Qui n'est qu'en simple masse : il aime vne meslange
Qui la chose suiette à l'artifice range.
Ce qu'on void de gentil & d'artificieux,
De nature est à l'homme aimable & precieux :
Les paroles ainsi des Muses animees
Sont naturellement de tous hommes aimees :
Ils aiment beaucoup plus vn parler mesuré,
Que celuy qui sans pieds marche mal asseuré :
De fait les Muses sont l'Ocean, dont les ondes
Arrousent nos esprits de sciences profondes :
Et ne faut pour y voir des discours mensongers
Croire qu'y voyageant s'y trouue des dangers.
  Comme en la vigne on void dessoubs la fueille verte,
La grappe cramoisie estre souuent couuerte

Sans qu'on la puiſſe voir : ainſi ſoubs les diſcours
D'vn conte Poëtique & deſſoubs les amours
Des Heros & des Dieux, entremeſleʒ de fables,
Sont des enſeignemens richement profitables.

   Souuent nous nous plaiſons à l'odeur, aux couleurs,
Sans chercher les vertus des odorantes fleurs :
L'abeille touteſſois en tirera ſacree
La cire & la liqueur dont ſon œuure eſt ſucree :
De meſme on void pluſieurs s'abuſer aux beauteʒ
Des parolles qui ſont pleines de nouueauteʒ :
Mais d'autres n'arreſtant aux paroles fleuries,
Recueillent le beau ſens couuert d'allegories.
De feuillage d'Acante & de plaiſans feſtons,
Les Muſes cachent l'or des vers que nous chantons.

   Mais r'entrons au chemin de la foreſt ſacree,
Ou parmi les lauriers la Muſe ſe recree
A rendre des Heros les beaus faits immortels,
Et diſons comme on doit chanter en œuure tels.

   Pour vn commencement tu n'enfleras ta veine,
Comme fiſt vn Ciclic, d'vne trop forte aleine.

   De Priam les deſtins hautain ie veux chanter,
Ses valeureux exploits, & ſes guerres conter ;
Ou comme a fait celuy qui, tout plein de brauade,
Voulut du premier mot router vne Illiade :
Ie chante les combats de ce grand Pharamont,
Qui les Gaules iadis bouluerſa contremont.
Que pourroit aporter ce prometteur qui dreſſe
L'aiſle ſi haut, qui fuſt digne de ſa promeſſe ?
Les montaignes s'enflant, groſſes accoucheront,
Vne mouche en naiſtra dont les gens ſe riront !

O combien mieux a dit d'Vliſſe la trompette,
Qui rien meſſeamment en ſes œuures ne traitte !
Muſe, di moy celuy qui tant a voyagé
Apres Ilion pris & ſon mur ſaccagé :
Pratiqué tant de mœurs & tant d'ames diuerſes,
Et tant ſouffert de maux deſſus les ondes perſes ?

　Ou bien noſtre Ronſard, ſi d'vn air entonné
Hautement ſa trompette en long vers euſt ſonné.

　Abuſé du plaiſir qui trompe la ieuneſſe,
Seruiteur des beaus yeux d'vne ieune maiſtreſſe,
En vain i'ay ſouſpiré les amours baſſement :
Puis r'enforçant ma voix vn peu plus hautement,
Le premier des François i'ay façonné les modes
De marier la lyre au nouueau ſon des Odes :
Maintenant plus hautain, Charles Roy treschreſtien,
Ie chante les valeurs & les faits du Troyen,
Qui pouſſé du deſtin, des dieux & de Caſſandre,
Fuitif de ſon pays quand Troye fut en cendre,
Ayant beaucoup ſouffert & par terre & par mer
Vint de ſon nom Francus la France ſurnommer :
De qui, de pere en fils nos Roys ont pris naiſſance,
Et qui nous raportant vne autre Troye en France
Fonda pour Ilion la cité de Paris,
Et l'enrichit du nom de ſon oncle Pâris
Apres mile combats. Tant il y eut de peine
Auant que de l'enclorre entre les bras de Seine :
Ou l'empire d'Europe ebranlé tant de fois,
Deuoit à tout iamais y demeurer François.

　Filles de Iupiter, Muſes, venez moy dire,
Si ce fut par fortune, ou ſi ce fut par l'ire

D'vn dieu trop couroucé que Francus a esté
Si loin du bord Gaulois tant de fois reieté?

  Et s'il m'estoit permis d'aleguer de ma rime,
Peut estre ie pourroy me mettre en quelque estime
En l'ouurage que i'ay des long temps auancé,
Autant qu'autre qui soit en France commencé.

  Inspiré de l'esprit qui diuin tout inspire,
Muse, fay moy chanter sur la celeste lire,
Les faits & la valeur du magnanime Hebrieu,
Qui berger fut choisi par le conseil de Dieu,
Flouet, ieune & cadet d'vne maison petite,
Pour estre l'oinct sacré du peuple Israëlite?
Et qui suiuant de Dieu les eternels destins,
Du Royaume promis chassa les Palestins,
Chassa l'Ammonien & soustint la colere
De Saül enuieux sur son regne prospere :
Par bois & par forests, par deserts pleins d'horreurs
Il souffrit mile maux, fuyant à ses fureurs.

  Car Saül tout ardant de voir sa main puissante
S'affoiblir par la force en Dauid accroissante,
Brusloit ouir d'ailleurs le destin predisant,
Que du tronc de Iessé le Sion florissant
Ombrageroit le monde. Ainsi par mainte guerre
Il endura beaucoup pour asseurer la terre
Ou il deuoit fonder l'admirable Cité
Qui aux Peres croyants promise auoit esté.

  Cité qui deuoit estre en son contour assise,
Pour figurer du CHRIST l'vniuerselle Eglise,
Dont Chrestiens nous venons : & ce nom ancien
Par dessus tous retient nostre Roy treschrestien

Henry, foubs lequel puiffe Europe, Afie, Afrique,
Couronner de ce nom du monde la fabrique.
  O parler fouuerain, dont la Triple-vnité
Eſt vne auecques Dieu de toute eternité,
Ayant en toy parfait vne parfaite eſſence
En la perfection de la grand prouindence :
Qui Pere, Fils, Eſprit, es le Dieu tout-puiſſant,
Commençant toute choſe, auſſi la finiſſant,
Par ta parole fais, que cette œuure conceue
De moy, ſoit enfantee à bien heureuſe iſſue.
  Seigneur, raconte moy comme des Cieux amis
Ce Prince fut eſleu pour eſtre leur commis?
Pourquoy tant il ſouffrit pour vn courroux inique,
Et pour vn feu ſorti d'vne flamme impudique ?
  Mais pour ſonner, Seigneur, tes honneurs bien à plain,
Cette harpe il faudroit dequoy ſur le Iourdain,
Prophete il fredonnoit tes celeſtes louanges,
Qui vont encor bruyant depuis Eufrate & Ganges,
Iuſques ſur noſtre Seine! O bien heureux ſonneur,
Celuy qui du grand Ihoue auroit eu cet honneur
De retoucher les nerfs de ta harpe ſeraine,
Diuin rabaiſſeroit la gloire plus hautaine
De ces fameux Harpeurs, dont les fables contoient,
Qu'au mouuoir de leurs doigs les fleuues s'arreſtoient,
Et qu'ils eſtoient ſuiuis des arbres & des plantes
Marchant aux doux accords de leurs voix ſouſpirantes!
  Mais ce n'eſt nous qu'il faut aux François aleguer,
Il faut en la mer Grecque & Latine voguer,
Amener ſes vaiſſeaux tous chargez de la proye,
Que tant d'eſprits trouuoient aux beaus reſtes de Troye.

Suiuant Virgile ainſi, (quand du ſuiet plus bas,
Paſſant par le moyen il chanta les combats :)
  Ce fut moy qui flutay ma chanſon bocagere
Au pipeau pertuiſé d'vne auene legere :
Puis ſortant des foreſts, apris aux champs voiſins
A doubler au fermier les bleds & les raiſins :
Au laboureur champeſtre œuure bien agreable :
Maintenant de la guerre & de Mars effroyable
Ie chante les combats, & ce Prince guerrier,
Qui fugitif de Troye aborda le premier
Aux champs Italiens : auec peine infinie
Arriuant par deſtin au port de Lauinie.
  Il paſſa maints haſards : on ne peut eſtimer
Combien deſſus la terre & combien ſur la mer.
Il endura de maux : de Iunon couroucee
Et des dieux ennemis ſa flote eſtant pouſſee :
Iunon qui dans ſon cœur la vengeance couuoit
Des affronts du paſſé que ſoufferts elle auoit.
Auſſi de grands perils il courut en Latie
Auant que la cité ſuperbe y fuſt baſtie,
Et qu'il euſt mit ſes Dieux, par vn fatal deſtin
Et par ſes grands exploits, dans le terroir Latin,
D'ou vint la gent Latine, & d'ou tant on renomme,
Et les Peres Albains & les hauts murs de Rome.
  Muſe, raconte moy la cauſe de ces maux?
Et quel Dieu luy braſſa tant de facheux trauaux?
Pourquoy fut à ce Preux ſi iuſte & debonnaire,
La Princeſſe des cieux ſi cruelle & contraire?
Que de le voir ainſi ſur les mers agité?
Peut vn celeſte cœur eſtre tant irrité?
                              Voyez

Voyez comme le Grec rend la Muse estimee,
Tirant vne clarté d'vne obscure fumee :
Ne voulant pas aussi la lueur enfumer,
Mais d'vn epais brouillas vne flamme allumer,
Afin qu'il chante apres des choses merueilleuses,
Vn Antiphat, Caribde & Scille perilleuses ;
Vn Cyclops qui cruel Vlysse eust englouti,
S'il ne s'en fust plus caut que les siens garanti.

   Ainsi le doux Virgile a sa voix abaissee,
Afin qu'elle parust dauantage haussee,
Pour dire de Iunon le couroux tempesteux,
Et d'Eole animé les tourbillons venteux,
Vne Troye embrasee, vne Didon pleureuse,
La descente d'AEnee en la cauerne ombreuse
De Pluton ou chetif il fust lors demeuré,
Sans sa guide fidelle & le rameau doré.

   Le Grec n'a commencé des l'œuf iumeau, la guerre
Des Troyens & des Grecs : le retour en sa terre
De Diomede aussi, des le fatal trespas
Du fâé Maleagre il ne raconta pas.

   Et de forte Maron n'a son œuure ordonnee,
Qu'elle commence aussi des l'enfance d'AEnee :
Mais le milieu prenants ils font subtilement
Sçauoir la fin ensemble & le commencement :
Et tendant vers la fin, chacun d'eux rend connues
Les choses qui ne font & qui font auenues :
Car ils font au liseur le milieu si bien voir,
Que tout le precedent il en peut conceuoir :
S'ils trouuent quelquefois la matiere choisie
Ne pouuoir aisement couler en Poësie,

D

Ils la quittent bien toſt, & ſi vont tellement
Meſlant le faux au vray, mentant ſi doucement,
Qu'au premier le milieu ſe rencontre en la ſorte,
Qu'au milieu le dernier proprement ſe raporte.

  Or comme eux l'Heroic, ſuiuant le droit ſentier,
Doit ſon œuure comprendre au cours d'vn an entier :
Le Tragic, le Comic, dedans vne iournee
Comprend ce que fait l'autre au cours de ſon annee :
Le Theatre iamais ne doit eſtre rempli
D'vn argument plus long que d'vn iour accompli :
Et doit vne Iliade en ſa haute entrepriſe,
Eſtre au cercle d'vn an, ou gueres plus, compriſe.

  En Proſe tu pourras poëtiſer auſſi :
Le grand Stragiritain te le permet ainſi.
Si tu veux voir en Proſe vn œuure Poëtique,
D'Heliodore voy l'hiſtoire Ethiopique :
Cette Diane encor, qu'vn paſteur Eſpagnol,
Bergere, mene aux champs auecques le Flageol.
Nos Romants ſeroient tels, ſi leur longue matiere
Ils n'alloient deduiſant, comme vne hiſtoire entiere.

  Comme on void les couleurs beaucoup plus emouuoir,
Qu'vn trait ſimple ne fait ou qu'vn Crëon à voir,
Pour vn ie ne ſçay quoy qui l'homme repreſente,
Trompant le iugement & toutefois contente :
Ainſi dedans les vers le faux entrelaſſé,
Auec le vray-ſemblant d'vn conte du paſſé,
Nous emeut, nous chatouille & nous poind dauantage
Que l'eſtude qu'on met à polir ſon ouurage,
Sans faire vne meſlange, vne varieté,
Qui ne ſuit menſongere en rien la verité·

Le changement diuers toufiours affectionne,
Selon l'euenement qui le cœur paffionne.
  Les vers aiment toufiours cette diuerfité :
Car le changement tient vn efprit excité
A fe paffionner, felon que veut le conte,
Soit ioyeux ou facheux que la Mufe raconte :
Le plaifir eftant plus agreable & plaifant
Que la fin eft contraire à l'aduis du lifant :
Mais d'ailleurs ce qu'on void eftre fimple & femblable
Ne paffionne point, pour eftre vn & fans fable :
Cela fait qu'vn Homere ou Virgile ne fait
Qu'vn homme foit toufiours ou vainqueur ou parfait.
Et quand ils font les dieux fe mefler des affaires,
Heureux & malheureux, doux les font & coleres :
Afin qu'en nulle part ne manque l'action,
Qui tient l'homme tendu toufiours en paffion :
Ce qui n'aduiendroit pas fi les chofes heureufes
Ne trouuoient du malheur parmi les dangereufes.
  O maiftre du grand fils du Macedonien,
Si tes yeux euffent veu du Cigne Aufonien
Les admirables chants, ta voix docte & hardie
Les euft lors preferez à toute Tragedie,
A tous vers Heroics : car n'en defplaife aux Grecs,
Soit au commencement, à la fin, au progrés,
Il les a furpaffez : & s'Homere il feconde
En âge, en rang il eft le premier par le monde.
  Il fçait bien à propos l'efprit raui faifir
Tantoft d'ennuy facheux & tantoft de plaifir,
Quand il chante les faits du debonnaire AEnee,
Pour rendre d'autant plus l'ame paffionnee :

Tantoſt d'vn grand bonheur en malheur l'abaiſſant,
Et tantoſt d'vn peril en honneur le hauſſant :
Aux vices naturels le faiſant vn peu tendre :
Mais ferme à la vertu touſiours le fait entendre,
Et ſans du vray-ſemblant du tout ſe departir,
Il ſçait bien les vertus aux vices aſſortir :
Luy baillant vne grace, vne ame, vne faconde,
Qui luy fait contrefaire à propos tout le monde :
Comme quand il luy fait à Didon raconter
Le piteux ſac de Troye, il luy fait emprunter
Les geſtes, les diſcours, la poſture & les âges
(Lors qu'il les fait parler) de pluſieurs perſonnages.
  Oy donc ce que le peuple & moy te deſirons,
Si tu veux que chacun publie aux enuirons
Du Theatre ta gloire, alors que le murmure
De l'aplaudiſſement & du chant dernier dure :
Soit qu'Homere imitant tu faces outremer
Derechef Saint Loys en ſon voyage armer,
Soit que graue des Roys, ſoit que la Muſe baſſe
Te chante en l'échafaut les tours du populace,
Tu dois de chacun âge aux mœurs bien regarder,
La bienſeance en tout ſoigneuſement garder,
Et tout ce qui ſiet bien aux natures changeantes :
L'enfançon qui petit aſſied fermes ſes plantes
Deſia deſſus la terre, & qui ſçait bien parler,
Auecques ſes pareils aux ebats veut aller :
Soudain il pleure, il rit, il s'appaiſe, il chagrine,
D'heure en heure changeant de façon & de mine.
  Le ieune gentilhomme à qui le poil ne poind,
Et qui ſort hors de page, & de maiſtre n'a point,

Aime chiens & cheuaux, & loin de fon pedante,
A voir apres le Cerf la meute clabaudante :
Aime les champs herbeux & fe plaift dans les bois,
D'entendre retentir des bergeres les vois :
Au vice, comme cire, il eft ployable & tendre,
Afpre & rude à ceux-la qui le veulent reprendre,
Pareffeux à pouruoir à fon vtilité,
Defpencier, defireux, rempli de vanité :
Qui bien toft eft faché de fes folles delices,
Aimant diuers plaifirs & diuers exercices.
Quand il a l'âge d'homme il fe veut augmenter,
Acquerir des amis, aux grands eftats monter,
Garder le point d'honneur, ne faifant temeraire
Ce qu'il faudroit apres rechanger ou deffaire.

  L'âge aporte au vieillard mainte incommodité,
Soit qu'aux acquets il foit ardemment incité,
Soit que fon bien acquis il ne vueille defpendre
Qu'il aime mieux garder qu'à fon dommage vendre,
Soit qu'en toute entreprife il foit timide & froid,
Dilayeur, attendant, riotteux, mal adroit,
Conuoiteux du futur, chagrin plaignant fans ceffe,
Loüant le temps paffé qu'il eftoit en ieuneffe :
Seuere repreneur des mœurs des ieunes gens,
Se fachant negligent de les voir negligens :
Plufieurs commoditez l'âge venant ameine,
Et plufieurs quant & luy s'en allant il entraine.
Le ieune eft tout conduit de courage & d'efpoir,
Efperant riche & grand quelqueiour de fe voir :
Au contraire le vieil vit plus de fouuenance
Du temps qu'il a paffé qu'il ne fait d'efperance.

d iij

Pour ce il ne faut iamais qu'vn ieune homme gaillard
Reprefente en parlant la façon d'vn vieillard,
Ni qu'vn ieune homme auffi fon vieillard fente encore :
Ayant toufiours egard à ce qui plus honore
La perfonne parlante : & ce qui conuient mieux
A l'âge de chacun, ou foit ieune ou foit vieux.
Quand la foreft n'eft plus en Hyuer cheuelue,
Si plaifante elle n'eft que quand elle eft fueillue :
Qui diroit fon ombrage eftre lors verdoyant,
Chacun dementiroit fon parler en l'oyant :
Quand vne Dame auffi n'eft au vray contrefaite,
Du fot Peintre on fe rit qui l'a fi mal pourtraite.
Guidé de iugement rien ne faut ignorer,
Ains clair & net de l'Art les regles honorer :
Celuy qui puifera d'vne fource troublee,
De la bourbe mettra dans fon œuure affemblee.
 Or pour loy le Tragic & le Comic tiendront,
Quand aux ieux vne chofe en ieu mettre ils voudront,
Qu'aux yeux elle fera de tous reprefentee,
Ou bien faite defia, des ioueurs recitee :
Et bien que ce qu'on oit emeuue beaucoup moins
Que cela dont les yeux font fidelles tefmoins,
Toutefois il ne faut lors montrer la perfonne,
Quand la honte ou l'horreur du fait les gens etonne :
Ains il la faut cacher, & par difcours prudens
Faut conter aux oyants ce qui s'eft fait dedans :
Et ne montrer le mort, aporté fur l'Etage,
Qui caché des rideaux aura receu l'outrage :
Car cela fe doit dire : & plufieurs faits oftez
Hors de deuant les yeux font mieux apres contez.

Et ne faut que Medee, inhumaine marathre,
Maſſacre deuant tous ſes enfans au Theatre :
Ou qu'Aſtree, en public impudemment meſchant,
De ſon frere ennemi les fils aille trenchant :
Ou que Progne en oiſeau deuant tous ſoit muee :
Ou Cadme en vn ſerpent : ou Caſſandre tuee :
Ou qu'vn monſtre en Toreau dans les flots mugiſſant
Engloutiſſe Hypolite en ſon char bondiſſant :
Ou qu'on montre Antigone en la caue pendue,
Et ſon amant Hemon lequel auprẹs ſe tue :
Tout ce qu'en l'Echafaut tu nous faits voir ainſi,
Faché ie le dedaigne & ne le crois auſſi :
Mais le fait raconté d'vne choſe aparente
Fait croire le diſcours de tout ce qu'on inuente.
 Le Comic tout ainſi ſur l'Etage fera
Conter ce qu'au couuert l'amoureux fait aura :
Ne deſcouurant à tous la honteuſe beſongne.
Qu'à Paris on fait voir en l'Hoſtel de Bourgongne :
Ains ſortant vn Cheré ieune, affetté, mignon,
Il dit ſa iouiſſance au loyal compagnon
Que premier il rencontre : & qu'ayant la veſture,
Et d'vn Eunuque pris la grace & la poſture,
Il a d'vne pucelle, au naturel deduit,
Cueilli la belle fleur, de Iupiter conduit,
Qui peint en goutes d'or tomboit comme vne pluye,
Dedans le beau giron d'vne fille eblouye
De ce plaiſant metal! l'aſpec de ce tableau
Rendit plus courageux l'amoureux iuuenceau !
 Quand au commencement, au temps de leurs vendenges,
Que les Grecs celebroient de Bacchus les louenges,

d iiij

Ils dreſſoient des autels de gaʒons verdelets,
Et chantoient à l'entour quelques chants nouuelets :
Puis ioyeux, enuineʒ, ſimples & ſans malice ,
D'vn grand Bouc amené faiſant le ſacrifice ,
Ils le mettoient en ieu trepignant des ergos :
Et ce bouc s'apeloit en leur langue Tragos,
D'ou vint premierement le nom de Tragedie :
Et celuy qui chantoit de plus grand melodie
De ce loyer eſtoit content infiniment :
Ces vers n'eſtoient ſinon qu'vn gay remerciment
De la bonne vendange, vn los de la ſageſſe
De Dieu qui leur donnoit de biens telle largeſſe.

   Mais pour ce que les grands, les Rois & les Tirants
Commencerent depuis, les ſiecles s'empirants,
D'vſurper la louange aux dieux apartenante,
Il y eut des eſprits qui, de Muſe ſçauante,
Commencerent auſſi par leurs vers à montrer
Que l'homme à tous propos peut la mort rencontrer,
Combien de maux diuers ſont ioints à noſtre vie,
Et d'heur & de malheur egallement ſuiuie,
Au reſpeȼt du plaiſir, de la felicité,
Qui touſiours eſt au Ciel, des Dieux ſeuls habité :
Et pour le faire voir par des preuues certaines,
Lors ils ramenteuoient des plus grands capitaines,
Des Princes & des Rois les deſaſtres ſoudains,
Comme ils eſtoient tombeʒ de leurs eſtats hautains
En miſere & ſouffrête : & cela nous fait croire,
Que c'eſt du vers Tragic la plus vieille memoire :
Ainſi la Tragedie eut ſon commencement :
Ainſi les Rois chetifs en furent l'argument.

La braue Tragedie au Theatre attendue,
Pour eſtre mieux du peuple en la Scene entendue,
Ne doit point auoir plus de cinq aĉes parfaits:
Ange ni Dieu n'y ſoit, s'il n'eſt beſoin de faits
Qui ſoient vn peu douteux, ou d'vne mort celee
Qui d'vne Ombre ou d'vn Dieu lors ſera reuelee:
Et ne parle vn quatrieſme en l'Etage auec trois:
Trois parlant ſeulement ſuffiſent à la fois.

Le Chœur de la vertu doit eſtre la defence,
Du parti de l'autheur repreneur de l'offence:
Doit parler ſagement, graue & ſentencieux,
Se montrant de conſeil aux grands officieux:
Choſe n'entremeſlant aux aĉes, que bien dite,
Bien ne vienne à propos, & qui bien ne profite:
Aux bons & vertueux il fauoriſera,
Et les non feints amis, ami vray priſera.
Qu'il apaiſe touſiours vne ame couroucee,
Et plein de iugement deſcouure ſa penſee:
Qu'il honore celuy qui du vice eſt vainqueur,
Loüant ouuertement les hommes de grand cœur,
La table ſobre & nette, & l'vtile Iuſtice,
Les Edits & les Loix qui vont bridant le vice.
Et qu'il loüe en paſſant la douce oiſiueté
Qu'on reçoit en la paix viuant en ſeureté:
Et qu'il tienne ſecrets les ſecrets qu'on luy baille:
Et que les puiſſants Dieux touſiours priant il aille,
Qu'aux humbles afligeʒ il oſte la douleur,
Et qu'aux fiers orgueilleux il donne le malheur.

La Flute aux premiers temps, aux Scenes ordonnee
N'eſtoit, comme depuis, de Cuyure enuironnee,

Et l'eſclatant Hautbois n'enuioit point encor
La Trompette guerriere aux longues houpes d'or :
Mais tenue, greſle & ſimple & bien peu pertuiſee,
Es ieux de ce temps la n'eſtoit point meſpriſee
Quand elle ne pouuoit ſi haut ſon entonner ,
Qu'aux ſieges elle peuſt grands troupes amener :
Car le peuple nombrable eſtoit petit à l'heure ,
Honteux, chaſte, modeſte & plein d'vne foy ſeure.

Ainſi nos vieux François vſoient de leur Rebec ,
De la Flute de bouis & du Bedon auec ,
Quand ils repreſentoient leurs Moralitez belles ,
Qui ſimples corps voloient ſans plumes & ſans ailles :
De Chœur ils n'auoient point : & par Aĉtes leurs ieux
N'eſtoient point ſeparez : mais or plus courageux
Ils feroient eleuer le Theatre de France,
S'ils auoient longue paix, ſur l'antique arrogance.

Or quand le Romain eut, riche & viĉtorieux ,
Eſtendu ſon doumaine, & d'vn mur glorieux
Plus ample enuironné l'enclos de ſa grand'ville ,
Et que libre viuant ſoubs vne loy ciuille ,
Impuniment ſortoit par les beaus iours feſtez ,
Pour plonger ſes eſprits dedans les voluptez :
Auſſi toſt on vit naiſtre auecques la licence,
Et des vers & des ieux la grand'magnificence :
Car qu'euſt peu lors ſçauoir le paiſan appelé
Auecques le bourgeois confuſement meſlé ?
Et qu'eſtoit ce de voir vn mal propre meſnage
Des champs eſtre en la ville & la ville au village ?
Et l'habile homme ioint auec le mal apris ,
Et voir les ignorants parmi les beaus eſpris ?

Mais apres que le temps rendit ciuilifee ,
Par l'abondant plaifir, l'allegreffe prifee,
Il aduint dudepuis qu'auec le mouuement,
Le Violon ioua beaucoup plus plaifamment :
Et par l'attrait mignard des voix muficiennes,
Fift cette gayeté paffer les anciennes,
Sur le Theatre ouuert ioyeux fe proumenant,
Et pompeux à longs plis fa grand'robe trainant :
Sur les cordes auffi mieux que deuant fonnantes
Creurent les doux accents des voix bien accordantes :
Et du parler encor l'ornement eftimé,
Vn langage eleua lors non accouftumé.

Auecques l'ornement de la langue pollie,
Volontiers la fcience & s'vnit & s'allie,
Qui fift qu'vn beau fçauoir à l'vtil auifant,
Et fage par raifon, le Futur predifant,
Obtint es faits priuez comme es chofes publicques
Honneur pareil à ceux des Oracles Delphiques :
Par loix & par vfage, vn Regne policé,
Quafi comme diuin eft conduit & dreffé.

La France tout ainfi comme eftant en enfance,
Gaillarde mefura fes pas à la cadance
Diuerfe en diuers lieux, quand des Pafteurs apris
De Bourgongne & Poitou, furent les branles pris.

Les Ballets tremoufants, les branles & la dance,
Auec la Poëfie ont grande conuenance :
Car on peut par la mine & le gefte branlant,
Demontrer ce que font les Mufes en parlant :
Et comme en la Pirriche en nos bouffonneries,
On peut reprefenter mile plaifanteries,

Qui font aux paſſions les ames emouuoir,
Et nous font ſans parler vn fait Tragique voir;
Vn fait Comic auſſi, qui par la contenance
Nous montre des humains les mœurs & la ſemblance;
Vn plaiſant Mataſſin, qui ſçait bien bouffonner,
Et contrefaiſant tout ſçait tout plaiſir donner.

   Chantant en nos feſtins, ainſi les vau-de-vire.
Qui ſentent le bon temps nous font encore rire.

   Vau-de-vire plaiſant, ie te tiens bien heureux
D'auoir pour gouuerneur Bordeaux le genereux,
Qui Cæſar imitant, dans la fureur des lances,
Meſle les doctes Arts auecques ſes vaillances.
Muſes, de voſtre main tortiſſez le Laurier
Dont i'ombrage le front de ce ieune guerrier.

   Le temps qui tout polit depuis rendit polies
La grace & la douceur de ſes chanſons iolies,
Auec vn plus doux air les branles accordant,
Et la douce Muſique aux nerfs accommodant :
Et nous repreſentant ſes farces naturelles,
Choiſit vn chant qui fut alors bien digne d'elles.
Mais, à dire le vray, la France n'eut iamais
Vn repos aſſez long pour iouir de la paix :
La miſere touſiours ſa triſteſſe a meſlee
Auec la gaillardiſe ou elle eſt appelee :
Toutefois imitant tant qu'elle peut les vieux,
Elle tient aux malheurs ſon courage ioyeux :
Et nous a ramené de la Lyre cornue
(Qui fut au parauant aux noſtres inconnue)
Les chants & les accords, qui vous ont contenté,
Sire, en oyant ſi bien vn Dauid rechanté

De Baïf & Couruille : O que peut vne Lyre,
Mariant à la voix le fon & le bien dire !
    La France auffi depuis fon langage hauffa,
Et d'Europe bien toft les vulgaires paffa,
Prenant de fon Roman la langue delaiffee,
Et denouant le neud, qui la tenoit preffee,
S'eflargit tellement qu'elle peut, à fon chois,
Exprimer toute chofe en fon naïf François.
Suiuamment c'eft auffi la fcience eleuee,
Au cœur des bons efprits des l'enfance grauee,
Qui, foit en faits communs, foit en diuinité,
A gaigné fur les vieux le prix d'eternité.
Et d'autant que meilleurs font en Gaule les hommes,
D'autant plus excellens que les autres nous fommes
En toute Poëfie, & broffons à trauers,
Tant foient ils buiffonneux, des haliers plus couuers.
    Toutefois l'Artifan n'entreprent point d'ouurage,
S'il n'a fait fon Chef d'œuure & fon apprentiffage :
Mais nous du premier pas les Mufes nous fuiuons,
Sçauans & non fçauans des vers nous efcriuons.
    Neaumoins ie diray cette douce folie,
Cette gentille erreur, eftre toute remplie
De beaucoup de vertus. Iamais premierement
Le Poëte n'eft point auare aucunement :
Il aime fes labeurs, fon feul but & fa ioye,
Il aime des forefts la folitude coye :
Il aime fes egaux, qui de franche bonté
N'eftrangent de leurs mœurs l'honnefte volupté.
Il fe mocque, il fe rit des grands citez rafees,
Des pertes, des ennuis, des maifons embrafees,

Contre Dieu ni l'eſtat il n'a point comploté :
En l'Ocean d'erreur ſon eſprit n'a floté :
Comme vn peu Philoſophe il laiſſe aller le monde.
Les Deſtins plus courants volontaire il ſeconde :
Contre ſes compagnons il ne machine rien :
Il ne tache d'auoir des orphelins le bien :
Sa table eſt ſobre & nette, & comme il ſe preſente,
Du peu comme du prou, ſouuent il ſe contente.
S'il n'eſt propre à la guerre, aux armes nonchalant,
Il eſt bon à la ville, aux meilleurs s'egallant :
Et ſi tu reconnois que les choſes petites
Aux grandes aident bien, tu connois ſes merites.
Car aux ieunes il ſçait aprendre la vertu,
Leur former le parler que ce monſtre teſtu,
Que ce peuple ignorant, par mauuaiſe prononce
Des vulgaires plus bas, diuerſement anonce :
Leur fait hair le vice, & gracieux & doux,
Leur corrige l'enuie & l'aigreur du couroux :
Les beaux geſtes paſſez il remet en memoire,
Il raconte touſiours quelque agreable hiſtoire,
Il donne enſeignements, par le reſouuenir
Des exemples connus, pour le ſiecle aduenir :
Plaiſante eſt ſon humeur, vtile ſa hantiſe,
Eſtant tout courtiſan, hormis par la feintiſe :
Et quand, Sire, aux honneurs vous l'auez eleué
Eſtant de la liqueur d'Hipocrene abreué,
Beau laurier entre tous il paroiſt en la ſorte
Que fait la fueille verde au pres la fueille morte.
    Mais en mettant moymeſme en nos moiſſons la faux,
I'ay veu dire d'ailleurs qu'on trouue des defauts

Aux Poëtes auffi. Voftre maiefté mefme
Qui les Mufes connoift, les cherit & les aime,
Sire, s'en aperçoit lors que mal à propos
Vous prefentant des vers on rompt voftre repos :
C'eft vne faute encor quand depit on mefprife
De l'ami de nos chants vne iufte reprife ;
Quand on le fait vn vers plufieurs fois ecouter,
Que des le premier coup il a bien fceu goufter :
Et quand nous nous plaignons que nos chants & nos veilles,
Que noftre Luth qui donne aux forefts des oreilles,
N'eft point ouy de vous, qu'il n'eft point recherché,
Pour eftre comme il deuft de vous, Sire, aproché :
Et que nous efperons que quand vous aurez, Sire,
Connu comme fi bien nous iouons de la Lire,
Qu'enclin à nous aimer, vous nous apelerez,
Et chanter voftre nom vous nous commanderez :
De forte que iamais la piteufe foufrête,
N'aportera chez nous de fain ni de difete.
Phœbus eft de foymefme vn peu prefomptueux,
Toufiours ieune & vanteur, toutefois vertueux.
   Beaucoup de nous auffi leurs ouurages n'amendent :
Beaucoup à les reuoir trop curieux fe rendent.
On nota Protogene en fon art fouuerain
Pour ce qu'il ne pouuoit iamais ofter la main
De fes tableaux polis, fans toufiours l'y remettre :
De mefmes on en voit cette faute commettre
Par trop grand'diligence à polir leurs efcris,
Et ne trouuent iamais vn œuure affez repris.
   Mais, Sire, vous auez fait vn choix honorable
En beaucoup qui rendront Apolon fauorable

A voſtre maieſté; qui d'vn ſi grand donneur
Couronne les bienfaits d'vn immortel honneur.
Qui diroit qu'Alexandre auroit fait dauantage,
Voulant que ſeulement fuſt faite ſon image
D'Apelle & de Lyſippe, il ſe meſconteroit :
Et l'œuure de la main aux vers raporteroit :
Car vn viſage n'eſt rapporté par le cuiure,
Si bien comme les mœurs le ſont par vn beau liure,
I'entens par les beaus vers des Poëtes ſçauants,
Qui vont voſtre louange à qui mieux eſcriuants.
   Mais reuenons au lieu de nos vieilles briſees.
Voici la grand foreſt, ou les chanſons priſees
Des vieux Satyres ſont : ie m'eſtoy forlongné
Du labeur ou i'eſtoy n'aguere embeſongné :
Et n'eſtant ces ramas qu'vn plaiſant tripotage
D'enſeignements diuers, i'en faits vn fagotage
De bois entremeſlé : Car l'arbre Delphien
S'y peut voir des premiers : l'arbriſſeau Paphien
Ioint au rampant Lierre ; & d'Oliuier paiſible
S'y faire vne couronne à tous il eſt loiſible :
De ces bois ſont ſortis les Satyres rageux,
Qui du commencement, de propos outrageux
Attaquoient tout le monde, eſtant deſſus l'Etage,
Mais depuis ils ſe ſont polis à l'auantage :
Car ſortant des foreſts, laſciuement bouquins,
En la bouche ils n'auoient que des vers de faquins,
Tantoſt longs, tantoſt cours, comme les Dithyrambes
Des mignons de Bacchus, qui n'ont ni pieds ni iambes.
   Les bons eſprits d'alors, afin que depiteux
Ils peuſſent mieux taxer les vices plus honteux,
                                        Ils

Ils mettoient en auant ces Satyres ruſtiques,
Qui ſont Dieux ehontez, impudens fantaſtiques,
Qui les fautes nommoient & le nom des abſents,
Et les forfaits ſecrets quelque fois des preſents :
Telle eſtoit des Gregeois la Satyre premiere.
Lucile à Rome miſt la nouuelle en lumiere.

  Et celuy qui premier debatit au paſſé,
Par vn Tragicque vers, pour le bouc barbaſſé,
Ce fut meſme celuy qui le cornu Satyre,
Sauuage pied-de-bouc, nous deſcouurit pour rire :
Qui ſeuere gardant la meure grauité,
Entremeſloit le ris & la ſimplicité,
Afin de retarder, par nouueauté plaiſante,
Et par riants attraits, la troupe regardante,
Quand le peuple ſortoit ioyeux & deſbauché
Apres le ſacrifice & le ieu deſpeché.

  Et comme nos François les premiers en Prouence
Du Sonnet amoureux chanterent l'excelence
D'auant l'Italien, ils ont auſſi chantez
Les Satyres qu'alors ils nommoient Syruentez,
Ou Syluentois, vn nom qui des Sylues Romaines
A pris ſon origine en nos foreſts lointaines :
Et de Rome fuyant les chemins perilleux,
Premier en Gaule vint le Satyre railleux.

  Depuis les Coc-à-l'aſne à ces vers ſuccederent,
Qui les Rimeurs François trop long temps poſſederent,
Dont Marot eut l'honneur. Auiourdhuy toutefois,
Le Satyre Latin s'en vient eſtre François ;
Si parmi les trauaux de l'eſtude ſacree,
Se plaire en la Satyre à Deſportes agree :

E

Et fi le grand Ronfard, de France l'Apolon,
Veut poindre nos forfaits de fon vif eguillon ;
Si Doublet, (animé de Iumel qui prefide,
Sçauant au Parlement de noftre gent Druide,)
Met fes beaus vers au iour , nous enfeignants moraux,
Soit en dueil, foit en ioye, à fe porter egaux ;
Et fi mes vers gaillards, fuiuant la vieille trace
Du piquant Aquinois & du mordant Horace,
Ne me deçoiuent point, par l'humeur remontreux
Qu'vn Satyreau follet foufla d'vn Chefne creux.

   Mais rendre il faut fi bien les Satyres affables,
Mocqueurs, poignants & doux , en contes variables,
Et mefler tellement le mot facetieux
Auec le raillement d'vn point fentencieux,
Qu'egalle en foit par tout la façon rioteufe,
Qu'agreable on rendra d'vne langue conteufe,
Sautant de fable en autre , auec vn tel deuis
Qu'on fait quand priuément chacun dit fon aduis
D'vn fait qui fe prefente : en langue Aufonienne
On apelle Sermon cette mode ancienne.
Horace a foubs ce nom fes Satyres compris,
Nos Sermonneurs prefchants auffi l'ont mis en prix.

   Et fi tu fais parler quelques Nimphes diuines,
Des Dieux ou des Heros auec leurs Heroines,
Accouftrez brauement de pompes conuoiteux,
Qu'apres on ne les voye, & bouffons & boiteux,
Suiure par leurs difcours la vulgaire maniere
De ceux qui vont hantant l'efcole tauerniere :
De forte que penfant bas la terre euiter,
On le voye haut au ciel mal à propos monter,

Et peu digne Tragicque eslendre à la vollee
Vne parole basse & puis vne empoullee.
  Suiuant vn dous moyen subtil faut ioindre l'Art
Auecques la sornette & le graue brocart :
Et mesme faire encor que l'ami ne se fache,
Quand d'vn vice commun à chacun on l'atache.
Comme la Dame honneste aux Dimenches chommez
Se trouue quelquefois aux banquets d'elle aimez,
Ou contrainte à danser, ne laisse bien modeste,
De courtoise montrer vn graue & ioyeux geste :
Ainsi doit la Satyre, en sornettes riant,
La douce grauité n'aller point oubliant :
Estant & de plaisir & d'honnesteté pleine,
Comme la belle Grecque & la chaste Romaine.
Ainsi void on souuent la ioyeuse beauté,
Coniointe chastement auec la loyauté.
Des mots dous & friants il ne faut point elire,
Ni ceux qui sont trop lours en faisant la Satyre,
Les communs sont les bons, dehors du rond compas
Du Tragicque, du tout ie ne sortiray pas :
Mais ie mettray tousiours vne grand' difference
Alors que Zani parle auec quelque aparence :
Ou Pite ayant Simon de son argent mouché :
Ou bien quand de Bacchus vn Sylene embouché
Ie feray discourir. D'vne chose vulgaire
Et commune à chacun, mon vers ie pourray faire,
D'vne facilité si douce la traitant,
Que chacun pensera pouuoir en faire autant :
De sorte qu'il dira que mes vers & la prose,
En discours familiers sont vne mesme chose,

Que chacun parle ainſi, qu'on ne craint le malheur
De voir friper ces vers pour leur peu de valeur :
Mais s'il vient pour en faire à l'enui de ſemblables,
Il verra qu'aiſement ils ne ſont imitables :
Tant bien l'ordre, le ſens, & les vers ſe ioindront,
Et le langage bas & commun ils tiendront :
Et tant d'honneur aduient & de bonne fortune
Au ſuiet que l'on prend d'vne choſe commune.

  Selon mon iugement, ces Faunes fron-cornus,
Qui des noires foreſts aux villes ſont venus,
Ainſi que s'ils eſtoient aux citez dans les rues,
Aux Palais, aux marchez des villes plus courues,
Comme ieunes muguets n'vſeront affettez
Du parler de la ville ou d'ordes ſaletez,
Et ne vomiront point d'vne maniere ſote
Vn propos indiſcret, vne iniure ou riote,
Les riches & les grands s'en tiendroient offenſez :
Et bien que des bouffons il ſe rencontre aſſez.
Et tels marchants louans cette façon bouffonne,
Si n'aquerront ils point des ſages la couronne.

  En Satyre tu n'as en Grec autheur certain :
Suy doncques la façon du Lyrique Romain ;
De Iuuenal, de Perſe, & l'artifice bruſque
Que ſuit le Ferrarois en la Satyre Etruſque :
Remarque du Bellay ; mais ne l'imite pas :
Suy, comme il a ſuyui, la marque des vieux pas,
Meſlant ſous vn dous pleur entremeſlé de rire.
Les ioyeux eguillons de l'aigrette Satyre :
Et raporte vn butin du Latin & Gregeois,
Ainſi comme il a fait au langage François.

Et ieune ne fuy pas ces Damerets Poëtes,
Qui larrons ne font rien que Singes & Choëttes.
  Quand la fyllabe longue apres la breue alloit,
Ce pied vite en Latin Iambe on apeloit :
Et fi nom de Trimetre à l'Iambe l'on donne,
Pour ce que fous les doigs par fix fois il refonne.
A foy premierement femblable il fut fans plus :
Mais depuis les Spondés pefans & refolus,
En fin auecques luy plus fermes prindrent place :
L'Iambe patient les receut de fa grace :
Mais en les receuant il ne leur quitta pas
Ni le fiege fecond ni le quatriefme pas.
Plus dous par ce moyen ils furent à l'oreille,
Et les vieux les faifoient de cadence pareille.
  Apres que maints efprits rangeants la quantité
De la langue Françoife à la Latinité,
Eurent rendus aux pieds de leurs mots ordinaires,
La demarche & les pas de leurs legers Senaires :
De ces vers l'artifice en la France a eflé
Par maints autres efprits diuerfement tenté :
De forte que Toutain a fait que l'Alexandre
En la Rime pouuoit en Phaleuces fe rendre.
  Baïf qui n'a voulu corrompre ni gafter
L'accent de noftre langue, a bien ofé tenter
De renger fous les pieds de la Lyre Gregoife,
Mais en fon propre accent, noftre Lyre Françoife :
Et tant a profité ce courageux ofer,
Que comme luy plufieurs ont daigné compofer,
Allians à leurs vers mefurez à l'antique,
L'artifice parlant de la vieille Mufique :

Ie ne ſçay ſi ces vers auront authorité,
C'eſt à toy d'en parler, ſage Poſtérité.
Qui ſans affeâion peux iuger toutes choſes,
Et qui ſans peur les prendre ou reieter les oſes.
   Bref ces Iambes ſont biſerres & diuers,
Par nous repreſentez à maints genres de vers :
Comme ſont d'autrepart les doux vers de Catule,
De Pontan, de Second, de Flamin, de Marule,
Qui d'vnze pieds marchoient : mais les François gaillars.
Qui les ſont plus petits, ne les ſont moins mignars :
Teſmoins tant de Baiſers, Chanſons, Airs, Amourettes.
Mignardiſes, Gaytez & telles œuurelettes,
Dont leurs eſcrits ſont pleins, peignans d'vn dous pinceau
Tout ce que la Nature a de rare & de beau.
   Les vers peſants & lourds enuoyez ſur la Scene,
Langoureux ou hâtez, ou compoſez à peine,
Ne ſont pas eſtimez par vn ſçauant en l'Art :
Il blaſmera celuy qui tente le haſard
De ſe faire mocquer, quand trop mal il s'aſſeure,
En balançant au poids des nombres la meſure,
Et de n'enfanter pas en termes bien receus,
Les vers qu'en luy premier Phœbus aura conceus.
Et de n'eſtre ſoigneux d'vne Rime coulante,
Qui ſe rende à l'oreille agreable & plaiſante.
   Chacun n'auiſe pas les vers qui mal limez
Sont montrez au public, d'entre les eſtimez.
A la Muſe Romaine ayant eſté permiſe
Vne grande Licence, (indigne d'eſtre admiſe,)
Alors qu'on commençoit : & meſme nos François
S'eſtants plus largement eſtendus mile fois,

Me dois-ie hafarder de metre fur la preffe
Mes Poëmes qui font pleins de toute rudeffe ?
Ou fi pluftoft ie doy, par iugement preuoir,
Que chacun pourra bien ma faute aperceuoir ?
Si bien que me taifant, par vne fage rufe,
Ie ne fois point tenu de faire aucune excufe ?
La faute en ce faifant ie peux bien euiter,
Mais de louange auffi ie ne puis meriter.

Efprits qui recherchez, & matins & ferees,
Des Grecs & des Latins les traces affeurees,
Fueilletez leurs labeurs & la vous trouuerrez
Comme vn renom fameux acquerir vous pourrez :
Le fçauoir, l'artifice auec l'experte vfance,
Donnent en quelque temps au renom accroiffance.
Comme on void l'vne fois noftre ombre aller deuant,
Et l'autrefois derriere : ainfi va s'efleuant
Le renom des humains : quelquefois des la vie,
Et quelquefois apres la mort en eft fuiuie :
Et les Mufes toufiours laifferont renommez
Tous ceux qu'elles auront cheris & bien aimez.

Mais noftre Poëfie en fa fimpleffe vtile,
Eftant comme vne Profe en nombres infertile,
Sans auoir tant de pieds, comme les Grecs auoient,
Ou comme les Romains qui leurs pas enfuiuoient,
Ains feulement la Rime : il faut comme en la Profe,
Poëte, n'oublier aux vers aucune chofe
De la grande douceur, & de la pureté
Que noftre langue veut fans nulle obfcurité :
Et ne receuoir plus la ieuneffe hardie
A faire ainfi des mots nouueaux à l'eflourdie,

e iiij

Amenant de Gafcongne ou de Languedouy,
D'Albigeois, de Prouence, vn langage inouy :
Et, comme vn du Monin, faire vne parlerie
Qui nouuelle ne fert que d'vne moquerie.

   Ceux qui cherchent des mots empoulez & bouffis,
Et des difcours obfcurs, qui ne font point confis
Dans le fucre François, font vne faute telle
Que ceux qui vont quitant vne fontaine belle,
Pour puifer de l'eau verte en vn palu fangeux,
Ou dans le creux profond d'vn lieu marefcageux :
Vos paroles foient donc & vos pointes eleues,
En figures qui font des Mufes bien voulues :
Manieres de parler qu'vn Rethoricien
En Grec apelle Scheme enfeignant l'Artien.

   Chaffer on ne doit point par les forefts efpaiffes,
Qui ne fçait les detours, les routes, les adreffes,
Qui ne fçait redreffer les chiens à leur defaut,
De faire vn Horuari requêter comme il faut :
Ainfi dans l'efpaiffeur du buiffon de Permeffe,
Ne faut s'auenturer qui ne fçait la r'adreffe,
Qui conduit au fommet du double mont cornu :
Car Poëte on n'eft point qu'on n'y foit paruenu.

   Ie confefferay bien que les Romains antiques
Auoient fort eftimé les nombres Poëtiques,
Les vers & plaifants mots de Plaute qu'ils portoient
Par trop patiemment, & qu'ils s'en contentoient
Par groffiere fimpleffe, & que l'innocent âge
De nos bons vieux Gaulois eftimoit le ramage
De nos premiers Romants (qui le Romain parler
Fait Gaulois, au Gaulois fçauoient entremefler)

Vn peu legerement : & fi ne veux pas dire
Qu'à l'heure qu'ils oyoient quelque bon mot pour rire
En leurs chants, Chanterels, Sons, Seruantois, Tançons,
Paſtorelles, Deports, Soulas, Sonnets, Chanſons,
Triolais, Virelais, Ieux-partis, Lais, Sornettes,
(Sans les bonnes iuger d'entre les imparfaites)
Goſſes, tout leur plaiſoit, en tel contentement
Qu'ils n'ont iugé depuis des Rondeaux autrement,
Balades, Chants-royaux, Epiſtres & Complaintes,
Que bons ils adoroient d'affeɕtions non feintes :
Deſcriuant leurs amours, ainſi comme en tableaux,
Dedans leurs beaus Romants, & dedans leurs Fableaux.
En France lors n'eſtoit de race grande & belle
Qui n'euſt quelque Roman particulier pour elle.

   Depuis long temps encor Guillaume de Loris,
Iean de Meun-clopinel, on priſoit à Paris
Auec peu de raiſon : au moins ſi pour cette heure,
Des Rimes nous ſçauons diſcerner la meilleure :
Et ſi nous ſçauons bien à l'oreille & aux dois
Iuger le vers qui marche au nombre de ſes lois.

   Or l'Vualon eſtant tout le premier vulgaire,
Et l'Itale, & l'Eſpagne, ont formé l'exemplaire
Du leur ſur ſon Roman, ayant pris pour leçons
De nos chants & Sonnets les antiques façons :
Et puis comme celuy qui de ruſe maline,
Derobe le cheual en l'eſtable voiſine,
Luy fait le crin, la queuë & l'oreille couper,
Et quelque temps apres le reuend pour tromper
A ſon meſme voiſin : ainſi noſtre langage
Ils ont prins & planté dans leur terreur ſauuage.

Et l'ayant deguifé nous le reuendent or,
Comme fins maquinons, plus cher qu'au prix de l'or.
  Et comme nous voyons beaucoup d'herbes plantees
D'vn bon terroir en l'autre, & les greffes entees
Deſſus vn autre pied, derechef reuenir,
Et de leur premier tronc perdre le ſouuenir :
Tout de meſme les traits, les phraſes & la grace,
Prenant d'vne autre langue en noſtre langue place,
S'y ioignent tellement qu'on diroit quelquefois,
Qu'vn trait Latin ou Grec eſt naturel François.
Virgile ainſi pilla d'Homere la richeſſe,
Et naturaliſa des Gregeois la ſageſſe :
Et l'Arioſte apres, en les pillant tous deux.
Plus hardiment a pris les geſtes haſardeux
De nos vieux Paladins, connus par tout le monde,
Et des preux Cheualiers de noſtre Table-ronde,
Du Prophete Merlin les forts enchantemens :
De Turpin l'Archeueſque, en ſes racontemens
Suiuant l'hiſtoire vraye, alors que Charle-magne
Pauoit, à Ronceuaux, de morts toute l'Eſpagne :
Et qu'Agramont venu cet outrage vanger,
Vouloit deſſous ſes lois la grand'Cité ranger.
  A l'heure Lancelot, en Proſe Heroïque,
Montroit de nos maieurs la fureur Poëtique.
Et rauiſſoit l'eſprit de cent diuerſitez :
Meſlant auec l'Amour les grands ſolennitez
Des iouſtes, des Bouhourds, lors que de Connoiſſances
Ils honoroient le bout de leurs guerrieres lances :
Et deſſoubs le ſecret des figurez blaſons,
Se cachoient de l'Amour les plaiſantes raiſons.

Aux combats mesmement on void mile manieres
De porter armoyez les Escus aux Banieres ,
Le Tymbre menaçant l'Armet enpanaché ,
Et le Mot-de-bataille au dessoubs attaché ,
Cotte-d'armes, Harnois, les armes etofees
Par la courtoise main des gracieuses Fees.

Nostre Amadis de Gaule en vieil Picard rimé ,
N'estoit moins que nos Pairs entre nous estimé :
D'Amadis l'Espagnol a sa langue embellie ,
Et sa langue embellit de nos Pairs l'Italie :
Et quand nous reprendrons ces beaus larcins connus ,
De rien nous ne pouuons leur en estre tenus.

De Thespis le premier la maniere est venue
De la Farce Tragicque encor lors inconnue ,
Quand dans les Chariots & Tombereaus couuers
Conduit, il fist iouer publiquement ses vers
Par des gentils bouffons, qui d'vne lie epesse
Leur face barbouilloient par les villes de Grece :
Ainsi vont à Rouen les Conards badinants,
Pour tout deguisement leur face enfarinants.

Mais par AEschile fut cette façon ostee ,
Depuis que braue il eut la maniere inuentee
De se seruir du masque , & proprement changer
D'habillemens diuers, commençant à ranger
Les limandes, les ais, pour dresser le Theatre :
Il enseigna deslors à parler, à s'ebatre
Vn peu plus hautement, & lors fut amené
L'vsage encor non veu du soulier cothurné.

. De fausse barbe ainsi nos vieux François vserent,
Quand leurs moralitez au peuple ils exposerent :

Ils ont montré depuis d'vn vers auantageux,
Iouant deuant les Rois leurs magnifiques ieux,
Qui feroient aifément que la Mufe Françoife
Peut eftre pafferoit la Romaine & Gregoife,
S'elle auoit eu l'apuy d'vn grand Roy pour fouftien :
Pluftoft le bien eftrange on prife que le fien.
    Iodelle, moy prefent, fift voir fa Cleopatre
En France des premiers au Tragique theatre,
Encor que de Baïf vn fi braue argument
Entre nous euft efté choifi premierement.
Perufe ayant depuis cette Mufe guidee
Sur les riues du Clain, fift incenfer Medee :
Mais la mort enuieufe auançant fon trefpas,
Fift que ces vers tronquez parfaire il ne fceut pas :
Quand Saintemarthe emeu de pitié naturelle
De ces doux orphelins entreprift la tutelle,
Sçauant les r'agença, leur patrimoine accreut,
Et grand'peine & grand foin pour fes pupiles eut.
Puis Toutain nous fift voir de la couche royale
Du Prince Agamemnon la traifon defloyale :
Cependant que Morin, en tout fçauoir profond,
Et d'vn autre cofté le bien difant Nemond,
S'efforçoient d'enfeigner en noftre langue ornee
La loy qui fut iadis aux vieux Romains donnee.
    Et maintenant Garnier, fçauant & copieux,
Tragique a furmonté les nouueaux & les vieux :
Montrant par fon parler affez doucement graue,
Que noftre langue paffe auiourdhuy la plus braue.
    Maifonnier d'autrepart qui fe plaifoit fouuent
D'ouyr fon Pin fifler aux aubades du vent,

La Satyre eſcriuoit : en ſa prime iouuance,
Chantecler arriuant paya la redeuance
A Phœbus comme nous, & d'autres que le temps
Eniura du plaiſir de ces vains paſſetemps :
Quand en meſme ſaiſon, plein d'vne ardeur diuine,
Le Feure bouillonnant dans ſa vierge poitrine,
Des Hebreux & des Grecs, Poëte tout Chreſtien,
De bien chanter de Dieu rechercha le moyen.

En ce temps, ô quel heur! ſans haine & ſans enuie
Nous paſſions dans Poitiers l'Auril de noſtre vie,
Au lieu de demeſler de nos Droits les debats,
Muſes, pipez de vous, nous ſuiuions vos ebats :
Mais comme vn pelerin, qui retourne au voyage,
D'ou s'eſtant pluſieurs fois, par maint diuers bocage,
Egaré, ne s'egare encore vne autre fois :
Ainſi, Muſes, depuis le chant de voſtre vois
Ne nous a tant deceus, que n'ayons fait ſeruice
Au Roy, tenant le poix de l'egalle Iuſtice ;
Que nous n'ayons auſſi par vos douces liqueurs,
De la guerre ciuile adouci les rigueurs :
Et que chacun de nous en ſa douce contree,
O Muſes, n'ait de vous la ſcience montree :
Teſmoins ſont de ma part la belle eau de Creſſy,
Ante petit, la Roche, & mon grand Orne auſſy,
Ou ieune le premier i'enflay voſtre Muſete :
Mais nul n'eſt, ô malheur ! en ſa terre prophete.
Les ſoupçons enuieux, les médits, la rancœur
Des noſtres me faiſoit tout refroidir le cœur.

La Muſe eſt enuiable & l'ignorant s'irrite,
Quand il oit de Phœbus vne chanſon bien dite.

Comme on conte qu'vn Tigre au son du Tabourin
Et s'irrite & bondit, comme vn monstre marin,
Et tant plus le Tabour il oit sonner & bruire,
Depit en se mordant plus fort il se dechire :
Ainsi fait l'enuieux, les louanges oyant
Du vertueux qu'il va miserable enuiant.
Tousiours il se tourmente, & tousiours vne enuie
Luy ronge les poulmons le reste de sa vie :
Chetiue enuie, encor, tu fais bien seulement
En donnant à tous ceux qui t'aiment du tourment.
Vne belle lumiere amene vn bel ombrage,
Qui les yeux enuieux eblouit d'vn nuage :
Né de bonne maison par la faueur des Cieux,
Mon bon heur offusqua l'œil de mes enuieux.
  Mais quel vent ma nacelle en haute mer enuole ?
Car i'ay passé le temps que marque ma boussole :
Reuenons au courant ou les grands Empereurs
Mourants sont faits egauls aux poures laboureurs.
  Au Tragique argument pour te seruir de guide,
Il faut prendre Sophocle & le chaste Euripide,
Et Seneque Romain : & si nostre Echafaut
Tu veux remplir des tiens, chercher loin ne te faut
Vn monde d'argumens : Car tous ces derniers âges
Tragiques ont produit mile cruelles rages :
Mais prendre il ne faut pas les nouueaux argumens :
Les vieux seruent tousiours de seurs enseignemens,
Puis la Muse ne veut soubs le vray se contraindre :
Elle peut du vieil temps, tout ce qu'elle veut, feindre.
  Poure France qui dors, quand tu t'eueilleras,
De tes enfans mutins tu t'emerueilleras.

Celuy qui pourroit voir vne foreſt arbreuſe,
Grande, belle, peuplee, antique, noire, ombreuſe,
Et la reuoir apres ſans ombre ni rameaux.
Vn Taillis remarqué de quelques balliueaux,
Ayant ſenti le fer de la hache, emoulue
Pour faire trebucher ſa richeſſe feuillue :
France, il te void ainſi, ſans Sceptre maieſleux,
Sans couronne Royale en port calamiteux,
Ta robe par lambeaux, comme à l'accouſtumee
N'eſtant plus de lis d'or ſur l'aʒur parſemee.
Tes maſſacres cruels aux beaux ans qui ſuiuront,
Aux Poëtes Tragics de ſuiet ſeruiront :
Mais ore appaiſe toy ; permets que tes contrees
Ne ſoient à l'auenir de tes fureurs outrees :
Nous en ce peu de paix, Nous, qui ſentons en nous
Vn Dieu qui nous echauffe & nous chatouille tous,
Nous nous reiouirons, tachant par vn bel aiſe
A faire quelque choſe en quoy Phœbus ſe plaiſe :
Auſſi bien pouuons nous, Muſes, vous dire adieu,
Car, Muſes, de long temps ici vous n'aureʒ lieu :
Des bons ioueurs de Luth la main eſt engourdie,
L'ardeur de la ieuneſſe eſt par tout refroidie,
Et deſia de vos ſons, & deſia de vos chants,
Moins de conte il ſe fait que des contes des champs.
Et ſi par cette paix, vn peu d'eiouiſſance,
Ne nous donne pouuoir ſur l'aueugle ignorance,
Tous vos arts ſe perdront : Muſes donc, aprouueʒ
Que parmi tant de maux ioyeux vous nous trouueʒ.
  Comme vn forçat Chreſtien qui, depuis mainte annee,
Viuoit deſſoubs le Turc en triſte deſtinee,

De Tripoly fortant à Malte va ioyeux,
Echapé hors des mains d'vn bafcha furieux :
Ainfi gais nous viurons fi fortis de l'oppreffe
De la guerre il fe peut tirer quelque alegreffe.

   Vous, Sire, cependant aimez le faint troupeau,
Qui du guide Apolon a fuiui le drapeau :
Replantez les Lauriers, refourniffez les places
Des monts & des vallons, des Mufes & des Graces :
Faites que leurs recois de Mars endommagez,
Ainfi qu'au parauant ne foient defombragez :
Vous laifferez le Sceptre & le beau Diadefme,
Les ornemens Royaux, & la Couronne mefme :
Mais cela que la Mufe acquis vous gaignera,
Sire, toufiours par tout vous accompagnera :
Et dans le Ciel les vents en la bouche des Anges,
Les Anges iufqu'à Dieu porteront vos louanges.

FIN DV **2.** LIVRE.

L'ART
POETIQVE
FRANÇOIS,

Ou l'on peut remarquer la perfection & le defaut
des anciennes & des modernes poëſies.

AV ROY.

Par le sr. DE LA FRESNAIE VAVQVELIN.

LIVRE TROISIESME.

SIRE, ie voy le port : montreʒ voſtre faueur :
Dans ce trouble Ocean . ſoyeʒ l'Aſtre
   ſauueur,
Qui me face eſperer que vous, ma petite
   Ourſe ,
Conduireʒ mon eſquif ſeurement en ſa courſe.
Muſes, ayant paſſé les flots plus orageʒ,
Ne permetteʒ qu'au Port nous ſoyons ſubmergeʒ.
  Ieunes, preneʒ courage, & que ce mont terrible
Qui du premier abord vous ſemble inacceſſible,

F

Ne vous eſtonne point. Ieuneſſe, il faut oſer,
Qui veut au haut du mur ſon enſeigne poſer.
A haute voix defia la Neuuaine cohorte,
Vous gaigne, vous appelle & vous ouure la porte,
Vous montre vne guirlande, vn verdoyant lien,
Dont ceint les doctes fronts le chantre Delien,
Et par vn cri de ioye anime vos courages
A vous ancrer au port en depit des orages :
Elle repand defia des paniers pleins d'œillets,
Des roſes, des boutons, rouges, blancs, vermeillets,
Rempliſſant l'air de muſc, de fleurettes menues,
Et d'vn parfum ſuaue enfanté dans les nues :
Ces belles fleurs du Ciel vos beaus chefs toucheront,
Et ſous vos pieds encor la terre enioncheront.
Dans le Ciel obſcurci de ces fleurs epandues
Sont les diuines voix des Muſes entendues :
Voyez comme d'odeurs vn nuage epaiſſi
De Manne, d'Ambroſie, & de Nectar auſſi
Fait pleuuoir deſſus vous vne odeur embamee,
Qui d'vn feu tout diuin rend voſtre ame enflamee.
Les vers ſont le parler des Anges & de Dieu,
La proſe des humains : Le Poëte au milieu
S'eleuant iuſqu'au Ciel, tout repeu d'Ambroſie,
En ce langage eſcrit ſa belle Poëſie.
    Pleuſt au Ciel que tout bon, tout Chreſtien & tout Saint,
Le François ne priſt plus de ſuiet qui fuſt faint !
Les Anges à miliers, les ames eternelles,
Deſcendroient pour ouir ſes chanſons immortelles !
    C'eſt defia trop long temps cette Muſe inuoqué,
Qui rend d'vn court plaiſir vn bel eſprit moqué,

Sur l'Helicon menteur couronnant les Perruques
De Lauriers abuſeurs, fleſtriſſants & caduques :
Apres elle touſiours il ne faut s'incenſer :
Il faut monter aux Cieux ſur l'aiſle du penſer ;
La cette Muſe voir, qui d'Aſtres couronnee,
Ayant de beaus rais d'or la teſte enuironnee,
Couronne les beaus chefs de Lauriers qui ſont tels,
Que non mourants ils ſont les mourables mortels,
Deſſus vn vray Parnaſſe ou la ſainte verdure
Des Myrthes amoureux eternellement dure :
Ne laiſſant touteſfois d'embellir, d'emperler,
De fleurs d'humanité ſes vers & ſon parler :
Du ſage Medecin imitant la couſtume,
Qui pour faire aualer la facheuſe amertume
D'vn breuuage ſalubre, au bord du gobelet
Met du iulet ſucré, plaiſant & doucelet.

    Mais les Prouinces ſont en France ſi troublees,
Que pour Mars ſeulement s'y ſont les aſſemblees :
Les Muſes n'y ſont plus, Phœbus en eſt parti :
Les doctes autrepart veulent prendre parti :
Vn orage par tout les beaus lauriers fracaſſe,
Saccage nos foreſts, deſtruit noſtre Parnaſſe.

    Viendra iamais le temps que le harnois ſera
Tout couuert des filets que l'araigne fera ?
Que le rouil mangera les haches emoulues,
Que les hantes ſeront des lances vermoulues ?
Que le ſon des clairons ne rompra nuict ne iour
Du paſteur en repos le paiſible ſeiour ?
Viendra iamais le temps que les amours iolies
Et les Muſes ie voye en France racueillies,

Sans que de la difcorde on parle deformais?
Viendra iamais le iour que retourne la paix,
La main pleine d'efpics auec l'Oliuier palle,
La corne d'Amaltee , & qu'ici liberalle,
Abondante elle feme vne moiſſon de bien
Qui remette la France en fon heur ancien?
Que de rechef encor les Bouffons on reuoye
Mafquez & deguiſez fe brauer par la voye,
Et laiſſant leurs vieux ieux , à la façon du temps
Des Grecs & des Romains, iouer leur paſſetemps?

Or aux Grecs vint ainſi la vieille Comedie,
Non fans grande louange outrageufe & hardie :
Quand en vice tomba cette grand' liberté,
Qui de tout blafonner prenoit authorité :
Et par EdiƐt expres elle fut reformee,
Ce qui fut bien receu, la vieille eſtant blamée :
Et le Chore deſlors s'en teut honteufement,
Et de piquer ne fut permis aucunement.

Ainſi dedans Paris i'ay veu par les colleges,
Les facrileges eſtre appelez facrileges
Es Ieux qui fe faifoient, en nommant franchement
Ceux qui de la grandeur vfoient indignement,
Et par fon nom encor appeler toute chofe :
Medire & brocarder de plus en plus on ofe.
Alors vous euffiez veu les paroles d'vn faut,
Comme balles bondir, vollant de bas en haut.

Mais cette liberté depuis eſtant retrainte,
Mile gentils efprits fentant leur ame attainte
De la diuinité d'Apolon, ont remis
Le foulier du Comicque aux limites permis :

Fuyant d'Arifophane en medifant la faute,
Et prenant la façon de Terence & de Plaute,
Ils ont en leurs Moraux, d'vn air affeȝ heureux,
De Menandre meflé mile mots amoureux :
Mais les Italiens exerceȝ dauantage,
En ce genre euffent eu le Laurier en partage,
Sans que nos vers plaifans nous reprefentent mieux,
Que leur profe ne fait cet argument ioyeux :
Greuin nous le tefmoigne : & cette Reconnue
Qui des mains de Belleau n'agueres efl venue :
Et mile autres beaus vers, dont le braue farceur
Chafleau-vieux a monflré quelque fois la douceur.
 Premier la Comedie aura fon beau Proëme,
Et puis trois autres parts qui fuiuront tout de mefme.
La premiere fera comme vn court argument
Qui raconte à demi le suiet breuement,
Retient le refle à dire, afin que fufpendue
Soit l'ame de chacun par la chofe attendue.
La feconde fera comme vn Enu'lopement,
Vn trouble-fefle, vn brouil de l'entier argument :
De forte qu'on ne fçait quelle en fera l'iffue,
Qui tout autre fera qu'on ne l'auoit conceue.
La derniere fe fait comme vn Renuerfement,
Qui le tout debrouillant fera voir clairement
Que chacun efl content par vne fin heureufe,
Plaifante d'autant plus qu'elle efloit dangereufe :
Des ieunes on y void les faits licencieux,
Les rufes des putains, l'auarice des vieux.
Elle eut commencement entre le populaire,
Duquel l'Athenien bailla le formulaire :

Car n'ayant point encor bafti fa grand' Cité,
En des bordes ce peuple eftoit exercité
Marcher comme champeftre, & par les belles plaines,
Aupres des grands forefts , des prez & des fontaines,
Tantoft il s'arrefloit, tantoft en autre lieu :
Il faifoit cependant facrifice à fon Dieu
Apolon Nomien : en grandes affemblees,
Faifant tous à l'enui des cheres redoublees,
Buuants, mengeants enfemble, enfemble auffi chantant :
Ils apeloient cela Comos , qui vaut autant
Que commune affemblee, & de leurs mariages,
De leurs libres chanfons & de leurs fefliages,
Qu'ils faifoient en commun, ce fift en fin le nom
De Comedie, ayant iufqu'ici fon renom.
  La Comedie eft donc vne Contrefaifance
D'vn fait qu'on tient mefchant par la commune vfance :
Mais non pas fi mefchant, qu'à fa mefchanfeté
Vn remede ne puiffe eftre bien aporté :
Comme quand vn garçon, vne fille a rauie,
On peut en l'efpoufant luy racheter la vie.
  Telle dire on pourroit la mocquable laideur
D'vn vifage qui fait rire fon regardeur :
Car eftre contrefait, auoir la bouche torte.
C'eft vn defaut fans mal pour celuy qui le porte.
  Mais le fuiet Tragic eft vn fait imité
De chofe iufte & graue, en fes vers limité :
Auquel on y doit voir de l'affreux, du terrible,
Vn fait non attendu, qui tienne de l'horrible,
Du pitoyable auffi, le cœur attendriffant
D'vn Tigre furieux, d'vn Lion rugiffant :

Comme quand Rodomont, abufé par cautelle,
Meurtrit fe repentant la pudique Ifabelle.
Ou comme quand Crëon, aux fiens trop inhumain,
Vit fa femme & son fils s'occire de leur main.
   On fait la Comedie auffi double, de forte
Qu'auecques le Tragic le Comic se raporte.
Quand il y a du meurtre & qu'on voit toutefois
Qu'à la fin font contens les plus grands & les Rois,
Quand du graue & du bas le parler on mendie,
On abufe du nom de Trage-comedie ;
Car on peut bien encor, par vn fuccez heureux,
Finir la Tragedie en ebats amoureux :
Telle eftoit d'Euripide & l'Ion & l'Orefte,
L'Iphiginie, Helene & la fidelle Alcefte.
Taffo par fon Aminte aux bois fait voir d'ailleurs
Que ces contes Tragics ainfi font des meilleurs.
   Au Poëme Tragic fe raporte & refere
Vne Iliade en foy. Le Margite d'Homere
Refpondoit au Comic, ou des hommes moyens,
(Comme des plus grands Rois) des humbles citoyens,
Se voyoit la nature & la façon bourgeoife,
Comme Heroïque efcrite, en fa langue Gregeoife.
Le Tragic ne montroit que des faits vertueux,
Magnifiques & grands, Royaux & fomptueux :
Le Comic que des faits, qui tous dignes de blame,
Ne rendroient pas pourtant le bon Margite infame.
Las ! le temps deuorant Margite a deuoré,
Et le nom feulement nous en eft demeuré.
Depuis nul autheur Grec, ni Romain, ni vulgaire,
De Poëme pareil n'ont entrepris de faire.

Mais rien n'eſt ſi plaiſant, ſi patic ne ſi dous,
Que la Reconnoiſſance, au ſentiment de tous!
Vlyſſe fut connu par vne cicatrice,
Qu'en lui lauant les pieds remarqua ſa nourrice.
Par ioyaux, par vn merc, qui ſur nous aparoiſt,
Et par cent tels moyens, les ſiens on reconnoiſt.

  Puis qu'eſt il rien plus beau qu'vn aigreur adoucie,
Par le contraire euent de la Peripetie?
Poliniſſe croyoit la mort d'Ariodant,
Eſperant voir ietter dans vn braſier ardant
L'innocente Geneure, alors que miſerable
Au contraire il ſe void mourir comme coupable.

  Leon, de Bradamante ayant eſté vainqueur
Par Roger inconnu, ſon amour & ſon cœur,
Par la loy du combat de Charles ordonnee
Elle deuoit au Grec epouſe eſtre donnee :
Mais elle ne pouuant en ſon ame loger
Vn autre amour egal à celuy de Roger,
Pluſtoſt que de le prendre elle ſe veut defere :
Son Roger d'autrepart de mourir delibere.

  Par vn euent diuers il auient autrement :
Roger eſt reconnu pour auoir feintement
Combatu ſoubs le nom du Prince de la Grece,
Soubs ce maſque vaincu ſoymeſme & ſa maiſtreſſe :
Deſia toute la Court de l'Empereur Latin
La donne bien conquiſe au fils de Conſtantin :
Quand Leon, le voyant eſtre Roger de Riſe,
De ſa vaine pourſuite abandonne la priſe,
Luy quitte Bradamante, & courtois, genereux,
Aide à conioindre encor ce beau couple amoureux.

Ainſi ſont ioints enſemble & la reconnoiſſance,
Et le contraire euent qui luy donne accroiſſance.
L'Heroic, le Tragic, vſe indiferemment
Auecques le Comic, de ce dous changement.

   Tu ne dois pas laiſſer, ô Poëte, en arriere
Croupir ſeule es foreſts la Muſe Foreſtiere :
Mais tu la dois du croc dependre, & racoutrer
Son enche & ſon bourdon, & paſtre luy montrer
Comme Pan le premier ſoufla la Chalemie,
Coniointe des roſeaus de Syringue s'amie,
Qu'Apolon enſuiuit, quand ſur le bord des eaux
D'Admete en Theſſalie il gardoit les troupeaux.
Apres vn Berger Grec es champs de Syracuſe,
A l'egal de ces Dieux enfla la Cornemuſe.
Sur le Tybre Romain Tytire dudepuis
Les imitant ſonna la Flute à ſept pertuis :
Long temps apres encor repriſt cette Muſette,
Vn Berger ſur les bords du peu connu Sebethe :
Et ce flageol'eſtoit reſté Napolitain,
Quand, paſteur, des premiers ſur les riues du Clain,
Hardi ie l'embouchay, frayant parmi la France
Ce chemin inconnu pour la rude ignorance :
Ie ne m'en repen point, pluſtoſt ie ſuis ioyeux
Que maint autre depuis ait bien ſceu faire mieux.
Mais pluſieurs toutefois, nos foreſts epandues
Ont ſans m'en faire hommage effrontement tondues :
Et meſpriſant mon nom, ils ont rendu·plus beaux
Leurs ombres decouuers de mes fueillus rameaux.

   Baïf & Tahureau, tous en meſmes annees,
Auions par les foreſts ces Muſes pourmenees :

Belleau, qui vint apres, noſtre langage eſtant
Plus abondant & dous, la nature imitant,
Egalla tous Bergers; toutefois dire i'oſe
Que des premiers aux vers i'auoy meſlé la proſe:
Or Pibrac & Binet paſteurs iudicieux,
Font la champeſtre vie eſtre agreable aux Dieux.

  Tu peux encore faire vne ſorte d'ouurage,
Qu'on peut nommer foreſt ou naturel bocage;
Quand on fait ſur le cham, en plaiſir, en fureur.
Vn vers qui de la Muſe eſt vn Auancoureur,
Et que pour vn ſuiet on court par la carriere,
Sans bride gallopant ſur la meſme matiere,
Pouſſé de la chaleur, qu'on ſuit à l'abandon,
D'vne grand'violence & d'vn aſpre randon.

  Stace fut le premier en la langue Romaine,
Qui courut librement par cette large plaine.
Comme dans les foreſts les arbres ſouſtenus
Sur leurs pieds naturels, ſans art ainſi venus,
Leur perruque iamais n'ayant eſté coupee,
Sont quelquefois plus beaus qu'vne taille ſerpee:
Auſſi cette façon en beauté paſſera
Souuent vn autre vers qui plus limé ſera.
Les François n'ont encor cette façon tentee.
Si Ronſard ne l'a point au Bocage chantee:
En mon áge premier chanter ie la penſoy.
Quand ma Foreſterie enfant ie commençoy.

  Si puis apres on veut la toile ourdir & tiſtre,
Du vers ſentencieux de l'enſeignante Epiſtre.
Le vray fil de la trame Horace baillera,
Libre, graue, ioyeux à qui trauaillera.

Et tu verras chez luy qu'aux Satyres il tache
Arracher de nos cœurs les vices qu'il attache ,
Et que tout au contraire aux Epiſtres il veut
Mettre & planter en nous toutes vertus s'il peut.
Vne Epiſtre s'eſcrit aux perſonnes abſentes ,
La Satyre ſe dit aux perſonnes preſentes
Sans grande difference : & pourroient proprement
Sous le nom de Sermons ſe ranger aiſément.

Imite dans les Grecs l'Epigramme petite,
Marque de Martial, trop laſcif, le merite :
Sur tout breue, r'entrante & ſubtile elle ſoit :
De Poëme le nom trop longue elle reçoit :
Elle ſent l'Heroic, & tient du Satyrique,
Toute graue & moqueuſe elle enſeigne & ſi pique.
L'Epigramme n'eſtant qu'vn propos racourci,
Comme vne inſcription , courte on l'eſcrit auſſi.

Les Huictains, les Dixains, de Marot les Eſtreines ,
T'y pourront bien ſeruir comme adreſſes certaines ,
Et les vers raportez, qui ſous bien peu de mots
Enferment bruſquement le ſuc d'vn grand propos.

L'Epicede ſe chante auant que l'on enterre
Le corps du treſpaſſé. Quand la voute l'enſerre
L'Epitaphe ſe met ſur le Tombeau graué,
Ou bien dans vn Tableau dignement eleué.

Quand en vers l'Epitaphe on fait en Epigramme ,
Mis contre vne coulonne en Cuyure en quelque lame ,
Celuy pour le meilleur on doit touſiours tenir ,
Qu'on peut meſme en courant & lire & retenir.

Or ſi d'vn plus beau feu ton ame eſt echauffee
Pour des Hymnes chanter : ſuy les reſtes d'Orphee ,

Homere & Callimach : & fuy ce Bifantin
Marule , & Claudian les chantans en Latin :
Note pareillement la genereufe audace
De Ronfard , qui les vieux en ce beau genre paffe :
Et le iugement graue & la facilité
Du fçauant Pelletier, en fon antiquité :
Et fi tu ne veux point vfer de noms eftranges ,
Donne leur, comme luy , le beau nom de louanges.
Ou fi tu veux , plus fage , imite de Sion
Le Prophete Royal fur le Pfalterion.
   A dire il refte encor que Poëmes fe prennent
Pour vn fuiet petit que peu de vers comprennent :
Comme qui defcriroit le fuperbe pauois
Ou du Troyen AEnee ou d'Achile Gregeois.
Et deffus tout au long de leur race future ,
Et du temps auenir la diuerfe auenture :
Ou l'amour d'Angelique & du foldat Medor :
La fureur de Roland , de Rodomont encor ,
Qui d'vne Poëfie eftant vn petit membre,
Qu'en peu de vers à part de fon corps on demembre.
   Les Cartels de deffy , qu'on prefente aux tournois.
Des Poëmes ce font pour le plaifir des Rois,
Et qui feruent auffi de nuiᵭ aux Mommeries
Soubs le mafque muet : mefme aux bouffonneries
Que fans defpence on fait. Mais les Italiens
Faifant reprefenter à leurs Comediens ,
(Soit Tragic, ou Comic) vn fait foubs la parade
De la non coutageufe & braue Mafcarade,
Nous ont laiffé ce nom, prenant l'effeᵭ de nous :
C'eft pourquoy nous fuiuons leurs mafcarades tous ;

Ou foit que d'vn ballet la fefte on folennife,
Ou foit qu'en vn Tournoy fe face vne Entreprife
Couuerte d'vn beau corps & d'vn mot genereux
Qui montre d'vn amant le deffein amoureux :
Comme a fait du Bellay, quand il fait d'Hibernie
Venir de Cheualiers vne grand' compagnie,
Qui portent à la Ioufte vne Entreprife, afin
Qu'on conneuft le deffein du gentil Roy-Dauphin.
  Nos Poëtes vrayment, pleins de haute penfee,
N'ont point, fans la tenter, chofe aucune laiffee :
Et n'ont pas merité peu de gloire & d'honneur,
D'auoir laiffé du Grec & du Romain fonneur
Le vieux chemin batu, faifant chanter la gloire
De leurs geftes priuez aux filles de Memoire.
Et ne feroient point plus les François trauaillans,
En Iuftice, en proëffe, en fait d'armes vaillans,
Qu'à bien dire ils feroient, fi plus foigneux la lime
Le Poëte employoit à bien polir fa Rime :
Et fi tant à l'enui ne faifoient voir au iour
Leurs Sonnets enfantez, pluftoft que leur amour,
Sans prendre le loifir de penfer qu'vn bon Aftre,
Regarde le Poëte & non le Poëtaftre.
Vn fecret eft aux vers que ie ne diray point :
On le goufte, on le fent, fon eguillon nous poind
Quand nous oyons fa voix qui nous frape l'oreille,
Et mefme l'ignorant admire fa merueille.
  Vous, ô vray fang Gaulois, reprenez & blamez
Les vers qui ne font pas affez veus & limez,
Affez bien repolis, dont la Rime tracee
N'a plufieurs fois efté refaite & r'effacee :

Et par plus de dix fois corrigez vous ſi bien
Qu'à la perfection il ne manque plus rien.
 D'autant que Democrite aimoit plus vne veine,
Coulante naturelle en ſon grauois ſans peine,
Que l'art trop miſerable ou l'on mordoit cent fois,
Deuant que faire vn vers, ſes ongles & ſes doigs :
Qu'il baniſſoit encor d'Helicon & Parnaſſe,
Celuy qui tous les vers par le ſeul Art compaſſe,
La Nature eſtimant plus heureuſe que l'Art,
Pour ce maints on voyoit, qui faiſoient bien à tard
Rongner leur poil hideux, leurs ongles pleins d'ordure,
Penſant par ce moyen figurer la Nature :
Comme encor on en voit qui veſtus ſimplement,
Solitaires ne vont ou ſont communement
Les gens en compagnie, eſtimant fantaſtique
Vn homme eſtre agité de fureur Poëtique,
Et remporter le nom de Poëte parfait,
Si iamais au Barbier ſon poil raire ne fait :
Pour garir ce catarre vn monde d'Elebore
D'Anticire aporté ne ſuffiroit encore.
 Mais moy n'eſtant Poëte, vne Queux ie ſeray,
Qui le fer des eſprits plus durs aiguiſeray :
Car bien que la Queux ſoit à couper inutile,
Elle rend bien coupant tout l'acier qu'elle affile.
Ainſi n'eſcriuant point, ie diray le deuoir
Du Poëte & comment il peut des biens auoir,
Et ce qui peut encor le tenir à ſon aiſe,
Le dreſſer & conduire en choſe qui luy plaiſe;
Ce qui conuient le mieux; & ce qui point ne duit,
Ou la vertu nous meine, ou l'erreur nous conduit.

Et ie *seray celuy qui porte vne lumiere*
La nuiç̈t *pour eclairer à ceux qui vont derriere.*
Son flambeau *seulement flambera pour autruy :*
Fort peu, *quoy que ce soit, il flambera pour luy.*
 Le sage & saint *sçauoir eſt la fontaine claire,*
Et le commencement *d'eſcrire & de bien faire :*
Choſe que te pourront *montrer les hauts eſcris*
De Socrate & Platon *ou tous biens sont compris :*
Et mieux nos liures *saints, dont la sainte ſcience*
Allume vn ray *diuin en noſtre conſcience :*
Qui nous fait voir *le vray, qui du faux eſt caché ;*
Et le bien qui *du mal eſt souuent empeſché :*
Puis les choſes *suiuront, doç̈tement preparees,*
Les paroles apres *non à force tirees :*
Quand seront amaſſez *enſemble tels aprets,*
Aiſement tout *deſſein tu conduiras apres.*
 Le parler le *ſçauoir de telle Poëſie,*
(Qui n'entrera *iamais qu'en belle fantaſie)*
N'eſt point comme *vn graueur qui fait sans sentiment*
Vn Satyre *qu'il met sous vn soubaſſement :*
Ou bien qui *taillera de ces images riches*
Que muettes on *met aux Palais dans les niches :*
Car il veut *rendre vn cœur aç̈tif eguillonné*
Aux exploits genereux, *bien qu'il n'y fuſt pas né :*
Il donne des eſlans, *qui pouſſent les perſonnes*
A faire vertueux *touſiours des œuures bonnes,*
Et sous vn plaisant *voile, il va cachant souuent*
Des choſes auenir *vn admirable euent.*
 Mais comme tu vois *bien que touſiours verdoyantes*
Les foreſts ne sont pas, *ni les eaux ondoyantes :*

Et que iufques aux bords Orne & Seine toufiours
N'empliffent regorgeant les riues de leurs cours :
Auffi foible eft parfois la veine Poëtique,
Et langoureufe encor s'eftend melencolique,
De forte qu'on voit bien qu'Apolon depité
N'a pas de fon efprit cet efprit agité,
Et que les doctes fœurs & des Graces la fuite
Ont ailleurs, loin de luy, pour l'heure pris la fuite.
  Lors il faut retourner à la fainte liqueur
Du beau mont dont Phœbus nous echauffe le cœur,
Et la fe repofer mefme à l'heure d'etendre
La corde lentement, pour fes forces reprendre :
On rendroit fon efprit tout morne & rebouché,
Qui le tiendroit toufiours au labeur attaché :
Il faut efpier l'heure, attendre qu'à la porte
Frape le Delien, qui la matiere aporte :
Lors doucement les vers de leur gré couleront,
Et dans l'œuure auancé d'eux mefme parleront,
Sans forcer violent les Vierges Tefpiennes,
Verfant contre leur gré leurs eaux Pegafiennes.
Dans vn bocage ombreux, les Rofignots plaifans
Vont d'vn fi grand courage à l'enui degoifans,
Que fouuent en chantant, la puiffance debile
Defaut pluftoft au corps, que la chanfon gentille :
Ainfi beaucoup font tant des Mufes amoureux,
Que par trop de trauaux leurs corps font langoureux :
Et tandis qu'en fçauoir leur fçauoir chacun domte,
Leur peine furmontee eux mefme les furmonte.
Pour ce gardeȝ vos corps : verfant moderement
De bonne huyle en la lampe, on void plus clairement.
                                    Celuy

Celuy qui bien preuoit, bien ordonne & commence,
En n'allant que le pas fouuent le plus auance.

   Comme le voyageur (apres plufieurs detours
D'vn long chemin fuiuis) qui voit les hautes tours
D'vne Cité fameufe, ou faut qu'enfin il rande
D'vn cœur deuotieux vne deuote offrande,
S'efiouit & prend cœur fe fentant aprocher
Des murs de la Cité dont il voit le clocher :
Ainfi fait le Poëte, alors qu'il fe repofe
Ioyeux de voir de loin le but qu'il fe propofe,
Et voir les arbres hauts qu'il a fceu remarquer,
De peur qu'vn ombre obfcur ne le fift detraquer.

   Iamais d'enfants ioyeux vne brigade belle,
Plus volontairement, en la faifon nouuelle,
Ne fe trouua parmi les vermeillettes fleurs,
Qu'vn pré d'email bigarre en cent mile couleurs :
Ni iamais d'vn beau fils belle Dame accouchee.
Ni la Dame bien peinte & bien endimenchee
Ne s'aima iamais plus aux danfes & aux fons,
Aux deuis amoureux, aux mignardes chanfons,
Que la Mufe fe plaift aux peines & aux veilles,
En recherchant des vers les fecrettes merueilles :
Et l'homme n'a iamais plus grand plaifir trouué
Que celuy du Poëte en fon œuure acheué.

   Celuy qui du Deuoir a la fcience aprife,
Ce qu'il doit au Pays, ou naiffance il a prife,
Ce qu'il doit à fon Roy, ce qu'au public il doit,
Ce qu'il doit aux amis, qui bien iuge & bien voit
Comme refpectueux il faut eftre à fon pere,
De quelle affection il faut cherir fon frere,

                                                    G

Son hoſte, ſon voiſin, comme encore cherir
L'eſtranger qui nous peut quelquefois ſecourir :
Et qui ſçait bien ou giſt d'vn vray iuge l'office,
Et de celuy qui doit regler vne Police :
Et ce que doit tenir vn braue Chefuetain
En la charge que haute il n'entreprend en vain,
Soit pour aller vaillant en eſtrangere terre
Reuancher vne iniure, ou ſoit pour la conquerre,
Cetuy-la certes ſçait donner ce qui conuient
A chacun, quel qui ſoit, ſelon le rang qu'il tient.

    Le docte imitateur, qui voudra contrefaire
De cette vie au vray le parfait exemplaire,
Touſiours i'auertiray de regarder aux mœurs,
A la façon de viure & aux communs malheurs :
Et puis de là tirer vne façon duiſante,
Vn parler, vn marcher qui l'homme repreſente :
Bref que Nature il ſçache imiter tellement
Que la Nature au vray ne ſoit point autrement.

    Quelquefois vne farce au vray Patelinee,
Ou par art on ne voit nulle rime ordonnee :
Quelquefois vne fable, vn conte fait ſans art,
Tout plein de goſſerie & tout vuide de fart,
Pour ce qu'au vray les mœurs y ſont repreſentees,
Les perſonnes rendra beaucoup plus contentees,
Et les amuſera pluſtoſt cent mile fois,
Que des vers ſans plaiſir rangez deſſous les lois,
N'ayant ſauce ni ſuç, ni rendant exprimee
La Nature en ſes mœurs de chacun bien aimee :
Nature eſt le Patron ſur qui ſe doit former
Ce qu'on veut pour long temps en ce monde animer.

Zeuxis fut fi foigneux de fuiure la Nature,
Que voulant de Iunon faire la pourtraiture
Pour vn peuple lafcif, premier il voulut voir
Les belles qu'il pouuoit en fa grand' ville auoir,
Il les fift depouiller en fecret toutes nues,
Et cinq tant feulement de luy furent efleues
Pour d'elles retirer les marques de beauté
Dont fut le naturel de fon œuure emprunté :
De mefme auffi qui veut efcrire vn bel ouurage,
Il faut que des Autheurs, par choix & par triage,
Il choififfe toufiours les plus excellens traits
Pour l'embelliffement de fes parlants pourtraits,
Et que tous au patron de Nature il les tire :
Car en tout, fors en elle, il fe trouue à redire.

Phœbus donna iadis aux Romains & aux Gres
La grace de parler, la bouche ronde expres,
Pour atteindre au vray but : & rien que la louange
De furpaffer ainfi toute autre langue eftrange,
Doctes ne les guidoit (leur langage ils plantoient
Dedans tous les pays, ou vainqueurs ils eftoient,
Ainfi que leurs Edits), car l'ardante auarice
Ne bruloit point leurs cœurs, pour eftre exempts de vice :
Mais la plus part de France enfeigne fes enfants
Au trafic & au gain, comme à faits triomphants.

C'eft pour le feul profit, c'eft pour la feule enuie
D'eftre riche & d'auoir que l'eftude eft fuiuie :
Ce n'eft pour la bonté, ce n'eft pour la vertu,
Que des lettres on fuit le fentier peu batu :
Qui des richeffes a, n'a befoin de fcience :
Les hommes feulement aux biens ont confiance.

Les vns aprendront bien à porter fur le poin
Vn oifeau pour voler, les autres auront foin
Des chiens & des cheuaux : mais toufiours mefprifees
Les Mufes feruiront dans leurs cœurs de rifees :
Les autres aux Barreaux s'emploiront aprentifs,
Aux feules actions profitables actifs,
Autres à feparer & les cens & les rentes
D'vne fucceffion en parts equipolentes,
A bien dreffer vn compte, & l'ample reuenu
Et la mife reprendre apres par le menu :
Et de là conuoiteux de la riche finance
Se iettent affamez aux Bureaux de la France.
Les ieunes à Paris aprennent à ietter
Combien d'vn milion fe peut le tiers monter :
A partir, à fommer, multiplier, diftraire,
A fçauoir d'vn Banquier l'adreffe neceffaire.
S'on demande au garçon: qui de mile oftera
Sept cents efcus, di moy, qui plus te reftera?
Trois cents : c'eft bien conté : c'eft affez, bon courage,
Tu peux à l'auenir te garder de dommage :
Si i'en remets deux cents, combien demeureront
Sur le conte dernier? cinq encor refteront.
Tu peux garder le tien; car cette experience,
Mon enfant, vaut bien mieux que toute autre fcience.
    Or comme pourrons nous efperer que ceux ci,
Nourris des leur enfance apres les biens ainfi,
Ayans defia graué, des leurs tendres ieuneffes,
Les gloutons apetits des friandes richeffes.
Aimaffent la vertu, faifant quelque œuure beau,
Qui fuft pour ne tomber iamais dans le tombeau?

Voire qui meritaſt d'eſtre en planche imprimee,
Conſacré ſeulement à peu de renommee?
Tant s'en faut qu'il deuſt eſtre en vn ecrin doré,
En vierge parchemin bien peint, bien aʒuré,
Eſcrit, illuminé, pour chatouiller l'oreille
D'vn ſecond Alexandre à l'heure qu'il ſommeille?
  Enſeigner, profiter, ou bien donner plaiſir,
Ou faire tous les deux, le Poëte a deſir,
Comme propre à la vie : en faiſant tout enſemble
Choſe qui profitable & plaiſante nous ſemble.
  Or ſi premier tu veux enſeigner, ſois touſiours
Clair & bref, ſans vſer d'obſcurs & longs diſcours,
Afin qu'incontinent tes preceptes faciles
Se grauent au cerueau des auditeurs dociles.
La choſe ſuperflue auſſi bien ſortira
Hors de l'eſtomac plein, qui la reuomira :
Et ſi plaire tu veux touſiours conte tes fables
Pour donner du plaiſir, comme eſtant veritables :
Car n'eſtant vray-ſemblable vn propos inuenté,
Comme vray ſans propos ne veut eſtre conté.
Pourtant tu ne feindras rien qu'on ne puiſſe croire :
Comme celuy qui conte ainſi comme vne hiſtoire,
Que les Fees iadis les enfançons voloient,
Et de nuiƌ aux maiſons ſecrettes deualoient
Par vne cheminee : en tout fois vray-ſemblable,
Le vieillard ne ſe plaiſt au conte d'vne fable,
Ni voir des vers qui ſoient ſans quelque vtilité :
La choſe graue plaiſt aux gens de grauité,
Et la Muſe ſeuere, en ce temps ou nous ſommes,
Pareillement deplaiſt aux ieune gentils hommes.

Qui fçait entremefler l'vtile auec le dous ,
L'honneur facilement remportera fur tous ,
Enfeignant les lifeurs , & de Mufe pareille ,
D'vn rauiffeur plaifir leur rauiffant l'oreille.

   Vn tel liure fçauant, plein d'vn iugement meur ,
Aporte de l'argent bien toft à l'Imprimeur ,
Et toft outre les mers il paffe en telle forte ,
Qu'à fon autheur connu grand renom il apporte :
Il s'y trouue pourtant quelques defauts fouuent ,
Aufquels fait pardonner la fuite & le deuant :
Car la corde ne rend toufiours à la penfee
Vn fon tel que voudroit la chofe commencee ,
Sous les doigs fredonnants , & cherchant vn ton bas ,
Souuent en rend vn haut & ne vous refpond pas.
Toufiours l'arquebufier ne frape ce qu'il mire ,
Ni l'archer bien expert n'atteint le blanc qu'il tire.
Mais s'vn œuure en maint lieu fon lecteur fatiffait ,
Ie ne le diray pas tout foudain imparfait
Pour vn petit d'erreur paffé par non chalance ,
Ou que n'a peu preuoir l'humaine preuoyance :
Et quoy donc , ie vous pry? comme on ne deuroit point
Excufer l'imprimeur , qui faut au mefme point
Dont on l'auoit repris : & comme on fe doit rire
De l'efcriuain qui faut toufiours à bien efcrire
Aux mots qu'on luy a dits : & mefme du fonneur
Qui faut en mefme ton à fon grand defhonneur :
Tout ainfi de celuy , qui fait comme vn Chœrille ,
Qui pour faire des vers eft rimeur mal habile ;
Et de Sagon fe fait appeler Sagouyn ,
Meflant en noftre langue vn fot `barragouyn

De propos decousus, ric à ric voulant prendre
Le Latin à la barbe & vulgaire le rendre,
Et duquel ie me ri, de merueille surpris
Quand deux ou trois bons vers ie trouue en ses escris.

  Souuent en œuure long la Muse mesme chomme,
Par fois le bon Homere est surpris par le somme:
Mais vn ouurage long on excuse es endroits
Ou le sommeil glissant fait errer quelque fois.

  La douce Poësie est comme la peinture,
Que belle on trouuera bien prise en sa nature:
Car l'vne de plus pres plus belle semblera,
Et l'autre de plus loin dauantage plaira,
L'vne se voudra voir dans vne sale obscure,
Et l'autre au iour plus clair d'vne pleine ouuerture,
L'vne en iour se deuise ou par ombragements,
·Et l'autre a de couleurs mile deiettements,
Qui d'vn iuge ne craint la plus subtile veue:
L'vne contentera si tost qu'on l'aura veue,
Et l'autre d'autant plus qu'on reuisitera
Ses beaus traits, d'autant plus elle contentera.

  Comme le voyageur, qui d'vn beau lac aproche,
En son bord se va mettre au coupeau d'vne roche,
Là demeurant long temps oisif en son repos,
Il n'a rien pour obieᵭ que les vents & les flots:
Touteffois les forests dedans l'onde vitree
Montrent de cent couleurs leur robe diapree:
Et l'ombre des maisons, des tours & des Chasteaux
Cette eau luy represente au cristal de ses eaux;
Il s'esiouìt de voir que l'onde luy raporte
Par vn double plaisir ces forests en la sorte:

                    g   iiij

Tout ainſi le Poëte en ſes vers rauira
Par diuers paſſetemps celuy qui les lira,
Emerueillé de voir tant de choſes ſi belles,
En ſes vers repeignant les choſes naturelles :
Et de voir ſon eſprit, de ce monde diſtrait,
Mirer d'vn autre monde vn autre beau pourtrait.

   Combien que de vous meſme, ô Françoiſe ieuneſſe,
Qui ſuiuez ce bel Art, vous ayez la ſageſſe,
Touteſſois ie veux bien vous auertir ici,
Qu'il faut vn grand ſçauoir aux hommes en ceci :
Nous voyons beaucoup d'Arts, auſquels eſt ſuportable
D'vn apparent ſçauoir l'apparence notable :
Comme pour n'eſtre aux droits vn Duarin ſecond,
Ou pour docte à plaider vn Marion facond,
On ne laiſſe pourtant d'auoir en bonne eſtime
Sa part de l'or que tant es Palais on eſtime.

   En tout ſçauoir aiſé, pour n'eſtre Hiſtorien
Autant que Titeliue, il ſuffit du moyen :
Le Peintre qui peint bien d'vn homme la figure
Sans l'auoir meſme apris, peut tirer en peinture
Tout autre tel qu'il ſoit : ainſi qui ſçait des Arts
Le principe & la fin, s'en aide en toutes parts :
Pourueu qu'à ſon ſuiet, d'vne gentille mode,
Du ſçauoir qu'il a veu l'vſage il accommode :
Mais les hommes ni Dieu ne veulent receuoir
Celuy qui pour les vers n'a qu'vn moyen ſçauoir.

   Toutes langues ont eu leurs Poëtes chacune :
Ne penſe donc auoir ſi courtoiſe fortune
Que de les ſurpaſſer, ſinon qu'en ton parler
Comme ils ont fait au leur tu vueilles exceller :

I'approuue toutefois d'escrire en ses langages,
Afin de remarquer les siecles & les âges
Par les hommes sçauants : Entre qui les lauriers
Du Poëte Roussel verdoiront des premiers :
Car Phœbus & les sœurs eux-mesmes les arrosent
Dans les iardins de Caen : & les beaus vers disposent
Du Fanu, de Michel, de Cahaignes auec,
Qui doctes le Romain escriuent & le Grec.
Et comme Sainte Marthe escrit de mesme plume
Le Latin & François quand sa fureur l'allume,
De sorte qu'il egalle vn Dorat d'vne part,
Et de l'autre il seconde vn dous bruyant Ronsart :
Ainsi nostre Malherbe & Tirmois, l'eloquence
Et les vers balançants d'vne mesme cadence,
Vn Ciceron Latin font deuenir Gaulois,
Et Phœbus tout Romain est comme tout François.
Le grand de l'Hospital a toute Ausonienne
En France ramené la troupe Aonienne :
Et Filleul a conduit à la Cour ces neuf Sœurs :
Dauid qui son Perron orne de leurs douceurs,
Possede à iuste droit leur eternelle gloire,
Comme elles filles sont estant fils de Memoire.
Bertaut, qui du Soleil a le cœur allumé,
Chez luy mesme leur dresse vn seiour bien aimé :
Et qui taire pourroit la douce Polymnie
De ce diuin Vaillant, tirant la compagnie
De ces iumelles Sœurs hors de dessus leur mont,
Pour les faire habiter en son sacré Pimpont ?
Et le sçauant Sueur, que Latin on compare,
Au peu iusqu'à present imitable Pindare ?

Et Paſſerat ayant trois langages diuers,
Qui, comme aux deux, au ſien meſure ces beaus vers?
Et Chantecler profond, qui de Rome & d'Athenes
Fait bruire en ſes dous vers les bouillantes fontenes?
Et qui pourroit cacher le rayon qui reluit
En l'Aſcalle & Chreſtien, que tous Phœbus conduit?
Et cette Aurore ouurant au Soleil la barriere
Sur le Tybre Romain, iaune de ſa lumiere?
Et cet autre Apolon de Thou, qui tout diuin
Va par les airs traçant le peu connu chemin
Des Sacres & Faucons, ou la Muſe Romaine
Attaindre ne peut onc tant fuſt elle hautaine?
Et quel Siecle d'ailleurs a receu ſi beau don
Qu'en ſon Poëte a fait l'iſle de Caledon?
De Baïf, Grec-latin, comme François, la Muſe
Au combat les nouueaux ni les vieux ne refuſe :
Et Paſquier a montré par ſes vers excelens,
Que Phœbus hante auſſi les barreaus turbulens.

   Mais qui met ſon eſprit pour rendre plus connues
Ces Langues qui nous ſont pour eſtranges tenues,
Et contemne la ſienne, adultere il commet :
Car ſon ioug delaiſſant ſous l'eſtrange il ſe met.
Et tel eſt que celuy qui de tout meuble rare,
Riche tapiſſerie & de beau lambris pare
Vn Chaſteau ſolitaire, ecarté dans les bois,
Ou ſeulement il couche en deux ans vne fois,
Pour eſtre loin du lieu : Son Palais au contraire,
Qu'il choiſit en tout temps pour demeure ordinaire,
Il delaiſſe ſans meuble & ſans nul parement :
A ſoy meſme bien faire on doit premierement.

   Comme entre les banquets & les ioyeuſes tables,

Les chants mal accordez feront defagreables,
Et facheux le parfum, dont la forte fenteur,
Trop afpre paffera iufqu'à la puanteur
(Car bien fouuent encor aux feftins on s'en paffe) :
Ainfi la Poëfie amoindriffant fa grace,
(Comme eftant inuentee & faite feulement
Pour donner du plaifir & du contentement)
Nous deplaift auffi toft qu'elle s'efleue ou baiffe,
Ou que bas trebucher du tout elle fe laiffe.

   Qui lutter ne fçait point fe garde de lutter,
Et qui ioufter ne fçait fe garde de ioufter,
Ni de vouloir froiffer, mal apris, vne lance :
Et qui ne fçait danfer ne fe trouue à la dance :
Et qui ne peut la balle au tripot bricoller,
Paffant fon temps ailleurs fe garde d'y aller,
De peur qu'vn grand amas de perfonnes s'affemble,
Qui librement de luy fe gaudiroient enfemble.
Et toutefois celuy, qui ne fçait l'Art des vers,
S'en veut pourtant mefler de tort & de trauers :
Pourquoy non? dira t il, moy qui fuis gentil homme,
Et qui reçoy du Roy de penfion grand' fomme,
Defia tenu Poëte, à qui fa Maiefté
Pour fes vers mainte fois a liberale efté,
Qui de la chambre fuis deuenu Secretaire,
Des vers à mon plaifir ne pourray-ie bien faire?
Eftant au bel eftat des fauoris couché,
Et d'ailleurs n'eftant point d'aucun vice entaché?
   Ne di rien, ne fais rien en depit de Minerue :
En cet Art ne veut point la Nature eftre ferue.
Mais, amis, vous auez vn tel entendement,
Que vous pouuez en vous en faire iugement.

Si quelquefois encor, ô Françoife ieuneffe,
Quelque œuure vous voulez mettre deffus la preffe,
Il la vous faut foumettre au iugement exquis
D'vn fçauant, qui tout ait ce qu'en l'Art eft requis,
Et la garder neuf ans dedans le coffre enclofe :
Cependant vous pourrez corriger mainte chofe.
La parole parlee on ne peut deparler,
Et l'œuure mife hors ne fe peut rappeler.

 On raconte qu'Orphé, des grands Dieux interprete,
Les humains qui viuoient d'vne façon infete
De maffacre & de fang, fceut bien defauuager,
Et fous plus douces loix hors des bois les ranger :
C'eft pourquoy l'on difoit qu'il fçauoit bien conduire
Les Tigres, les Lions, aux accords de fa Lyre :
Et mefme qu'Amphion (le gentil batiffeur
Des nobles murs Thebains) fceut par la grand' douceur
De fon Luth façonné d'vne creufe tortue,
Faire marcher des rocs, mainte roche abatue,
Qu'il conduifoit au lieu que meilleur luy fembloit,
Et les faifant ranger, en murs les affembloit.

 Telle fut des premiers iadis la Sapience,
De fçauoir feparer, par prudente fcience,
Le public du priué, du prophane le Saint,
D'auoir par vn dous frein fon appetit retraint
D'vn vague accouplement, d'auoir du mariage
Ordonné les Saints droits, d'auoir trouué l'yfage
De baftir les Citez ; dans des tables de bois
Engrauant l'equité des droiturieres lois.

 Voila comme s'aquift aux vers & aux Poëtes
Vn honneur, vn renom tel qu'à diuins Prophetes.
Puis Homere & Tyrté mirent des vers au iour,

Qui graues detournants les hommes de l'amour,
Les firent fuiure Mars : & par les vers à l'heure
Des Oracles fe fift la refponce meilleure :
Et furent mis en vers les beaus enfeignemens
Pour maintenir la vie en tous gouuernemens,
Et par la Mufe encor fut la grace tentee
Des Princes & des Rois, pour leur gloire chantee.
Puis vinrent les derniers les ebats & les ieux,
L'agreable repos de tous trauaux facheux.
   Premier ainfi iadis nos Poëtes Druides,
Nos Samothes Gaulois, nos Bards, nos Sarromides,
Policerent la Gaule : & leurs vers animez
Rendoient apres la mort les Princes plus aimez.
Et mefme auparauant Dauid auoit choifie
Pour mieux celebrer Dieu la fainte Poëfie,
Et tant peurent fes vers que fans pompeux arroy,
Ce berger maiefteux de Poëte fut Roy.
Ce que ie dis, afin que vous n'ayez point honte
De faire d'Apolon & de la Mufe conte,
De l'Apolon fur tout qui diuin & facré
Defancrant de Delos en France s'eft ancré.
Portez donc en trophé les defpouilles payennes
Au fommet des clochers de vos citez Chrefliennes.
   Si les Grecs, comme vous, Chrefliens euffent efcrit,
Ils euffent les hauts faits chanté de Iefus-Chrift :
Doncques à les chanter ores ie vous inuite,
Et tant que vous pourrez à defpouiller l'Egipte,
Et de Dieu les Autels orner à qui mieux mieux
De fes beaus paremens & meubles precieux :
Et des autheurs humains, comme l'vtile auette,
Prenons ainfi des fleurs la manne & la fleurete,

Pour confirmer de Dieu les auertiſſemens,
Contenus aux ſecrets de ſes deux teſtamens.
   Vous, Prelats, qui n'auez qu'à Dieu ſeul la penſee,
A luy ſeul ſoit auſſi voſtre Muſe addreſſee :
Ainſi que ton du Val, Moulinet, chante nous
Cette grandeur de Dieu, qu'on voit reluire en tous.
Toy, Dangennes ſçauant qui bois en la fontaine
De l'Hippocrene vraye, & de bouche Romaine
Et Gregeoiſe & Françoiſe, epuiſes, bien diſant,
Le puis de verité, dont tu vas arroſant
De Noyon la contree : ouure nous ta poidrine,
Que nous goutions ici les fruits de ta dodrine.
De Coſſé, qui ne quiers les Lauriers fletriſſants,
Qui ſur le mont menteur des Muſes vont croiſſants,
A ce recoin du monde, au mont ou Michel l'ange
Tient ferme ſous ſes pieds cette chimere eſtrange,
Plante par les beaus vers de Dieu les eſtandarts
Qui facent l'Ocean trembler de toutes parts.
Toy, race d'Eſpinay, qui de maiſon antique,
Deuot, polices ſeul ton Egliſe Armorique,
Apren les flots Bretons, ſelon le ſaint Hebrieu,
A redire apres toy les louanges de Dieu.
Deſportes, que ta Muſe à Dieu toute tournee,
Ne ſoit des vers d'amour deſormais prophanee :
Maintenant, fauori, (puiſque dans le cerueau
Apolon t'a verſé toute la celeſte eau),
Arrouſe, doux coulant, la Royale prairie
De l'onde que iamais on ne verra tarie.
   Hé ! quel plaiſir ſeroit-ce à cette heure de voir
Nos Poëtes Chreſtiens, les façons receuoir
Du Tragique ancien ? Et voir à nos miſteres,

Les payens afferuis fous les loix falutaires
De nos Saints & Martyrs ? & du vieux teftament
Voir vne Tragedie extraite proprement ?
Et voir reprefenter aux feftes de Village
Aux feftes de la ville en quelque Efcheuinage ,
Au Saint d'vne Parroiffe , en quelque belle Nuit
De Noel , ou naiffant vn beau Soleil reluit ,
Au lieu d'vne Andromede au rocher attachee ,
Et d'vn Perfé qui l'a de fes fers relachee ,
Vn Saint George venir bien armé , bien monté ,
La lance à fon arreft , l'efpee à fon cofté ,
Affaillir le Dragon , qui venoit effroyable
Goulument deuorer la Pucelle agreable ,
Que pour le bien commun on venoit d'amener ?
O belle Cataftrophe ! on la voit retourner
Sauue auec tout le peuple ! Et quand moins on y penfe
Le Diable eftre vaincu de la fimple innocence !
Ou voir vn Abraham , fa foy , l'Ange & fon fils !
Voir Iofeph retrouué ! les peuples deconfis
Par le Pafteur guerrier qui , vainqueur d'vne fonde ,
Montre de Dieu les faits admirables au monde !
    C'eft vn point debatu par argumens diuers ,
Si de Nature ou d'Art fe compofe vn beau vers ,
Et laquelle des deux plus on eftime & prife
En vers , ou la Nature ou la Science aquife :
Quand à moy ie ne voy que l'Art ou le Sçauoir ,
Sans veine naturelle , ait beaucoup de pouuoir :
Ni que , fans la Science , vne veine abondante
Soit pour bien faire vn vers affez forte & puiffante :
Et tant bien l'vn à l'autre aide , fert & fuuient ,
Et d'amiable accord s'vnit & s'entretient ,

Que ſi Nature & l'Art ne ſont tous deux enſemble,
Vn ʋers ne ſe fait point bien parfait, ce me ſemble.
 Or celuy qui paruient enfin au haut ſommet
Ou le but deſiré de ce bel Art ſe met,
Qui ſe fait remarquer par la belle couronne
Du laurier verdoyant qui ſon chef enuironne,
A porté des l'enfance vn monde de trauaux,
Enduré chaud & froid & ſouffert mile maux,
N'a connu de Bacchus la liqueur honoree,
Ni la belle Venus des autres adoree.
 Qui ſçait d'vn pouce expert à bien rauir les Dieux
Ioindre au Luth la douceur d'vn vers melodieux,
En aprenant il a quelque fois craint ſon maiſtre,
Et ſceu premierement cet Art auſſi cognoiſtre:
Auiourd'huy c'eſt aſſez de dire & ſe vanter
Que ſa Muſe ſçait bien de beaus vers enfanter:
Moy, ie fay bien vn vers, ſoit à l'Italienne,
Soit à le meſurer à la mode ancienne.
Si Mecœne viuoit, ainſi comme autre fois,
Ie ſerois à bon droit ſon Virgile François.
La Pelade & le mal venu de Parthenope,
Puiſſe par tout ſaiſir cette vanteuſe trope;
Ces Poëtaſtres fouls qui, pour ſçauoir rimer,
Penſent comme bons vers leurs vers faire eſtimer:
Ie n'oſe de ma part ni confeſſer ni dire
Qu'vn vers ie puiſſe bien fredonner ſur la Lyre:
Ains ie reconnoiſtray franchement deformais
Que ie ne ſçay cela que ie n'aprins iamais.
 Comme vn crieur public à l'encan ſçait attraire,
Sous ombre de profit, la tourbe populaire,
Pour luy faire acheter les meubles des deffuns:
         Tout

Tout ainſi le Poëte, au fumet des parfuns
De ſa bonne cuiſine & de ſa grand' deſpence
Chacun attire à luy, comme par recompenſe :
Et riche par preſents attrayant les flateurs,
Il orra de ſes vers mile contes menteurs :
S'il eſt homme qui tienne vne table friande,
Donnant franche repue on vient à ſa viande,
Et s'il ſçait liberal & preſter & pleger,
Pour aider au beſoin ceux qui ſont en danger
Ou de perdre vn procez ou de ſouffrir dommage :
Ce ſeroit grand' merueille, eux luy faiſant hommage,
Qu'il les peuſt remarquer ou vrais ou faux amis :
Se maſquer le viſage aux flateurs eſt permis.

  Si doncques riche & grand tu deſires de faire
Plaiſir à telles gens tout franc & volontaire,
Ne les prens pour iuger tes vers aucunement.
Car eleuants leurs voix, ſouriants faintement,
Te diroient : ô quel vers ! ô quelle douce veine !
Comme Nature & l'Art, tu ſçais ioindre ſans peine !
Que ces vers ſont bien faits ! & fauſſement rauis,
Repaiſtront la deſſus leurs eſprits aſſouuis :
Feront plouuoir encor deſſus tels rudes carmes,
De leurs yeux façonnez, quelques flateuſes larmes,
Ils dreſſeront au Ciel les yeux en t'admirant !
Comme ceux, que iadis on alloit requerant
A gages, pour pleurer, aux grandes funerailles :
Qui faignant lamenter du profond des entrailles ;
Diſoient & faiſoient plus par leur pleurer moqueur,
Que ceux la qui pleuroient leurs amis de bon cœur :
Ainſi le flateur faint, d'vn deguiſé ſourire,
Plus que le vray loueur s'ebahit & s'admire.

                    H

Les grands, ainſi qu'on dit, font quelquefois tenter
Vn homme par le vin, pour l'experimenter,
Le font boire d'autant, luy font faire grand' chere,
Pour ſçauoir s'il pourroit bien celer vne affaire :
S'il eſt d'amitié digne ils veulent lors ſçauoir :
Par eſpreuue ſe peut vn mal aperceuoir.
Auſſi faiſant des vers tu te dois donner garde
D'vn eſprit qui ſe maſque, en ſa façon mignarde,
De la peau d'vn Renard : auiourdhuy rarement,
On trouue des amis de libre iugement.

S'on recitoit des vers à Quintil, dit Horace,
Il diſoit : mon enfant, il faut que ie t'efface
Cet endroit, & cet autre : & corriger ceci :
Tes vers n'ont point de ſens, n'ont point de grace ainſi.
Si tu luy confeſſois ne pouuoir mieux eſcrire,
Ayant beaucoup de fois taché de les reduire :
Lors il te les faiſoit tout du long effacer ,
Et ſçauoit de nouueau plus beaux les retracer,
Te les faiſant remettre & tourner ſur l'enclume,
Il les repoliſſoit des bons traits de ſa plume.

Mais ſi mieux on aimoit defendre ſa fureur,
Que de les r'agencer, corrigeant ſon erreur,
Plus rien ne t'en diſoit, eſtimant choſe veine
De perdre apres tes vers ſon conſeil & ſa peine :
Et ſeul te permettoit de priſer ſans riual,
Comme aueugle en ton fait, toy, ta faute, & ton mal.

L'homme bon & prudent , d'ame non violante,
Reprend des vers groſſiers la rime mal coulante ,   .
Et les vers qui ne ſont polis & relimez,
D'vn trait de plume ſont par luy defeſtimez :
Il retranche d'vn vers comme choſe ocieuſe

L'ornement superflu, la pompe ambicieuse,
Il donne vne lumiere au passage obscurci,
Il rend vn dire obscur beaucoup plus eclarci :
Et ce qu'il faut changer, clair voyant il remarque,
Prenant l'authorité que prenoit Aristarque :
Et si ne dira point : Pourquoy veux-ie offenser
Mon ami pour si peu ? Ce peu peut radresser
L'homme qui s'alloit perdre à la sente egaree
Qu'on voit estre sans fruict des hommes separee :
Car en ayant le faux pris pour la verité,
Moqué dans son ouurage il se fust depité.

  Il est vne autre humeur d'hommes qu'on dit Poëtes.
Inconstans & legers, comme des Giroëtes
Qui vont vireuoltant, à tous vents, sur les tours :
Ces gens mal asseurez, par incertains detours,
Veulent gaigner du Mont la cime double & haute :
Ils ont la volonté : mais par la grand' defaute
De la Lune (qui n'est forte comme Phœbus)
Qui leur ceruelle occupe, en l'Art font mile abus.
Ils font cent mile vers, ou Megere preside.
Qu'au lieu de Caliope, ils prennent pour leur guide.

  Le sage doit fuir ces hommes affolez,
Autant comme on feroit les poures verolez,
Ou bien les furieux pleins d'erreur frenetique
Et pleins d'opinion deuote & fanatique :
Mais les petits enfans en tous lieux les suiuront.
Les garçons debauchez auec eux se riront.
Imitant toutefois les pitaux de Village,
Qui suiuent vn chien soul tourmenté de la rage,
Quand l'vn epoind du bruit de ses voisins prochains,
Prend en hâste vne fourche, & l'autre entre ses mains

Vn vouge bien trenchant, s'affeurant de defence
Si l'animal cruel leur veut faire vne offence.

    On voit leurs vers efcrits par tout aux cabarets,
Farouches & gourmans ils vont dans les forefts,
Apres vne debauche importuner les Mufes,
Meflant en leurs difcours mile chofes confufes :
Ils feruent bien fouuent aux Seigneurs de plaifants,
Vanteurs, iniurieux, iureurs & medifants.

    D'ailleurs les courtifans les incitent fans ceffe
A chanter leur amour de quelque grand' Princeffe :
Et leur derniere fin c'eft de mourir batus,
Langoureux, verollez, dechirez, deueftus,
Dedans vn hofpital, fi leur fureur fubite,
Pour irriter quelqu'vn morts ne les precipite :
Et ne refte rien d'eux, que contre les parois
Les noms qu'ils egaloient aux noms des plus grands Rois.

    Horace de fon temps vouloit qu'en patience,
On laiffaft de ces fols l'indifcrete fcience :
Et fi quelqu'vn d'entre eux (tandis qu'il vomiroit
Mile vers que, raui, feul il admireroit
Ainfi que l'oifeleur, trop ententif à prendre
Les oifeaux à qui fots les filez il veut tendre)
Tomboit dedans vn puis, ou dans vn creux profond,
Bien qu'il criaft d'embas longuement contremont :
Amis, fecourez moy, mes voifins, ie vous prie,
Tirez hors de ce puis ce malheureux qui crie.
Il dit qu'il ne faut pas à fon fecours aller,
Ni pour le retirer la corde deualler :
Que fçait il fi ce fol de fait apens luymefme
S'eft point allé ietter en ce peril extrefme,
Et s'il veut glorieux qu'on l'aille fecourir ?

Il conte, à ce propos, qu'ainſi vouloit mourir
Vn Poëte en Sicile : Empedocle, pour eſtre
Eſtimé comme vn Dieu qu'on a veu diſpareſtre,
Secret s'alla ietter dans Mongibel ardant :
Qu'il ſoit loiſible donc à ces fols, cependant
Qu'ils ſeront en humeur, de mourir ou de viure
Ainſi comme ils voudront, pour Empedocle ſuiure :
Qui ſauue ces gens là, s'opoſant à leur mort,
Il s'opoſe à leur gloire & leur defend le port :
Les gardant de paſſer l'onde non renageable,
Ils tiennent ce bien là facheux & dommageable :
Auſſi bien d'autrefois, d'vn eſprit reſolu,
Ils voudront de rechef cela qu'ils ont voulu :
Deſireux d'acquerir vne gloire nouuelle
Par ce mourir fameux, qui les tient en ceruelle.
  Mais courtois de ces fols il faut auoir pitié,
Les garder, ſecourir, d'vne douce amitié :
Et prier le grand Dieu que leur ame agitee
Du Demon tourmenteux ne ſoit plus tourmentee.
Comme vn Alambiqueur tire des mineraux
L'eſprit, la quinteſſence & vertu des metaux,
Fait des eaux de parfum, des huiles ſalutaires,
Et ſçait bien allier maintes choſes contraires :
Tandis ſouuentefois de faux coin, faux alloy,
Il frape monnoyeur ſur la face du Roy :
Tout ainſi maint Poëte ayant à gorge pleine
Beu de l'onde ſacree à la docte Neuuaine,
Fera mile beaux vers : Mais ſouuent orgueilleux
Il meſlera des traits mutins & perilleux :
Et ſouuent contre Dieu, ſuperbe, il outrepaſſe,
Par folle opinion, les loix du Saint Parnaſſe ;

Et puis il deuient foul : car Dieu le veut punir
D'auoir aux Saints Edits voulu contreuenir,
Et deflors plein de gloire & de fotte vantance,
Il fera le vangeur de fon outrecuidance :
Et fi n'aparoift point pourquoy, fi furieux,
Il veut hauffer au Ciel fon vers ambitieux,
Ni quelle eft la raifon de fa fureur fi grande,
Ni quel vice mutin fur fon ame commande,
Ou s'il a le tombeau de fon pere brouillé,
Ou fi dedans fon fang, fon fang il a fouillé,
Polu les faints autels, & que par penitence,
Il luy fuft de befoin de punir cette offence.

  Il eft pourtant toufiours incenfé caqueteur,
De fes vers à chacun importun reciteur :
Comme l'Ours irrité, fi de fa caue il ofe
Deffaire les barreaus, rompre la porte clofe,
Loin il chaffe tous ceux qui marchent deuant luy :
L'ignorant & le docte ainfi craignants l'ennuy,
S'enfuiront autrepart : Si quelqu'vn il arrefte,
De fes vers iargonnant il luy rompra la tefte :
Car comme la Sangfue ayant trouué la chair,
Il s'emplira de fang, auant que la lacher.

  La fureur de ces fouls, l'erreur des Poëtaftres
Suiuis, malencontreux, de quintes, de defaftres,
Se decouure bien toft : Et fe decouure auffi
La paffion de tous fous vn voile obfcurfi :
Car chacun va toufiours ou le plaifir le tire,
L'vn fouhaite Bacchus, l'autre Venus defire :
Homere a tant fouuent fait les Dieux banqueter,
Que d'aimer le bon vin des Grecs fe fift noter :
Car comme on vit iadis que le peintre Arelie

Decouuroit par fes traits fa lafciue folie,
En pourtrayant au vif, fous chacun fien pourtrait,
Celles dont il auoit defia fenti le trait,
Aux Temples ayant paint les Romaines deeffes,
Par leur face on connut aifement fes maiftreffes :
Ainfi voit on fouuent que beaucoup d'efcriueurs
Defcouurent leurs defirs, decouurant leurs labeurs :
Tant qu'il eft bien aifé de cotter la penfee,
Qui leur ame retient aux vices enlaffee.
   Or, Sire, vous offrant fouuent de mes efcris,
Importun ie craindrois de pecher mal apris
Encontre le public : voyant que vos efpaules
Seules portent le fais des affaires des Gaules :
Toutefois puis qu'il plaift à voftre Maiefté
Que de moy fuft efcrit des vers quelque traité,
M'ayant tant honoré que daigné m'en efcrire :
A vous, ô mon grand Roy, le Prince de bien dire,
Et de toute vertu, qui d'efprit excellent,
Retenez par douceur ce Siecle turbulent :
Ie prefente cet Art de Regles recherchees,
Que fans Art, la Nature aux hommes tient cachees :
Non pour vous enfeigner (bien qu'en mefmes raifons
Horace ait autrefois enfeigné les Pifons),
Mais afin que la Gaule, ainfi que vous fçauante,
De fes enfeignemens, à l'auenir fe vante :
Et que tous ces efprits, qui de mots entaffez
D'vn ordre non fuiui font des monceaux affez,
Se reglant ne foient plus à ces Singes femblables,
Qui, regardans baftir des maifons habitables,
Tenterent plufieurs fois, marmots & babouins,
Le mefme, mais en vain : n'ayant pas les engins

Propres à cet effet : & leur menagerie
Ne fut rien à la fin que toute Singerie.

   Ie compofoy cet Art pour donner aux François,
Quand vous, Sire, quittant le parler Polonnois,
Voulutes, repofant deffous le bel ombrage
De vos Lauriers gaignez, polir voftre langage,
Ouir parler des vers parmi le dous loifir
De ces Cloeftres deuots ou vous prenez plaifir :
Ayant aupres de vous, comme Augufte, vn Mecœne,
Ioyeufe, qui fçauant des Virgiles vous mene,
Des Horaces, vn Vare, vn Defportes qui fait,
Compofant nettement, cet Art quafi parfait.

   Depuis vn chant plus haut i'entrepri tout celefte,
Alors que Mars, armé du dernier Manifefte,
Me rabaiffa la voix. Ie demeuray foudain,
Comme dans la foreft demeure vn petit Dain,
Qui voit vn Ours cruel, au pied d'vne defcente,
Ouurir les flans batans de fa mere innocente :
Il fuit par la broffaille, il fuit de bois en bois,
Timide & defiant il penfe à chaque fois
Reuoir l'Ours qui fa mere & la France deuore :
Depuis ce iour tout tel ie fuis poureux encore.

   Ie viuoy cependant au riuage Olenois,
A Caen, ou l'Ocean vient tous les iours deux fois,
Là moy De Vauquelin content en ma Prouince
Prefidant ie rendoy la Iuftice du Prince.

FIN.

SATYRES

FRANÇOISES,

AV ROY DE FRANCE

ET DE NAVARRE, HENRY IIII.

Par le Sieur De la Fresnaie Vauquelin.

LIVRE PREMIER.

A CAEN,

Par Charles Macé, Imprimeur
du Roy.

1 6 0 4.

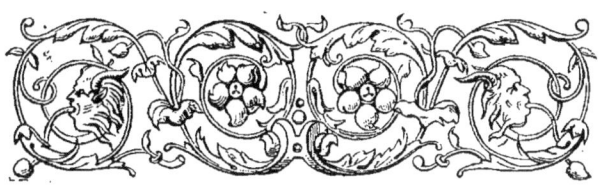

DISCOVRS

POVR SERVIR

DE PREFACE SVR

le fujet de la Satyre.

A Satyre eſtant vne forte de Poëſie qui n'eſt pas encores ſi commune en noſtre France que les Tragedies & Comedies : i'ay bien voulu toucher quelque choſe de l'antiquité de ce ſuiet, pour en donner plus claire & facile intelligence : me perfuadant que quand il ſera connu, il ſe pourra trouuer autant vtile & agreable en noſtre langue, que nul autre quel qui puiſſe eſtre. Pour donc ſçauoir d'ou il a pris ſon origine & ſon commencement, il faut entendre qu'aux premiers temps que le monde ſortoit de ſon enfance, & que les gents eſtoient encores

I

ignorants & groffiers, ayans pluftoft les mœurs fimples & naturelles, que fines & artificieufes, ils auoient accoutumé, comme bons & deuotieux, de facrifier à leurs Dieux, & d'acomplir leurs vœux auec grande fefte & folennité. Ce qu'ils faifoient en toutes faifons : mais beaucoup plus communement au temps de la moiffon & des vendanges : d'autant que s'affemblans chacun en leurs champs, par diuerfes familles & compagnies, ils dreffoient des autels de ramee, de branchages & de gazons, aufquels ils mettoient le feu en facrifiant à Bacchus vn Bouc, (qui s'apelle Tragos en Grec) & chantoient à qui mieux mieux vne maniere de vers tous ruftiques & mal polis : & de leur chant & de ce Mot Tragos, (comme qui euft dit, chanfon du Bouc,) eut fon origine la Tragedie. Pour cette mefme caufe on donnoit vn Bouc à celuy qui auoit le mieux chanté. Et la raifon pourquoy ils immoloient pluftoft vn Bouc à Bacchus qu'vn autre animal, eftoit que par fon brouft & viandis, il nuifoit plus aux vignes que les autres animaux. A l'heure donc la Tragedie n'eftoit autre chofe, qu'vn remerciment à Dieu de la bonne vendange, & vne louange de fa bonté, de fa largeffe & de fa grandeur. Mais pour ce que les hommes Grands Tyrans & puiffants, commencerent depuis à vfurper les louanges qui appartenoient aux Dieux, il fe trouua des perfonnes de gentil entendement, qui commencerent

auffi à montrer par leurs vers, combien la vie
des hommes eftoit frefle, debile, & infortunee,
au refpec de la bienheureufe felicité de Dieu. Ce
que voulant faire voir par exemples, ils ramenteuoient les calamitez des Roys & des Princes,
lefquels eftoient tombez de leur grand et magnifique eftat, en mifere & en poureté. Qui fait
croire que de là, la Tragedie, telle quelle eft maintenant eut fon commencement. Au moyen de
quoy les Tragedies font toutes fondees fur faits
tous vertueux & pitoyables : & bien qu'elles
foient à leurs entrees quelquefois pleines d'allegreffe, toutefois à la fin elles font toutes doulou-
reufes : finon celles d'Euripide, qui finiffent en
ioye & contentement, comme l'Alcefte, l'Ifiginie,
l'Ion, &c. Ce qui a fait inuenter aux modernes
le mot de Tragicomedie, duquel les anciens
Grecs & Latins n'vfoient point. La Comedie au
contraire eft fondee fur faits tous vitieux, mais
non de telle forte que le vice ne s'en puiffe bien
amender & reparer : Et tout ainfi qu'en l'vne ne
font introduits que Roys & Princes bien nourris & bien apris, auffi en l'autre ne fe voient que
des perfonnes vulgaires & de moyenne condition, qui pour auoir debauché & fuborné vne
fille ne font cas de l'époufer pour couurir leur
faute & euiter la punition du peché : & toufiours
finit en noces ou autre contentement cette Comedie : laquelle eut fon origine en cette forte :
Deuant que les Atheniens euffent bafti leur Cité

ils faifoient leur demeure en des tentes & pauillons, ils habitoient aux champs en des bordes &
cabanes, & deuant que facrifier à leur Apolon
Nomien, Dieu des pafteurs & Bergers, ils s'af-
fembloient en grandes compagnies & grandes
affemblees, & buuant & mengeant tous enfemble, ils faifoient grand' chere, ils faifoient mile
ieux, paffoient le temps à diuers plaifirs & chantoient vne infinité de vers, toutefois goffes &
mal faits : lefquels ils apeloient Comedie, de Comos, ou Comoï qui fignifient en Grec, Affemblee
ou Mengerie publique: comme qui diroit, Chanfon
d'affemblee & de grand' chere. Et cette Comedie
ainfi faite ne contenoit autre chofe, que des vers
& des chants, qui principalement reprenoient
les vices & les fautes d'autruy. D'ou fortirent
depuis les efcriueurs de l'antique Comedie : qui
nottoient & découuroient, auec grande liberté,
non feulement les vices des abfents, mais bien
fouuent auffi ceux des perfonnes prefentes. Laquelle liberté de reprendre feruit long temps
aux vertus & aux bonnes mœurs : pour ce que
plufieurs ayans crainte d'eftre decouuers & dif-
famez pour leurs vicieufes actions & mauuais
deportements, s'abftenoient de chofes infames
& defhonneftes, & fe gardoient de fe faire remarquer de faute & de peché, qui peuft eftre
manifefté au public. Mais afin que les Poëtes de
ce fiecle là peuffent taxer plus librement les vices & les defauts voluptueux & lafcifs de chacun

ils introduifoient deuant tous quelques Satyres,
qui font efpeces de Dieux habitants les forefts, a-
yans des cornes au front & des pieds de Bouc,
qui font foletons ehontez & impudents, & qui
fur tout fe recreent de paillardifes & chofes laf-
fciues : & comme encore nos derniers maieurs,
qui faifoient reprefenter quelques ieux, Farces,
ou Moralitez en public, mettoient quelquefois
en auant vn fol, vn bouffon, vn badin, pour
parler en plus grande liberté : ainfi en ce temps
là, ceux qui n'auoient pas la hardieffe de dire les
méchanfetez & mauuaitiez d'alors, ils fe couuroient de l'ombre & du nom de ces Satyres. En
cette maniere fut introduite la Satyre antique &
la Comedie : Lefquelles à peu pres eftoient femblables au vers & au fuiet : mais elles differoient
en ce qu'en la Comedie on ne reprefentoit point
de Satyres comme en la Satyre. La Satyre donc &
la Comedie fortirent incontinent apres l'antique
Tragedie. Mais depuis que les Grecs eurent vfé
par vn long temps de cette façon d'efcrire, ils
commencerent à deuenir vn peu trop licentieux
par ce qu'eftant gaignez par prieres, ou corrompus par prefents, ils fe mirent à diffamer & dire
mal des plus gents de bien. Qui fut occafion de
faire la Loy par laquelle il eftoit deffendu de faire vers diffamatoires contre aucun homme viuant, ne qui fuft taxé par fon nom. Pour cette
raifon Menandre trouua l'inuention de la nouuelle Comedie, & fut reietee la liberté de dire

d'Ariftophane. Finablement Lucilius à Rome
fut le premier inuenteur de la nouuelle Satyre.
Il eftoit né de la ville d'Aronce, homme docte,
d'vn fçauoir vehement & d'vn courage franc &
libre : lequel retint & conferva la vieille vfance
de reprendre les vices : mais il changea la maniere & façon des vers, moderant quelque peu la
premiere liberté en confideration & confequen-
ce de la Loy. Mais pour ce que fes vers alloient
& fautoient d'vn vice à l'autre, fuiuant la coutume des Satyres, le nom de Satyre demeura à ce
genre d'efcrire. Or la Satyre doit eftre d'vn ftile
fimple & bas, entre celuy du Tragic & du Comic, imitant & reprefentant fur tout les chofes
Naturelles, d'autant qu'il doit fuffire au Satyrique de reprendre ouuertement & fans artifice
les fautes & les vanitez d'autruy. C'eft pourquoy ceux-là ne meritent de louange qui efcriuant des Satyres vfent d'vn ftile trop éleué : car
ce feroit faire des vers Heroïques, qui requie-
rent vn air haut & magnifique. Ce qui fait qu'au
commencement de ces graues Poëfies on inuo-
que quelque Deité, quafi confeffant que ce qu'on
doit chanter furpaffe les forces de l'entendement
humain, chofe qui n'auient point en la Satyre : à
raifon qu'elle traite de chofes baffes, humbles &
communes. Auffi les Satyriques ne commencent
leurs ouurages auec inuocation ou autre merueille : ains auec quelque dedain, quelque courroux ou autre telle façon de dire, comme s'ils e-

ftoient prouoquez & prefque forcez par l'abondance & multitude des vices, à s'éleuer pour les
reprendre, ne fe pouuants taire eftants piquez
de l'eguillon d'vn fi jufte depit. Dauantage on
introduit feulement des gents de moyenne qualité à difcourir & parler en la Satyre, comme flateurs, efclaues, feruiteurs & autres telles gents :
& par occafion on y entremefle des contes & des
fables de chofes pareilles & baffes. Au contraire
aux Poëfies Heroiques on ne met que des Princes, des Heros & des grands & genereux Capitaines : des geftes & exploits defquels le Poete
chantant, embellit fon œuure & fes difcours,
comme auffi de mile fictions, de beaucoup de
figures, de harangues & defcriptions : de phra-
fes & paroles, eflues & choifies d'entre la naifueté du parler de fa nation. Mais la Satyre ne demande que la verité fimple & nue, & des paroles
du cru du pays de celuy qui efcrit fans s'éleuer ni
rabaiffer trop en fon propos. Telle eft la maniere d'efcrire d'Horace entre les Satyriques, auec
des vers fi naifs & fi bas, que bien fouuent il n'y
a point autre difference entre eux & la profe que
la mefure & la quantité, deforte qu'à grand' peine ils femblent meriter le nom de Poefie. Auffi
il a compris les Satyres fous le nom de Sermons,
pris du mot Latin *Sermo,* qui n'eft autre chofe
que le deuis familier & commun d'entre vn ou
deux deuifants enfemble. Et pour cette raifon
& que pareillement Horace reprend les vices

en fes Sermons) il eft vray femblable que l'vfage
a fait appeler de ce nom les predications de nos
prefcheurs. Donc il ne faut douter que la Satyre
ne foit vne efpece de Poëfie, qui fera merueilleu-
fement plaifante & profitable en noftre François,
pourueu qu'on s'abftienne de diffamer perfonne
en particulier, & qu'on ne fe licentie par vengeance ou autrement à faire des vers pleins de
medifance, d'iniure & de menterie, tels que font
les Cocqs à l'Afne : lefquels prindrent pied & fuc-
cederent aux Syluantez de nos Poetes Vualons
& Prouençauls, qui auoient imité proprement
en noftre langage les Satyriques Latins. Enquoy
Marot (lequel regla le premier cette façon de
Cocqs à l'Afne) fe contint affez modeftement,
retenant la douceur & naifueté de noftre François (auquel il excelloit fur tous ceux de fon âge)
il adouciffoit fes fornettes & brocards de tel iugement, que ceux à qui il importoit de s'en re-
fentir les comporterent doucement. Mais vne
infinité de Rimeurs qui font venus apres, & qui
chaque iour, comme Singes, penfent contrefaire
leur premier autheur, ont fait & font des Cocqs
à l'Afne, & des Afnes au Cocq, qui font vers iniurieux & diffamatoires, pluftoft dignes d'eftre
bruflez auec leurs peres, que d'eftre veus d'aucun homme d'honneur. Il faut donc fuir cette
façon d'efcrire : & retenir par ce que nous auons
dit (& plus au long en noftre Art Poetique)
qu'au fuiet de la Satyre ne font requis l'ornement,

l'embelliffement ni la douceur de dire que requiert la matiere Epique & Heroique : mais y
eft requife vne aigreur meflee de quelque fel
poignant en general, adoucie de quelque trait
ioyeux & fentencieux. Les ignorants tachez des
vices communs aux vulgaires, fe facheront de
fe voir depeints & remarquez en la Satyre, comme fi le Poete auoit penfé à dechiffrer leurs
mœurs & à les reprendre : Mais les fages & aui-
fez fe plairont de la lire, encores que leur naturel
& leurs fautes y foient defcrites & touchees :
mefme par tel aduertiffement fe corrigeront : &
noteront les defauts que beaucoup n'aperçoi-
uent point en eux. Que le fuiet de la Satyre foit
donc pris d'vne chofe commune : enquoy faifant
il ne faut que l'autheur luy mefme fe pardonne,
ains qu'il depaigne le premier fes imperfections.
Quelques anciens ont remarqué, que Lucilius
eftoit trop afpre & feuere, mais Horace eftoit
plus doux & moderé en fes dedains, lefquels il
cachoit dauantage aux commencemens de fes Satyres : Iuuenal d'vn ftile entre les deux les dé-
couuroit plus fort, chacun auoit fon ftile particulier, comme Perfe l'a different de tous les autres. C'eft vne chofe auffi que i'ay notee, qu'il
n'y a pas grande difference entre les Epiftres &
les Satyres d'Horace, fors que volontiers il efcrit
fes Epiftres à gents abfents & à perfonnes élon-
gnees : & qu'il femble qu'en fes Satyres fon intention ait efté d'arracher le vice du cœur des

hommes, d'en defricher & deraciner les mauuai-
ſes herbes : pour en ſes Epiſtres y planter au lieu
les vertus, & y enter & greffer des fruits d'vn
bon ordre. Ie di ceci d'autant qu'ayant en diuers
lieux imité Horace, tant en ſes Epiſtres qu'en ſes
Satyres, i'ay diuerſement entremeſlé les miennes
ſoubs meſmes tiltres : comme a fait l'Arioſte : lequel i'ay pareillement ſuiui en quelques vnes. Ie
ne diray rien de ma façon d'eſcrire, ſinon que
quelque imitation que i'aye faite, & quelque liberté d'eſcrire que ie me ſois permiſe, i'ay tâché
à ne ſortir hors des limites qui doiuent borner
les affeêtions d'vn homme de bien & Chreſtien,
ſans toutefois m'entremettre de parler des que-
ſtions de la ſainte Theologie, dont ie ne ſay pro-
feſſion. Ie confeſſeray en paſſant qu'encor que
la ſimplicité requiſe en la Satyre & la franchiſe
de parler qu'on trouuera dans mes vers, me
deuſſent excuſer en mon ſtile : que toutefois
i'euſſe bien deſiré pouuoir contenter les hommes de cet âge auec vn langage plus net & poli
que le mien : & tel que ie le voy aux ouurages
de beaucoup, qui l'ont non ſeulement adouci ſur
le meilleur Idiome François, mais ont tellement
naturaliſé les manieres de parler Grecques, Romaines, Italiennes & Eſpagnoles, qu'elles ſemblent auoir cru en noſtre propre terroir. Ce que
ie n'enten pas du parler d'auiourdhuy, quand il
eſt tout confit en antitheſes & contrarietez, &
dont vſerent quelques Latins ſoubs l'Empire de

Neron : Parler di-je, que quelques Italiens font
tenir aux Pedants & aux Docteurs introduits en
leurs Comedies : & duquel iamais le graue Virgile, Ciceron & autres Peres de la langue Romaine, n'vferent en leurs vers ni en leurs efcrits.
Ie ne le di pas pour blamer du tout ces figures
pointues, ni moins pour m'en formalifer autrement, i'en parle fans querelle. Mais pour les prier
de m'excufer en ma franchife & en ma façon
d'efcrire (que ie reconnoy vraiment bien maigre & fterile) & confiderer qu'ayant fait voir
de mes vers à la France il y a prés de cinquante
ans, il feroit trop tard de me deguifer deformais,
& bien dificile de changer mon ftile & ma main.
Toutefois ie me rauife, les vers maintenant font
en peu d'eftime, Lecteur, n'achette point les
miens : au moins ie n'auray que faire par ce
moyen, que tu m'excufes, & toy, tu n'auras
moindre contentement.

SATYRES

FRANÇOISES,

AV ROY.

Par le Sievr De la Fresnaie
Vavqvelin.

GRAND ROY, *dont la valeur a recon-*
quis ſa France
Et dont le braue eſprit a vaincu l'igno-
rance,
O que i'ay de regret en ma premiere ardeur,
De n'auoir, mon grand Roy, chanté voſtre grandeur!
Celebré voſtre nom en vers autant durables,
Que vos belles vertus ſont à tous admirables!
En Cigne transformé, d'vn vol audacieux,
J'auroy bien toſt paſſé les nouueaux & les vieux :
Et peut eſtre paſſé le mieux volant qui paſſe
Iuſqu'au plus haut ſommet du montueux Parnaſſe.
Mais à mes derniers ans, à moy qui ſuis griſon,
Me charger de ce fais il eſt hors de ſaiſon :

L'âge n'eſt plus ſemblable , & n'eſt plus ma penſee ,
D'vn furieux Phœbus, comme alors, incenſee.
   Nos anciens François retournants las & vieux ,
Apres avoir vaillants deffendu les ſaints lieux
De la cité diuine : & fait rougir la terre
Du ſang des Meſcreans , qui leur faiſoient la guerre ,
Mettoient les armes ius : Et les preux Banerets
Depouilloient leurs haubers , greues & ſolerets :
Et l'Ecu qui pendoit à la large couroye
Richement eſtoffé de grand' boucle & de ſoye :
Et la cotte de Maille & l'Armet menaçant ,
Timbré d'vn beau ſignal de la crête naiſſant
En figures d'oiſeaux ou d'animaux , iſſantes
De diuerſes couleurs les ſeruiettes bouffantes :
(Les moindres Cheualiers aportoient leurs Pennons,
En leurs lances ayans des vermeils Gouffanons)
Auec leurs coutelas , leurs Banieres ployees ,
Et leurs Cottes par tout de Blaſons armoyees.
Cet amas ils mettoient aux Egliſes voué ,
Comme vn noble trophé de chacun auoué :
Et vieux ſe retiroient dans les champs ſoliteres ,
Ou bien Religieux aux deuots monaſteres :
Depeur qu'eſtants recrus d'age vieil & flouet ,
Ils ne ſeruiſſent plus à Mars que de iouet ,
S'ils eſtoient employez : Ainſi ie ſuis en crainte ,
Voyant mes Lauriers ſecs & mon ardeur eſteinte ,
De demeurer faiblet accablé ſous le fais ,
Mon Roy, ſi i'entrepren de chanter vos grands fais.
   Mon bon Ange ſouuent en l'oreille me ſonne ,
Comme ſage ie doy gouuerner ma perſonne :
                                              Et

Et me dit : defai-toy du vieil cheual, afin
Que boiteux ne deuienne & pouſſif à la fin :
Et depeur qu'au beſoin au combat ne te faille,
Et te face moquer le iour d'vne bataille.
C'eſt pourquoy maintenant ie quitte le Laurier,
Les vers & paſſetemps de ce plaiſant metier :
Ie ne ſuis plus poli, ie ne ſçay plus les modes
De faire des Sonnets, des Stances, ni des Odes,
Ni des Airs amoureux qu'on chante en voſtre Court :
Mon ſtile n'eſt plus fait à la mode qui court.

   Ie cherche ſeulement parmi la vray-ſemblance,
Où giſt le veritable, ou giſt la bienſeance,
Qui conuient à chacun : meſme à bien demeller
Le Mal qui bien ſouuent ſe fait Bien appeller.
Ie compoſe, i'eſcri, ie cotte maint paſſage,
Pour en mettre le fruit tout ſoudain en vſage :
Et ſans m'aſſuiettir à nul autheur certain,
Ie pren tantoſt du Grec & tantoſt du Romain
Ce qui me ſemble bon : eſſayant de confire
Auec leur ſucre dous, ſoit Epiſtre ou Satire :
Et quelquefois ie pren des vulgaires voiſins,
Pour mettre en mon iardin, des fleurs de leurs iardins.

   Ie vay, ie vien, ie cours, quelque part que l'orage
Me vueille tranſporter, i'aborde le riuage.
Tantoſt legerement diſpos ie vay nageant
Dans les ruiſſeaux des mœurs : & tantoſt me plongeant
Dans la mer des raiſons, graue prendre i'eſſaye
Celle qui me ſemble eſtre entre elles la plus vraye :
Et ſouuent me rendant populaire, pourtant
De la vertu ie ſuis vn aſpre combatant,

K

(Et toufiours mon Abeille en fon miel Satyriqu̶e,
Referue vn eguillon, dont le vice elle pique)
Tantoſt ie me derobe & me laiſſe emporter
Pour des autheurs plaifans quelquefois regouſter :
Et tâche d'aſſeruir les chofes à ma vie ,
Sans toutefois la rendre aux chofes aſſeruie,

   Comme longue la nuit femble eſtre au ieune amant ,
A qui Life a promis & toutefois luy ment :
Et comme long le iour aux ieunes fiancees,
Quand on fait retarder leurs noces commencees :
Et comme pareſſeux femble l'an aux mineurs ,
A qui la mere eſt rude & durs les gouuerneurs :
A mon regret ainfi le temps ingrat fe paſſe,
Qui tarde mon efpoir, que foigneux ie ne face
Quelque ouurage qui puiſſe en bon enſeignement
Profiter , comme au riche , au poure egalement :
Et dont ieunes & vieux auſſi puiſſent aprendre
Comme par la vertu meilleurs on fe peut rendre.

   Mais n'y pouuant vaquer pour mes empefchemens ,
Seulement ie m'arreſte à ces commencemens.
Qui n'egale en valeur Roland ou Charlemagne,
Ne laiſſe caualier de marcher en campagne :
Qui n'eſt vn Fierabras, vn Oger le Danois ,
Ne doit laiſſer pourtant d'endoſſer le harnois.
C'eſt quelque chofe encor de montrer fon courage,
Quand on ne peut attaindre à faire dauantage.
Ainfi ne pouuant pas autre argument choifir ,
Ie fay ce que ie puis en mon peu de loifir.

   En liberté i'efcri des Moraux en ce liure,
Qui rendront meilleurs ceux qui les voudront enfuiure.

Ont ils d'vn trait d'amour l'eſtomac entamé ?
Ont ils le cœur bruſlant d'auarice enflamé ?
Ils trouueront ici des charmes, des paroles,
Pour atiedir l'ardeur de leurs paſſions foles.
Craignent ils l'Ocean du monde haſardeux ?
Ont ils le cœur enflé de quelque fard venteux
De l'amour de leur los, de la vaine fumee
Dont l'ame ambicieuſe eſt touſiours animee ?
S'ils veulent par trois fois deuots lire mes vers,
Ils ſeront nettoyeꝫ de ces fangeats diuers.
Sont ils ſans loyauté paillardant adulteres ?
Les remedes ici ſont vrais & ſalutaires :
Ont ils aux Cours des Grands perdu leurs liberteꝫ,
De beaus cordages d'or lieꝫ & garrotteꝫ ?
Mes vers rompront les nœuds : les faiſant en grand'ioye
La Fortune domter, dont ils eſtoient la proye.

   L'homme ne tient ſi fort aux beaus liens d'Amour,
Que l'on ne puiſſe bien l'en deſlier vn iour.
Homme n'eſt ſi farouche enfin qu'on n'apriuoiſe,
Quand il oit patient la repriſe courtoiſe.
La vertu c'eſt fuir le vice & le peché.
La premiere ſageſſe eſt de n'eſtre entaché
D'aucun trait de folie. Or le Peuple eſtre eſtime
L'infortune ou le peu, vne eſpece de crime :
C'eſt pourquoy pour auoir, fuyant la poureté,
Il vient, il court, il va iuſqu'à l'extremité
Des Indes d'Orient : il cherche nouueaux mondes
Par les rocs, par les bois, par les feux, par les ondes :
Cependant il n'a ſoin de ſçauoir ni d'ouir
D'vn prudent comme il faut des richeſſes iouir :

N'admirer folement leur aparence vaine,
Conuoiteux les cherchant auecques tant de peine :
Toutefois on ne voit villageois ſi lourdaut,
Qui ne tâche à gaigner ou la courſe ou le ſaut :
Qui refuſe le prix de la palme emportee,
Ni dedans les Carfours ſa louange chantee.

  L'argent vaut moins que l'or, l'or moins que la vertu.
Mais le peuple & beaucoup des grands ont debatu,
Que l'or marche deuant & la vertu derriere :
Tous en veulent auoir. Car qui ſçait la maniere
D'acquerir, d'amaſſer des monceaux ſomptueux,
Puiſqu'il a, c'eſt aſſez, il eſt tout vertueux :
En vain on eſt vaillant & loyal & preudhomme :
Sire, qui n'a dequoy malheureux on le nomme.

  Moy ie di tout contraire auſſi d'vne autre part,
Qu'il faut que l'homme face vn aſſeuré rampart,
Vn mur d'erain de n'eſtre aucunement coupable
En ſon cœur de peché : d'eſtre tout veritable,
Et de ne pallir point pour vn meſchant forfait :
Que ie trouue vn tel homme eſtre le plus parfait.
Souuent de telles gents l'antique gent Romaine,
A choiſi maint grand chef & maint grand capitaine.

  Le vulgaire de moy bien toſt ſe moquera
Quand à luy tout contraire il me remarquera.
Tu es, peuple, tu es la plus grande des beſtes ;
Vne muable Empuſe, vn Monſtre à pluſieurs teſtes,
Vn vray Cameleon, changeant à tous propos
De formes & d'auis ſans prendre aucun repos :
Tantoſt heureux il tient le ioug de mariage .
Et tantoſt malheureux vn ſi rude ſeruage :

Bref il ne peut dormir long temps fur vn cofté :
Toufiours au premier vent fon cœur eft emporté.

 De quel neu pourroit on retenir ce Protee,
Qui de face changeant n'a de forme arreftee ?
Quelle chaine de fer, quels liens & quels clous
Pourroient bien arrefter ce vertumne entre nous ?
Il deftruit, il baftit & de façon diuerfe,
Ce qu'il fait auiourdhuy, demain il le renuerfe.

 Ce Monftre ne faudra de vouloir s'empefcher
De mes libres efcrits d'en rire & s'en fâcher.
Mais quand à moy ie veux que tout le monde entende
Que ie me veux tirer de cette obfcure bende
Qui n'aime point le iour : & n'auoir plus fouci
Que des vers, des vertus & des Mufes auffi.

 Ie fçay ia de long temps les ennuieufes peines,
Qu'a l'auaricieux en fes richeffes vaines :
Ie fçay comme à la fin miferables font pris
Ceux qui des lacs des grands enlaffent leurs efpris :
Et ie fçay d'autrepart, comme auec humble audace
On grimpe courageux au faint mont de la Grace :
Et comme on peut fon chef brauement couronner
Du laurier verdoyant que Phœbus fçait donner.
Ie fçay combien il faut de liqueur en mon vafe,
Et de quelle grandeur eft ma petite cafe.
Ie fçay qu'il faut encor de gentilleffe & d'art,
Dequoy la bien meubler emprunter autrepart.
Ie fçais ou doit germer la femence fecrete,
Qu'au centre de mon cœur ie tien comme en cachete.
Ie fçay ce que le monde efpere, doute & craint ;
Ie fçay ce qu'on dit vray, ie fçay ce qu'on dit faint.

Puiſqu'au plus pres ie ſçay ce qu'au monde il faut faire,
Tay toy, Peuple ignorant, tay toy, groſſier vulgaire,
Et plein d'ombre & de ſonge aueugle ne te mets
A iuger du Soleil, que tu ne vis iamais.

   Mais voſtre Maieſté, d'vn iugement plus ſage,
Iugera plus mes vers au bon ſens qu'au langage :
Et vrayment Magnanime & d'vn genereux cœur,
Des vulgaires mortels vous ſereʒ tout vainqueur.
Or ie n'apelle, Sire, vn homme Magnanime,
Qui ſouuent ſans raiſon indignement s'anime
Contre les gens d'honneur, qui ne peut reſiſter
Aux promtes paſſions, & qui ne peut domter
Cet aueugle fureur, ou la haine, l'enuie,
Et le profit tyran fait broncher noſtre vie :
Ains ceſtuy-la ie di magnanime vrayment
Qui ſe iuge ſoymeſme & qui va tellement
Cheriſſant la vertu, qu'il reçoit pour hoſteſſe,
Que touſiours la raiſon demeure en luy maiſtreſſe :
Et qui porte au courage, en eſprit arreſté,
Auſſi bien le malheur que la felicité.

   Sire, enfin le ſeul ſage en ſa prudence excelle
Par deſſus les façons de la race mortelle :
Il eſt moindre qu'vn dieu ſeulement d'vn ſeul point,
C'eſt qu'en ſon corps mortel immortel il n'eſt point.
Mais luy qui vit touſiours hors de ſon corps tout libre,
Tout immortel il eſt, fait d'vn autre calibre
Que les hommes communs : il eſt la loy des lois,
En ſon obeiſſance eſtant par ſus les Rois.
Il adore touſiours le Soleil de ſon ame,
Il auiue les feux dont Nature l'enflame,

Il rebouche prudent ces poignants eguillons,
Que la Paſſion rend contre l'ame felons :
Il eſt conſtant & ferme, il eſt ieune en vieilleſſe,
Il iouit en ſon cœur de certaine lieſſe,
Il eſt heureux & riche, il eſt plein de ſanté,
Si quelquefois ſon corps de mal n'eſt tourmenté.

A MONSEIGNEVR DE
Chiuerny, Chancelier de France.

 *RAND Chiuerny, qui fais par ton*
adreſſe
Que des autels & des vœux on te
dreſſe :
Et qui connois les races & le rang
Des grands maiſons & des Princes du ſang :
Et toutefois tu veux ſous ta conduite,
Qu'à rechercher ma plume ſoit inſtruite,
Des Cheualiers les antiques façons,
Blaſons, Tournois, Ordres, Cris, Ecuſſons,
Ce qui ſeroit au Roy treſagreable :
Mais diferant ce labeur honorable,
Ie vien peut eſtre ici te preſenter
Vn mets duquel tu ne voudras gouſter.

k iiij

Ce font des vers qui, remarquants le vice,
Se font auffi remarquer de malice :
Et toutefois ils font de bonne foy,
Et font blafmez à tort comme ie croy.

 C'eft vn malheur que des Satyres faire :
Car on ne peut à toutes gents complaire.
On dit de moy que ie fuis trop aigret :
Qu'outre la loy ie touche maint fegret,
Qui fe deuft taire, & n'eft chofe permife
Parler de Dieu, des Grands, ni de l'Eglife.
On dit encor que les vers que ie fais
N'ont point de nerfs & font lachement fais :
Et qu'on pourroit d'vn air du tout femblable,
En faire mile au fortir de la table :
Et qu'on compofe auiourdhuy grauement
Des vers nerueux qui coulent doucement :
A dire vray, ie fais vn fagotage
De mes difcours fans farder mon langage.

 Que doy-ie faire ? auifé di le moy,
Grand Chancelier, ofte moy cet emoy
Et ce defir contraire à ma fortune,
Dont iour & nuit la Mufe m'importune.

 Tu me refponds : N'efcri plus & te mets
A viure à toy pour les tiens deformais :
Et fi tu fens ton ame' tant ardante
Apres les vers, d'vne plume fçauante
Ofe vn ouurage admirable tenter :
Ou les exploits de noftre Roy chanter :
Comme iadis Virgile prenoit peine
De celebrer Octaue & fon Mecœne :

Quitte les vers & repren curieux
Des vieux herauts le faix laborieux,
Et tu feras œuure digne & Royale,
De pourſuiuir l'hiſtoire Armoriale,
Et ſi plairas non ſeulement aux Rois,
Mais aux plus grands de nos Princes François :
Et tu auras, au moins comme ie penſe,
De tes labeurs quelque iour recompenſe.

    Ie te redis, ô mon grand Chiuerny,
Que ſi i'auoy Phœbus de moy banny,
Ce ſeroit bien pour moy le plus vtile,
Et le meilleur pour viure en homme habile :
Mais ie ne puis dormir ni ſommeiller,
Ni paſſer temps à la Prime à vueiller,
Qu'à tous propos la Muſe mal contente,
De ſon caquet importun ne me tente,
Et pour mon Roy la force me defaut :
Car tout chacun n'a pas le cœur ſi haut,
Que de chanter d'vn tel preux les vaillances :
Ni de ſon Camp tout heriſſé de lances
Les grands efforts, dont furent aſſaillis
Ses ennemis : ni les grands chamaillis
Des combatans, ni les cris effroyables
Des Alemans & Reïtres redoutables,
Tombants au choc de nos braues lanciers,
Et ſous le hurt de nos rudes piquiers,
Encouragez par la haute preſence
De noſtre Roy quaſi des ſon enfance :
Tant qu'à la fin reuenu de l'Etour,
France il rendit paiſible à Moncontour.

Mais ayant fait l'Armoriale hiſtoire,
Ie la veux bien ſacrer à la memoire
D'vn ſi grand Roy, par grande affeƈtion,
Quand i'en verray s'offrir l'occaſion.
Car ie ne veux que mon Roy s'emerueille,
D'ouir ma verue eſtourdir ſon oreille,
Et que ie ſois comme importun noté,
Pour n'auoir pris ſon oportunité :
Ou que ſa gloire en mes vers recitee
Mal à propos, ne ſoit point ecoutee.
Ie ne veux point en Paradis entrer
Malgré les Saints, & ne veux point montrer
Mon œuure au Roy par indiſcrete audace,
Si ie n'y ſuis appelé de ſa grace.

   Mais tu me dis : combien mieux ferois-tu
De noſtre Roy d'eſcrire la vertu,
Que d'attacher par ſornettes piquantes
D'vn courtiſan les rencontres plaiſantes,
Ou d'vn Chiquot, naturel plaiſanteur?
Ou l'art meſchant de quelque fin flateur?
Et puis d'ailleurs tu mets chacun en crainte,
De receuoir par tes vers quelque attainte :
Et qui ſe ſent de vices entaché,
Te hait encor qu'il n'y ſoit attaché.

   Et ie redis : Adrian danſe & ſaute,
Quand le vin monte en ſa ceruelle haute.
Qui luy fait voir à la fois deux flambeaux.
Caſtor touſiours s'eſiouit des cheuaux :
Et d'vn meſme œuf ſorti ſon autre frere
Aux luttes veut & aux combats ſe plaire.

Autant qu'on voit ici d'hommes viuans,
Autant vont ils d'exercices fuiuans.
    Moy ie me plais, comme Horace Lyrique,
Chanter des vers goſſeur & Satyrique :
Non pas qu'ils ſoient d'vn tel Art que les ſiens :
Trop elongné ie ſuis des anciens :
Leur beau Soleil ne luit en nos ombrages.
Parmi nos rocs & nos deſerts ſauuages
Phœbus n'habite : auſſi ne voit on pas
De cent mile vn qui remarque ſes pas,
Sans appeler à ſon aide Mercure :
Ici des vers ſans profit on n'a cure.
    Mais tout ainſi qu'Horace ſe plaiſoit
Suiure Lucile aux vers qu'il compoſoit,
I'en faẏ de meſme : aux neuf chaſtes Pucelles.
Comme il euſt fait à compaignons fidelles,
A ſes beaux vers, à ſes liures auſſi,
Il racontoit ſon heur & ſon ſouci :
Et de ſa vie on voit comme en Hiſtoire,
Dans ſes eſcrits vne belle memoire,
Depeinte, ainſi qu'à la poſterité,
Vn beau tableau voué d'antiquité.
    Paſſant ma vie en ma chere contree.
En l'imitant, plaiſant ie me recree :
Du vieux gaigné ie façonne mes vers
Entremeſlez d'vn iugement diuers
(Beau iugement que Dieu ſur tout nous donne,
Comme l'honneur de toute la perſonne).
Sans fueilleter les liures ennuẏeux,
I'eſcri des vers touſiours d'vn front ioyeux :

Et ne faut point qu'vn vertueux ait crainte
De receuoir en mes vers quelque attainte.
Mon vers piquant aucun ne piquera,
Qui trop hardi ne me prouoquera.
Il fera tel qu'vne trenchante efpee
Dans fon fourreau : dont ne fera frapee
Nulle perfonne : & ne la faqueray,
Sinon alors qu'affailli ie feray.
Auffi pourquoy voudroy-ie fans colere
La degainer, n'ayant point d'aduerfaire,
Toufiours eftant fans peur comme ie fuis,
De voir fraper les voleurs à mon huis?
Bon Dieu, permets qu'en fa gaine enrouillee
Elle demeure, & iamais embrouillee
Ne foit ma vie au repos ou ie veux
Viure paifible entre les querelleux !

  Mais fi quelqu'vn mon innocence irrite,
Il fentira ma colere depite :
Et ie veux bien qu'il entende ce point,
Qu'il vaudroit mieux qu'il ne me fafchaft point.
Car quelquepart de la France qu'il voife,
Il trouuera toufiours vn peu de noife :
Tous le verront en vain fe lamenter
D'ouir fon nom en diffame chanter.

  Ou fi quelqu'vn vouloit, plein d'arrogance,
Noircir ton nom & ta blanche innocence,
Autre Archiloc, en mes vers vn cordeau
Ie luy tordrois pour fon digne tombeau.
Varlon fuitif epouuante fes maiftres
De les brufler en leurs maifons champeftres.

Ses ennemis le plaideur Tamberlois
Va menaçant de Procez & de Lois :
Des fauffetez Rauin aux fiens machine,
Et de poifon menace Valentine :
Et Rudemont de fon auctorité
Ceux contre qui iuge il s'eft irrité.
Ce qui fait voir que la Nature forte
A nous vanger nous enfeigne & nous porte,
Et que chacun de ce qu'il peut de luy,
Pour offencer, va menaçant autruy.
Poëte ainfi de mes vers ie menace
Des enuieux la medifante race.
  Le Loup des dents affaudra le trouppeau,
Que deffendra des cornes le Toreau :
Qui leur apprend cette façon de faire,
Sinon Nature à tous commune mere ?
Sans eftre apris le Toreau mugiffant
A la deffence elle va conduifant,
Qui de foymefme au fier Lion s'opofe
Quand rugiffant bien affronter il ofe
Vn grand trouppeau d'Aumailles epeuré,
Que le Toreau lors defend affeuré !
  Il ne faut point perfonne à nous inftruire
Contre tous ceux qui tachent de nous nuire.
Baille à garder à fon fils heritier
La vieille mere : il n'en fera meurtrier
S'il croit Nature aux Parens debonnaire :
Non plus qu'vn Loup ne s'efforce de faire
Mal du talon, vn Toreau de la dent :
Mais Sabournet faignit qu'vn accident

Surprit ſa mere en vne Apoplexie,
Quand on trouua colé dans ſa veſſie
Vn clair ſablon d'vn mineral broyé,
Qu'elle auoit beu dans du vin poudroyé.

*   Pour dire en bref, ou ſoit que la vieilleſſe*
De m'en aller de long temps ne me preſſe,
Soit que la mort aux noires ailles vint,
Soit qu'en priſon, ſoit qu'ailleurs on me tint,
Soit poure ou riche, ou ſoit que hors de France
Bani ie viue en extreme ſouffrance
(Que Dieu ne vueille!) à iamais i'eſcriray
Comme faillir le monde ie verray.

*   Ho, mon ami, reſpons-tu, la chandelle,*
Qui luit en toy ne t'eſt pas immortelle :
Craindre tu dois qu'vn mignon deloyal
Ne l'eſteingniſt en faiſant du royal;
Et t'accuſant que ta Muſe goſſeuſe
Piquaſt des grands la façon cauteleuſe :
Que tu eſcris au meſpris de la Court,
Ou l'on doit eſtre aueugle, mut & ſourt.
Contre-reſponce : au Poëte Lucile
Il n'auint mal pour eſcrire en ſa ville
Des vers mordants, apres & repreneurs,
Dont il taxoit les Conſuls & Seigneurs.
Non plus qu'il fiſt au Calabrois qui grate
De ſes amis la façon delicate,
N'eſpargnant point de Rome les premiers,
Preſteurs, Queſteurs, Senateurs, Cheualiers.
Mais ſeulement il eſtoit fauorable
A la vertu, qui le rendoit aimable

Aux ennemis du vice & de l'erreur :
Et pour ce il eut d'Augufte la faueur
Et de Mecœne : & d'ame non feruile
Il fe trouuoit auec Vare & Virgile,
Et Pollion, au cabinet caché
De l'Empereur, tant fuft il empefché :
Quand, attendant le fouper ordinaire,
Libres, fecrets, elongnez du vulgaire,
Auec luy feuls ils goffoient à loifir
De ce qu'apporte vn vertueux plaifir.

    Tel que ie fuis, bien que ie ne fois homme
Né Satyrique à l'Empire de Rome,
Ni familier d'vn Mecœne courtois,
Ni des Seigneurs eftant pres de nos Rois,
Et n'ayant tel l'efprit ni la doctrine,
Pourtant fans bláme en tel rang ie chemine,
Qu'auec les grands l'enuieux ehonté
Reconnoiftra que i'ay toufiours hanté.
Et qui plus eft maint vertueux encore,
Suiuant la Cour me connoift & m'honore :
Tant que venant l'Enuie à me pincer
D'vn foible doy, d'vn plus fort renuerfer
Ie la feray, fi prudent tu l'approuues
Et fi mauuais, Hurant, tu ne le trouues.

    Auecques toy, ce fait i'approuueray :
Mais toutefois, Ami, ie te diray,
Que preuoyant tu te dois donner garde
(Toy que chacun comme fage regarde)
De n'offencer des lois la fainteté :
Car on punit fous leur autorité,

Comme tu fçais, celuy qui par vn blame,
Leger vn autre en libelles diffame.
  Le Mêdit doit, refpon-ie, eftre puni?
Mais fi quelqu'vn de prudence garni
Efcriuoit bien, fans faire vn fot libelle,
Dont il peuft eftre en Procez ou querelle
Contre quelqu'vn : tellement retenu,
Que pour montrer d'autruy le vice à nu,
Il ne touchaft le nom ni les perfonnes,
On trouueroit ces Satyres là bonnes :
Et quand le Roy iuge mefme en feroit,
Par fon arreft telles les iugeroit :
Et fi quelqu'vn par fa malice fainte,
Rendoit à tort à Iuftice vne plainte
Contre tels vers, on le condamneroit
Aux interefts, & fi l'amenderoit,
Moqué, fiflé, d'vne longue rifee,
Telle Satyre eftant de tous prifee.
  Mon Chiuerny, fi tu as le loifir
De voir mes vers, quand tu prens ton plaifir
A ta Roquete, apres que les affaires
Ont agité de tempeftes contraires
Ton grand cerueau, peut eftre tu diras :
Ces vers ici fi poignants ne font pas,
Que leur dedain entremeflé de rire,
De toutes gents ne fe puiffe bien lire.
Lors ton auis m'en eftant raporté,
Ie marcheray de plus grand' feureté
Par les fentiers de ces routes, qu'en France
A iufque ici detraqué l'ignorance.

                                        Et

Et d'autrepart en vers vn peu plus hauts,
Ie chanteray l'honneur des grands Hurauts,
Qui d'vn beau fang, genereux & antique,
Sont defcendus de la terre Armorique,
Noftre Bretaigne, ou leurs nobles Ayeux,
Preux Cheualiers, viuoient aux fiecles vieux,
Quand de leurs Ducs la puiffance honoree,
Sur les vertus eftoit ferme affeuree :
Que la Bonté, la Iuftice & valeur
N'eftoient encor fuiettes au malheur
De noftre temps, ou l'on voit en leur place
La Mauuaitié, l'Iniuftice & l'Audace :
Temps ou les Bons n'ont maintenant pouuoir
De faire ainfi qu'ils en ont le vouloir.

A monfieur de Tiron.

ESPORTES, *dont la difcrette pru-*
dence,
Des plus prudens la prudence deuance,
Vous m'écriuez qu'auiourdhuy ie
deuroy
Trouuer moyen de prefenter au Roy
Tant de beaus vers & tant de belles chofes,
Qu'à voftre auis au coffre ie tien clofes :
Que, fi ie veux, vous ferez tellement
Que ie feray mandé tout promptement
D'vn bon Seigneur qui, fous le beau pretexte
Du bien public, fçaura faire le refte :

L

Eclarciſſant au long ſa Maieſté
Et quel ie ſuis & quel i'auois eſté
Au Roy ſon frere : ayant, en mainte affaire ,
Montré ſçauoir plus d'vn bon œuure faire :
Et que , laiſſant la Iuſtice en repos ,
I'auoy marché les armes ſur le dos
Suiuant le Camp de Charles debonnaire ,
Duquel i'eſtoy des viures commiſſaire
Auec Mommort , quand ce Seigneur vaillant
De Matignon, fut Damfront aſſaillant
Et puis Saint Lo : quand Carentem rendue
Fut par Quitry , quand la paix entendue
Aux bords huittreux de Gran-Cam & de Port,
Qui toſt apres du Roy pleura la mort :
Et qu'à propos vous ſçaurez bien luy dire
Qu'auſſi ie ſçay bien iouer de la Lyre :
Car, dites vous, qui ſeulement ſe dit
Eſtre Poëte, il pert tout ſon credit,
Eſtant tenu comme vne girouette :
En Cour n'eſt qu'vn, eſtre fol ou Poëte.
Mais feindre faut qu'on n'y prend point plaiſir,
Si le Public n'en donne le loiſir.
  Vous m'auiſez encores dauantage,
Que ie connoy maints Seigneurs de cet âge,
Qui tous en Cour mon heur auanceront,
Et vers le Roy me fauoriſeront :
Qu'ils m'aiment tous & que leur connoiſſance
Me fera viure en toute eiouiſſance :
Et ſi ie veux auoir Commiſſions,
Qu'on trouue là dix mile inuentions

Pour en dreſſer : qu'on eſtime folie
De blamer tant pour cela l'Italie :
Et qu'auſſi bien maints bons Pariſiens
Vont tous les iours recherchant tels moyens,
Soit en vendant nos Communes & Landes,
Soit menageant en nos Foreſts Normandes,
Soit en fieffant de nos bois abroutis ,
Deniers d'entree à prendre eſtants ſubtils :
Soit pour vouloir regaler nos ſubſides :
Que tout cela remplit les bourſes vuides :
Et que d'autant que ie ſuis ſur les lieux ,
Que ie ſçauroy m'en cheuir beaucoup mieux :
Et qu'il vaut mieux eſtre marteau qu'enclume ,
Quand à mal faire vn chacun s'accouſtume :
Et que, combien qu'exerçant mon eſtat,
Ie puiſſe encor toucher quelque ducat
Auec honneur : pourtant c'eſt peu de choſe
Au prix du bien qu'en la Cour on propoſe :
Et qu'en peſchant dedans vne grand' eau,
On prendra plus qu'en vn petit ruiſſeau.

Or ma reſponce il vous plaiſe d'entendre :
Premierement graces vous veux-ie rendre
De voir en vous ce continu deſir
De m'agrandir & me faire plaiſir
En me louant trop à mon auantage :
Puis ie vous di que, plein d'vn grand courage,
Non ſeulement en Cour ie m'en courroy,
Pour faire promt vn ſeruice à mon Roy :
Mais que i'irois en Itale, en Eſpagne,
En Portugal, en la baſſe Alemagne,

l ij

S'il luy plaifoit : voire en tout l'vniuers,
Deuffe-ie aller de la flame au trauers :
Et d'autrepart luy prefenter les chofes,
Que vous penfeʒ qu'au coffre ie tien clofes.
  Mais pour me dire & que les grands honneurs
Et les grands biens viennent des grands Seigneurs,
Ie ne pourrois à ce Leurre me rendre :
Cette ré faut à d'autres oifeaux tendre.
Puis ie ne veux, par tant d'inuentions,
M'entremefler de ces Commiffions :
Ha ! que ie hay toutes chofes nouuelles !
Les vieilles mœurs me femblent les plus belles !
Tout remument me vient à defplaifir,
Et ce que font les hommes de loifir.
Il faut chercher inuention plus forte
Pour prendre au glus mon efperance morte.
  Quand à l'honneur, i'en ay ce qu'il m'en faut :
Ie ne veux point iamais monter plus haut :
Il me fuffit que i'en voy plus de mille
Se decouurir, quand ie vay par la ville :
Qu'affis ie fuis deffus les fleur-delis
Pour maintenir les ordres eflablis
Par nos grands Rois : ou ie puis fauorable
Faire plaifir quelquefois agreable.
Et fi i'auoy des moyens tout autant
Comme d'honneur ie me trouue content,
Ie feroy part, par honnefle largeffe,
Aux vertueux de mon ample richeffe ;
Et n'en irois rechercher à la Court,
Ou pour aucuns le bien aueugle fourt :

Mais ou Promeſſe, à la grande eſcarcelle,
Bons & mauuais deçoit par ſa cautelle,
Faiſant ſur tous, a dit Ronſard, plouuoir
Pour vn accueil vne Manne d'eſpoir.

   Ie ne veux plus que la fauſſe trompeuſe,
Qui à ſortir fut la plus pareſſeuſe,
Du beau vaiſſeau d'Epimethé peu fin,
Me vienne encor retromper à la fin,
Ni par le neʒ comme vn buſle me tire :
I'ay trop veſcu chetif en ce martire.
Puis de tout temps cette Roüe ou l'on paint
Vn Aſne au haut poureux i'ay touſiours craint :
Car là ſe voit que chacun comme il monte,
Aſne deuient par la teſte, à ſa honte
Sans aucun Sphinx, chacun l'AEnigme entend :
Qui monte là pareil ſalaire attend.

   Cette Eſperance en fleurs me vint ſurprendre
Au mois d'Auril : mais auant que d'attendre
Les fruits d'Automne, elle s'enfuit de moy :
I'eprouué lors par vn facheux emoy,
Qu'autant en bas elle eſtoit deſcendue,
Comme en la Roüe en haut ie l'auoy veue.

   Il fut iadis vne Courge eſtendant
Ses bras ſi haut, qu'ombre ſoudain rendant,
Elle couurit de ſes fueilles ombrees,
D'vn grand Poirier les branches encombrees :
Ce beau Poirier au temps de ſon deſtin,
Ouurant les yeux par vn ſerein matin,
Vit qu'il auoit dormi par trop long ſomme,
Dont pareſſeux en ſoymeſme il ſe nomme .

l iij

Et lors voyant ſur ſon chef eſtendu
Ce grand feuillage en rondeur epandu,
Il luy diſoit : qui es tu? quelle graine
T'a faite à naiſtre & monter ſi ſoudaine?
Et comme as tu grimpé ſi haut ainſi?
Ou eſtois tu l'autre iour quand ici
l'abandonné mes yeux au triſte ſomme?
Elle reſpond : à l'heure elle ſe nomme :
Et montre en bas ou c'eſt qu'on la planta ,
Et qu'en trois mois croiſſant ainſi monta.
Et moy grand' plante auant trente ans plantee ,
Diſt le Poirier , à peine ſuis montee ,
Ayant ſouffert par le froid & le chaut
Mile tourmens, premier qu'eſtre ſi haut
Mais toy qui es en vn clin d'œil venue,
Aſſeure toy qu'à peine eſtant connue ,
Tu t'en iras auſſi ſoudainement
Que bien toſt vint ton promt accroiſſement.

Mon eſperance auſſi toſt eleuee,
Pour ne durer debile i'ay trouuee :
Comme elle vint, auſſi toſt s'en alla :
Et le Prelat, qui en Cour m'appella ,
Auſſi ſentit, eſtant puni de méme ,
Qu'en vn moment vn Prince hait & aime :
Et lors voyant ſon eſpoir rebuté ,
Ailleurs alla paſſer l'auerſité.

Il ne faut pas que Rauin trouue rude
Que pour luy ſoit cette ſimilitude ,
Comme pour moy : car pique-parchemin,
Beau potiron né dans vn grand chemin ,

Il a ietté fus autruy fon ombrage,
Et pond au nic d'vn oifeau de paffage.
  Elle eft auffi pour ces hommes derniers,
Qui, du Public menagent les deniers
Auec tel foin, que l'eftroite finance
Du Roy leur fait vne large abondance :
Et bien fouuent, par quelque defarroy,
N'ont à la fin heritiers que le Roy.
Mignons du temps, accreus auec ioye,
Croyez pour vray, qui du Roy menge l'oye.
En rend la plume à bien cent ans de la,
Se repentant qu'oncqu'il en aualla.
  Vous qui auez le Maiftre fauorable,
Souuenez vous de ce grand Connêtable
De Richemont qui, dur reformateur,
A de Giac fauori prometteur,
Retrencha l'heur par vne mort hideufe :
De telles gents la vie eft hafardeufe.
Bien proprement cette comparaifon
Se fait pour vous : car c'eft iufte raifon
Que voftre ioye eftant fi toft venue,
Qu'auffi bien toft elle vous diminue.
  Pour dire en brief ayant perdu l'Efpoir,
Quand ce Prelat à la Cour ie fu voir,
Toufiours depuis mon Efperance gloute
Demeura fobre : & plus rien ie n'ecoute
Qui puiffe plus à tels chants m'appiper :
D'vn autre appaft, cet hain, pour m'attraper
Faudroit cacher, d'vne fineffe telle
Que ie n'en peuffe auifer la cautelle.

l iiij

Or toutefois s'il vous plaiſt m'appeller
Pour à la Cour iuſqu'à Paris aller,
Ie ſuis tout preſt : non pas que ie pretende
Aucuns honneurs, ni biens ou ie m'attende :
Simple ie ſuis ici content du mien,
De cette part ie n'eſpere plus rien.
Mais dites moy que, laiſſant la rudeſſe
De mon païs, l'honneur de gentilleſſe
Ie reprendray, qu'vn ſi beau changement
En moy ſeroit vn renouuellement
De ma nature & de la vertu rare
Qui point n'habite en vne gent auare :
Ou bien ſouuent par outrage & tançon
Le plus puiſſant met le foible à rançon :
Et dites moy que ie pourrois encore
Voir de Phœbus la bande que i'honore :
Reprendre meſme, aux heures de loiſir,
Auec les Sœurs & les Graces plaiſir,
Et m'en aller par les ondes ſacrees
Poëtiſer auec elles aux Prees :
Et dites moy que, lors que ie voudroy,
Ronſard, Baïf, gouuerner ie pourroy,
Et mon d'Auy du Perron, la belle ame,
Qui de ſon feu la glace meſme enflame :
Et là trouuer, par heureux accident,
Mon le Iumel, le digne Preſident :
Et Verigny, qui le vice deffie
En ecriuant ſa Scotinographie :
Et les Griffins qui, le vice domtant,
Va Rabelais à goſſer ſurmontant :

Et Saintemarthe ayant chanté d'AEnee,
Aux vers nouueaux, l'amour infortunee.
Qui, delaiſſant le bel air de Poitiers,
Viendroit reuoir les Muſes volontiers :
Que ie pourroy reuoir, aux iours de feſtes,
Mon Chanteclair, le maiſtre des Requeſtes :
Et par haſard rencontrer mon Moré,
Qui dans le cœur m'eſt touſiours demeuré,
Depuis le iour que, ſur la douce Aurete,
Bourges ioignit noſtre amitié parfaite :
Et que du Val, de tout ſçauoir recent,
Ie reuerrois auecques ſon Quercent :
Et que i'orrois les vois harmonieuſes
Des Demurats & leurs chanſons ioyeuſes :
Et du Pleſſis, au mouuoir de ſes dois
De ſon mignon guider la belle vois.
Et dites moy que i'auroy connoiſſance
De tant d'eſpris, qu'en heureuſe accroiſſance
Les doſtes Sœurs aux vers eleuent or',
Qui n'eſtoient point de noſtre temps encor :
Bien que leurs vers connoiſtre me les face,
I'ars toutefois de les voir face à face.
Et dites moy qu'encor ie reuerray
Sur le vieux temps diſcourir Pontcarray,
Qui, ſage & bon & de nature ouuerte,
De ſes amis inconſtant ne fait perte :
Bien qu'il ait fait des Nobles ici bas,
Tous à la Roſe au bon coin ne ſont pas.
Et dites moy que le bon l'Abbaiſſee,
(Ayant noſtre Orne en triſteſſe laiſſee

Pour ſon abſence) encor i'embraſſeray,
Et maints debats ie luy raconteray,
Qui ſont venus entre la Seigneurie
Du bon Franciſque & la Rembarrerie
Au ieu de Prime, à faute qu'vn bon tiers
Plus comme luy n'auons en nos cartiers.
Et dites moy, qu'aimant la ſolitude,
I'auray touſiours des compagnons d'eſtude, ·
Qui, de nos ans les diſcours repetant,
Mile gaitez nous iront recitant :
Et que i'auray touſiours conſeil fidelle,
Quand ie voudray parfaire vne œuure belle,
Soit du Tuſcan, des Romains ou des Grecs,
Qu'empruntez ſoient les paſſages ſecrets.
Propoſez moy que les Bibliotecques
De tout Paris, ie pourray voir auecques.

  Si tout cela vous m'allez propoſant,
Et que ie ſois de partir refuſant,
Dire pourrez qu'vne humeur mal plaiſante
M'aura troublé la raiſon diſcourante.
Mais, comme AEmile, alors ie vous iray
Montrant mon pied, puis ainſi vous diray :
Vous ne ſçauez en quel endroit me preſſe
Ce mien ſoulier, cauſe de ma detreſſe :
Hors de moy-meſme on me met ſans raiſon,
Quand on me veut tirer de ma maiſon
En terre eſtrange : & hors de ma patrie
Ne me plaiſt point des hommes l'induſtrie :
Et ne viurois iamais content de rien,
Fuſſe-ie au ſein du grand Saturnien.

Ie ne pourroy iamais eſtre à mon aiſe,
Si bien ſouuent, trauerſant par Falaiſe.
Ie ne quittoy de Caen le beau ſeiour
Pour mieux ouir des Roſſignols l'amour
Dedans nos bois, viſiter nos ombrages,
Et les detours de nos ſentiers ſauuages :
Et remarquer des Peres anciens
L'innocent âge en nos Parroiſſiens.

   Ie ne ſuis pas Baron, Marquis ne Conte,
Et ſi des miens ie fais autant de conte
Comme vn plus grand : & me ſont mes Curez
Autant qu'aux grands leurs Prelats, aſſeurez.
Et prens plaiſir, ſuiui d'vne grand' ſuite
De mes vaſſaux, comme d'vn exercite,
Nous pourmenants & contants à qui mieux,
Du bon vieux temps quelque conte ioyeux.
Et qui voudroit que ces lieux ie quittaſſe,
Et qu'en la Cour captif ie m'en allaſſe
Pippé d'eſpoir, qui rendit endormi
Mon iugement, qui n'eſt plus que demi,
Il me mettroit en plus grande colere,
Que les forçats battus en la Galere.

   Si vous voulez encores m'informer,
Ie ne diray ce qui me fait aimer
A viure ici, non plus que par fineſſe
Vn fau-garçon ſes fautes ne confeſſe.
Car ie ſçay bien que dire on vous orroit :
Mon Dieu quel homme ! & qui iamais croirroit,
Ayant deſia quarante cinq annees,
En tant d'endroits tant d'affaires menees,

Deuenu iuge & nous reprefentant
Le graue port d'vn homme tout conflant,
Se deufl ainfi rechatouiller du vice
De liberté, maniant la Iuflice?
　O bon pour moy ! qu'affeuré me voici,
Que dans nos bois feul ie me cache ici,
Et que voflre œil, bien que perçant, encore
Ne pourroit voir quel teint mon front colore !
Si ie ri point ainfi que, variant
Deffous le mafque, Helene à l'œil friant,
Ni s'efcriuant me rougit point la ioue
Quand de beaucoup à la paume ie ioue :
Car ie connoy, contre moy pour tefmoin,
Que mon vifage aparoiflroit de loin,
Plus rouge encor qu'vn pepin de grenade,
Qu'vn vermeillon d'Efpaigne & de pomade,
Bien emplaflré, bien coloré, bien peint,
Bien imitant vn frais & ieune teint,
Mis fur la face à Madame d'Alonne,
Qui d'amour efl vne ferme colonne :
Et rouge autant qu'efl de rubis orné
Le ne₃ perleux d'vn Chanouene enuiné :
Ou d'vn Abbé buuant auec les freres,
Lors qu'ils efloient Maiflres aux Monafleres,
Et que l'Abbé l'on n'appeloit encor
Monfieur, Madame, ainfi que l'on fait or' :
Qu'on ne difoit, par moqueufe cautelle,
Reuerend Pere en Dieu, Madamoifelle.
　Si maintenant i'efloy voflre voifin,
Prendrie₃ vous pas vn gros báton afin

De me fraper, Desportes, pour ma peine
De prendre ainsi la raison peu certaine,
Pour ne vouloir viure en Cour auec vous,
Entre les Grands vrlant comme les Lous.

SONNET.

Comme le Villageois a les yeux eblouis,
Rencontrant le Soleil quand il sort de l'ombrage :
Ainsi suis-ie resté comme vn aueugle image,
Mon Desportes, ayant vos vers diuins ouis.
　　Et bien que i'ay' senti tous mes sens reiouis
De connoistre Apollon en vostre bel ouurage :
Si esse que, tout froid & failli de courage,
Ainsi qu'au parauant de moy ie ne iouis.
　　Mais comme on voit que l'eau dans vn Cristal enclose,
Quand aux iours du Lion au Soleil on l'oppose,
Iette vn autre beau feu par secrette raison :
　　Moy, qui n'espere rien des vers que ie compose,
En ma froideur ainsi bien promettre ie n'ose
Que vous r'allumerez de vos rais mon tison.

A MESSIRE CLAVDE
d'Angennes, lors Euefque de Noyon & Pair de France, depuis Euefque du Mans.

 *ANGENNES* qui, *doué de diuine*
excellence,
Eſtes choiſi de Dieu ſous ſa grand' proui-
dence,
Afin de retrencher, par le glaiue trenchant
Du parler eternel, les vices du méchant :
Et qui, pratic du bien & du mal de ce monde,
Faites voir maintenant qu'en vous ſa grace abonde :
Ie plain qu'en mon Printemps tant de bon heur i'auoy,
Tant d'aiſe, tant d'honneur, qu'auec vous ie viuoy,
Et qu'ore en mon Yuer, ie n'oy de voſtre bouche
Dieu, qui le cœur de tous par voſtre exemple touche.
Car par vous on verra que le vice & l'erreur
Seront vn iour en France à chacun en horreur :
Au lieu qu'ore par tout l'ombre malencontreuſe
Des vices rend du Ciel la clarté tenebreuſe,
Et la vertu cachee & les crimes méchans
Iuſqu'au comble remplir les villes & les chams.
La Foy, la Charité, ſe cache ſous la nue,
L'amour eſt entre nous maintenant inconnue :

Et rien plus que vergongne, haine, dommage, ennuy,
N'apporte la façon de viure d'auiourdhuy.
Car on voit maints Verrés, qui la France defpouillent,
Et qui les biens facrez de leurs ordes mains fouillent,
Tenir les premiers lieux : le peuple à l'enuiron
Miferable fouhaite encore vn Ciceron.
    Les Macrons, les Sejans aupres de leurs Tiberes,
Vont en fe deftruifant accroiffant nos miferes :
Et les peres cruels enfanglantent leurs mains
Au fang de leurs enfants : les enfants inhumains
Ofent bien attenter fur les ans de leurs peres :
Sans pitié d'autrepart font les barbares meres :
Infidelles auffi les femmes aux maris :
Et la Court ordinaire augmente dans Paris
Ce malheur tellement que, par accoutumance,
Beaucoup ont fait vertu de cette fotte vfance.
Les freres entre foy vont traiftres confpirants,
A la fucceffion l'vn de l'autre afpirants.
Les amis ne font plus l'vn à l'autre fidelles.
Maintenant d'amitié font rompus les modelles.
    D'ailleurs, qui le croirroit ! beaucoup de gents d'efprit
Ne reuerent affez le Sauueur IESVS-CHRIST :
Et chacun, aueuglé d'vne gloire petite,
De fon fang refpandu cache ore le merite.
    Vn Simon derechef d'habits noumeaux veftu,
Nous vend le Paradis, que la haute vertu
De ce grand fils de Dieu par fa grace nous ouure,
Et d'vn ombre enfumé le beau Soleil nous couure.
Les boucs ords & paillards & les fangeux pourceaux
Ont gafté de leurs pieds nos fources & ruiffeaux :

Et deuenus marchands ont fait vne foire ample
De l'Eglife de Dieu, trafiquants en fon temple.
  O cruelle Auarice, as tu pas tellement
Nauré le cœur des grands, que plufieurs vainement
S'efforcent de garir par fainte medecine
Le mal qui trop auant aux ames s'enracine,
Tant que par toy feroit ce beau Temple deftruit
Si de la main diuine il n'euft efté conftruit :
Voyant d'autre cofté des hommes fanatiques,
Qui, blamants noftre mal, font cent mile pratiques
Pour renuerfer de Dieu ce grand Temple Immortel,
Voulants fur l'autel vray dreffer maint faux autel ?
  O France corrompue ! ô miferable terre,
Qui defia dans la paix va recherchant la guerre !
Voy-tu point que les Rois font gardez du Deftin,
Qui dedans fon malheur fait perir le mutin ?
Ah, qui fe pourroit taire en voyant l'arrogance
Des ieunes indifcrets gourmander noftre France ?
Et voir vn temeraire, vn fat, vn effronté,
De bas & vil eftat aux hauts eftats monté ?
Et voir l'homme d'honneur (dont la belle ame ornee
De cent mile vertus deuft eftre guerdonnee
Selon fon grand merite) eftre au loin deieté
Pour ce que iufte il a confeillé verité ?
  Quelle honte de voir des arts plus mecaniques,
Les artifans monter aux grands charges publiques ?
Et voir les fauoris des fauoris, prifez,
Et les plus gents de bien des mechants maiftrifez ?
Voir le maiftre trompé ? voir par rufe & cautelle
Faire pour le proffit, d'inuention nouuelle,
                                        Mile

Mile nouueaux partis? & par arts tous nouueaus,
Faire que l'Ecarlatte eſt moins que les Bureaus?
   Et qui ne rougiroit d'ouir que les grands dames,
Pour auoir embraſé d'artifice & de flames,
Comme Venus, des Mars, reçoiuent tel loyer
Que chacune à l'enui vueille ore s'employer
A tromper ſon vulcan? Et bien que cette honte
Le Soleil face voir, pourtant on n'en tient conte !
   Fauſtine, experte aux ieux de l'aueugle enfançon,
Se ioüe en mainte ſorte auecques maint garçon,
Et de ſon eſcrimeur elle a touſiours memoire,
Bien que de ſon pur ſang ſon Marc luy face boire.
Et Meſſaline veut eprouuer ce plaiſir
Iuſqu'à tant qu'elle en ait aſſouui ſon deſir :
Mais ſortant de l'ordure, apres mainte embraſſee,
Lice chaude, elle eſtoit moins ſoule que laſſee.
   Puis les dames on voit changer en toutes parts
Leur face en autre face & leur teint par les fards.
Chetifues qui voulez, en depit de Nature
Et de Dieu qui vous fiſt, prendre vne autre figure !
   Lucelle laiſſe entrer le Prelat, le Seigneur,
Secret en ſa maiſon, ſous pretexte d'honneur :
Le Mari n'en voit rien, qui tout expres s'abſente
Pour ce qu'à ſon retour le profit le contente.
   Argine, en ſon Yuer comme en ſon bel Eté,
Veut demener l'amour ſous nom de chaſteté :
Subtile elle choiſit vne ſotte ieuneſſe,
Ne voulant qu'vn ruſé remarque ſa fineſſe :
Cependant elle tend ſes paneaux aux plus fins,
Chez elle apriuoiſant les femmes des voiſins :

M

Et puis ces belles brus & ſes filles diſcretes,
Qui ſont, comme l'on dit, au badinage faites,
Aportent mile las au feſtin apreſté,
Ou ſe trouuent les Grands en toute priuauté :
Qui, prodigues, payant cette fine deſpence,
Laiſſent le deſhonneur auec la recompence :
Outre les diamants, les perles, les rubis,
Serre-teſtes, carcans, enfileures, habis,
On baille de l'argent, qui maintient l'equipage,
La maiſon & le train d'Argine en ſon veuuage.

  Le ſeiour de la Court & des grands ont rendus
Les bordeaus en maints lieux de la France epandus :
Et maint Pollux on voit & mainte Helene nee
Sous le large manteau du nocier Hymenee.

  Il eſt donc bien beſoin d'employer cette fois
De voſtre grand ſçauoir l'artifice & la vois,
Pour amollir l'acier de l'humaine malice,
Qui par accoutumance a fait de vertu vice.
Et ſur tous noſtre Roy, bon & deuotieux,
De bon oreille orra vos propos gracieux,
Prenant en bonne part la parole ſeuere,
Que iette quelquefois voſtre ſainte colere,
Quand on luy recommande, en toute humilité,
D'ouir des bons Docteurs la nette verité,
Laiſſer des Penitens, des Cloiſtres la conduite
Au deuot Feuillantin ou bien au Ieſuite :
D'autrepart droiturier ſon peuple gouuerner,
Comme vn Pere l'enfant que Dieu luy veut donner,
Tenant d'vn poids egal la balance ſi forte,
Qu'vn Grand ſur le petit d'auantage n'emporte.

Mais pour tourner au port ou du commencement
Ie detachay l'esquif de mon entendement,
Quand i'entray dans la mer de vos vertus fi rares ,
Ie diray que ie plain les coutumes barbares
De ce Siecle, ô Prelat ! & ie chante en mes vers,
Que, comme vn beau Soleil eclaire l'vniuers,
Echauffant de fes rais fous les ombres touffues
Des couuertes forefts, les herbes plus menues,
Qu'ainfi de vos vertus la luifante clarté,
Des vices plus couuerts perce l'obfcurité,
Nous reiouit l'efprit, nous poind d'vne efperance
De reuoir quelquefois reuerdir par la France
Les lauriers defechez, & de voir quelquefois
Le menfonge chaffé de la maifon des Rois.

Epitaphe de luy mefme.

PASSANT, fi tu voulois trouuer cette
doctrine,
Qui d'vn rayon diuin les ames illumine,
D'antique preudhomie vn exemple nou-
ueau,
Et pour monter au Ciel vne echelle, vn flambeau ;
Qui dans l'obfcure nue eclairoit tout le monde,
La blanche Verité, la Confcience ronde,
L'humble Religion, la fimple Pieté,
L'Efperance, la Foy, la viue Charité

Pleine de beaus effets à tous humains parlante,
Las! tu la trouuerois fous ce Tombeau gifante,
Auec vn noble corps de noble fang extrait,
Qui de toutes vertus eftoit vn beau pourtrait :
Car Dieu ne voulut point enter en plante baffe,
Vn fion eleué, qui les autres furpaffe :
Et toutefois iamais, pour fon antique fang,
On ne vit ce Prelat orgueilleux en nul rang :
Ou fuft au Parlement exerçant la droiture,
Ou bien fuft en fa charge enfeignant l'Efcriture :
Fuft parlant pour l'Eglife au Confeil de nos Rois,
Fuft prefchant en la chaire aux grands Eftats de Blois :
Il eftoit des Prelats la parfaite excellence,
Ou fuft en bonnes mœurs, ou fuft en eloquence,
Ou fuft pour fouftenir ferme la verité
Aux Princes eftrangers deuant fa Sainteté,
Et montrer Catholique en franchife Françoife,
Que peut la liberté de l'Eglife Gauloife :
Ou fuft pour fe roidir à vouloir confuter
L'Erreur, & l'ignorant qu'il faifoit rebuter.
Helas! il gift ici des vertus l'exemplaire,
D'Angennes, qui tenoit le chemin falutaire
Qu'vn Prelat doit tenir, qui n'efpargnoit fon bien
Pour remettre l'Eglife en l'honneur ancien :
Maintenant fon trefpas fait, las! que ie deuine
Que ce fiecle peruers à fon malheur decline,
Et qu'on ne verra plus qu'aucun Euefque encor
Ait la Croffe de bois & la doctrine d'or.

A Monſieur de Saintemarthe, Treſorier General de France en la Generalité de Poitou.

SCAEVOLE, mon meſme âge au ſortir
    de l'enfance,
Ou bien peu s'en falloit, nous euſmes con-
    noiſſance
Sur le Clain l'vn de l'autre, & de pas innocents
La Muſe nous guidant ſous les plaiſants accents
De ſes douces chanſons, aux Bois nous fiſmes dire
Qu'en nos chants reuiuoient Palemon & Tytire :
Et le haut mont Ioubert lors reſpondit cent fois
Aux retentiſſements de nos gentilles vois.
Depuis, Dieu le voulant, par chemins tous contraires,
Nous auons manié du monde les affaires :
Car vous en court habit, de France Treſorier,
Vous auez en Poitou, couronné de laurier,
Touſiours ſçauant, rendu d'vn art emerueillable,
Par le docte Apollon, le Dieu Mercure aimable :
Mais moy, d'vne autre part le long habit trainant,
Tant de bruits importuns me vont environnant
Qu'à grand' peine ie puis maintenant reconnoiſtre
Eſtre ce Vauquelin qu'alors ie ſoulois eſtre :
A raiſon que la Muſe & le gaillard Phœbus
N'aprochent plus de moy parmi tant de tabus.

Et ce qui plus me fache est de voir, ô Scæuole,
Nos Cours & nos Palais n'estre plus qu'vne Ecole
D'vsage, de rotine & de formalitez,
Qui couuent là dessous mile mechansetez.
Et si ie ne croyoy qu'on me tint pour volage,
Ou bien, qui vaut autant, pour vn homme trop sage,
Ie ferois vn beau coup! tous mes liures de Lois,
D'Ordonnances, d'Edits, tant Latins que François,
Ie mettroy dans le feu : ie prendroy pour deuise
Le bonnet & la vigne en signe de franchise :
Et comme le serpent, laissant sa vieille peau,
Raieunit, se refait au plaisant renouueau :
Ainsi raieunissant, recommençant mon âge,
Ie laisseroy ma rasle en quelque beau solage,
Et sondant les Edits grauez dedans mon cœur
Par le burin de Dieu, ie me rendroy vainqueur
De tant d'opinions, dont nostre ame est souillee,
Et dont nostre raison est par tout embrouillee.

Ie voudroy raieunir, ainsi que fist AEson,
Garçon redeuenir capable de raison,
Sachant ce que ie sçay : croyez, mon Saintemarthe,
Qu'encor ie reuerroy le beau Loire & la Sarthe,
Et qu'aux riues du Clain viuant à l'abandon,
Ie feroy voir encor Damete & Corydon
Rechanter derechef : & leurs chansons ouies,
Rendre plus que iamais les forests reiouies.

Mais ne pouuant tant faire ore pour m'asseurer
Le reste de mes ans, ie me veux retirer
De tant de mauuaitiez, de tant de brigandages,
Ou nous ont asseruis mile tyrans vsages,

Qui gefnent la Raifon, belle ame de la Loy,
Et baillent, comme on dit, le Droit à liche doy.
 Ie me veux d'autrepart feparer & diftraire
De ceux qui difent bien & qui font le contraire.
Ie defire, ie veux m'en aller, m'en fuir
Plufloft en Canadas mile fois que d'ouir
Raconter pour vertus les cautes iniuflices
Des Tiberes trompeurs, emmantelants leurs vices
De l'habit de Numa, qui, pour couurir le mal,
Font Carefme le iour & la nuit Carneual.
Tous vont en empirant : auiourdhuy noftre Empire
Eft pire qu'hier n'eftoit, & demain fera pire.
 Ie m'en veux donc aller, retirer ie me veux,
Pour viure en l'innocence ou nous viuions tous deux
En noftre premier âge : & fur tout ie defire
Qu'à faire comme moy mes compagnons i'attire.
Ie veux iouir de moy, ie veux en triompher,
Et libre entre les maux ioyeux philofopher :
Non pas contemplatif, ni folitaire encore,
Comme cet admirable & diuin Pithagore,
Ni du tout populaire ainfi qu'en Xenophon
Philofophe vn Socrate, ains ainfi qu'en Platon :
Accort, entremeflant parmi la vie Aâiue,
Les celeftes effets de la Contemplatiue.
 Auffi ie veux Chreftien viure à Dieu, viure à moy,
Et viure à mes amis d'vne conftante foy,
Me reiouir fouuent : car ie le pourray faire,
Auec le grand Virgile, auec le bon Homere
Le refte de mes ans : & d'honnefte loifir,
Aux lettres & aux Arts prendre toufiours plaifir.

     M iiij

O que i'ay de regret qu'à voftre Poiteuine,
Cette terre de Nort ne peut eftre voifine !
Nous nous affemblerions, nous ferions affembler
Les compagnons à qui nous voulons refembler.
Nos doctes compagnons qui, de mœurs toutes bonnes,
Par l'afpect feulement vont gaignant les perfonnes :
Qui iouiaux, bien nez, bien nourris, bien apris,
Gaillards vont reueillant les plus mornes efpris :
Sans fouffrir pres de nous ces ames foupçonneufes,
Qui font du vray le faux par haines dedaigneufes :
Et n'aurions lors finon que des hommes prudents,
Qui fçauroient fupporter tous humains accidents :
Pefer de leurs amis les raifons, les excufes,
Mefme prendre en payment quelques petites rufes
Qu'apporte le mefnage : & qui toufiours prendroient
Leurs amis comme amis eftre pris ils voudroient :
Sans fe montrer quinteux, defians ni fauuages,
Changeants à tous propos de cœurs & de vifages.
Comme nous craignons moins les Lions & les Lous,
Que nous ne faifons pas les Puces & les Pous,
La morfure & l'odeur des puantes Punaifes,
Quand ils viennent la nuict entrerompre nos aifes :
Ainfi nous deuons moins craindre les Affafins,
Les voleurs, les brigans, les guetteurs de chemins,
Que les hommes facheux, malnez, opiniaftres,
Pleins de mauuaifes mœurs, depits, accariaftres,
Que toufiours nous pouuons trouuer à tous propos
Venir mal enfeignez troubler noftre repos.
Car nous ne pouuons pas peut eftre, à mainte annee,
Rencontrer de brigands vne troupe damnee,

Et nous pouuons trouuer à toute heure, en tout temps,
Des hommes mal apris, chagrins & mal contents.

  C'est pourquoy ie me veux retirer, mon Scæuole,
Sur le mien, à l'ecart, de cette bande fole :
Me parer de prudence & m'armer de raison
Contre ceux qui voudroient assaillir ma maison :
Sans plus rien acquerir, plein de secrette ioye,
Ie me veux retirer auec ma douce proye :
Ie veux garder mon bien, i'y veux viure & mourir :
Ce n'est moindre vertu de garder qu'acquerir.

  I'espere Mettre à chef bien tost mon entreprise,
Et si vostre raison vostre desir maistrise,
Vous en ferez autant : & si trop obstiné
Vous ne le voulez faire, enfin mal guerdonné,
Vous en serez marri : car libre & d'ame heureuse,
Quand i'auray delaissé la passion facheuse,
Si bon, si vertueux, ie viuray desiré,
Et si bien arriué dans vn Port retiré,
Et que vous & plusieurs n'aimants aurez enuie,
Alors que serez souls de cette poure vie
(Ce qui sera bien tost) sur mon contentement :
Si qu'alors vous direz, par vn bon iugement,
Peut estre que ie suis, sinon du tout bien sage,
A tout le moins prudent & plein d'vn grand courage.

  Les sages & les bons tousiours rares seront :
Et croy qu'en plus grand nombre ils ne se trouueront,
Que les portes de Thebe', & que du Nil fertille,
Les huis, qui limonneux enfertilent la ville
De Memphis la superbe : & la France en ce point
La Grece de iadis ne surpassera point.

Et croy que des moins fouls on me pourra bien dire,
Si durant vn tel temps libre ie me retire.
　Croyez que par raifon ie m'y fuis refolu,
Sans qu'vne opinion foudaine l'ait voulu :
Car vous pouuez penfer que ce n'eft par defaute
De pouuoir ma nature, orgueilleufe ni haute,
Courtois accommoder auecques vn chacun :
Car faire ie le fçay, cela m'eft tout commun :
Ni moins pour ne vouloir m'addonner à la peine :
Car i'aime le trauail de l'action humaine :
Ni pour ce que trop i'aime encor la liberté :
Car ie fuis defia tant à feruir arrefté,
Et tellement i'ay pris ainfi mon habitude.
Que ce m'eft liberté que telle feruitude.
Mais ie le fais, guidé d'vn iugement certain,
Qui me force à quitter ce grand Allant mondain.
Qui nous prend en ces rets : ces Circes, ces Alcines.
Ces Syrenes, qui font du monde les ruines :
De forte que, voulant le public manier,
Ie ne m'oferois plus à rien qui foit fier
Pour vouloir faire bien : car fi grande eft l'ordure,
Qu'incontinent le fain fe change en pourriture,
Le chancre prend par tout, tout eft empoifonné,
Le membre plus entier eft ore eftiomené
De tant d'inuentions, de façons rechangees,
D'offices, de Partis, de rentes engagees,
Qu'heureux, trois fois heureux i'eftime eftre celuy
Qui, chez luy retiré, peut viure fans ennuy,
Et fans que du public en rien il s'entremette!
Qui peut faire à propos vne belle retraitte,

Ainſi comme ie fais ! & ſous l'autorité
Des grands charges d'honneur , ou digne reputé,
Au public il viuoit par les ſaiſons paſſees,
Qui peut viure en grandeur, les grandeurs delaiſſees.
   Or voyant loin de moy l'infame poureté,
Soit qu'en nauire grand ie fois ore porté,
Soit en petite nau, i'auray meſme viſage,
Du mondain Ocean ne craignant plus l'orage;
Et bien qu'en pleine voile vn vent ſecond ſouflant,
N'aille ma grand' Olonne en eau tranquille enflant,
Si eſt-ce toutefois qu'vne orageuſe Biſe
Contraire à ma nauire à fonds ne l'a pas miſe.
Et bien que des plus grands en force ie ne fois,
En moyens, en honneurs des premiers, toutefois
Ie ne ſuis des derniers en moyenne richeſſe,
En eſprit, en vertus, en parens, en Nobleſſe.
Tellement que m'eſtant retiré priuément,
Ie puis en plus d'vn lieu m'ebatre honneſtement :
Ou ſoit en la campagne ouuerte & plantureuſe,
Que Ceres nourriciere a rendu fourmenteuſe,
Ou ſoit dans le Bocage, ou les bois epineux,
Ou les ruiſſeaux bruyants, les etangs poiſſonneux ,
Les taillis cheuelus, les montaignes ombrees,
Les vallons fleuriſſants, les verdoyantes prees,
Donnent tout le plaiſir, tout le contentement,
Que pourroit ſouhaiter vn bel entendement.
   Adieu vous dis , eſpoir, adieu vous di , fortune ,
Ie ne veux plus auoir de vous faueur aucune ,
Des autres iouez vous; fortune n'eſt ici
Aueugle ſeulement : mais elle aueugle auſſi

Les hommes de ce temps, qui tous bandez la fuiuent,
Et fe deconnoiffants mafquez fous elle viuent.
   Si la Fortune veut, d'vn auocat plaidant
Elle vous pourra faire vn premier prefidant :
Si la Fortune veut, elle peut au contraire
D'vn premier prefidant vn auocat vous faire.
Mais elle ne pourroit renuerfer les vertus,
Dont les fages efprits fermes font reueftus.
  Scæuole, c'eft l'habit que ie veux ore prendre,
Et, de luy reueftu, m'aller hermite rendre
En mon fauuage Ereme &, difpos & plaifant,
Me reiouir fouuent, toufiours en bien faifant.
Car pour montrer que Dieu veut qu'on fe reiouiffe,
Il veut qu'auecques chants on confeffe fon vice :
Autant luy vient à gré d'vn cœur deuotieux
Vne fainte chanfon, vn fon harmonieux,
Que les gemiffements d'vne ame defolee :
. Et Dieu l'ame ioyeufe a toufiours confolee :
Et ioyeux & content vit vn homme de bien,
Car en fa confcience il ne craint iamais rien.
   A ce fage vieillart ie veux eftre femblable,
Qui trouuant vn trefor ne l'eut point agreable :
Et fon œil feulement pour le voir n'abbaiffa,
Ains paffant par deffus à terre le laiffa :
A raifon, difoit il, qu'au bout de fa vieilleffe
Il n'auoit plus befoin d'vne telle richeffe.
   Sçauez vous point quelle eft la foif d'vn langoureux ?
La foif telle n'eft pas des fains & vigoureux.
Des que les fains ont beu, leur foif toute etanchee
Donne vne nourriture en leurs corps epanchee ;

Tefmoin eſt que le vin, de trifteſſe vainqueur,
De riante alegreſſe a reioui leur cœur :
Mais la foif du malade eſt bien tout au contraire :
Car buuant elle femble vn peu de temps luy plaire;
Toutefois elle prend vn foudain changement,
Ore en forte colere , ore en vomiſſement :
Ou luy cauſant vn flus, dans l'eſtomac batante ,
Plus que deuant elle eſt facheuſe & vehemente.

Il en prend tout ainſi à ceux qui, trop ardants
En conuoitiſe, vont de grands biens demandants ;
Auares deſireux , plus ils ont, plus deſirent ,
Et toufiours alterez à reboire ils afpirent.
C'eſt vn cas tout pareil qu'auides commander,
Et fans fin conuoiteux grands terres poſſeder :
Car cette foif, vn peu demeurant comme eteinte ,
Toufiours d'alte raifon aura la gorge atteinte.

Auſſi de mefme en prend aux amants malheureux,
Qui vont brulant d'amour, malades amoureux.
Ont ils d'vne Laïs iouy parauenture ?
Plus que deuant, apres ardante eſt leur pointure.
Bref qui n'a l'efprit fain, bien fait, bien compoſé ,
Iamais il n'eſt content : ains d'vn ombre abuſé
Pluſtoſt que du vray bien, en la foſſe il deualle
Auecques l'appetit & la foif de Tantalle.

Ou me fuis-ie egaré par ce difcours verueux ?
Seulement ie vouloy vous dire que ie veux
Me retirer, Scœuole, & viure pacifique
Sans plus m'entremefler de la chofe publique.
Mais vous m'excuferez ſi la grand' puanteur
Des vices de ce temps m'a fait trop caqueteur :

Et la crainte que i'ay que voſtre ame ſi nette
Aupres d'vn tel fangeas ne ſoit de fange infette,
Si, comme moy, chez vous retiré priuement,
Le reſte de vos ans ne paſſez doucement :
Imitant le Soleil qui, pour toucher l'ordure,
Ne reçoit pas pourtant de puante ſouillure :
Et qui, pour les pechez des hommes d'ici bas,
D'eſtendre ſes rayons ſur eux ne laiſſe pas.

A ſon Liure.

*ON Liure, ie voy bien que quelque*
vain eſpoir
T'eleue maintenant & te veut deceuoir :
Et ie m'appercoy bien, qu'ennuyé tu te
faches,
Entre tant de papiers, & qu'echapper tu taches
Pour aller à Paris, pour te faire Imprimer,
Eccarrir & lauer, penſant te faire aimer,
Eſtant ainſi vendu par la main d'vn Libraire
Qui tiendra ſa boutique au Palais ordinaire.
  Ie voy que curieux tu veux or' demander
Aux doctes de leurs vers pour te recommander,
Comme ſi d'vn Dorat le Latin, ou la Rime
D'vn Ronſard te deuoit mettre en plus grand' eſtime :
Car vn Liure n'eſt pas de bonne mere né,
S'il n'eſt des vers d'autruy par tout enuironné :

Mais ſi ta Muſe n'eſt digne d'eſtre vantee,
Ne quête point le los d'vne gloire empruntee.
  Regarde que tu fais : tu veux doncques partir ?
Tu me veux donc laiſſer ? ie veux bien t'auertir,
Que tu te hâtes trop ! quelle mouche te pique
De te vouloir ſoumettre à l'iniure publique ?
Tu veux eſtre imprimé ? Tu pleures & gemis,
Alors que ie te montre à quelques miens amis ?
Ne voulant eſtre veu que de peu qui te plaiſent,
Et ſi tu veux encor que ſages ils s'en taiſent.
Pourquoy donc changes-tu ſi toſt d'opinion ?
Pourquoy veux-tu ſortir de ma ſuietion ?
Hors de mon cabinet, hors de ma chere Eſtude ?
Ie t'ay nourri touſiours en douce ſólitude,
Et pour vn autre effet que publier tes vers
En ce temps ou les yeux de chacun ſont ouuers
A medire & reprendre : il n'est beſoin qu'on ſache,
Mon Liure, que tu ſois, recache toy, recache :
Ne monte point ſi haut : celuy qui n'eſt ſauteur
Ne craint point de tomber : & qui de ſa hauteur
(Ce qui gueres n'auient) tombe en l'herbeuſe pleine,
Auec peu de ſecours ſe releue ſans peine.
Tien toy doncques ſecret, & demeure à requoy,
N'eſtant veu que de peu qui t'aiment comme moy.
  Tu ne veux donc, mon Liure, ouir ma remontrance ?
Tu ne m'ecoutes pas ? Or va t'en par la France
Ainſi qu'il te plaira. Mais penſe auſſi, depuis
Que tu ſeras ſorti, qu'on te ſermera l'huis.
Tu ne pourras ici reuenir ſolitaire,
Et diras en toy meſme : He ! qu'ay-ie voulu faire !

Ah, qu'ay-ie miserable, indiscret, desiré !
Lors que tu te verras d'vn moqueur dechiré,
Qui te fera douloir par vne aspre pointure,
Dont tu ne pourras pas guarir parauenture.

   Celuy que tu croiras estre encor ton ami,
Ne voudra seulement te lire qu'à demi :
Vn autre dedaigneux, te iettant par la place,
D'auoir blamé ses mœurs blamera ton audace :
Vn malin enuieux tes vers detournera,
Et d'auoir trop parlé remarquer te fera.

   Si la haine que i'ay pour ta faute conceue,
Ne rend ma preuoyance à deuiner deceue,
Ie deuine & preuoy que, pour la nouueauté,
Tu seras à Paris bien venu, bien traité
Pour vn commencement, & que tu pourras plaire
A quelques beaus esprits : mais du vil populaire
Tu seras par mespris deça dela ietté,
Sans qu'aucun plus te life en ta calamité :
Ou bien tu feras leu iusqu'à tant qu'vne plume,
Mieux disante que toy, de parler s'accoutume
En propos familiers ainsi comme tu fais :
S'efforçant de montrer, que masles sont les faits
Et femme la parole : & qu'en ce mechant âge,
On voit bien peu d'effet qui soit masle au courage.
Alors tu cederas à ces bons escriuants,
Et les reconnoistras, plus que tu n'es, sçauants :
Ou bien tu te verras tout mengé de vermine,
De tignes ou de rats pres de quelque ruine,
Et sentant tout le rance & le moisi relent,
Decousu tu feras en quelque coin, dolent

                                        De

De n'auoir creu ton pere : enfin aux merceries,
Aux pignes, aux miroirs, aux hains, aux drogueries,
Aux couteaux, aux daguets, à cent petits fatras
Qu'on tranſporte au Breſil, chetif tu ſeruiras
D'enu'lope ou de cornets à mettre de l'epice,
Du clou, de la muguette ou bien de la rigliſſe
Cheʒ vn apoticaire : ou dedans vn priué
Tu ſeras le ſecours du premier arriué.
　Alors moy qui te fus vn conſeiller fidelle,
Ie me riray de voir ta miſere eſtre telle,
Me tenant contre toy iuſtement depité,
Comme celuy qui fut de ſon Aſne irrité,
Quand il ne peut iamais, pour luy batre la teſte,
Retirer du peril l'opiniaſtre beſte :
Si bien que ſon cheueſtre il fut contraint lacher,
Et le faire en aual tomber d'vn haut rocher.
　Va donc, va, mon enfant, va t'en à l'auenture,
Puiſque de mon conſeil, obſtiné tu n'as cure :
Toutefois ſi tu as quelquefois ce bon heur,
De voir au tour de toy quelques hommes d'honneur,
Qui te preſtent l'oreille : & qu'vn Soleil aimable
De ſes rais echauffants te rende fauorable :
Et que le bon Genie & la forte vertu
Ait le vice enuieux à tes pieds abatu :
Si l'on s'enquiert à toy, Quel homme ie puis eſtre,
Et dont ie fus extrait, & quand ie vins à naiſtre :
Di, Que peut eſtre vint mon nom du Val-d'Eclin,
Qu'au langage du temps on nommoit Vauc-Elin,
Dont Vauquelin ſe fiſt, en la belle contree
Que Cerés & Pomone entre toutes recree.

Des ce temps mes Maieurs defia nobles viuoient,
Et nos Ducs genereux en leurs guerres fuiuoient :
Mais Vauquelin du Pont, Vauquelin de Ferieres,
Capitaines portoient gouffanons & banieres,
En paffant l'Occean, quand leur grand duc Normant
Alla contre l'Anglois tous fes fuiets armant :
Et planterent leur nom en Glocefire & Clarence,
Dont il refie aux vieux lieux mainte vaine aparence :
Là font peints & boffez nos Ecus & Blafons,
Tels que nous les portons encor en nos maifons.
L'an neuf cents au deuant les furnoms commencerent,
Et du nom de leurs fiefs beaucoup lors s'appelerent.

Les Fiefs, que du nom d'homme alors on furnommoit,
Firent que pour furnoms ces noms on retenoit ;
Comme plufieurs auffi prenoient des Seigneuries,
Et de nouueaux furnoms nouuelles armoiries :
Et Capet, & Martel, des foubriquets efioient,
Qui des hommes du temps les effets raportoient.
Le Dé, le Du, n'efioient point encor en vfage.
Le grand Robert Bertran, fi vaillant & fi fage,
Baron de Briquebec qui conquift l'Arragon,
De Dé ne mift iamais à Bertran fon furnom.
Les Roturiers auffi nez de familles baffes,
Le Dé, comme le Noble, vfurpent en leurs races :
Mais ce Dé fans propos ne doit efire adiouté
Afin que nouueau noble on ne foit point noté.

Di, Que de temps en temps, par mariages dignes,
Les miens furent conioints toufiours en nobles lignes,
Auec ceux de la Heufe & ceux du Boifhubout,
Du Mefle dit Melo, de Breoufe & Tibout :

Di, Qu'en mon cœur eſtoit de Dieu la iuſte crainte,
D'vn caractere ſaint touſiours diuine emprainte :
Et comme en iugement, là ie faiſoy venir
A part mon noir peché, pour le faire punir.
  Di, Que ie fus couplé, ſous le ioug d'Hymenee
Auec vne ieuneſſe à toute vertu nee :
Et malgré le ſouci, le chagrin, le couroux,
Nous trouuaſmes le faix de ce fardeau plus doux
Que ie n'euſſe penſé : m'eſtant apris de faire
Vne heureuſe vertu de ce mal neceſſaire.
Puis Dieu, qui noſtre plant de ſes greffes enta,
Ainſi qu'il augmentoit nos moyens augmenta.
  Di, Que le court habit i'euſſe pris de Nature :
Mais que le long me vint par ma bonne auenture,
Ains par la main de Dieu, qui m'y voulut guider,
Me faiſant d'vn beaupere à l'eſtat ſucceder.
  Di, Que ie fus ſuiet à la haine, à l'enuie
De pluſieurs qui depres eplucherent ma vie :
Et ne m'ayant haineux par medits pardonné,
Secret ſur leurs medits mes mœurs ie façonné.
  Di, Que ie fus d'ailleurs aimé de tout le monde,
D'vn cœur ouuert & franc, de conſcience ronde,
Et que i'aimé chacun : mais ſur tous ces eſpris,
Que la douceur d'Amour & des Muſes tient pris.
  Di, Qu'aux Grands, aux Seigneurs repreſentans le Prince
Au beau Gouuernement de noſtre grand' Prouince,
Que ie fus agreable : & que durant l'effroy
Des troubles, ils ſe ſont touſiours ſeruis de moy.
Ce grand de Matignon, ſi ſage en nos affaires,
Si vaillant, ſi prudent aux exploits militaires,

Le premier loin de moy, chaſſa par ſes beaus rais,
Du ſçauoir ſans vſage vn grand nuage epais,
Qui m'ombrageoit l'eſprit. Et meſme l'Excellence
De ce grand Duc qui n'a de pareil en vaillance,
Beaufrere de mon Roy, noſtre grand Gouuerneur
En terre comme il eſt de noſtre mer Seigneur,
Sous vn front de Bellonne ayant de la ſcience
Et des armes conioint en vn l'experience,
M'a donné l'Intendance & toute autorité,
En nos côtes de Mer de ſon Amirauté.
   Mais di, Que ſa faueur vint de la bienueillance
Que Deſportes portoit aux bons des ſa naiſſance :
I'aimeroy beaucoup mieux pouuoir m'en reuancher
Par quelques bons effets, que ſes vertus preſcher.
   Di, Que ma taille fut moyenne & non groſſiere,
Et que ma grace fut pluſtoſt humble que fiere :
Que l'air de mon viſage à tous teſmoignoit bien
Que i'eſtoy Iouial & non Saturnien :
Qu'eſtant chauue, ie fus vn peu promt à colere,
Mais ſoudain reuenu, cruel ni trop ſeuere :
Que quand ie t'enfanté, i'auoy par les maiſons
Du Ciel ia veu paſſer quarante cinq ſaiſons :
Et iuſtement en l'an, naiſſance pris i'auoye,
Que le grand Roy François conqueſta la Sauoye :
Sur les ſons me leua lors Iean de Fontené,
Qui repaſſa les monts ainſi que ie fus né :
Capitaine vaillant & duquel la memoire,
Au nom de Bertheuille, enrichit mainte hiſtoire.
Comme i'ay cheminé par chemins tant diuers,
On le peut remarquer liſant mes autres vers.

SATYRES

FRANÇOISES,

LIVRE II.

Par le Sievr De la Fresnaie Vavqvelin.

A Meffire Claude Groulart, Cheualier,
Premier Prefident au Parlement
de Normandie.

 *ÇAVANT GROVLART qui peux,*
par maint genre d'efcrire,
Faire les faits d'autruy, comme vn Soleil
reluire :
Et qui de tes vertus aux fçauants mefmement,
Donnes auffi d'efcrire vn luifant argument :
Il me fache d'efcrire à toutes gents d'office :
Il leur faut du refpeȼ, il leur faut du feruice :
Et qu'on n'oublie à mettre en rang leurs qualitez,
Et leurs tiltres qu'ils ont cherement achetez :

Quand on m'en fait de mesme auſſi toſt ie m'en moque,
Et touſiours à regret ie rends le reciproque :
Mais à toy, qui n'es point de ce vice entaché,
Qui tout franc, qui tout bon, prudent te tiens caché
Deſſous cette écarlatte, ou beaucoup par la mine
Trompent en aparence vne ame la plus fine :
A toy, di-ie, qui ſçais quelle eſt la vanité :
De l'amitié i'eſcris en franche liberté,
Pour ſçauoir ou peut eſtre vne amitié ſincere ?
Ie la cherche par tout comme vn Zenon ſeuere :
Encore ai-ie grand peur de ne la trouuer pas,
Combien que chacun croit l'auoir entre ſes bras.

O diuine amitié, que tu es choſe rare !
Ton beau nom attendrit le cœur du plus barbare,
Et rabaiſſe ſouuent le cœur au plus hautain,
En la choſe incertaine eſtant touſiours certain !
Mais tu es maintenant pour de l'argent priſee,
Comme vne Courtiſane eſt par l'or courtiſee :
Le vulgaire à l'ami ne rend plus de deuoir,
S'il ne penſe plaiſir ou proffit en auoir.

Toutefois, ô Groulart, comme vn clair voyant iuge,
Tu remarques bien ceux auſquels elle a refuge :
Comme on voit que les lous & les regnards, au chien
Reſſemblent à peu pres, qui n'y regarde bien,
Ainſi le Charlatan, le flateur, l'adultere,
Semblent à des amis qui ne les conſidere.
Donc nous faut regarder, au lieu d'auoir des chiens
Qui ſoient de nos maiſons fidelles gardiens,
Que nous ne receuions, par noſtre negligence,
De tels feints animaux la dommageable engence.

Car fi toft que le temps ou que le Sort vainqueur
Apporte ou Mort ou perte, ils demafquent leur cœur,
Et courent tous au bois (comme on dit en prouerbe)
A l'arbre que le vent a couché deffus l'herbe.
* Or on voit que chacun d'egale volonté,*
Aime ce qui luy plaift, foit Richeffe ou Beauté :
C'eft donc vn fait commun, Que de voir tout le monde
Aimer ainfi la chofe ou fon Defir il fonde.
Mais fçauoir feparer les Biens d'entre les Maux,
Connoiftre vn Amour vray d'auec vn Amour faux,
C'eft, ô grand Prefident, chofe trop mal aifee !
Qui toutefois du Sage eft bien toft auifee,
Quand il veut obferuer, Qu'vn homme prend plaifir
D'aimer fur tout la chofe ou il met fon Defir.
* Mais celuy qui ne fçait difcerner toutes chofes,*
Comme les noirs pauots d'entre les blanches rofes,
Les vices des vertus, & comme differents
Sont du bien & du mal mile biens aparents,
Ne connoift l'Amitié. C'eft pourquoy le feul Sage
Au vray de l'Amitié peut connoiftre l'vfage.
Car il fceut faire choix des hommes arreftez,
D'entre les inconftants volants de tous coftez,
Qui comme Papillons, pleins d'opinions vaines,
Bauolent fans arreft à chofes incertaines.
Tels hommes ore on voit, courtois & gracieux,
Et puis tout auffi toft chagrins & furieux.
Et bref, quand tel feroit ou ton oncle ou ton frere,
Parfait en amitié tu ne le pourrois faire :
Car iamais l'Inconftance Amitié ne receut,
Et la blanche amitié iamais de tache n'eut :

Telle des vertueux n'eſt l'Amour volontaire :
Mais telle eſt des parents ſouuent la neceſſaire.
Pluſtoſt il faut aimer vne ſimple vertu
Qu'vn vice qui ſeroit de tiltres reuêtu,
Et qui s'enfle, ſorti d'vne race ancienne,
En la valeur d'vn autre & non pas en la ſienne.
  Or l'Amour des Parents connoiſtre tu pourras,
Et toute autre Amitié, ſi toſt que tu verras
Deux petits chiens nourris d'vne meſme littee,
Ou bien deux petits chats ; d'vne patte affettee
Se flater doucement, ſe ioüer, s'embraſſer,
Folâtrer ioints enſemble, & s'entrecareſſer :
Il n'eſt rien ſi gentil, il n'eſt rien plus aimable,
Il n'eſt rien plus conforme, il n'eſt rien plus ſemblable
A deux amis, que voir ce ſpeɕacle plaiſant :
Toy, qui vas ſans raiſon vne Amitié priſant,
Si tu veux l'eprouuer iette vn peu de viande,
Quelque oſſet moëlleux, quelque choſe friande,
Entre ces petits chiens, entre ces petits chats,
Et tu l'eprouueras par leurs ſoudains debats.
Qu'il y ait entre toy, ton enfant ou ton frere,
Quelque fief, quelqu'honneur, quelqu'Amour, quelqu'affaire
A debatre & vuider, tu verras tout ſoudain
Que ton fils te voudroit voir mort le lendemain :
Et toy pareillement tu voudrois voir auecques,
Comme il feroit de toy, de ton fils les obſeques.
  Auienne qu'vn veuf pere agé ſoit amoureux,
Que ſon fils par haſard, en ſes ans vigoureux,
Aime en ce meſme endroit, & que tous deux aſpirent
D'epouſer pourſuiuants la femme qu'ils deſirent.

Lors tu verras bien toſt, que leur belle Amitié
Se tournera cruelle en rage & mauuaitié.
Tu deſires iouir, dira l'amoureux Pere,
De la beauté du iour, de ſa lumiere claire,
Et veux ſeul contempler la lueur du Soleil?
Tu dois penſer qu'au tien mon deſir eſt pareil:
Comme toy ie fuy l'obſcurité mauuaiſe,
Et veux de la clarté iouir tout à mon aiſe:
Tu me veux depouiller & du liĉt m'approcher,
Et ie n'ay point encor deſir de me coucher:
Ie ſuis encor bien ſain & des ans la foibleſſe,
Mon corps de ſon fardeau n'appeſantit ni bleſſe.
Tous ces propos diſoit le pere depité
Contre Admette, ſon fils, qui l'auoit irrité.
Vn Roy de noſtre temps ainſi ne fiſt de grace
A ſon fils eleué contre luy par audace,
Et le Comte de Foix iadis de la façon,
A regret vit mourir ſon fils ieune garçon.

  Les enfans tout ainſi vont afligeant leurs Peres,
Quand il y va dequoy, de cent mile miſeres.
Vn Loys debonnaire, afin de le chaſſer,
Vit il pas ſes enfants contre luy ſe hauſſer?
Commines (qui deſcrit auſſi bien ſon hiſtoire,
Comme il fait de ſon Roy les geſtes & la gloire)
Montre bien que celuy qui fut enfant mauuais,
Du Dauphin ſucceſſeur ne s'aſſeura iamais.
Mais combien ſe voit il d'hiſtoires veritables,
De ceux qui ont meurtri leurs Peres venerables?

  Les freres ne ſont pas l'vn à l'autre meilleurs:
Chaque iour il ſe voit aux maiſons des Seigneurs.

Le vaillant Eteocle & le preux Polinice
(Comme dit le Tragic) n'eurent qu'vne nourrice,
De mefme pere & mere engendrez ils eftoient :
Tous deux viuants enfemble, enfemble ils s'ebatoient :
En leur âge petit couchant en mefme couche,
Ils n'auoient qu'vn defir, ils n'auoient qu'vne bouche,
Et ce que l'vn vouloit, l'autre le defiroit,
Et chacun à l'egal fon frere reueroit,
S'entrebaifants fans ceffe & s'entre aimants de forte
Qu'immortelle on euft dit vne Amitié fi forte :
Qui les euft veus fe fuft des Philofophes ris ,
Qui l'Amitié vulgaire ont en fi grand mefpris.

 Auffi toft qu'entre eux deux va tomber en partage
Du Royaume Thebain le fuperbe heritage
(Comme vn morceau de chair entre deux petits chiens)
Ils ont mile debats pleins de cruels fouftiens :
Le fang ne les retient ; quand d'ires enflammees
Deuant Thebes ils ont deux puiffantes armees,
Se defiants l'vn l'autre : Ou te trouueras tu,
Difoit l'vn, pour fentir l'effort de ma vertu ?
Ie t'appelle au combat! maintenant ie defire,
En m'oppofant à toy cruellement t'occire!
Eteocle refpond : i'ay ce defir auffi,
Seul à feul te combatre & te creuer ici.

 Tous deux par ces deffis à la mort fe vouerent,
Et freres inhumains tous deux s'entretuerent.
Tant de freres ainfi l'on a veu maffacrez
Pour l'Empire prophane & pour les biens Sacrez :
Pourueu que feul Romule en l'Empire commande,
Faire mourir Remus eft vne gloire grande.

Afin donc qu'on ne foit furpris aucunement,
Il faut en general croire certainement
Que tout homme à cela, par inſtinc de Nature,
(Voire tout animal & toute creature)
D'aimer, comme obligé des ſa natiuité,
Plus que choſe qui ſoit, ſa propre vtilité.
  Quand il eſt queſtion de faire ſes affaires,
De faire ſon profit, on n'epargne ſes freres,
Ses parents, ſes couſins, ſoient ieunes ou ſoient vieux,
Et meſme on ne pardonne aux beaux temples des Dieux :
Ains en les blaſphemant on briſe leurs images,
Et pour vn petit gain on fait de grands dommages.
Et quand l'Affection en quelque choſe on met,
Contre Dieu, contre tout, tout mal on ſe permet :
Et cette Affection, qui tient comme la place
De quelque vtilité, toute autre amour efface.
  En quelque part que ſoit Mien & Tien, tout ſoudain
Chacun bouillant y va de pied comme de main :
Et ce qui rend ici les hommes plus agreſtes,
Honneſtes, patients, courtois, ſouffrants, modeſtes,
C'eſt l'eſpoir d'emporter quelque bien attendu,
Ou bien de paruenir à leur but pretendu,
Ou ſoit d'vn bel eſtat, ou ſoit d'vn mariage,
Qui leur qualité baſſe eleue dauantage.
Chacun met ſon profit ou il met ſon deſir :
Et pour donner au blanc, il prend à tout plaiſir :
Et ſi c'eſt ſon profit que ſe montrer affable,
Tout humble & vergongneux, fidelle & ſecourable,
Autant il le fera qu'vn Amy bien certain,
Penſant ne faire point aucun ſeruice en vain.

Au monde du Defir font les guerres venues :
De la Troyenne encor font les caufes connues :
Car Paris Alexandre , vne fleur de beauté ,
Eftant chez Menelas par hofpitalité
(Chacun fçait que la foy hofpitaliere & fainte
Eftoit au cœur de tous par Iupiter emprainte)
Logé, receu , cheri , comme vn Prince Troyen.
Auec la bienueillance & le riche moyen
D'vne telle maifon : Qui lors euft veu la ioye ,
Qu'enfemble demenoient , ce beau Prince de Troye
Et ce bon Roy de Sparte , & comme ils fe donnoient
Mile contentements aux plaifirs qu'ils prenoient ,
Il n'euft iamais penfé qu'vn Amour aparente
Euft produit vne haine apres fi violente ,
Ni qu'vn feu de couroux entre eux deux allumé ,
Euft vn cœur ennemi fi foudain animé.

  Mais au milieu des deux , d'vne faueur friande ,
Se prefentant alors vn morceau de viande ,
L'excellente beauté d'Helene qui paffoit
Vn beau ieune Printemps qui chacun rauiffoit ,
Ce bel obiet emeut entre eux vne querelle ,
Qui caufa dudepuis vne guerre mortelle.

  Bref, qui voudra connoiftre ou font les vrais amis ,
Qu'il remarque prudent ceux qui leur cœur ont mis
Aux chofes d'ici bas, qui d'eux point ne dependent :
Si des poffeffions efclaues ils fe rendent ,
De leurs corps, de leur gloire , & des Principautez ,
Et des Rayons qu'on voit reluire aux Royautez ,
Qui ne font de leur œuure : & n'eft en leur puiffance
De leur prolonger l'eftre ou leur donner naiffance.

Comme ils se trouueront & loyaux & conſtans
En l'amour de cela qui ne dure qu'vn tans,
Ainſi tu les verras à t'aimer veritables.
Tous ſont en Amitié fermes ou variables,
Selon que les ſouhaits, ou leurs cœurs ſont fichez,
Les tiennent aux liens des deſirs attachez.
  Si leur affeƈtion, & ſi leur ſaint courage,
Ils ont mis au beau choix, en ce bel arbitrage,
Que la Nature donne (& que Dieu fermement
Graue de ſon burin en leur entendement)
Qui leur fait remarquer vne ſente, vn paſſage,
Pour ſuiure la Raiſon au cœur d'vn ami ſage,
Trouuant de tels Amis, tous bons & tous humains,
Ha! ne regarde point s'ils ſont couſins germains,
Freres ou Compagnons, ains ayant connoiſſance
De leurs belles vertus, mets y ton aſſeurance.
  Comme les hommes ſont iuſtes, bons & prudens,
Ainſi ſont ils amis dehors comme dedans,
L'Amitié là ſe trouue ou ſe trouue la honte,
L'honneur, la volonté qui l'affeƈtion domte,
De n'auoir rien d'autruy, de iamais ne vouloir
Deſirer ce qui n'eſt mis en noſtre pouuoir.
  Mais tu me pourras dire : elle m'a, diligente,
Gardé par ſi long temps, aimé d'amour conſtante,
Supporté ma colere! & bien qu'ainſi conſtant,
Comme elle me faiſoit, ie ne l'aimaſſe autant,
Son amour toutefois touſiours eſtoit egalle :
Ha! rien ſi ferme n'eſt qu'vne Epouſe loyalle!
Que ſçais-tu ſi d'vn œil doux & reſpeƈtueux,
Elle t'aimoit ainſi qu'vn habit ſomptueux ?

Qu'vn manchon, qu'vn furcot qu'elle garde & nettoye,
Ou que fon petit chien que tant elle feftoye?
Et d'ailleurs que fçais-tu, s'elle prendra tel foin
De toy, n'en ayant plus, comme elle en a befoin?
Te mefprifant ainfi qu'vne glace caffee,
Ou comme d'vn tableau la painture effacee?
    Toutefois c'eft ma femme! & puis fi longuement
Nous auons fans ennuy vefcu fi doucement!
Hé! combien a vefcu plus long temps Eriphile
Auec Amphiaras? Tant qu'il luy fut vtile
D'aimer ce cher Mary. Car luy prophete (en vain
Ayant preueu deuoir mourir en l'Oft Thebain)
Cependant qu'à forcer le deftin il trauaille,
Secret s'eftoit caché pour n'eftre à la bataille,
Quand fa femme, fachant la cache & le cauein,
Ou le chetif penfoit fuir le mal prochain,
D'elle (par des prefents & des ioyaux gaignee)
A Polinice fut cette cache enfeignee :
De forte qu'en fon Char combatant, ce dit on,
Son mary fut fous terre englouti par Pluton.
    Mais comme pourroit il arriuer quelque noife
Par vne femme belle, humble, douce & courtoife?
Il en peut arriuer pour des petits ioyaux,
Pour vne bague, vn chiffre, ou des habits nouueaux.
Que veut dire cela? rien autre chofe à dire,
Sinon qu'vne femme eft bien toft furprife d'ire
Pour vne opinion prife d'vn afiquet,
D'vn carcan, d'vn bouton ou d'vn plaifant bouquet,
Ou de chofe pareille : entrant en fantafie
Par foupçon dedaigneux, par fauffe ialoufie :
                                        Deforte

Desorte qu'elle veut seule à-part demeurer,
Soit à droit, soit à tort, du Mari separer.
Souuent pour vn Landry, comme vne Fredegonde,
Elle veut enuoyer son Espoux hors du monde :
Et n'a serui de rien au malheureux amant,
D'auoir vne Galsonde etranglee en dormant.
  Les Maris font de mesme, Ariadne & Medee
Virent la foy des leurs à d'autres accordee :
Desirants de brûler sous d'autres nouueaux feux,
A nouuelles amours se ioignirent tous deux.
  Mais quiquonque voudra d'vn esprit tout aimable,
En constante Amitié viure à tous agreable,
Mesme auoir de sa part des amis tous certains,
Qu'il oste hors de soy tous soupçons, tous dedains,
Et les opinions de toutes choses vaines,
Qui troublent vn esprit de chagrins & de peines.
Tousiours semblable à luy, ce faisant, il sera :
Iamais auec luy mesme il ne decordera :
Et sans se repentir en sa triste pensee,
Il ne s'offencera, pour auoir offencee
La personne qu'il aime : & l'aprehension
Ne l'afligera point de sotte opinion.
Auecques ses egaux sa façon sera telle
Qu'vn en tous il sera d'vne amitié fidelle :
Contre ceux qui seront ennemis de raison,
Par leur biserre humeur changeants toute saison,
Il sera patient, de nature gentile,
Et pour en supporter, dous, courtois & facile,
Comme ayant ignoré du fait la verité
Quand leur cœur sur le mont de l'orgueil est monté.

O

Iamais finablement, comme vn ardant Cerbere,
Contre celuy qui faut il ne sera colere :
Ains plustost en son cœur prudent il pensera,
Que tout homme à regret à l'autre malfera :
Car tousiours l'outrageux se repent au courage,
S'il a mal à propos aux autres fait outrage.

Mortels, si par ces vers vos mœurs vous ne reglez
Pour domter par raison vos Desirs aueuglez,
Pour cherir les vertus, pour faire que hâtiue
La sotte opinion tous d'amis ne vous priue,
Viuez, viuez ensemble, ensemble demeurez,
Couchez en mesme lict, tout ainsi vous ferez
Que les communs amis qui mangent & qui boiuent
En vne mesme table, & qui gages reçoiuent
D'vn mesme capitaine : & qui freres seront
Sortis d'vn mesme ventre : & qui nauigeront
Dans vn mesme bateau : Toutefois la pecune,
Les profits, les Desirs, les mettent en rancune :
C'est pourquoy cependant qu'estranges vous ferez,
Et que le cœur aux biens sans raison, vous aurez
De ces opinions mechantes & rusees,
Ayant sans iugement les ames abusees,
Vous ne serez meilleurs que les malins serpents,
Qui haineux, qui depits sur la terre rampants,
N'ont aucune amitié, demeurant vostre vie
A mile maux facheux miserable asseruie.

Groulart, ces vers ne sont de la Muse Eraton,
Ils ne sont empruntez du Lisis de Platon,
Du Romain Orateur, des Amitiez des Scithes,
Qui sont au Toxaris de Lucian descrites :

Mais ie les ay tirez du Puis de verité,
D'vn Stoïque qui tout cherche en feuerité :
Pour eprouuer s'ils font de race legitime ,
A ton clair iugement ie prefente leur rime ,
Et pour voir s'ils pourront fupporter tes rayons ,
Comme font le Soleil les vrais Aillerions.

A C. d'Auberuille, Cheualier, Bailly de Caen.

 *ON D'AVBERVILLE, en qui*
les bonnes mœurs,
Iointes au fang des antiques maieurs,
Font la vertu comme vn Aftre luifante
En ta maifon de vieux biens abondante:
Puifque m'aimant tu defires fçauoir
De ton ami l'eftat & le pouuoir :
Et fi fon ame encore non contente,
Comme deuant facheufe fe lamente ,
Ayant changé, d'vn heureux changement ,
Le court habit au long accoutrement :
Ie te diray qu'ofice & charge aucune
Ne me tient point rang de bonne fortune :
Comme deuant auffi ie me defplais :
Di maintenant tout cela que tu fçais ,
Que ma nature eft vn peu depiteufe :
Ma bouche n'eft toutefois point menteufe.

O ij

Et ſi n'eſtoit que le faix trop peſant
Du ioug hargneux que ie vay conduiſant
Seul me contraint qu'Ariſtipe i'imite,
Vſant du temps ſous vn front hypocrite,
Ie n'euſſe pas quitté la liberté
D'eſtre à moy meſme & Court & Royauté.
Mais puiſqu'ami ne m'eſt aſſez Mercure,
Pour ſupporter vne charge ſi dure
Il faut pluſtoſt contraint viure en honneur,
Que ſans moyen ſuiure ainſi ſon humeur.

   Ie ſçay fort bien que maints en ce paſſage
N'eſtimeront mon auis eſtre ſage :
Et que d'auoir honneurs & grands eſtats,
Aupres des grands ils eſtiment grand cas :
Et toutefois ie l'eſtime au contraire
N'eſtre que vent, ſeruitude & miſere :
Y ſerue donc qui ſeruir y voudra :
Mais Vauquelin ſe tirer ne faudra
(S'vn iour luy fait quelque bonne largeſſe
Le fils de Maie) hors d'vne telle preſſe.

   A tout cheual, toute ſelle & tout bas,
Tout fer, tout mords ne s'accommode pas :
A l'vn il faut vn pas d'aſne à la bride,
Et d'vn canon l'autre aiſement ſe guide :
Le Chardronnet fredonne ſa chanſon
Bien enfermé comme dans vn buiſſon :
Le Roſſignol dure à peine en la cage :
Et l'Arondelle en vn iour meurt de rage.

   Ie ſuis content du tiltre d'Eſcuyer :
Ie ſuis content qu'on face Cheualier

Celuy qui veut acheter ce bel Ordre,
Ou le petit comme le grand veut mordre :
Et qui voudra quelque Abbaye accrocher,
Aille les grands Cardinaux rechercher :
D'Abbé, Prieur, ou de Protenotaire,
Ou par argent Euefque on fe peut faire :
Celuy qui peut, par le bienfait des Rois,
Vn bel office attraper quelquefois,
Ou par achet : ainfi qu'au pont au change,
A l'Euefché peut on en faire echange :
S'il poife moins, il eft permis encor
En contre pois y remettre de l'or.
Car comme on veut en France fe manie,
O quel mechef! l'auare Simonie,
Et le Seigneur & la dame fouuent,
Au lieu d'Abbé, commandent au couuent.

    Suiue la Cour, croque le benefice,
Qui vil fe veut efclauer en feruice :
Mais i'aime mieux tresfidelle à recoy,
Et libre ici faire feruice au Roy,
Qu'efclaue là, d'vne face trompeufe,
Tromper le monde en ma grace pipeufe.

    Si pres des Grands en Cour ie fuffe allé,
Quand ie m'y vi quelquefois appelé,
Dira quelqu'vn, & fi lors i'euffe prife
L'occafion en fi belle entreprife,
En m'eftant fait d'offices attrapeur,
I'en euffe pris quelqu'vn au ré trompeur
Sans l'acheter, & fi i'euffe peut eftre
Maint prieuré de quelque gentil maiftre,

Que i'euſſe en garde au cuiſinier baillé.
Dont en ſecret ie me fuſſe raillé,
Voyant par là ma cuiſine echauffee :
Tout bien eſt bon dont la table eſt coiffee.
Aiſé m'eſtoit : car alors ie ſçauoy
Beaucoup d'amis, que pratiqueȝ i'auoy,
Qui, faits Prelats, auiourdhuy par la France
M'euſſent fait part de leur riche abondance :
Et Saint François me iura qu'au beſoin,
Comme d'vn frere, il auroit de moy ſoin.

A cil qui croit que, par cette eſperance,
Ie deuoy prendre vne ferme aſſeurance
De me voir riche, & d'auoir par dehors
La crête noire & verte dans le cors,
Ie reſpondray par vn notable exemple :
Li la de grace : encor qu'elle ſoit ample,
Moins à la lire elle te peut coûter
Qu'à l'eſcriuant ſi tu veux l'ecouter :

Il fut iadis vne ſaiſon ardante,
Si fort la terre & les herbes brulante,
Que de rechef on euſt dit Phaëton
Du Soleil eſtre encores le charton :
Tout puis ſecha, toute fontaine viue,
Et tout mareſc, tout lac & toute riue,
Et qui plus eſt chacun paſſoit ſans pons,
Voire à pied ſec, les fleuues plus profons.

Or en ce temps vn paſteur bon & riche,
Par faute d'eau voyant ſes biens en friche :
Ses fiers haras, ſes gents & ſes troupeaux,
Ses bœufs membrus mourir par faute d'eaux :

Ayant en vain cherché par toutes places,
Eut son recours au Seigneur plein de graces,
Qui point ne laiſſe en ſouffretteux ennuy
Ceux qui leur foy du tout ont miſe en luy :
Qui l'inſpira d'vne ſainte penſee,
Qu'ayant la terre en vn vallon creuſee,
Non loin du lieu, que toſt il trouueroit
La claire humeur que tant il deſiroit :
Là donc il mene enfants, beſtes & femme,
En ſa maiſon ne laiſſe vne ſeule ame,
Tous vont à l'eau, commencent à bêcher,
Et tous enſemble au trauail s'empêcher :
Ils n'ont caué long temps à telle peine,
Qu'ils trouuent l'eau d'vne claire fontaine :
Et n'ayant lors, pour attaindre à cette eau,
Fors ſeulement vn bien petit vaiſſeau,
Le Paſteur diſt : amis, ne vous ennuye,
I'auray pour moy le premier trait de buye :
Et le ſecond pour ma femme ſera :
Mon fils aiſné le tiers apres aura :
Le quart, le quint, comme iuſte il me ſemble,
Auront apres mes autres fils enſemble,
Pour appaiſer leurs goſiers alterez,
Qui ſont à tous haletants demeurez :
Et puis apres vous autres tous de ſuite
Boirez chacun ſelon voſtre merite,
Et comme auez plus ou moins trauaillé
Au Puis qui l'eau benin nous a baillé.
  Puis il regarde encore dauantage
Aux animaux de plus leger dommage,

O iiij

Pour en bailler aux meilleurs les premiers,
Puis à leur rang aux moindres les derniers,
Lors qu'vne Pie, vne caufeufe Agace
Qui peu deuant eftoit bien en la grace
De fon Seigneur, lui donnant mile ebas,
Se mift derriere à haut crier : helas !
Ie ne luy fuis ni fille ni parente,
Ie n'ay ferui pour trouuer l'eau prefente !
Las ! ie voy bien que de foif ie mourrois
Si de moy mefme ailleurs ie n'en querois !
Ie fuis ici de tous la moins vtile,
Ma iaferie aupres du gain eft vile :
Hé ! quand boirai-ie ? ils vont tous vn à vn,
Ie demourray pour boire apres chacun.

   Par cet exemple, ô Bailly, ie defire
Refpondre à ceux qui veulent que i'afpire
La preference au deuant des amis
De ces Prelats qu'en auant on m'a mis.

   Tous leurs neueux & la longue fequelle
De leurs coufins & grande parentelle
Boiront premier, puis à leur tour boiront
Ceux qui fecrets leurs fecrets maniront :
Apres ceux-ci, ceux qui par entremife
Furent courtiers de telle marchandife.

   D'ailleurs il faut faire des magafins
De prieurez, pour quelques affafins :
Et pratiquer de prebendes certaines
Des Confeillers de nos Cours fouueraines,
Afin d'auoir des arrefts de faueur :
Par ces moyens s'achete le bonheur.

D'vn benefice il faudra bien qu'on bouche
D'vn foul hagard la medifante bouche :
Et contenter des grands les fauoris :
Et largement des belles les maris.

Il faut auffi bailler, au lieu de gages,
Aux aumoniers, aux valets, voire aux pages
Cure ou Prebende, ou quelque perfonat
De Saint Vigor ou bien de Saint Donat :
Au cuifinier il faut vne Chapelle,
Dont il fera penfion annuelle
A deux laquais : Mais au maiftre d'hôtel
Vn Prieuré pour viure de l'autel.

D'vne autrepart le fieur d'Aule demande
Pour fes cheuaux la promife Prebande.
L'vn dit: ie fus pour luy faire prefter
Coche & harnois & des foi's emprunter :
L'autre : ie fis des courfes de pirate
Pour recouurir les deniers de l'annate :
Ie luy prefté, dit le fieur du Varquier,
Les mile efcus auancez au banquier.
Vn autre dit : i'ay conduit fes affaires,
Et par vn an nourri deux de fes freres.

Et fi ie veux auoir ie ne fçay quoy
Des bons Seigneurs qui font aupres du Roy,
Combien de temps las, feray-ie fans boire,
Auant qu'on ait de moy quelque memoire!
Premier boiront & les freres germains,
Meres & fœurs, & leurs parents prochains.
Car bien que i'aye ore en vers, ore en profe,
A leur honneur efcrit diuerfe chofe,

Qui leur plaiſoit alors que familier
De leurs maiſons i'eſtoy comme premier,
L'auancement toutefois le cœur change,
Et la grandeur des vieux amis s'eſtrange.
  Ce qui m'euſt fait ſimple trop alterer,
Et puis ſans boire à la fin demeurer.
Donc attendant de voir boire à la file
Les fauoris, i'en euſſe veu dix mile
Les premiers boire, & tant i'euſſe attendu
Que le deſir du vin i'euſſe perdu :
I'euſſe encor veu l'eau du Puis aſſechee
Premier que voir leur ſoif toute etanchee :
Et ie me fuſſe en ma ſoif conſumé
Pour auoir trop le goſier enflammé.
  Il vaut bien mieux qu'en ce lieu ie demeure,
Que d'aller là m'afliger à toute heure :
Et ſi ie voy la ſaiſon à propos,
Ie ne faudray viure en plus de repos
Sans nul eſtat : & hors de tout ſeruice
A m'eiouir en tout libre exercice,
Et reprenant le court habillement,
Pour viure au moins à mon contentement.
Alors ie croy que quand de ma penſee
Tu auras bien la raiſon balancee,
Que tu diras, qu'heureux tu tiens celuy
Qui libre vit ſans eſtat auiourdhuy :
Et ſi tu peux vne fois ainſi viure,
Que tu ſeras bien aiſe de me ſuiure.

A Monſieur du Perron I. d'Auy, maintenant Eueſque d'Eureux.

IROIR d'honneur, du Perron, la
    lumiere
De noſtre ſiecle, ayant mis en arriere
Tout vain ſçauoir, tu montres bien-
    faiſant,
Que des beaux Arts tu ne vas abuſant.
Di moy de grace ou les vertus fachees
Hors d'entre nous ſont apreſent cachees?
Ie voudroy bien que l'on m'euſt auerti
Ou maintenant peut eſtre leur parti,
Car les voyant en quelque lieu paroiſtre,
Ie les ferois à mes fils reconnoiſtre :
Et pour autant que la meilleure part
De ces vertus, le bon Dieu te depart,
I'auroy beſoin que tu me conſeillaſſe,
Comme il faudroit qu'auec eux i'en vſaſſe :
Si tu ſçais point quelqu'vn de bon eſprit,
Qui docte & bon en ma maiſon les prit,
Pour leur montrer, d'vne prudence accorte,
De la Vertu tant ſeulement la porte.
  Ie trouue bien vn ieune homme artien,
Qui Grec-Latin les enſeignera bien :
Mais i'ay grand peur qu'ainſi qu'à la doctrine,
A la bonté ne ſoit ſon ame encline :

Et la fcience on voit bien rarement
Et la bonté iointes enfemblement.
I'aimaffe mieux qu'il euft moins de fcience,
Et qu'il fuft bon & d'entiere fiance :
Ie ne fay cas d'vn fçauoir abondant,
Si la bonté n'y va point refpondant.

 O que noftre âge eft plein de grand' fortune,
Ou des vertus ne s'en trouue pas vne
A qui ne foit vn mechant vice ioint !
Et d'Humanifte on ne trouue ore point,
(Ou peu fouuent) qui la Toute Puiffance
Penfe s'eftendre à foudroyer l'engeance
Des fouls mortels : & faire qu'vn mechef,
Vne Gomorrhe enflamme de rechef.

 Et la plufpart, comme ceux d'Italie,
Defia ce vice (à trop commun) pallie
De la grandeur, alleguant que les dieux
D'vn Ganymede ont embelli les cieux.
Et par fur tous maint debordé Poëte
Vne vertu de cet' horreur a faite.
Voire d'Efpagne a pris l'impieté,
Marran fans croire à la Triple-vnité.
Non qu'il contemple en foy comme procede
Le Fils du Pere : & que ce fait excede
Le fens humain, & que le Saint Efprit
De tous les deux fon origine prit :
Mais il luy femble en croyant d'autre forte
Que l'on ne croit, qu'vn grand los il emporte :
Et tellement il prefume de foy,
Qu'il veut à part tenir vne autre loy.

Si Nicolet eſt Chreſtien infidelle,
Et ſi Martin heretique on appelle,
Leur trop ſçauoir i'en accuſe ſoudain,
Et n'en prens point contre eux ſi grand dedain :
Pour ce qu'au ſein de la grand' Sapience
Sautant en haut, leur baſſe intelligence
(Pour mieux la voir) eſtrange eſtre ne doit,
Si lors confuſe aueugle elle ſe voit.
  Mais cil de qui l'eſtude eſt toute humaine,
Qui pour ſuiet a les vaux & la plaine,
Qu'vn clair ruiſſeau, d'vn murmure plaiſant,
Va doucement pres des bois arrouſant,
Et le chanter des antiques faits d'armes,
Et le pouuoir d'adoucir par ſes larmes
Les rudes cœurs, & ſouuent contenter
Princes & Rois pour leur faux los chanter,
Pourquoy ſi haut volle ſa Calliope,
Qui ſon eſprit en tant de rets enu'lope,
Qu'il ne croit point en ſon cœur tout ainſi
Que va croyant toute la gent d'ici?
D'ou penſe til tenir plus que les autres,
De meſpriſer les Saints & les Apoſtres,
Lors que voulant, nouuel Italian,
Changer le nom de Ian en Iouian ;
Et ioindre vn Iule, vn Marc à ſon nom, meſme
Ne l'ayant eu ſur les fonds au Bapteſme?
Quaſi penſant, par vn tel changement,
Des bons cerueaux tromper le iugement :
Et que cela Poëte mieux le face,
Qu'auoir dormi ſur Pinde ou ſur Parnaſſe,

Ou bien pris peine à l'eſtude dix ans ?
Tels deuoient eſtre en Grece les plaiſans ,
Que banniſſoit , par ordre politique ,
Iadis Platon, de la Choſe-publique.
  Mais tel Phœbus ni tel fut Amphion ,
Ni ceux qui , pleins de grand' perfeƈtion ,
Premierement les carmes inuenterent ,
Et tel exemple en leurs mœurs raporterent .
Que leurs vertus plus encor que leurs vers
Tirerent hors les hommes des deſers ,
Perſuadeȝ par raiſon plus humaine ,
De quitter là les bois, le glan, la faine ,
Et ſe reduire enſemble ſous les lois
Miſes en vers en des tables de bois :
Sans viure plus epars dans les bocages .
Effaroucheȝ comme beſtes ſauuages :
Et puis encor ils firent que les fors ,
Qui commandoient aux plus foibles alors .
Fuſſent coupleȝ par vn diuin vſage ,
Deſſous le ioug d'vn loyal mariage :
Et les faiſants de grands troupeaux ſeigneurs ,
De viure bons les premiers enſeigneurs ,
Tous peu à peu ſous les loix les rangerent ,
Et les toreaux au labeur engagerent :
Et commençants par le ſoc eclarci ,
Fendre en ſillons le gueret endurci ,
Ils racueilloient par les campagnes belles ,
Le blond gerbage aſſemblé des iauelles :
Et des bons fruits accreus par leur labeur
Ils en faiſoient vn bruuage meilleur.

Et de là vint que les Poëtes firent
Accroire apres aux peuples qui vefquirent
Merueille d'eux ; que l'vn, par le dous fon
Du Lut, baftit fans aide de maçon
La grande Troye, & l'autre, de fa lyre,
Les murs hautains de Thebes fceut conftruire,
Et qu'ils faifoient defcendre à grands monceaux
Des monts pendants les pierres & carreaux :
Qu'Orphee eftoit, fans eftre plus fellonnes,
Suiui par tout des tigres & lionnes.

   Le grand fçauoir de ces Poëtes là,
A la vertu le vice ne mefla.
Mais auiourdhuy la fcience eft confufe
Auec l'erreur compaigne de la Mufe :
Et Phœbus ore en la France eft tenu
Eftre fans fens vn bouffon deuenu.

   Non feulement aux beaus vers la malice,
Mais en tous Arts elle mefle le vice.
Car ceux qui font des Arts profeffion
Sont tous fuiets à la corruption :
Et feuilletants, d'ame luxurieufe,
De l'Aretin, l'eftude vicieufe,
Qui a defcrit, par ords enfeignements,
L'Art de Venus en fes Raifonnements,
(Nous enuoyant du terroir Italique
Et fon langage & fa mode impudique)
Ont apporté ces maux trop vfitez,
A maints Docteurs des Vniuerfitez :
Et tel femble eftre Vlpian ou Sœuole,
Qui vit en brute au retour de l'efcole :

Tel noſtre Maiſtre, eſtre Saint Auguſtin,
Qui Rabellais lira ſoir & matin.
Sous la couleur ou blanche ou noire ou griſe,
Le vice court encore en mainte guiſe.
Les Medecins & les Phiſiciens
Sont, la pluſpart, de foy tous Galiens,
Encor dit on maintes Religieuſes
Auoir d'Amour des figures ioyeuſes :
Et ſi le temps le permet quant & quant,
Elles les vont folâtres pratiquant.
Si ie laſchois la bride ore à ma plume,
Elle eſcriroit qu'vn tel chaſte volume
Eſt conſerué par la dame de Gré,
Comme vn preſent à Priape ſacré.

Bref ie ne ſçais ou la vertu connue
Ie puiſſe voir ſans maſque toute nue,
Pour la montrer à mes enfants auant
Qu'elle ſe maſque en eux d'vn front ſçauant :
A tout le moins ſimplement leur aprendre
De ne iamais vn faux viſage prendre
Pour le leur vray : le pain, pain apeler,
Et le vin, vin : & iamais ne meſler
Au vray le faux : ni l'or au rude cuiure :
Et nue encor touſiours verité ſuiure.

Vn iour ie leu dans vn liure eſtimé,
Qu'vn Aſne fut autrefois diffamé,
Et d'vn bâton eut l'echine batue,
Pour du Lion auoir la peau vêtue :
Et qu'vn oiſeau, dont ie ne ſçay le nom,
Perdit auſſi ſon honneur, ſon renom,

Pour

Pour auoir pris des autres le plumage,
Qui, fe trouuant veftu de leur panage,
En vn banquet de mile oifeaux diuers,
Le pelaudants à tort & à trauers,
Tous d'vn accort bien toft le deplumerent,
Et chacun d'eux leurs plumes remporterent :
Ce que penfant en moy, i'ay fait ferment
De ne changer iamais mon veftement :
Et ie voudrois auffi que l'ame pure
De mes enfans fe vift fans couuerture.
  Iufques ici foigneux i'ay tant efté,
Que bien auant ils ont le fruict goûté
De la Science : & ia des fa ieuneffe
L'ainé peut bien boire feul en Permeffe,
Et d'Apollon ouurir au Palatin
Tous les fecrets d'vn Poëme Latin :
Ores encor, en iargonnant l'Attique,
Il peut aller iufqu'au temple Delphique.
Quant au fecond, plus grand en eft l'efpoir
Que de nul autre on pourroit conceuoir.
Ils ont efté comme des leur naiffance
Plus auancez que tous ceux qu'on auance :
Et fous Piel & fçauant & Chreftien,
Ils ont apris le fçauoir ancien.
  Mais or' ie crains que cette vertu feinte,
Qu'on voit fans plus au front des hommes peinte,
Ne les deçoiue, & qu'eux mefme trompeurs
N'aillent trompant par leurs yeux deceueurs.
  Des qu'vn enfant eft né, mefme il defire
De paruenir au but ou il afpire,

Et de nature vn inſtinc ſingulier
Luy fait aimer ſon bien particulier,
En demandant ſimplement à ſa mere,
S'il aura pas les armes de ſon pere
Apres ſa mort : & deſia fait vn chois
D'vne Ecurie à ſes cheuaux de bois.
  Voila comment des l'enfance plus tendre,
Vn chacun tache à ſon affaire entendre :
Ainſi, ie croy, mes enfans en feront,
Et par mon mal leur bien deſireront.
Mais toutefois mon deuoir ie veux faire
De leur montrer la vertu la plus claire,
Dans l'epaiſſeur de cet air obſcurci,
Qui nous aueugle en tenebres ainſi.
Car ils croiroient que ſous l'ombre offuſquee
De l'apparat d'vne face maſquee,
Fuſt la vertu, d'ou ſouuent le peché
En ſeureté nous frappe eſtant caché.
  Mais quelle part les feray-ie conduire ?
Qui les pourra tant ſeulement inſtruire
A la vertu, puis qu'on voit en tous lieux
Les plus ſçauants eſtre tous vicieux ?
Et puis ie ſuis deſia plein de pareſſe,
Pour leur donner vers les Muſes addreſſe :
D'ailleurs ce temps tout mutin & felon
Or' me deffend le temple d'Apolon.
Puis i'ay marché ſans guide ne lumiere,
Par vn tel ombre en ma ſaiſon premiere,
Qu'à tous propos aueugle & chancelant,
Je trebuchois mile fois en allant,

Sans que bien peu mes cónioints de Nature
M'aida∬ent lors à ∫i forte auenture.
Au∬i peu ∫age, orphelin depourueu,
Le bien & mal ie n'auois pas preueu :
Ni n'eu∬e ∫ceu le bien preuoir, de ∫orte
Que pour ∫ortir tard i'en trouué la porte.
Tanto∫t voulant mon ∫eu Pere imiter,
Et comme luy les fore∫ts habiter,
Entre les miens, mes va∬aux & mes hommes,
Viuant ioyeux plus qu'au temps ou nous ∫ommes,
Aimant les chiens, la cha∬e & les cheuaux,
Les ba∫timents, & tous plai∫ants trauaux.
Vne autrefois, comme ∫on ∫econd frere
Des Yueteaux, aux durs combats me plaire :
Vray que garçon de∫ia ie m'epeurois
D'ouir parler de Lignys en Barrois
Ou ce mien oncle au plus chaud de l'alarme
Fut pri∫onnier, braue & vaillant gendarme,
Auec plu∫ieurs lai∬e∡ à l'abandon :
Sous Bertheuille alors il fut guidon,
Qui, Lieutenant du conte de Brienne,
Cent lances eut d'ordonnance ancienne.
(Pour dire vray, les coups ie n'aimoy pas.)
Vne autre fois en voyant les ebas
Des grands fe∫tins, & l'aparence honne∫te,
Qu'on voit en court en vn grand iour de fe∫te,
(Ne connoi∬ant le monde degui∫é)
D'vn faux honneur pou∬é, malaui∫é
Ie de∫irois, bru∫lant de mile flames,
Faire ∫eruice aux Princes & aux Dames.

                    P ij

Vne autre fois tout à Dieu retourné,
A le feruir i'eſtoy comme addonné.
Puis auerti d'vn ami debonnaire,
Ie reprenoy l'Inſtitute en colere ,
Le Code gros, nos Pandeƈtes, nos Lois,
Eſtudiant pour deux iours plus que trois :
D'opinion eſtant vn vray Protee,
Et n'auois point la ceruelle arreſtee.

   Mais cependant les Muſes & Phœbus
Me deceuoient touſiours par leurs abus.
Suiuant le temps, i'auois en mile modes
Fait des Sonnets, des Chanſons & des Odes,
Qui mis au iour, peut eſtre, des premiers
Euſſent coulé parmi d'autres pappiers.

   Enfin guidé d'vne chaude eſperance
De paruenir à la belle aſſeurance
De mon autre oncle (or' graue en iugement,
Chef du parquet de noſtre Parlement ,
Et que d'ailleurs i'eſtoy né pour apprendre)
Au long habit i'allay du tout me rendre.
Lors de Poitiers quitant le mont Ioubert,
Mon but ie mis aux Forenſes d'Imbert :
Et dudepuis de libre fait eſclaue,
Hardi ſuiuant le conſeil ſage & braue
De Duarin , à Bourges, d'vn grand cœur
Ie fis des vers Bartholle eſtre vainqueur.

   Or ayant eu tant d'eſtranges trauerſes,
Qu'enſeigneray-ie en ces façons diuerſes,
A mes enfants? toy, qui es demeuré,
Conduit de Dieu, comme vn guide aſſeuré,

Apren le moy : par cette voye obſcure
Ils demourront pourets à l'auenture,
Si toy (qui ſçais des confus elements
Les grands brouillis , les entremeſlements
Des maux cachez dans tant de labyrinthes,
Si toy qui ſçais les auertins, les quintes,
Les traiſtres cœurs, vengeances, paſſions,
Qu'on va couurant ſous tant de fictions)
Si toy qui vois, par ta grand' clair-voyance,
Ou giſt le but d'vne fainte croyance,
Si toy reduit ſous les loix du grand Dieu,
Qui ſçais comment on doit viure en tout lieu,
Pour la faueur de noſtre amitié pure,
De m'addreſſer tu ne prens quelque cure,
Et ne me veux donner par ta bonté,
Vn bon conſeil en cette extremité.

A F. De Malherbe, Sieur
de Digny.

 *IEN que ie fois moins pratic mile fois*
Que vous, Malherbe aux affaires des
*   Rois,*
Second Petrarque, ayant par la Pro-
uence
Suiui Henry, le grand Prieur de France,

P iij

Dont vous auez, des Mufes guerdonné,
En ces cartiers vne Laure amené :
Si vous diray-ie, en fi peu de hantife
Qu'en Cour i'ay fait, n'auoir veu que feintife,
Et comme ami, ie veux vous auertir
Que bien à peine on fe peut garantir
Des mauuais tours qu'en Cour chacun fe donne,
Ou pour tromper on n'efpargne perfonne.
En ce faifant ie fçay bien que i'apprens
Vne Minerue, en quoy trop i'entreprens.
Mais comme on voit vn aueugle qui montre
Le grand chemin à tous ceux qu'il rencontre,
Ecoutez moy, pour voir fi ie di rien
Dont vous puiffiez recueillir quelque bien.
*   Si vous voulez reprendre l'exercice*
De faire en Cour aux grands Seigneurs feruice,
Il faut laiffer voftre ame en la maifon :
Eftre debout en chacune faifon,
Voire emprunter de iambes vn grand nombre ;
De la vertu ne prenant rien que l'ombre.
Car voulant viure en franche liberté,
Il faut choifir repos d'autre côté.
Dedans le Louure en ces chambres dorees,
Les doctes Sœurs fort peu font honorees ;
Mais l'ignorance y trouue grand credit :
Là feulement eft vn Sçauoir maudit,
Qui cauteleux, de façon deceuante,
Va d'vn efpoir la perfonne abufante.
Là d'vn ré d'or chacun eft enrêté.
Heureux qui vit pres des fiens arrêté,

Sans chercher là de nouuelles conquestes !
A tout le moins qui n'y va qu'aux grands festes !
  Comme du feu, des Grands approcher faut
Ni de trop pres depeur d'vn apre chaut,
Ni de trop loin depeur de la froidure.
La grand' faueur des grands toujours ne dure.
Il n'y a point de chemins tant glissans,
Qu'est la faueur des Mignons courtisans.
Tel auiourdhuy le plus aura de grace,
Qui des demain quitte à l'autre sa place.
  C'est donc pourquoy suiure il faut son bon heur,
Tandis qu'on fuit ceux qui sont en faueur.
Quand vne fois la Fortune volage
A ses mignons a tourné le visage,
Elle n'a point apres accoutumé
De retourner vers eux son viaire aimé :
Et tout d'vn coup la racine fauchee,
L'herbe demeure en vn clin d'œil sechee.
Iadis Fortune eleua tout soudain
Vn Iean Doiac, vn Oliuier le Dain :
Mais tost apres, comme neige fondue,
A neant vint leur fortune perdue.
  Or le malheur le plus grand, c'est de voir
Mesme les Grands leurs amis deceuoir.
L'vtilité des Grands est estimée
Plus cher que n'est la bonne renommee :
Et beaucoup plus glorieux ils seront,
Quand leur courroux ils executeront,
Que s'ils suiuoient la raison droituriere.
Toujours vn pied les Grands ont en arriere.

A ce propos (*fans des Grands dire mal*)
On dit qu'*vn* Grand ou bien *vn* Cardinal,
Lequel auoit de *fon* Prince la grace,
Ie ne *fçay* pas ni *fon* nom ni *fa* race,
Mais il *viuoit* au *feruice* des Rois,
Ou du premier ou du *fecond* François :
Auquel *vn fien* gentilhomme *fidelle*,
D'*vn* Prieur mort apporta la *nouuelle* :
Le *fuppliant* demander pour guerdon
De *fon feruice*, au Roy le petit don
Du Prieuré qui, toutes charges *faites*,
Ne *valoit* pas mile *liures complettes* :
Ce grand y va : mais *eftant* retourné,
Dift que le Roy l'*auoit defia* donné :
Dont il portoit *vn* regret plus *extrefme*
Que *fi* le bien *euft efté* pour luy *mefme* :
Qu'*vne* autre fois il *fuft* plus diligent,
Que pour venir il n'*epargnaft* l'argent,
Et qu'il auroit la premiere vacante,
Quand mile *efcus* elle *vaudroit* de rente.
Le Gentilhomme *eftimant* qu'il *difoit*
La verité, plus fort *fe marriffoit*
Voir ce Seigneur *auoir* pris tant de peine,
De demander cette *chofe* incertaine,
Que de voir lors *fon* placet *refufé* :
Mais le *poure* homme *eftoit* bien *abufé*.
Car ce Seigneur *auoit* lors obtenue
Du Prieuré pour luy la retenue,
Et l'*auoit mife* en garde *fur* le dos
Du plus *rufé* de *fes cuftodi-nos*.

Le Conte dit, qu'apres vn long efpace,
Que l'abufé decouurit la falace :
Pour s'en vanger, il feingnit cautement
Eftre venu la pofte vitement,
Pour auertir ce Prelat que vacante
L'Abbaye eftoit des mile efcus de rente,
Et qu'il luy pleuft en demander foudain
Le don au Roy, depeur de lendemain.
    Or cette Abbaye alors n'eftoit mangee,
Et point n'eftoit encore vendangee :
(Car tout au tour les touffes des grands bois
En ombrageoient les Parcs & les recois :
Et mefme auffi fes forefts arpentees
N'auoient encor point efté charpentees :
Ce que fçauoit le Cardinal voifin,
Qui la veut mettre au nom d'vn fien coufin.)
Mais toutefois, auec vn gay vifage,
Deflors promift en faire le meffage
Tout promt au Roy : regrettant le malheur,
Qu'elle n'eftoit de plus grande valeur,
Et qu'auffi toft en feroit la demande :
Lors de dreffer le Placet il commande,
Le porte au Roy, comme il auoit deuant :
Mais plus fâché cent fois qu'au parauant,
Il s'en reuient : il detefle, il depite,
De l'accident la fortune maudite,
Difant qu'encore il eftoit preuenu :
Que du deffunct vn frere eftoit venu,
A qui le Prince auoit donné l'Abbaye :
Le Gentilhomme alors voyant non vraye

L'excuse feinte, il dist : vostre grandeur
S'asseurera que ie tiens à grand heur
De vous connoistre & l'vtile artifice
Dont vous payez ceux qui vous font seruice,
Et que l'Abbé de cette Abbaye ici
N'a point de frere & n'est point mort aussi.
Mais cette feinte au vray m'a fait connoistre,
Du Prieuré ce qui lors en peut estre :
Et ie me tien pour bien recompensé,
Par ce bon tour, du seruice passé.
Ce dit, s'en part : & n'a iamais des l'heure
Aupres des Grands fait aucune demeure,
Tousiours craignant en estre encor trompé.
Bien aisement le simple est attrapé
Sous la faueur d'vne grandeur heureuse.
Suiure les Grands est chose dangereuse,
Et ie le croy : Si i'en veux approcher,
Tousiours craintif i'ay peur de les facher.
Et si ie di, quand de la Cour i'approche,
Ce que disoit la Taillade & la Roche :
Ie ne veux point d'Ami necessiteux :
Encore moins vn Ami querelleux :
Car à tous deux il n'y a de resource :
Pour l'vn tousiours la main est à la bource :
Tousiours pour l'autre il faudroit quereller :
Ie ne me veux de telles gents meller.
   Et quand vn Grand auroit ma foy deceüe
Ie luy dirois, sa finesse aperceüe,
Tout ce que dist ce gentilhomme fin
Au Cardinal, qui le flatoit afin

De le tromper. Heureux qui telle ruse
Trouue, au besoin pour luy seruir d'excuse,
De ne seruir Prince ni Cardinal !
Ie suy les Grands depeur d'en auoir mal,
Et non pour bien, que iamais i'en espere :
Leur seruice est vne douce misere.

A P. De Verigny, Sieur Deslondes.

 *RVDENT De Verigny, depuis mon*
partement,
Ie voudroy bien sçauoir si tout est au-
trement
Au Chasteau maintenant: & si la face austere
De ce nouueau Monsieur, fume encor de colere :
Il oit trop les causeurs, il croit trop de leger
Qui si soudain luy fait d'opinion changer :
Il remarque trop peu la vertu simple & douce,
Contre qui vainement son depit se courrouce.
Puis ces nouueaux venus, ces soldats affamez,
Blâment les gents d'honneur en les voyant blâmez
Pour plaire à ce Seigneur, vn seul ne se presente
Qui ferme ami defende vne personne absente :
Chacun comme il arriue, au maistre depité,
Approuue le mensonge & tait la verité :

Et malheureux celuy qui le veut contredire,
Bien qu'il dift auoir veu le beau Soleil reluire ⁞
La nuiᶜᵗ comme à midy, mefme auoir en plein iour
Veu le Ciel alumé d'eftoiles tout au tour :
Qui par humilité lors n'a la hardieffe
De parler, d'affeurer ce menfonge, fi eft-ce
Qu'aplaudiffant de l'œil, du gefte & du minois,
Il femble qu'il veut dire, il dit vray, i'y eftois.

   Malheureux qui fe fait efclaue du menfonge,
Qui l'efprit pour complaire aux grands Seigneurs feronge!
Qui ne veut comme moy valeureux emporter
Vn triomfe en fon cœur pour ce malheur domter!
Pour n'auoir iamais foin, peine ni malaifance
De cela que les Dieux n'ont mis en fa puiffance!

   Verray-ie point le temps qu'en franchife viuant,
I'aille encore à loifir mile vers efcriuant,
Sans eftre plus efclaue à nul Seigneur biferre,
Qui renuerfe à tous coups fes bons amis par terre!
Mais pourquoy, Verigny, vouloient ils mon auis,
Pour m'en blamer apres en leurs fecrets deuis?
Ie leur dis cent raifons, mais toutes veritables,
Qui furent à leurs cœurs peut eftre redoutables :
D'ouir que iamais Dieu, ni l'ordre des Deftins
Ne permettoit regner longuement les Mutins.

   Las! nous eftions du temps que la fureur Françoife
Commença nos malheurs au tumulte d'Amboife!
Nous en auons l'horreur encor painte en nos cœurs!
Malheureufe aux vaincus, dommageable aux vainqueurs!
Ces commencements font de femblable apparence :
Ie ne trouue qu'aux noms feulement diference.

On ne me deuoit point la bride ainſi branler
Deſſous la main du Roy pour me faire parler :
Et ſi tout veritable & tout plein de franchiſe,
Mon auis & mon cœur point ie ne leur deguiſe,
Pourquoy diſent ils mal de mon opinion ?
Ils ſouloient tant priſer ma bonne affeɛ́ion !
   Ie voy que deformais c'eſt à moy de me taire :
Auſſi ſeul ie m'en vay me rendre ſolitaire :
Il faut du Manifeſte euiter le courroux :
Ces bons Meſſieurs feront à mon retour plus doux :
Ie ne puis plus ſouffrir cette audace ſi fiere,
Qui dit : il ne faut plus tortiller du derriere.
Ie ſuis leur ſeruiteur, tout reſpec ie leur doy :
Mais premier ie le ſuis du public & du Roy.
Ie ſouhaite de voir nos Chateaux ſans murailles :
Ou bien, comme diſoit le bon Sieur des Tourailles,
Qu'vn iour on puiſſe voir qu'aux villes les Chateaux,
Ou fuſſent des Etangs ou des Marets plains d'eaux.
Maudit ſoit l'Inuenteur de tant de Citadelles :
Sans elles les Citeʒ en feroient plus fidelles.
Mais ie babille trop : mon babil tout d'vn faut
Sera bien toſt porté, mon Verigny, la haut.
Mais ſi i'ay merité du blâme en autre affaire,
Auoueʒ que i'eſtois en ce fait neceſſaire,
Et qu'on me doit priſer d'auoir ſi dextrement
Retardé le malheur de ce promt remu'ment.
   Tandis libre ie vay Philoſophe me rendre,
Et que c'eſt qu'eſtre libre en ma franchiſe aprendre :
Libre eſt celuy qui vit ſelon ſon bon vouloir,
Et qui ſumet touſiours ce qu'il peut au deuoir.

Les hommes au rebours qui, viuants sous le vice,
Font à leurs passions, miserables, seruice,
Plus esclaues on voit que l'esclaue soumis
A la chiorme attaché par les Turcs ennemis.
　　Doncques la Seruitude estant vne orde vie,
Ou l'ame basse & vile est legere asseruie,
Qui voudroit soustenir ceux-la n'estre seruants,
Qui vengeurs, conuoiteux, rebelles, maluiuants,
Legers à tous propos, inconstants s'effeminent
Apres les voluptez qui tousiours les dominent ?
　　Si ces discours sont vrais, les Seigneurs que tu sçais
Ne sont libres vraiment, ains serfs de mile excez !
Et qui plus est encor ayant dedans la teste
L'ardante ambition qui les brule & tempeste.
Libre ie ne suis pas aussi de mon côté,
Tandis que tant de rets me tiendront enrêté;
Pour qui las ! i'ay quité la douce Poësie,
Que naturellement gaillard i'auoy choisie
Pour mon soulagement ! Car enchêné, cloüé
(Ainsi comme vn image en vn Temple voüé)
Ie suis dans vne chaire ! ô Mantouan Virgile,
Qui suis d'vn libre pas cette fureur gentile,
Ne rend ton bel esprit aux grandeurs asserui,
Mais libre tout à toy, mais libre aux Muses vi !
Sans perdre ainsi que moy, comme en soudaine chance,
En vn coup à trois dez, ta meilleure cheuance !
Ta douce liberté, thresor qui valoit mieux
Que mile diamants qui nous trompent les yeux.
　　Heureux qui tout franc peut suiure d'vne ame pure,
Les sentiers que les Dieux montrent par la Nature.

Quand à moy i'aime mieux fouffrir en poureté,
Qu'efclaue perdre ainfi ma chere liberté.
Mais quand ma liberté ie r'auroy toute entiere,
Pour viure tout à moy, ma Raifon (chamberiere
Du vice maintenant) la Princeffe fera,
Qui dans le cabinet du chef commandera.

 Comme l'homme eft plus aife & plus heureux qui couche
Sain, difpos & ioyeux, dans vne eftroite couche,
Que celuy qui mal fain, gouteux & languiffant,
Dans vn liĉt magnifique, ample & grand eft gifant :
De mefme il eft meilleur en fortune petite
Mener heureufement de fon fait la conduite,
Se retraignant au fien, que viure malheureux
En condition haute en moyens plantureux.

 Pour ce ie veux quiter toute charge publique,
Et deuenir chez moy Philofophe & ruftique.
Le temps eft fi malin que, quand on le voudroit,
En s'opofant au mal bien faire on ne pourroit.
C'eft vertu que malfaire ; auiourdhuy la Iuftice
Eft comme vne franchife à fauuer la malice.
Seulement vn fion de Iuftice eft refté
Au cœur des gents de bien à peine replanté,
Qui reuerdit vn peu : mais l'ombre de l'vfance
Empefche le Soleil de luy donner croiffance.

 D'autrepart tous les ans par mile eftats nouueaux,
Et par l'inuention de maints pretextes beaux,
On tire de nos mains de l'argent dauantage
Que le plus auifé n'en pratique en cet âge.
C'eft pourquoy franchement le profit amaffé,
Ie veux rendre du tout fans en eftre forcé.

Il auint d'auenture vn iour qu'vne Belete,
De fain, de poureté, grelle, maigre & defaite,
Paſſa par vn pertuis dans vn grenier à blé,
Ou fut vn grand Monceau de fourment aſſemblé,
Dont gloute elle mangea par ſi grande abondance,
Que comme vn gros tambour s'enfla ſa groſſe pance.
Mais voulant repaſſer par le pertuis eſtroit,
Trop pleine elle fut priſe en ce petit deſtroit.
Vn compere de Rat lors luy diſt : ô commere,
Si tu veux reſſortir, vn long ieuſne il faut faire :
Que ton ventre appetiſſe, il faut auoir loiſir :
Ou bien en vomiſſant perdre le grand plaiſir
Que tu pris en mangeant, tant que ton ventre auide,
Comme vuyde il entra, qu'il s'en retourne vuyde.
Autrement par le trou tu ne repaſſeras,
Puis au danger des coups tu nous demeureras.

  Concluant ie di donc que ſi, faiſant ſeruice
Au Public, à mon Prince, en maint diuers ofice,
I'ay gaigné quelque peu, par ce moyen qui vient
De cette moiſſon d'or, qui tant d'eſclaues tient,
Qu'il me faut rendre gorge, afin que priſonniere
Ne ſoit à l'auenir ma franchiſe premiere,
Et ſi ie ne veux point reſter ſous le danger
De ne voir ma priſon en liberté changer.

  Ainſi ne voulant plus prendre de malaiſance
De tout cela que Dieu n'a mis en ma puiſſance,
Ni plus me tourmenter pour les opinions
Que prennent ces Monſieurs en leurs ſuſpicions,
Ains rendre à mon pouuoir la lumiere plaiſante
Que Dieu fait luire en moy beaucoup plus eclairante,

                                    Ie

Ie me veux retirer : vendant mes vieux cheuaux
Pour crainte de la pouſſe, apres tant de trauaux.

   Toy qui vis en repos, franc & libre en tes Londes,
Qui d'vn vray iugement touſiours la raiſon ſondes,
Toy, Verigny, qui ſçais, d'vn contrepois egal,
Et balancer le bien, & balancer le mal,
Et duquel ne ſe voit la prudence abuſee
Par le diſcours ruſé d'vne langue ruſee :
Qui meſme aux vains honneurs ton eſprit n'aſſeruis :
Eſcry moy, ie te pri', ſi iamais ton auis
Seroit conforme au mien, afin qu'vn Diomede
Aporte à ſon Vliſſe en ſon mal vn remede.

A M. de Repichon, Threſorier general de France, à Caen.

EPICHON, qui pluſtoſt deſires en ton
            cœur
         Les fruits de l'Oliuier que du Laurier
            vainqueur,
      Fuyant les paſſions, tu montres pacifique
Vn exemple nouueau de la prudence antique :
Croy ſi chacun voyoit des yeux de verité
Comme du monde eſt grande ici la vanité,
Nous n'aurions tant de maux, tant d'ennuis, tant de peines,
Que nous prenons en vain pour les choſes mondaines :

Q

Car nous prendrions en ieu tout ce qui s'offre à nous,
Ni du peu ni du trop nous n'aurions de courrous,
Ains à nous reiouir, d'vne ferme vifee,
Seroit toufiours noftre ame à tirer auifee.
Nous aimerions les champs & la fimplicité,
Qui pleine de vertu n'habite en la Cité.
Bien heureux eft celuy qui, bien loin du vulgaire,
Vit en quelque riuage elongné folitaire,
Hors des grandes citez, fans bruit & fans procez,
Et qui content du fien ne fait aucun excez :
Qui voit de fon chafteau, de fa maifon plaifante,
Vn haut bois, vne pree, vn Parc qui le contente :
Qui ioyeux fuit le chaut aux ombrages diuers,
Qui tempere le froid aux rigoureux hyuers
Par vn feu continu, qui tient bien ordonnee
En viures fa maifon tout du long de l'annee.
Les penfers ennuyeux ne luy rident la peau,
Ne luy changent le poil ni troublent le cerueau,
Et n'efperant plus rien & craignant peu de chofe,
Son feul contentement pour but il fe propofe.
Il rid de la fortune & de l'amas trompeur,
Qu'vn auare en hafart garde toufiours en peur.
Il prend fon paffetemps de voir dedans les villes,
Tant d'hommes conuoiteux, tant de troupes feruilles,
Courre aux biens, aux profits, aux eftats, aux honneurs,
Pour faire par apres des grands & des feigneurs.
Il n'eft point aleché des trompeufes Syrenes,
Dont les cours de nos Rois & des Princes font pleines,
Et d'aucune Harpie il n'eft epouuanté,
Qui de puante odeur ait fon manger gâté.

Il ne voit pres de luy l'horreur des grand's armees,
Il n'oit point la rumeur des troupes affamees,
Qui mengent la fuſtance au poure villageois,
Qui rançonnent la ferme & les biens du bourgeois.
Le iour il ne craint point, & dans ſa maiſon belle
On ne poſe la nuit garde ni ſentinelle.
Il n'eſt point deſireux de hauſſer ſon renom
Plus haut qu'entre les ſiens auoir touſiours bon nom :
Entre ſes bas vallons, ſa baſſe renommee
Sans autre ambition ſe tient cloſe & fermee.
Ni deuant ni derriere il n'a de gents au guet,
Il marche en tous endroits ſans craindre aucun aguet.
Il eſt ſobre & ioyeux ſans prendre nourriture,
Que des biens qu'en ſes champs apporte la Nature.

Il ne craint le venin ni le boucon mechant,
Que decouure ſouuent vn Eſcuyer trenchant
Deuant quelque grand Roy dont la chetiue vie,
Pour auoir le Royaume, à toute heure on epie :
Et l'outrage il ne ſent d'vn Prince depité,
Qui le face eſtre tel qu'vn Bodille irrité.
Ores ſeulet il va de campagne en campagne,
Ores de bois en bois, de vallon en montagne,
Prenant mile plaiſirs iuſqu'à tant que la nuit,
Ou que le temps mauuais luy rompe ſon deduit :
Et mile beaux penſers qui luy font compagnie,
Sont cauſe qu'ainſi ſeul iamais il ne s'ennuye.
Et puis ſe repoſant deſſous l'ombrage epais
D'vn grand hêtre feuillu, pour prendre vn peu le frais,
Il oit dans les foreſts des vents vn dous murmure,
Qui ſemble caqueter aueque la verdure :

Q ij

Il oit le gafouillis de cent mile ruiffeaux,
Dont les Naiades font parler les claires eaux :
Il oit mile oifillons qui fans ceffe iargonnent,
Et les gais Roffignols qui par deffus fredonnent :
Il oit vn efcadron, vn Effein bourdonnant
D'auettes, qui là vont vn grand bruit demenant.
Il oit fourdre à bouillons les fources fontainieres,
Il contemple le cours des bruyantes riuieres,
Ce qui luy fait alors vn tel defir venir
De fommeiller vn peu, qu'il ne s'en peut tenir.
 Vn autre iour apres il fait planter la vigne,
Vn autre, foffoyer les beaux parcs à la ligne,
Et, fuiuant la faifon, comme le temps eft beau,
Il fait planter le frefne, il fait planter l'ormeau,
Les pommiers, les poiriers par belles rengelees,
(Montrant de toutes parts diftances egalees)
Le fapin, la pinace aux vergers ombrageux,
Les faules & l'ofier aux lieux marefcageux.
En Iuin il fait enter & greffer en aproche,
Et fait enchallaffer l'arbre qui deuient croche.
 Puis lors que le Soleil allume les chaleurs,
Il fait cueillir les fruits apres les belles fleurs :
La prune de Damas & noire & violette,
La bonne perdrigon, la cerife rougette,
Le bon mirecoton, l'abricot fauoureux,
Le Pompon, le melon, le fucrin amoureux :
Receuant le loyer de fa peine agreable,
Qui plus qu'vn grand threfor lui femble profitable.
 Apres lors que la Liure a fané la verdeur
Du feuillage & des prez par vne forte ardeur,

Aueque ſes raiſins il fait cueillir ſes pommes,
La poire que Pomone auſſi depart aux hommes.
O qu'il eſt en ſon cœur content & ſatisfait,
Quand il tient vn beau fruit du fruitier qu'il a fait !
Quand il tient vne grape en ſa vigne choiſie,
Dont la couleur combat auec la cramoiſie ! _
Iamais il ne ſe fache, il eſt paiſible & dous,
Si quelque mouton gras ne luy mangent les lous :
En depit il leur fait la chaſſe & la huee,
Vn grand peuple il aſſemble, vne louue eſt tuee,
On en porte la hure apres par les hameaux,
On reçoit des preſents des riches paſtoureaux.

   Pour maintenir l'honneur de ſa Cheualerie,
Aueque ſes courtaux il tient en l'Ecurie
Vn courſier, qui ſçait bien manier & balſer :
Il ſe plaiſt quelquefois à le duire & dreſſer.
D'autrefois il ſe plaiſt apres quelque edifice,
Il change, il ecarrit, d'vn ſoigneux artifice,
Le plan de ſa maiſon, auec tel ornement
Qu'il ſemble à la moderne vn nouueau batîment.

   Il ne craint iamais faire en la mer de naufrage :
Il ſe rid de celuy qui riſque à ſon dommage.
Cette infidelle roüe ou chacun a ſon tour,
Tantoſt haut, tantoſt bas va tournant à l'entour,
Ne le tourmente point : pour n'eſtre point hauſſee
Pourtant on ne voit point ſa fortune abaiſſee.

   Apres quand l'Hyuer vient il aſſaut les oiſeaux
Auec glus, auec rets, auec mile arts nouueaux :
Comme il a pris l'Eſté la caille à la tirace,
Il prend à la paſſee en Hyuer la becace.

Aux ſources, aux etangs de tout ſon enuiron,
Il tire cheualant au canard, au heron,
Au friand butoreau qui, ſurpris par ſa ruſe,
Ne ſe peut garantir de la promte arquebuſe.
Et puis pour la perdris il prendra ſur le poin
Le tiercelet de qui la cuiſine a beſoin,
Menant ſes petits chiens qui vont à la remiſe,
Sans empeſcher l'oiſeau, ſont ſages à la priſe :
Son Iaſon ſuit apres, ſon leurier qui ne faut
De bourraſſer le lieure & l'emporter d'aſſaut :
Si le pelaut ſe trouue alors quittant ſon gîte,
Rien ne ſert de ruſer ni de courre bien vite.

Il a ſes chiens courants, qui bauᶎ ſont blancs & gris,
De qui d'ailleurs le lieure à toute force eſt pris,
Et les cerfs degourdis viandant es gaignages,
Surpris, le plus ſouuent demeurent pour les gages.
Il fait la chaſſe aux dains, il la fait aux ſangliers,
Qu'il enferre aculeᶎ par ſes plus forts leuriers.

Vne autre fois il prend grand plaiſir à la peſche :
Il cherche les refous, toutes gents il empeſche ;
Aueque le tramail, la naſſe, le veruain,
La ligne, l'hameçon & l'eperuier ſoudain
Il prend le grand brochet, la truite Saumonniere,
La carpe, le ſaumon, l'aloſe mariniere.

Au ſoir à ſon retour il conte à la maiſon
Quelle peine il a pris apres ſa venaiſon,
Qu'il met lors ſur la table, & prend vne grand' gloire
De montrer le beau fruit de ſa belle victoire.
Sa femme l'accolant l'admire & le cherit,
Tous les ſiens en ont ioye & le Ciel meſme en rit.

Mais qui pourroit penfer qu'vne infidelle flame
Peuft embrafer le cœur d'vne gentille Dame
En ces champeftres lieux? quand, fans aucun loifir,
Elle prend feulement au menage plaifir?
A nourrir fes enfants, de qui la petiteffe,
Par mile paffetemps la tient en alegreffe?
Et pour auoir le foin de toute fa maifon,
Ou les biens abondants font en toute faifon?
Bien que peinte ne foit fa face naturelle
De vermeillon d'Efpagne, elle eft pourtant trefbelle:
Car le ioyeux trauail, qu'au menage elle prend,
Toufiours belle, vermeille & ioyeufe la rend.

O Dame bienheureufe au menage empefchee,
Qui d'vne amour de Court n'es iamais debauchee!
D'autrepart qui croiroit que, parmi tant d'ebas,
Vn mari fans chagrin loyal ne feroit pas?
Puis la crainte de Dieu qui, par tout l'accompagne,
Le fait eftre fidelle à fa chere compagne:
N'ayant iamais apris que Iupiter es cieux
Se rid des dous plaifirs des amants gracieux:
Ni mile autres propos, dont le ribaut courtife
La Dame de la Court qu'il aime & fauorife.

Cet homme de fa femme eft toufiours bien traité,
Trouuant fort à propos fon menger aprêté
Par vn net cuifinier, qui hors de la cuifine
Auec le iardinier le plus fouuent iardine.
Il boit du meilleur vin, qui par le bon falé
A reboire d'autant eft fouuent rapelé.
On prend en fon paillier les mets dont on le traite,
On prend de fon gibier, fi que rien on n'achete.

Q iiij

Il a bonne garenne & fertile verger,
Il a bon colombier, bon iardin potager.
Hé qui viuroit ainſi voudroit il les viandes,
Des mets delicieux, des tables plus friandes
Pour eſtre fait eſclaue aux ſuperbes Palais
Des Rois, ou les Seigneurs ne ſont que des valets ?
  O qu'il a d'aiſe à voir reuenir peſle-meſle
Les vaches, les toreaux & le troupeau qui beſle,
Les aumailles marcher lentement pas à pas,
Et puis d'autre coſté galloper le haras,
Et voir les bœufs ayant acheué leur iournee,
Ramener la charue à l'enuers retournee,
Et dans ſa baſſe court grand nombre de ſes gents,
Chacun diuerſement s'employer diligents,
D'ailleurs force artiſans, qui rendent teſmoignage,
Qu'vne riche abondance abonde en ce menage.
  Quand vn Seigneur de Cour m'eut ce propos conté,
Ie penſoy que ſon Prince il euſt du tout quité,
(Eſtant hors de faueur) pour viure & pour ſe plaire
En ſes maiſons des champs, champeſtre & ſolitaire :
Car tout ſon train s'eſtoit à ſon vouloir rangé,
Et ſon viure ciuil en ruſtique changé :
Et ne blamoit rien tant que la court & le vice,
Les Impoſts, les Partis, des Contans l'artifice.
Mais ayant regagné de ſon Roy la faueur,
Il eſtima plus grand le gain & le bon heur
De luy faire ſeruice & commander en France
A ceux qui manioient l'argent & la finance,
Et profits à monceaux ſur profits amaſſer,
Que de viure au village & qu'aux foreſts chaſſer.

A Anne Nouince, Threforier general de France, à Caen.

*OVINCE*, *cher coufin, que, des le
petit âge,
J'ay veu fi cherement de fa mere nourrir
Qu'elle euft aimé pluftoft cent mile fois
mourir*
*Que de voir quelque mal à toy, fon bel image :
Du fang de Bourgueuille elle prit origine,
Mefme nom & furnom que ma Nimphe elle auoit :
Sens tu point en ton cœur l'amour, qui l'a mouuoit
D'aimer & d'honorer fur tout cette coufine?
Que fais-tu maintenant en l'ouuerte campagne
De ton plaifant Efquay? peut eftre tu te més
A faire des efcrits, qui ne mourront iamais,
Aueque le plaifir qui toufiours t'accompagne :
Ou bien de bois en bois & d'ombrage en ombrage,
Solitaire tu vas le Sçauoir recherchant,
Qui fait par les forfaits detefter le mechant,
Et fait par les vertus admirer l'homme fage :
Ou bien mignard tu prens de ta Catherinete
Cent mile paffetemps pleins d'amour & de ris,
Comme aux bocages d'Ide on vit iadis Paris
Prendre mile plaifirs auec fon OEnonete.*

Ie te connois en tout plein de magnificence :
Et Dieu t'ayant doué d'vne exquife beauté,
Il t'a donné les biens & l'heur & la fanté,
Et pour en bien vfer l'efprit & la prudence.

Qu'euft peu mieux fouhaiter ta mere tant aimable,
Quand elle te voyoit tendrelet enfançon
Affis en fon giron, que te voir beau garçon,
Que te voir bien difpos, que te voir agreable?

Que te voir bien difant, que te voir fage & riche,
Que te voir aux honneurs auec l'honneur monter,
Et toufiours tant d'argent que tu peux fupporter
Vne belle depence & rien ne voir en friche?

Mais auffi ie voudrois que parmi l'efperance,
Que parmi le chagrin, la crainte & le courrous,
Qui dans ce monde ici bataillent entre nous,
Que tu fuffes vn roc ferme en toute affeurance.

Ie voudroy que ton ame, heureufement bien nee,
Toufiours belle fe vift en ton beau corps humain,
Et, fans aprehender vn facheux lendemain,
Paffaft ainfi qu'il vient le temps & la iournee.

Penfe que chaque iour qu'ici tu fais demeure,
Que c'eft le dernier iour qu'au monde tu feras,
Et prudent & content, peut eftre, tu diras,
Que quand point on y penfe il vient vne bonne heure.

Craignant Dieu vi ioyeux : & croy que ie defire
De faire comme toy, retiré maintenant
En noftre beau Bocage, ou, gay me pourmenant,
Ie ne fay que goffer, que gambader & rire.

A R. Garnier, Lieutenant general Criminel en la Senechauffee du Maine.

ARNIER, dont le grenier eſt garni
de femance,
Qui fera regermer le vers Tragic en
France,
Et dont le bon terroir eſt tellement fecond,
Qu'en mile fruits diuers il n'a point de fecond :
Car ton bon iugement ſçait marier enſemble
La choſe qui le moins à la Muſe reſſemble :
Combien que le ſuiet des crimes outrageux
Se rapporte contraire à tes Tragiques ieux,
Que rien n'ait de commun noſtre chiquanerie,
Auec les dous apas de la Muſe cherie,
Toutefois par tes vers, toy, iuge Criminel,
En depit du proceẓ tu te fais eternel,
Et penſes que ie puis en faire tout de même
Par le vers Satyric ou quelqu'autre Poëme.
    Tu te trompes, Garnier, mes vers ne ſont plus tels
Qu'vn iour ils puiſſent eſtre en la France immortels,
Ils ſentent la chiquane, ils ſentent le menage :
On ne compoſe ainſi maintenant en cet âge,
En quelque Art que ce ſoit il faut vn homme entier :
Qui deux en entreprend ne fait bien vn metier.

Et quand, selon leur temps, mes vers ie considere,
A peine ie connoy qu'on souloit ainsi faire :
Car depuis quarante ans desia quatre ou cinq fois
La façon a changé de parler en François.
Ie suis plus vieil que toy de quelque dix annees,
Aussi tes phrases sont beaucoup mieux ordonnees
Que celles dont i'escri : la Langue se pollit
Entre les bien disants ainsi qu'elle vieillit :
Et si ie mets au iour, comme tu me conseilles,
Mes vers pleins de paresse & non de doctes veilles,
(Mes vers qui ne sont point de ces pointes remplis,
Qui rendent auiourdhuy tant de vers accomplis)
Ie me feray moquer comme vn fils de Climene,
Qui pensa de Phœbus auoir la forte alene
Pour conduire son Char : mais il trebuchera,
Quand des cheuaux fumeux seul il aprochera.
　　Toutefois l'Italie, en sa langue sçauante
Se moquant, fait parler en pointes vn Pedante.
Aux espines du vice il opose les fleurs,
Qu'il cueille en des iardins aux beaus arbres des mœurs
Lors qu'à ses apprentifs il etale en boutique
Les fruits de son metier dont marchant il trafique :
Mes vers donc ne plairont en cet âge pointu,
Ou tant de pointes ont de force & de vertu.
　　Puis, Garnier, croirois tu que la France feconde,
Ayant tant de beaus vers fait bruire en tout le monde,
Face estime des miens, qui n'airont le pouuoir
Tenir place entre ceux que cet âge a fait voir ?
Penses-tu qu'en cet ombre ils se puissent conduire
Entre ceux que l'on voit comme vn Soleil reluire ?

Tu me reſpons, ie croy, que tes Vers planteront
La Vertu dans le cœur de ceux qui les liront :
Qu'ils feront le raſoir, cruel & pitoyable,
De qui le medecin, expert & ſecourable,
Fera couper le membre au malade gâté,
Afin que l'outreplus redeuienne en ſanté :
Que la Poſterité, des Muſes iuſte iugc,
A chacun du Laurier comme il merite adiuge,
Et ſi digne ie ſuis d'en donner iugement,
Tu auras bonne part en ce bel ornement.

   Mon Garnier, ie te di, parlant en conſcience,
Comme ie fais à moy, que, par experience,
Ie connoy que contraire à ma Muſe ſera
L'Impreſſion, qui trop mes Vers communs fera.

   C'eſt le propre, croy moy, de ma façon d'eſcrire,
Que mes vers ſoient cachez comme au bois le Satyre :
Ou comme la Nonnain recluſe en ſon couuent,
Qui ne ſe laiſſe voir aux perſonnes ſouuent :
Ou bien comme la Dame honneſte, belle & ſage,
Qui ne demaſque point qu'à propos ſon viſage.

   Certes l'Impreſſion d'vn beau liure imprimé,
Eſt ainſi qu'vn rayon du Soleil enflammé,
Pres duquel on ne voit, d'vne foible chandelle
La lumiere eclairer, par ſa clarté ſi belle :
Toutefois auſſi-toſt qu'on l'allume de nuit,
Comme vne belle eſtoile eclairante elle luit :
Mes vers ainſi montrez feront luire vne flame
Agreable, peut eſtre, au fond d'vne belle ame :
Pour ce au iour ie ne veux ma chandelle allumer,
Depeur qu'on ne la voye en vain ſe conſumer.

Mais feroit-ce prudence à la pudique vierge
D'alumer à midy fans raifon vn beau cierge?
Si n'eftoit que, par vœux ou pour l'amour de Dieu,
Elle voufift le mettre en vn bon & faint lieu :
Enquoy des pelerins la deuote maniere
Se confidere plus, que non pas leur lumiere?
Pourtant i'aimeroy mieux qu'on fceuft que, pour aimer
Mes amis, ie voudroy mes Vers faire imprimer,
Et pour feruir aux miens d'vn peu de fouuenance
De moy, qui dans mes vers laifferay ma femblance.
Car en depit de moy voyant le iour brûler,
Ie verrois à regret mes Satyres aller
Dans vne obfcure nuiçt couuerte de tenebres,
Entre les grands flambeaux des Poëtes celebres,
Pour vfer ma bougie, helas! qui bruleroit,
Et ne verroit on point comme elle flamberoit.

Ie m'affeure, dis-tu, Que ta lampe endurcie,
Aux beaus rais de Phœbus tant de fois eclaircie,
Souffrira toute ardeur fans fondre peu à peu,
Comme neige au Soleil ou comme cire au feu :
Et qu'entre quelques vns de ton âge, ta rime,
En fon genre pourra remporter de l'eftime.

Garnier, noftre amitié ton iugement deçoit,
Et ton œil eblouy mes defauts n'aperçoit.
Les beaus vers, d'vn efprit libre & ferein prouienent,
Et nos Troubles le mien captiuent & detienent :
La Mufe vn dous repos cherche en lieux ecartez,
Et ie fuis agité, Garnier, de tous côtez.
Plufieurs craignent de moy receuoir de l'outrage,
En penfant que ie fois vn rimeur de village,

Vn rymeur de Palais, qui par nom & furnom
Difame en vers menteurs les hommes de renom,
Et les Dames d'honneur que medifant il pique
D'eguillon aparent, voifin ou domeftique.
  Les vices en commun la Satyre reprend,
Et iamais difamez les vertueux ne rend :
Bref ce genre d'efcrire eftant fort dificile,
Il rend aux ignorants fufpeƈt le plus habile :
Las ! ie n'y puis efcrire ainfi que ie voudroy,
Comme ie voudroy bien auffi ie ne pourroy.
  Arifton difoit bien, que ceux qui mettoient peine
D'apprendre les fept Arts de la fcience humaine,
Et l'amour des vertus en arriere mettoient,
Que pareils aux riuaux de Penelope eftoient,
Qui, ne pouuants iouir de la belle maiftreffe,
Aux feruantes alloient amufer leur ieuneffe :
Ainfi tant de beaus fils les beaus vers mefprifants,
Aux Coqs à l'Afne vont leurs efprits amufants.
C'eft pourquoy, mon Garnier, ie ne veux plus efcrire,
Ni montrer en plein iour ma depite Satyre :
Puis le papier feroit beaucoup de plus grand pris,
Que non le bas fuiet de mes fimples efcris.

SATYRES

FRANÇOISES,

LIVRE III.

Par le Sievr De la Fresnaie Vavqvelin.

A M. le Conte de Tillieres, Cheualier
des deux Ordres du Roy & l'vn de
ſes Lieutenants en Normandie.

CONTE heureux, qui né de grand
maiſon,
Qui grand en tout, embraſſes la raiſon,
Suis la vertu, recherches la ſcience,
Qui ia te rend vieux en experience :
Heureux tu es de viure loin du bruit
Et du malheur, qui les grandes Cours ſuit :
Malheur qui toſt conuertit en fumee
Vne faueur trop ſoudain alumee.

Car

Car plein d'honneur & de biens plantureux,
Content du tien, prudent & genereux,
Tu vois tomber ceux que Fortune iuche,
Aux plus hauts lieux toufiours en quelqu'embuche;
Tu vois fans crainte & fans aucune peur
Le brifement d'vne telle grandeur,
Qui, giroüete, en vn haut toit affife,
Tourne en mechef au premier vent de bife.

Ce n'eft pas tout, ainfi que de nuaux,
Là font couuerts & les biens & les maux :
Si qu'en croyant du bien faire pourfuite,
Souuent au mal chacun fe precipite :
Car l'vn, trompé par fon affection,
Se chatouillant en fon ambition,
Souuentefois fon propre fang epie,
Pour en remplir fon ventre de Harpie :
Et ceftui-ci l'Exaction fuiuant,
Qu'vn grand parti voudra mettre en auant,
Du bien public, auecques fa ruine,
Le plus fouuent la grand' perte il machine.

Ces autres vont droit fe precipiter,
Penfant coucher au lit de Iupiter :
Mais à la fin trouuant que, d'vn nuage
Eft feulement contrefaite l'image
De la Iunon, qu'ils fuiuent ardemment,
Trompez, moquez, ils font honteufement
Ambitieux, & de prudence aucune,
Ne peuuent pas garder cette fortune.

Mais voit on pas ces beaux mignons tâcher,
Sans iugement du beau lict aprocher

R

De Iupiter, lequel d'air & de nues,
Leur contrefait mile Images cornues?
  Or si luy plaist sa face serener,
Verra t'on pas ces nuages tourner
En vent & pluye? alors sera connue
L'Ambition de ces gents aime-nue.
Fouls Ixions, enchainez Promethez,
Dessus Caucasse aux poumons bequetez :
Et neanmoins, cachez sous ces nuages,
Ils cuidoient là trouuer leurs auantages.
Ils ne voyent pas qu'ils font comme iettons,
Quand haut ou bas au iet nous les mettons.
  Si ie sçauoy pour l'Asne au Coq respondre,
Ie respondroy sans qu'on me vint semondre :
Montrant au doy comme vn grand Prince peut
En vn moment faire d'eux ce qu'il veut :
Et si i'auois assez haut le courage
Pour leur oster le masque du visage,
Ie le feroy sans qu'vn presomptueux
Eust desormais le nom de vertueux :
Mais qu'ay-ie dit? maints souuent à leur perte,
La verité, mon Conte, ont decouuerte.
  Si medisant vn Aretin i'estoy,
Vn Charlatan discourant auec toy,
Ou bien le Berne & les autres encore,
Qui vont ornant & Pasquil & Marphore
De libres vers qui, sans obscurité,
N'epargnent pas mesme sa Sainĉteté :
Ni de ces Dieux la grand' vermeille bande ,
Qui dans le Ciel de la terre commande,

En confcience & fain&e liberté
De nos Pafteurs ie diroy verité :
Sans toutefois pour les abus, peu fage,
De noftre Eglife en rien toucher l'vfage :
Ou fi i'auoy le dous-libre pinceau,
Dont Rabelais a peint, comme en tableau,
De tous eftats la debauche fuiuie,
Ie depeindroy des Gripp' minaux la vie,
Sans m'epargner : ni ces hommes derniers,
Qui de marchants fe font faits officiers.
    Si ie n'eftoy prifonnier en la cage,
Oifeau contraire à ceux qu'on enlangage,
Qui ne dit rien, le Merle beau chanteur,
Le Perroquet & le Gay caqueteur,
Pour autre fin cherement ne s'achetent,
Sinon qu'en cage aprenants ils caquetent :
Le Perroquet qui mieux caquetera
Sera celuy que plus on prifera :
Et s'il ne fçait en fa cage rien dire,
Bien toft de luy fe defaire on defire.
Mais en caufant s'il medit de chacun,
Et fi plaifant il deplaift à quelcun :
Si plein d'iniure à fon Maiftre il s'adreffe,
Cocu l'apelle, & putain fa Maiftreffe,
Pour ce qu'il dit, peut eftre, verité,
Il en fera d'eux mefme mieux traité.
Moi qui ferois, en difant vray, bien aife
De caqueter, il faut que ie me taife.
    Ie me tais donc d'vn taire fi prudent,
Qu'à tous ie rends mon penfer euident :

A toy fur tous, mon Conte de Tillieres,
Qui vois bien clair en toutes ces matieres.

A Iean de Morel, Cheualier, &c., Viconte de Falaife.

 *E Mois qui porte encor iufqu'à cet*
  âge,
  Du nom d'Augufte augufte tefmoi-
  gnage,
  Eft le feptiéme à cet' heure depuis
Que ie partis tout morne & plein d'ennuis,
D'aueque vous quitant de ma naiffance
Les lieux fi dous quant & la connoiffance
Des vieux amis, pour viure en cete part
Ou le grand Duc Guillaume le batart,
Qui iadis eut naiffance & nourriture
Entre nos rocs, eleut fa fepulture;
Pour y tenir, puifqu'il plaift à mon Roy,
Le poix egal des vs & de la loy.

 Mefme voici, depuis tant de detreffes,
Les premiers vers que ie donne aux Maiftreffes
De ce beau Mont, ou chacun veut monter,
Et qu'il me faut à cet' heure quiter.
Ce peuple au noftre eftant fi peu conforme,
Il m'a falu du tout changer de forme :

Et demeurer long temps comme vn oifeau
Que l'on a mis en prifon de nouueau,
Qui fans repos fautelle, & tout fauuage
Eft quelques iours fans chanter en la cage.
　　Ne t'emerueille, ô cher Morel, pourquoy
Ie me fuis teu : mais emerueille toy
Que bien pluftoft, d'vne ame depitce,
Ie n'ay l'Ofice & la Ville quitee,
Ayant fi toft perdu ma liberté,
Comme vn Autour à la perche arrêté :
Et me voyant loin des Mufes fachees
De ne fe voir de moy plus recherchees,
Hors de l'humeur & du premier loifir
De me donner apres elles plaifir :
Ne pouuant plus, fuiuant vn libre eftude,
Voir mes amis en douce folitude,
Ni quelquefois en garçon deuifer
Du feu, qu'on voit la ieuneffe abufer.
　　Ne t'en ri point : car de raifons plus hautes,
A d'autres gents i'excuferoy mes fautes :
Mais auec toy, cher Coufin, librement
I'acufe ici mon peché franchement.
Si ie difois à quelqu'autre ce vice,
Incontinent d'vne fourde malice,
Hochant la tefte, à part foy diroit-il :
Voici vrayment vn iuge bien gentil,
Digne d'auoir dedans telle Prouince,
Entre les mains la Iuftice du Prince,
Qui s'afferuit, plein d'affaires & d'ans,
A des plaifirs qui luy font mal-feans.

R　iij

Il diroit vray, moymefme ie me blame,
Et mon erreur ie confeffe en mon ame :
Et peu me fert encores de la voir
Sans me ranger aux lois de mon deuoir :
Toy plus difcret qui conduis & qui meines
Plus fagement les affections vaines;
Affections qu'auec fi fermes clous,
Des le berceau, Nature attache en nous,
Corrige moy : docile ie fçay prendre
De bonne part ce qu'on me fait entendre.
Mais ie ne puis le prendre doucement
D'vn qui fe deuft changer premierement
Que fon voifin. Car il fait en la forte
Qu'vn que ie fçay qui longues cornes porte,
Et toutefois ne voyant ce mechef
Haut ombrager le fommet de fon chef,
A tous propos à chacun fait iniure :
Dit, que cet homme à fa femme eft pariure,
Et que cet autre eft couppant deuenu,
Bien que de tous pour autre foit tenu.
Ie ne bas point, perfonne ie ne tue,
De faire bien à tous ie m'euertue :
Qui me fait mal eft bien fouuent tefmoin
Que patient ie m'en retire au loin.
Et toutefois ie ne veux entreprendre
A vouloir dire ou bien vouloir defendre
Que mon erreur ne foit erreur pourtant :
Mais ie diray que ie n'en ay pas tant
Qu'à plus grand mal le peuple ne pardonne,
Quand de vertu le nom au vice il donne.

Tu es venu de mon fang mon germain,
De la mere eft le cofté plus certain :
A m'excufer ta belle ame eft encline,
Eftant forti de race Vauqueline.

Le fieur d'Ambrun, plein d'vn cœur deuorant
D'aller des biens en tous lieux acquerant,
N'aime fon fils, fon frere, ni foymefme,
Si fort il brufle en ce defir extrefme.
Et neantmoins homme bien renommé,
Homme d'efprit de tous il eft nommé,
Homme d'honneur, de valeur, de fcience,
Et qui plus eft de bonne confcience.

Le fieur d'Auly, qui fut fait Cheualier
Auant que d'eftre à grand'peine Efcuyer,
S'enfle, fe braue & fes parents dedaigne,
Et des Seigneurs feulement s'accompaigne :
Le fouuenir de fon nom luy deplaift :
Car fon orgueil luy fait croire qu'il eft
Ce qu'il n'eft pas : & la marque auancee
Qu'il n'euft iamais en quatre fauts paffee,
A mife au loin : il veut voluptueux
Paffer les grands en habits fomptueux.
Il ne dit rien qu'en mots de Seigneurie,
Et fon eftable il appelle Efcurie :
Il veut auoir vn friand cuifinier,
Maiftre d'hoftel, depenfier, aumonier,
Et quand on veut luy faire vn grand feruice,
Il faut nommer fa depance l'Ofice.
Quelquefois mefme il parle Gafconnas,
Et fes laquais il appelle Ragas :

R iiij

Veut de bouffons quelque dance nouuelle,
Vn foul plaifant ioueur de bagatelle.
Il veut auoir des chiens & des oifeaux,
Et veut baftir fur des deffeins nouueaux.
Tous fes cheuaux ne font que de manege :
Et tous les iours fes rentes il abrege :
Car fur le dos il porte fon moulin
Teint d'ecarlate aux eaux de Gobelin.
Tantoft il vent la grande metairie,
Et puis demain l'herbage ou la prairie,
Comme vn limas en la belle faifon
Portant fur luy fon fardeau, fa maifon.
De mifes plus il a que de recettes,
Et fes habits lardez de vieilles dettes.
Ce qu'en long temps fon pere & fes ayeux
Auoient acquis d'vn labeur foucieux,
A pleines mains à l'abandon il iette,
Non peu à peu : la vie eftant fuiette
A tant de maux, trop ieune il n'aperçoit
Qu'on vit fouuent bien plus qu'on ne penfoit.
* Darfin d'ailleurs tant de charges a prifes,*
Et tous les iours mene tant d'entreprifes,
Qu'vn grand mulet, qu'vn fommier le plus fort,
Suiuant la Cour en feroit defia mort :
Or' tu le vois à la Chancelerie,
Or' pres d'vn grand en quelque galerie,
Aux Intendants des Finances aller,
En vn clin d'œil dela les Ponts voller,
Et puis au Louure ou toufiours il trafique :
Et nuit & iour le cerueau s'alambique

Comme il pourra rechercher les moyens,
En furpaffant tous les Italiens,
Ou d'augmenter le parti des Gabelles,
Ou de trouuer d'autres modes nouuelles
Pour refraichir de gains nouueaux & frais
Ceux-là qui font du foleil le plus pres.
Il s'eiouit de conter, de fe plaindre
De ceux qu'on voit en ces chofes fe feindre :
Et dit à tous que la neceffité
Force les Loix de noftre honnefteté.
Au cabinet d'vn Prince il en deuife,
Et des moyens d'autruy fait marchandife :
N'auifant pas que pour peu d'argent, promt
L'ordre ancien de la France il corromt.
Il eft häy du peuple à bonne caufe,
Puis qu'vn tel mal en ce Royaume il caufe :
Et Magnifique on le tient toutefois,
Eftant cheri des Princes & des Rois.
Le gentilhomme & le poure en leur perte,
Ne vont à luy qu'à tefte decouuerte.

   Le fieur d'Armont au bon heur arriué,
Du bien public a fait fon bien priué :
Regnard fon fait pres des grands il commance,
Et puis Lion à force ouuerte auance
Ses beaus deffeins, toufiours montant plus haut
Ne trouue rien ne trop froid ne trop chaut.
Il s'eft acquis le nom de caut & fage
Pour auoir fait aux gents de bien outrage :
Et pour auoir les mechants eleuez,
En la boiffon des vices abreuez.

Clos & couuert, il a ſes creatures
Qui d'Anges ont par dehors les figures :
Mais faux demons ils cachent dans le cœur,
Contre les bons l'enuie & la rancœur :
Et par larcins, ſous la faueur du maiſtre,
Aux grands eſtats ſçauent leurs biens accroiſtre.
Du peuple bas l'aueugle iugement
Ne pourroit pas bien auiſer comment
Ce Seigneur faut : car pour ſa trouble veüe
Du peuple n'eſt cette faute aperceüe.
Pour ce vn Corbeau Cygne il apellera,
Et le blanc Cygne vn Corbeau nommera,
Et s'il ſçauoit que les vers tant i'aimaſſe,
Il en feroit vne heure la grimaſſe.

Or que chacun iuge comme il entend,
Et die encor l'intereſt qu'il pretend,
O cher Couſin, en ſomme ie confeſſe,
Qu'ici ie pers le chant & la lieſſe,
Et que voici le premier vers chanté
Depuis que i'ay perdu la liberté.

Ie pourroy bien alleguer dauantage
D'autres raiſons qui m'oſtent le courage,
De ſuiure plus du Chœur Aônien
La belle troupe au mont Parnaſſien :
Car de Creſſy la douce onde bruyante,
Qui par canaux d'artifice coulante,
Paſſe en tes prez : & puis les monts rocheux,
Qui cachent Ante en ſes vallons facheux :
Et d'autrepart la haute Roche aux Fees,
Que chaque iour viſitent les Orphees,

Auec leur chant tirant de bas en haut
Le bon Bougren de fon pré Brifegaut :
Et la fontaine ou fe rendit Arlete
Suiet le Duc dont elle eftoit fuiete,
M'inuitoient bien, par mile autres façons,
A m'eiouir aueque les garçons :
Puis ma Frefnaie & mon connu Bocage,
Qu'en plus d'vn ftile & qu'en plus d'vn langage,
I'ay celebré, tant qu'il fera conté
Par nos neueux, en depit de Lethé.
I'eftois alors en ma fleur Aurilliere,
Au May plaifant de ma faifon premiere,
Et ie paffe.or' non feulement mon Iuin,
Ains i'entre au mois ou l'on cueille le vin.

Mais ni les eaux, ni la terre facree
Ou de Libetre, ou Permeffe, ou d'Afcree,
Ne peuuent pas me faire efcrire mieux
Que ie n'efcri, fans vn cœur plus ioyeux.
Ie fuis contraint comme en prifon obfcure,
Portant vn faix d'vne pefanteur dure,
Et n'ofe plus m'apuyer fermement,
Ne trouuant point de ferme fondement.

Ce m'eft honneur, en la balance egalle
Faire honorer la Maiefté Royalle,
De fon effort le puiffant reprenant,
Et le plus foible en fon repos tenant :
Mais bien qu'il femble en aparence vaine,
Que cet honneur face belle ma peine,
On ne voit pas mile foucis mordans,
Qui nuit & iour me rongent au dedans.

Au Meneſtrier ie ſuis preſque ſemblable,
Lequel on trouue aux feſtins agreable,
Et qu'on eſtime autant ſe reiouïr
A bien ſonner, comme on fait à l'ouïr :
L'vn veut vn branſle & l'autre vne gaillarde,
Le Violon de tous coſtez regarde
Aux plus preſſez, autant ſe marriſſant
Que le danſeur ſe plaiſt en bondiſſant.

    Si ie prens l'air aux champs ou en la rue,
Ie ſuis ſuiui d'vne epaiſſe cohue
De gents grondants : ſi ie veux repoſer,
Soudain il faut procez-verbaliſer
Soit d'vne veüe ou ſoit ſus vne enqueſte,
Ou ſoit pour rendre vne depeſche preſte,
Importuné d'eſcrire au Parlement,
De confronter, faire vn recolement,
Puis auſſi toſt entendre à la police :
Penſerois tu, faiſant cet exercice,
Que Delphe errante Apollon elongnaſt,
Et les beaux lieux de Cynthe abandonnaſt,
Pour venir voir des procez les tempeſtes,
Les procureurs, les ſergents trouble-feſtes,
Qui de tabuts rempliſſent nos Palais?
Luy qui ſans plus ne cherche que la paix?

    Tu pourras donc, Couſin Morel, me dire
Pourquoy ce fut que ie voulois elire
Cette grand'charge, & les Muſes laiſſer
Pour librement m'aller embarraſſer
Au labyrint des affaires publiques,
Les preferant aux verues Poëtiques?

Tu dois fçauoir que i'ay toufiours taché
A ne me voir d'auarice entaché,
Qu'à l'impourueu ie pris ainfi l'ofice
Comme Germot a pris fon benefice,
Qu'il trouue vn fais maintenant trop pefant :
L'eftat eft beau, cet eftat m'eft duifant,
S'il eftoit plus à mon efprit conforme :
A chaque pied n'eft propre toute forme.
Mais à ce bruit chacun afpire encor :
Once d'eftat vaut vne liure d'or.
Pair au baron l'oficier on dit eftre :
Pour ce chacun y veut le fien accroiftre,
Et detailler ce qu'il achete en gros,
Penfant ainfi poffeder en repos
Ce qu'il aquiert. Puis apres, à fa honte,
Aux fucceffeurs fon ignorance on conte.
Comme l'on fait d'vn iuge Alençonnois,
Qui ne iugeoit les hommes qu'au minois :
Et qui, n'ayant aucune experience,
Et moins encor de loix & de fcience,
Aupres de luy faifoit vn Ami feoir,
Praticien & homme de fçauoir,
Qui prononçeoit la fentence du Iuge,
Difant ainfi : Monfieur depens aiuge
Au demandeur : alors fans long fermon,
Il repondoit en trois mots, Ce fais mon.
Autant de fois qu'à l'heure en fa prefence,
Ce fien Ami prononçoit la fentence,
Difant, Monfieur vous ordonne cela,
Il repondoit, Ce fais mon, & paix-là.

Beaucoup ainſi, moy le premier peut eſtre,
Pour n'auoir ſceu ſoymeſme bien connoiſtre,
Iuges ſe font : puis faut qu'auec ennuy,
Ils iugent tout par la bouche d'autruy :
N'auiſant pas que d'argent la grand' ſomme
Fait l'oficier & non pas l'habile homme :
Et toutefois ſouuent, ſans nul egard,
Les moins prudens ſe mettent au haſard.

   De moy ie ſuis à ce Coq tout ſemblable,
Qui rencontra la perle ſous la table
Et n'en tint conte : ou mauuais eſcuyer
Ie m'accompare à ce bon Cheualier
Venitien, auquel en Alemagne
Fut fait preſent d'vn beau Genet d'Eſpagne
Par Charles quint : &, pour montrer l'honneur
Qu'il receuoit d'vn ſi braue donneur,
Monta bien toſt ce cheual d'excellence
(Ne iugeant pas qu'il y a diference
A ſe ſeruir de bride & d'eſperon
Comme à s'ayder de rame & d'auiron)
Qui le ſentant lors à balſer commance :
Luy de ſa part ſerre contre la pance
Les eſperons, diſant : ie ne veux pas
Que d'ici haut tu me iettes en bas.

   Le gay Genet ſentant la main farouche
Du bon Nocher qui luy preſſe la bouche,
Les eſperons qui luy ſerrent le flanc,
Tant que par tout en decoule le ſang,
Ne ſçait comment obeir ni que faire,
Eſtant pouſſé d'vne force contraire :

Du frein lequel le tire par deuant,
De l'esperon qui le chasse en auant,
Quand par hasard le cheual se debride :
En peu de sauts la selle reste vuide,
Iettant par terre estendu rudement
Le Cheualier sans poux ni mouuement,
Qui fut long temps sans r'auoir sa parole.
Il estimoit, comme on fait la gondole,
Qu'il maniroit l'audacieux Genet.
Enfin rompu, tout poudreux & mal net,
Il se releue estant plein de furie
D'auoir receu si grande moquerie :
Et se tenoit, quand il y eut pensé,
De l'Empereur fort mal recompensé :
Long temps apres il s'en plaignoit encore :
Depuis prudent dauantage il honore
Les belles naus qu'vn cheual furieus.
Il eust mieus fait : & moy i'eusse fait mieus :
Luy du Genet, & moy, de la Prouince
Le tresgrand bien au seruice du Prince,
Si sagement i'eusse lors repondu :
O mon grand Roy, ce don ne m'est point du :
Vn autre aura cet Office agreable,
Qui plus que moy s'en connoistra capable :
Ne vendant point, comme on vend au marché,
L'Estat, qui rend l'ignorant empesché.

SONNET.

Sur son trespas auenu long temps apres.

Les Muses, mon Morel, de toy furent aimees,
Et de l'eau d'Hipocrene, encore enfantelet,
Elles te firent boire, au lieu du premier lait,
Pour rendre de ton cœur les forces animees.
    Les trois Graces rendoient tes graces estimees :
Apollon bien disant te fist diseur parfait :
Mars belliqueux encor belliqueux t'auoit fait,
Et les Vertus auoient tes vertus renommees.
    Mais les Muses, helas ! ni les trois Graces or',
Apollon biendisant, ni Mars Guerrier encor,
Ni les Vertus n'ont pas la Parque surmontee :
    La Mort surmonte tout. Tout domte le Destin :
Toutefois il n'a pas nostre amitié domtee,
Par qui, mon cher Morel, ton nom viura sans fin.

A Ph. de Nolent, Cheualier, s^r de Bombanuille,
Capitaine de cinquante hommes d'armes
sous la charge de monsieur de Matignon.

*ON de Nolent qui, vaillant comme*
    vn Mars,
Aimez Phœbus, les Muses & les Ars,
Tant qu'en vos mœurs on voit luire
    l'image
D'vne Palas docte, guerriere & sage :
                 Vous

Vous me priez qu'allions au Renouueau
Pour voir la Cour iufqu'à Fontaine-bleau
Ou le Roy vient : & que ie laiffe arriere
Pour quelque temps ma façon caȝaniere :
Que nous verrons des grands Princes l'honneur ,
Que nous fçaurons ceux qui font en faueur ,
Et pourrions bien auoir telle auenture,
Que de trouuer quelque bonne ouuerture
D'entrer en grace & d'auoir le credit
De quelque Grand fi Fortune le dit :
Et qu'en faifant quelque peu de depence,
Nous en aurons peut eftre recompence :
Car on n'epargne vn petit hameçon
Pour attraper fouuent vn gros poiffon.

   Vous dites vray : Mais vous vous penfez rire,
En m'efcriuant ce que ie ne defire :
Car ne croyez que ie fois fans raifon
D'aimer ainfi le feu de ma maifon :
Ne que ie fois fi fort opiniâtre
Que de vouloir toufiours croupir à l'âtre.
Mais vous fçaurez, fi vous voulez l'ouir,
Pourquoy du mien i'aime tant à iouir
En dous repos : & pourquoy le riuage
De Caen Normand, fertile en labourage ,
M'eft plus plaifant, plus cher & plus aimé
Que de la Cour le feiour eftimé :
Pourquoy pluftoft i'aime cette Prouince
Que de chercher la grace d'vn grand Prince.

   Cela ne vient pour vouloir mefprifer
Ceux que Dieu veut fur nous autorifer

S

Seigneurs & Grands : Non pourtant qu'à la guise
Du peuple bas ie les adore & prise,
Ni comme ceux qui ne vont regardans
Qu'à l'aparence & non pas au dedans :
Et ne di pas que bien ie ne voulusse
Deuenir grand si par honneur ie pusse :
Non comme ceux qui, blamants le renom,
Cherchent ainsi d'eternifer leur nom.
Ie ne sçay point comme ie pourroy suiure
Ceux que le Monde heureux estime viure :
Ni de quel doy ie pourrois accrocher
Les echelons, pour des Grands aprocher.
Ie ne sçauroy d'vne cautelle exquise,
Laisser le vray pour cherir la feintise,
Ni loüer ceux qui, la Vertu laissants,
A nos depens se vont agrandissants.

   Ie ne sçauroy reuerer la grand' bande
De ceux à qui le bon Bacchus commande,
Et qui, suiuants les attraits de Cypris,
Sont, comme Mars, en adultere pris.
Ie ne sçauroy corrompu taire encore
Ceux-là qu'à tort le soul vulgaire honore.
Ie ne sçauroy, comme à Dieux immortels,
Aux plus mechants dresser vœux & autels.
Ie ne sçauroy d'vne parole fine.
De feintes fleurs embellir vne epine,
Ni l'œuure ayant du sucre à la tâter
Puis à la fin de l'absinte au goûter.

   Ie ne sçauroy, quand ie sçay le contraire,
Suiure le mal & laisser à bien faire,

A l'honneur vray l'vtile preferant :
Ni ne fçauroy trouuer au demeurant
Fauffes raifons pour rabatre à toute heure
Des gents d'honneur la fortune meilleure,
En eleuant le ieune ambitieux ,
L'auare ingrat & le traitre enuieux. /

Ie ne fçauroy iamais eftre fauffaire,
Ni le grand fceau de France contrefaire :
Ni pratiquer, par vn fouftrait patent,
A rendre vn grand contre vn petit content.
Ie ne fçauroy fouffrir que ma penfee
D'ambition foit fi fort elancee
Qu'vn vent foudain, l'eleuant par trop haut,
Honteufement luy fift faire le faut.

Ie ne fçaurois auoir la confcience
D'offencer Dieu de certaine fcience ,
Nuifant à tel, qu'en mon cœur ie fçay bien
Eftre tenu pour vn homme de bien.
Ie ne fçauroy blamer du premier Brute
Contre Tarquin la vengeance tres-iufte :
Ie ne fçauroy loüer Cefar fi fort
Que d'auoüer que l'autre Brute eut tort.
Ie ne fçauroy fuiure la torte fente
De la malice, alors que fe prefente
Le fentier droit, qui nous donne la pais
Et aus defunts vn repos à iamais.

Ie ne fçauroy deguifer tant mon ftile
Que de nommer vn Therfite vn Achile,
Ni pour le fang antique & genereux ,
Comme vn Roland eftimer vn poureux :

S ij

Ni faire encor, d'vne ame abandonnee,
D'vn cruel Prince vn debonnaire AEnee :
Ni moins donner le prix de chafleté,
Comme à Lucrece, à l'amour ehonté.

　Ie ne fçauroy, d'vne bouche effrontee,
D'vn fot Marmot la Mufe auoir vantee,
En affeurant que le Grec, le Romain,
Ni le François n'ont eu tel efcriuain.
Ie ne fçauroy, de façon couflumiere,
Loüer quelqu'vn deuant & en derriere
En dire mal, & me rendre fi faint
Qu'aux riants rire & plaindre fi l'on plaint.

　Ie ne fçauroy bien faire le Polipe
Et me changer à tous coups pour la tripe ;
Reprefentant maint perfonnage & puis
Me faire voir autre que ie ne fuis.

　Ie ne fçauroy ma nature contraindre
Sans paffion à me rire ou me plaindre
Au gré d'autruy, montrant grande amitié
Par vne ainfi contrefaite pitié.
Ie ne fçauroy penfer ce qu'il faut dire
Pour plaire au Prince en tout ce qu'il defire.
Ie ne fçauroy la verité cacher
Depeur de voir vn autre s'en facher.
Ie ne fçauroy, double & plein de falace,
Tromper l'ami fous vne aimable face.
Ie ne fçaurois apeler bon ami
Celuy qui parle en flatant à demi :
Ie ne fçauroy le felon & l'auflere
Flater du nom de fage & de feuere :

Ie ne fçauroy debonnaire apeller
Cil qui fans peine vn mefchant laiffe aller.
 Ie ne fçauroy, louant le iufte Empire
De noftre Roy, taire ce qui l'empire :
Et ne me plaift l'empire fouuerain
De l'empereur à la barbe d'erain,
Bouche de fer, cœur de plomb, qui tout lache
S'occit non loin de Spore, fon bredache.
Ie ne fçauroy, promettant fauffement,
Deceuoir Dieu par quelque faux ferment,
Ni mes prochains : & ie ne m'aproprie
Ce qui n'eft mien ni de mon induftrie.
Voila pourquoy d'honorer ne me chaut
Les Grands à qui la Fortune plus vaut
Que le bon fens : & pourquoy tant m'agree
Aupres de Caen la Normande contree :
Et cela fait que nos lieux me font or,
Ma Court, mon Louure & mon Palais encor.
Me pourmenant par la belle prairie,
Ie voy fouuent cette gendarmerie,
Qui fait la garde en voftre beau Calis :
Ou les Soldats ne font point defaillis,
Depuis le temps que les Nolents donnerent
Charge à ceux là qui le guet ordonnerent.
 Ie ne trouue homme auquel, s'il ne me plaift,
Ie fois contraint en paffant faire arreft :
Et ne fe trouue aucun qui me demande
Ou ie m'en vais & fi ma traite eft grande :
Et ne fuis point comme efclaue forcé
A marcher toft par vn Hyuer glacé,

A pluye, à vent, accourciſſant mon eſtre,
Pour obeir à quelque facheux maiſtre.
Quand le Ciel eſt ſerein & gracieux,
Quand le Ciel eſt obſcur & pluuieux,
Quand le Printemps etalle ſa verdure,
Lors que l'Eſté, l'Automne & l'Hyuer dure,
Tel que i'eſtoy, tel ſeray, tel ie ſuis,
Comblé de paix ſans crainte & ſans ennuis.
Comme le temps ma depence ie change :
A mon humeur ma famille ie range :
L'vne fois peu, l'autre prou ie depens :
S'il vient du gain quelquefois, ie le prens :
S'il n'en vient point, ie ne m'en donne peine :
Touſiours en tout ma conſtance eſt certaine :
Ne refuſant vn leuraut quelque fois,
Ni meſme encor les ordinaires drois,
La venaiſon, que tout ſoudain en hâte
Ie fay larder, epicer, mettre en pâte :
Car de nature aſpirant à l'honneur,
Ie ne ſuis point vn hardi demandeur :
Si le ruiſſeau ne coule par la plaine,
Ie ne rauiue vne morte fontaine :
Auſſi le mien ie depens comme il vient :
L'homme de bien toſt riche ne deuient.
Et s'il me prend quelquefois vne enuie
De ſoulager les charges de ma vie.
N'ayant egard à profit ni demi,
Ie me retire auec vn mien ami
Dedans nos bois, ou bien en Couſinage
Chez mes amis ie traine mon menage.

Car mes cheuaux, d'aparence guerriers,
Sont toutefois propres à deux metiers :
S'ils ont ferui pour quelque long voyage,
Vne autre fois couplez fous l'attelage
Du chariot, ils menent tout mon train,
Marchants gaillards fous le fouet comme au frein.

Mais il eft vray qu'en toute compagnie
Ie ne m'agree aueque ma megnie :
Les vertueux, comme vous, mariez
En grand' maifon, qui me font aliez,
Me plaifent bien quand, d'vne gentille ame,
Ils font feigneurs fans l'eftre de leur femme :
Et que leur femme ils gouuernent auffi
Auec l'honneur d'vn amour adouci :
Et toutefois que iamais la poulete
Deuant le coq ne chante ne caquete.

Pour ne mentir, de Nolent, ie ne veux,
Voyant defia grifonner mes cheueux,
Aller en Court : il faut que l'on fe dreffe
A ce metier des la baffe ieuneffe :
Ie ne pourroy me duire fi foudain
Pour à tous coups vfer du baife-main.

J'aime mieux eftre en cette Normandie
Tout bouillieux : ou, quoy que l'on en die,
Se plaifent bien les filles de Paris,
Quand elles ont l'heur d'y trouuer Maris.
Mefmes ceux là qui font nez fur la Seine,
Aupres du Loir, du Loire, Sarte & Meine,
Ou de plus loin, auffi toft qu'ils feront
En ce païs, iamais n'en partiront.

Et les voit on eleuez aux ofices,
Et retenir nos riches benefices,
Ne regrettants iamais leurs premiers lieux,
Pour habiter les noſtres bouillieux :
Et chacun d'eux incontinent s'addonne
A careſſer noſtre douce Pomone :
Et comme aucuns la Prouince aiment bien,
D'autres auſſi n'y font iamais de bien.

  Me flatant donc ici ie me contente,
Bien que n'y ſoit du tout la terre exemte
De mauuaitié : mais la douteuſe peur
Fait au mauuais ſouuent perdre le cœur.
Voila pourquoy le ſoin ronge-penſee
D'auoir honneurs n'a mon ame incenſee :
Et pourquoy meſme en paix ici ie vi,
Sans eſtre au mal de la Court aſſerui :
Et ne veux plus deformais qu'on m'y meine :
Craignant d'auoir enfin la iuſte peine
Que ſur la roue eut le fol Ixion,
Eſtant puni de ſon ambition :
Ambition, qui par ſon propre vice,
De haut en bas trebuche au precipice.

A Monſieur de Choiſy, Seigneur de Balle-roy, Receueur general des Finances, à Caen.

 *HOISY, dont l'ame a bien eſté
choiſie
Deſſus le chois d'vne grand' courtoiſie,
Et qui, non moins prudent que genereux,*

*As en ton corps vn eſprit vigoureux :
Et qui ſouuent, tout plein de gentilleſſe,
Vas recherchant les ondes de Permeſſe
En quelque part qu'en coulent les ruiſſeaux.
Pour nettoyer dedans leurs nettes eaux
Tous les fangeats dont noſtre chair ſouillee
A bien ſouuent noſtre ame barbouillee :
Au Ciel ne plaiſe, eſtant comme ie ſuis
Mari d'honneur qui la vergongne fuis,
Qu'on me ſurprenne en amourette eſtrange,
Que deſloyal ie chante la louange
Des diſſolus qui, libres addonnez
A leurs plaiſirs, ſe ſont abandonnez
Apres les feux de Venus deprauee,
Blamant d'Hymen la loy tant aprouuee ;*

Comme ont penfé ceux qui ne iugent point
Que des vertus on ne paffe le point,
Quand on n'eft pas fi fimple & fi nouice
Que de vertu, par le trop, faire vice.

  Mon de Choify, plufloft ie chanteroy
Comme Thalaffe, auec vn dous effroy,
Veut qu'on rauiffe vn tendre pucelage
Sous le beau ioug du chafte mariage.
Saint Mariage auquel tout l'vniuers
Doit le maintien de fes membres diuers!
S'on ne lioit les garçons & les filles
Sous ce lien, periroient les familles:
Comme vn defert les grand's villes feroient,
Et de tous lieux les ordres periroient.
Mais ie diray que Metel Numidique,
Dit bien ainfi pour la Chofe publique.

  Si nous pouuions fans femmes viure ici,
Nous n'aurions pas l'ennuy ni le fouci
Que nous auons : mais puifque la Nature
Nous afferuit fous l'ordonnance dure
De ne pouuoir eftre auec elles bien,
Et ne pouuoir fans elles viure en rien :
Il vaut bien mieux auifer à la peine
De l'entretien de noftre efpece humaine
Pour vn iamais, que pour vn court plaifir
Perdre contents des femmes le defir.
Car c'eft raifon que l'on fupporte d'elles,
Puis qu'elles font nos races eternelles.

  Toute femme eft facheufe à fupporter,
Quand elle veut par hauteur l'emporter.

Mais quand on veut homme se faire maistre,
On se fait bien à la femme connoistre.
   Vn homme doit obeir aux Edits
De la Prouince : & la femme aus beaus dits
De son Mari : car Nature l'a duite
A suiure ainsi de ses pas la conduite.
Ie n'aime pas ceux qui, trop dedaigneux,
Ce Sexe dous vont gourmander chez eux :
Ains i'aime ceux qui l'aimeront de sorte
Que cet amour la maistrise en emporte.
Car Iupiter de Iunon autrement
N'a pas aus Cieus vn meilleur traitement :
Et pour vn rien nous voyons, dans Homere,
Cette Deesse entrer en sa colere.
Hé ! voudroit on qu'vn mari vicieux
Receust plus d'heur que le pere des Dieux ?
   Tousiours la femme est ainsi qu'en enfance,
Il nous conuient l'auoir par deceuance
De passetemps plein d'amour enfantin :
L'homme sera tousiours vn grand butin,
Qui sans courrous en obtient la victoire :
Vaincre ce Sexe est vne grande gloire.
Partant qui veut s'en seruir, s'en aiser,
Par vn grand soin la doit apriuoiser,
Sans s'ennuyer de tailler par adresse
Ce qui bourgeonne & qui recroist sans cesse
Dans son taillis : car qui s'en lassera,
Ne soit faché quand ombragé sera.
   La femme veut retenir la maistrise :
C'est vn grand mal si l'homme n'y auise :

L'heur de la femme eſt l'amour du mari :
Et pour ce d'elle il doit eſtre cheri :
Ne deuant pas permettre, s'il eſt ſage ,
Que librement elle ſeule au menage
Commande en tout : il faut que, par ſa main ,
De ſon menage vn mari ſoit certain.
Il ſuſit bien qu'elle ſoit la maitreſſe
Aux dous ebats de la belle deeſſe,
Et qu'on luy garde en amour loyauté,
Sans ruffian trauailler à côté :
Afin qu'eſtant de ce forfait marrie,
Elle ne face vne autre moquerie.

Heureux celuy qui paſſe ſes beaus ans
Deſſous ce ioug à faire des enfans !
Et qui l'amour de mainte belle amie ,
En vne rend loyaument endormie,
Sans ſe ſouiller en la fange d'autruy ,
Ni varier comme on fait auiourdhuy ,
Ni ſans ſçauoir que vaut la foy promiſe :
Mon de Choiſy, ne ſuiuons cette guiſe.
Tu es heureux en ton menage dous ,
De belle Epouſe eſtant vn bel Epous :
Et la vertu qui reluit en ſa vie
Plus que iamais à l'aimer te conuie.

De voſtre part aſſeruez vos deſirs ,
Dames d'honneur, à prendre vos plaiſirs
D'vn ſeul Epous, & n'ouurez la boutique
Legerement à l'amour impudique.

Vos bons maris qui en portent la clef
La fermeroient : mais, ô triſte mechef !

Des clefs d'autruy la ferrure s'en ouure.
Puis le manteau de Mariage couure
Mile faux hoirs, qui delà vont iffants :
Les courageux vont fouuent puniffants
Celle qui s'eft folement hafardee,
Et dans fon lit s'en trouue pougnardee :
Dieu mefmement au profond de l'enfer
La fait tomber es mains de Lucifer.
Puis l'homme en vain à vous garder regarde
Si vous n'eftiez vous mefmes voftre garde.
  Il fut iadis vn paintre en Auignon,
Qui, fe doutant que quelque fin mignon
Ne fift l'amour à fa femme gentille,
Pour nul profit ne partoit de la Ville,
Et la tenoit toufiours aupres de luy :
Il arriua, viuant en cet ennuy,
Qu'il fut contraint d'aller iufqu'à Cabriere
Pour racoutrer vne antique verriere,
Mais luy, craignant pour deux iours feulement
D'eftre cocu par cet empefchement,
Faire hauffer à fa femme il auife,
Le deuanteau, fes habits, fa chemife,
Puis la couchant il a fon poil tondu,
En huile paint deffus fon mont fendu
Vn Afne gris : afin qu'au retour voye
S'autre que luy deffus fa femme froye.
  Il n'eftoit point encor hors d'Auignon,
Que vers fa femme arriue vn compagnon,
Qui paintre ayant autrefois de Nature
Auecques elle exercé la painture,

La pri' qu'ayant cette commodité,
Que ce plaifir entre eux foit repeté.
Elle refpond : la breche eft empefchee,
Et lui montra comme elle eftoit bouchee.
Le Garçon dift, qu'vne autre Afne il peindra,
Qui mieux cent fois que le premier tiendra :
Et fus fa main il fait de fa fcience
D'vn Afne peint la·promte experience :
Alors fans crainte auec le vif pinceau
De la Nature ils peignent au tableau :
Et tant de fois ce plaifir exercerent,
Que du Mari l'ouurage ils effacerent.

Le temps venu qu'il falloit feparer,
Au mefme endroit vn Afne il va tirer
Pareil à l'autre : & n'y eut diference,
Fors feulement qu'en trop grand' diligence
L'ayant repeint, il ne s'auifa pas
Que le premier n'auoit felle ni bas :
Et ce dernier il bâta, de maniere
Que le Mari, retournant de Cabriere,
Haut s'écria, le voyant en l'eftat :
Au diable l'Afe & qui me l'a baftat,
Et court de là ce prouerbe en Prouance,
Comme depuis il a fait par la France.

Voila comment on ne vous peut garder,
S'il ne vous plaift, Mefdames, regarder
A voftre garde : auifeʒ donc vous mefmes
A vous conduire en ces perils extrefmes.
Les yeux d'Argus, verroux ni cadenas,
S'il ne vous plaift, ne vous garderont pas.

En vous gardant, vous rendez le courage
A ceux qui vont craignant le cocuage.
  Mais on m'a dit qu'auſſi, de voſtre part,
Vous vous plaignez que chacun, ſans egard,
Le Mariage à tous propos depriſe :
(Ce qu'en ſes vers Deſportes authoriſe)
Tant qu'on voit or' les filles rarement
Trouuer Maris de grand entendement :
Qui me feroit prendre voſtre defence,
Pour reuenger du ſaint Hymen l'offence,
En confutant les Stances & l'eſcrit,
Qu'a contre luy ce grand Poëte eſcrit,
L'ayant promis à mainte honneſte dame,
Pour luy montrer qu'on ne doit de la femme
Se deſvnir. Mais on dit qu'irrité
Il compoſa ce qu'il en a traité.
Ce grand Doĉteur inſtruiſant vne Dame,
Diſt que l'Amour eſt l'ame de noſtre ame.
Ayant erré pour des affeĉtions,
Il reuoqua beaucoup d'opinions :
Ainſi preſſé de voſtre vray merite,
Il fera voir la louange deſcrite
Du Mariage, & ſes vers dedira.
A tout le moins il les dementira.
  Pour cela donc ne le dites, Meſdames,
Eſtre ennemi trop rigoureux des femmes :
Ses vers coulants, amoureux, briſe-cœurs,
Adouciroient auſſi bien vos rigueurs.
  Ie donneroy cent mile canonnades
A qui voudroit vous faire des brauades,

Montrant que fut Eue faite en Edem
De chofe pure, & de limon Adam.
l'oppoferoy le Fort inexpugnable,
Que prefentoit au dernier Connetable
Vn Secretaire au furnom de Boullon,
Et le fçauoir de maiftre Iean Villon :
De Hugolin les paffages notables,
Que nous trouuons en nos decrets cotables
Des efcoliers qui, d'vn encre fçauant,
Vont plaifamment voftre los efcriuant.
Et cet Autheur qui, d'vn encre plus fage,
Loüe à propos le chafte Mariage,
l'alleguerois : mais certes vous aurez
Maris loyaux, quand loyales ferez.

  Et vous, Maris, gardez vos brebietes,
Leurs conducteurs par nature vous eftes :
C'eft au berger à mener aux herbis
Ses gras moutons, fes camufes brebis :
Non au troupeau porte-laine à conduire
Le franc pafteur qui fait fa Loure bruire.
Car bien fouuent le troupeau mal conduit,
S'effarouchant fe peut perdre la nuit :
Auffi la femme eftant mal gouuernee,
Peut s'egarer des fentiers d'Hymenee.

  Qui leger fuit l'inconftant Cupidon,
Met fur le chef de fa femme vn brandon,
Vn beau bouquet, qui les marchands apelle
A reuencher la poure Damoifelle.

  Qui voudroit dire en oyant mes difcours,
Que ie vouluffe aprouuer les amours

                        Des

Des defloyaux qui, pleins d'affeterie,
N'ont rien au cœur que toute puterie?
Que ie vouluffe encor blamer en rien
L'Hymen facré, du monde l'entretien?
  Mon de Choify, i'en parle en cette forte,
Et non ainfi qu'vn medifant raporte,
Qui ne fçait pas de quelle Liberté
Le docte peut dire la verité.

A Monfieur de la Serre Seigneur des Cofts du Pontif, &c.

*ON de la Serre, ayant la connoiffance*
De ce qui nuit ou qui donne accroif-
    fance,
Vous penfeȥ donc que, pour m'auan-
    tager,
Ie m'en vay droit au grand Palais loger
De l'heur de France, & que c'eft à cette heure,
Qu'au poil i'ay pris la Fortune meilleure?
Que Monfeigneur de Ioyeufe m'aimant
Me pourra faire heureux en vn moment!
  Ha ie fçay bien que plufieurs en la forte,
S'enchaineroient d'vne chaine bien forte!
Mais croyeȥ moy, que courtifan mauuais
Là m'enrichir ie n'efperé iamais.
Ie fçay comment cette Fortune roule,
Ayant le pied toufiours fus vne boule :

T

Et qu'il vaut mieux, en son repos aimé,
Iouir du sien comme à l'accoutumé,
Que d'eprouuer la Fortune diuerse,
Qui, comme on dit, incontinent renuerse
Ceux qu'elle eleue au sommet du bon heur.
Puis les rabaisse & laisse sans honneur.
Et quand i'escri qu'inconstante elle ioue
Les plus mignons qu'elle tient en sa roue,
Ie sçay fort bien que i'escri verité :
Car autrefois l'ay-ie experimenté.
Ie fus en Cour ou i'eu mainte caresse
De maint grand Prince & d'vne grand' Princesse,
Et d'vn Prelat, d'vn Prince Chancelier :
Lors qu'à des miens fut donné le colier
En ma faueur : & que, plein d'esperance,
Ie m'en reuins le plus content de France.
Mais ie n'eu pas le dos si tost tourné,
Qu'à de Moncalm fut vn Eslat donné
De President, à mon grand preiudice,
Qui chef estois à Caen de la Iustice :
Et fut pourueu de l'Eslat du Fossé,
Que par apres bien tost ie remboursé
Sans receuoir iamais faueur aucune
De ces Seigneurs, tous amis de Fortune.
    Mais qu'il soit vray que, pour quelque bon bruit
Dit à mon Roy, ie racueille le fruit
Et la moisson de mes peines semees,
Et que ie visse en mes mains affamees
Vn riche Eslat, qui rien ne me coutast,
Qui grand profit & credit m'aportast :

Que i'aye encor vne Abbaye emboifee,
Pour rendre auffi ma maifon plus aifee :
Et qu'il foit vray que i'aye autant d'amas
D'argent & d'or, qu'eut Crefus & Midas :
Et qu'on me donne Etats & nouueaux titres ;
Et les butins des Croffes & des Mitres,
Que l'on pratique aux grand's Cours de ce temps :
Que tant de fleurs n'enfante le Printemps,
Que de ducats fans ceffe l'on me donne :
Que l'or par tout en ma maifon foifonne :
Soit encor vray, fi ceci ne fufit,
Que l'eftomac on m'emple de profit,
Le ventre d'or, les boyaux & la gorge,
Et que fans fin argent pour moy fe forge,
Sera pourtant iufqu'au comble affouui
Ce chaut defir d'auoir auquel ie vi?
Sera pourtant ma Cerafte contente,
Brulant toufiours d'vne foefueufe attente ?
  Depuis Maroc iufqu'à Catay d'ici,
Depuis le Nil iufqu'en Dacie auffi,
Ie m'en iroy, fi ie fçauoy tant faire
Que d'etancher cette foif qui m'altere :
Non feulement en Cour ie m'en iroy,
Ains l'vniuers entier ie tourniroy.
  Mais quand i'auroy d'vn vfurier la bource,
Des Partifans la nonpuifable fource,
Que fin encor trouué ie n'auroy point
A ce defir auare qui me point,
Que feruiroit à ma grand' conuoitife,
De tant de biens & l'amas & la prife ?

T ij

Et de monter aux Eſtats pres du Roy,
Si ie n'auoy contentement de moy ?
Que me pourroit le grand Duc de Ioyeuſe,
Ayant touſiours l'ame auaricieuſe?
  Au temps qu'eſtoit freſchement enfanté
Le Monde encor non experimenté,
Et que la gent pleine de grand' ſimpleſſe,
Comme apreſent, n'vſoit point de fineſſe,
Au pied d'vn Mont dont le chef s'eleuoit
Bien haut en l'air, vn bon peuple viuoit
(Ie ne ſçay quel pour la longue ignorance,
Mais dans vn val il faiſoit demourance)
Qui lors ayant par grand nombre de iours
Bien obſerué la Lune en tout ſon cours,
S'ebahiſſoit de l'auoir reconnue
Vne fois ronde, vne autrefois cornue,
Puis toute pleine, en decours, en croiſſant,
Puis d'autre ſorte obſcure aparoiſſant,
Puis demener, argentine & fort belle,
Au tour du Ciel ſa courſe naturelle :
Ce peuple lors auſſi toſt ſe promet,
Ayant gaigné du mont le haut ſommet,
Qu'il peut la Lune atteindre dans la nue,
Et voir comme elle or' croiſt or' diminue :
Alors chacun va quittant le vallon,
Qui prend vn ſac, qui prend vn corbillon,
Qui ſon panier : tous à qui mieux commencent
Grimper à mont la montagne ou ils penſent
Voir cette Lune : & brûloit cette gent
De voir de pres ſon viſage d'argent.

Mais las ! voyant qu'apres auoir grimpee
Cette Montagne, eſtoit la gent trompee :
Eſtant d'en haut auſſi loin que d'en bas,
Chacun tomboit contre terre tout las :
Et deſiroit, mais en vain, encor eſtre
Au pied du Mont en ſa caſe champeſtre.
Ceux qui ſi haut de bas les regardoient,
Croyant qu'ainſi la Lune ils abordoient,
Venoient derriere à courſe fort hatiue :
Mais chacun eſt trompé comme il arriue.

   Cette Montagne eſt le Roüet du Sort,
Au haut duquel le peuple eſtime à tort
Que ſoit la paix & la bonne Fortune :
Car il n'y a repos ni paix aucune.

   Si des honneurs qu'aux eſtats on attent,
Si des grands biens on ſe trouuoit content,
Ha ie voudroy que touſiours la penſee
De ne penſer ailleurs fuſt diſpenſee !
Mais ſi l'on voit trauailler aux grandeurs
Papes & Rois, Monarques, Empereurs,
Que nous penſons eſtre Dieux en la terre,
Les dirons nous contents en telle guerre ?

   Si les threſors i'auoy des Othomans,
Les dignitez des Princes Allemans,
Ie ne me puis preualoir de cet aiſe,
Si pour cela mon deſir ne s'apaiſe.
C'eſt bien raiſon que i'auiſe ſi bien
Que ie ne puiſſe auoir faute de rien :
Que i'aime auſſi ce qui m'eſt neceſſaire,
Comme ie hay cela qui m'eſt contraire :

Mais l'homme ayant du bien fuffifamment,
Se doit forger vn feur contentement
D'vn contrepoix qui, fuiuant la Nature,
Batre toufiours le face à la mefure :
Qui biens fur biens defire, conuoiteux,
Tant plus il a, plus il eft fouffreteux.

Quand i'ay moyen, en maifon bien garnie,
De receuoir honnefte compagnie,
Et par païs mener vn moyen train,
Ne doy-ie pas au refte mettre vn frain,
Sans rendre l'ame aux defirs afferuie,
Et bien viuant mener ioyeufe vie ?

Et c'eft raifon qu'encor foigneux ie fois
De mon honneur : tellement toutefois
Qu'ambitieux iamais ie ne deuienne :
L'honneur certain eft que chacun te tienne
Homme de bien, que tu le fois auffi :
Car ne l'eftant, incontinent ici
Seroit la bourde à chacun decouuerte :
Iamais le noir ne prend la couleur verte.

Que Cheualier, que Conte ou Gouuerneur,
T'aille apelant le peuple par honneur,
Ou grand Prelat : pourtant ie ne t'honore
Si mieux en toy que ces titres encore
Ie n'aperçoy : fi tu n'es vertueux
Comme requiert ton eftat fomptueux.
Hé quel honneur, te voyant par la place,
Tout couuert d'or, ouir la populace
Dire en derriere : Aga, voila celuy
Duquel la France a tant receu d'ennuy :

Premierement ayant charge du Prince,
Aux ennemis il liura ſa Prouince,
Et maintenant, par autre laſcheté,
D'vn bas Etat il eſt plus haut monté.
Ha i'aime mieux, en petit equipage,
Sous moindre habit conduire mon bernage,
Plein de bonté, que d'auoir grand tinel,
Et dans le cœur vn remors eternel.

 Mais i'oy Rauin qui ne trouue pas bonne
L'opinion & l'auis que ie donne :
Ains tout contraire, il dit : i'ay pluſieurs biens,
Terres, maiſons, états & grands moyens,
Et bien qu'ils ſoient acquis par tromperie,
Par fauſſeteʒ, larcins & piperie,
I'ay veu touſiours qu'en plus d'honneur ont eu,
Petits & Grands, l'honneur que la vertu :
Et qui medit de moy ne me chaut meſme :
Car Chriſt encor on renie & blaſpheſme.
Tout beau ! Rauin, ne parleʒ pas ſi haut :
Ieſus Chriſt fut blaſphemé d'vn ribaut
Et des mechants qui derechef le vendent,
Et comme Iuifs deſſus la Croix l'étendent :
Mais, Rauin, ceux qu'on tient pour gents de bien,
Diſent de toy qu'en tout tu ne vaux rien :
Et diſent vray : car de fins brigandages,
De faux contrats viennent tes heritages,
Et ſi tu es ſeul la cauſe pourquoy
Ils vont diſant, Rauin, cela de toy :
Pour ce qu'à tous les flambeaux tu allumes,
Pour faire voir tes peruerſes coutumes

De t'enrichir, au lieu de les cacher :
Car on te voit chaque iour t'empêcher
A rebâtir maiſons & galeries,
Aux prompts aquets de tant de Seigneuries.

   D'vn autrepart Hernon ne ſe chaut pas
Si, murmurant derriere, il oit tout bas
Qu'il a tué de nuit ſeur, oncle & tante,
Pour paruenir meurtrier à ſon attente,
Et s'il en fut captif empriſonné,
Depuis bon temps de leurs biens s'eſt donné.

   Cet autre va pompeux en rang de Conte,
De Duc, de Prince, à tous montrant ſa honte,
Ayant ce titre en grand' vergongne acquis :
D'en dire plus ie ne ſuis pas requis :
Fors que l'on tient que, par beaucoup de vices,
Pluſieurs ce titre ont eu par faux ſeruices.
A ce prix là ie ne veux m'enrichir,
Ie ne veux point ſous le vice flechir :
Ie n'attens point auſſi d'autre ſalaire,
Qu'en bien faiſant à ce grand Duc complaire.

A I. A. De Baif.

 I pour auoir tu ſuis la Poëſie,
Et ſi tu l'as pour le profit choiſie,
Docte Baïf, à viure tu n'entens :
Et ſi ferois iuger, auec le tems,
L'opinion dont la Muſe te lie,
N'eſtre à la fin qu'vne pure folie.

Car qui feroit de fotife fi plain,
Qui ne fçauroit qu'on a befoin de pain?
A la putain le Poëte eft femblable :
Bien qu'elle foit pour vn temps agreable,
Sa fin derniere eft d'aller au bourdeau :
Puis en laideur changeant fon viaire beau,
Toute chancreufe, & peut oftre mezclle,
Elle deuient bien fouuent maquerelle.

   Il fait beau voir vn taint damoifelet,
Frais coloré de rofes & de lait,
Et la ieuneffe ou la beauté repofe,
Comme au rofier la vermeillette rofe,
A qui l'humeur au Printemps ne defaut :
Mais quand fa fleur vient à fentir le chaut
Et puis le froid qui fleftrit fa verdure,
Sans que l'humeur luy baille nourriture,
Elle deuient feche & treflaide à voir,
Sans plus d'honneur des hommes receuoir :
La Poëfie eftant neceffiteufe
(Belle deuant) ainfi deuient hideufe.

   L'homme fe fait pourement immortel,
Quand il n'a point de pain à fon hôtel :
Il ne vit point de Luths & d'Epinetes,
D'Odes, Sonnets, d'Amours, de Chanfonnetes :
Car entre nous ne vaut pas vn liard
Le bon Virgile, aupres d'eftre gaillard
Comme Vaumord, dont la fine ignorance,
A vint pour cent double fon abondance.
Phœbus au pres ne feroit qu'vn coquin,
Qu'vn cagnardier n'ayant ne pain ne vin.

Bion difoit, comme vne gibeciere,
Vieille, greffeufe & plate en fauconniere,
Bourfeufe n'eft en prix vers nulle gent,
Sinon d'autant qu'elle eft pleine d'argent :
Que l'homme ainfi de nature idiote,
Gros ignorant, plein d'orgueil & riote,
Eft feulement entre nous eftimé
Pour l'or qu'il a dans fon coffre enfermé,
Et comme font fes richeffes puiffantes
En pre\z, en bleds, en herbages, en rentes.

   P'ai bien des biens, difoit le vieux Certout :
Auec ce mot foudain il couuroit tout
Ce qu'il auoit en luy de vilennie :
Quand on dit, i'ay : toute la compagnie
S'en eiouit : Mais quand on dit, ie fçay,
Ie fuis fçauant & i'en ay fait l'effay,
Cela ne plaift : reuat'en à l'ecole,
De rien ne fert ta fçauante parole,
Luy repond-on : retourne eftudier,
Ce que tu fçais ne vaut pas vn denier.

   C'eft pour neant que l'enfeignant Horace
Dit, que le vers tient la premiere place,
Quand il enfeigne & qu'il donne plaifir,
Si l'on n'a point, lors qu'il en vient defir,
Dequoy manger, ni de robe qui vaille
Pour fe couurir, couchant deffus la paille.

   Ie t'oublirois, Lyrique Venufin,
Et bien pluftoft me rendroy Capucin,
De Paradis fuiuant la fente droite
Sous la rigueur d'vne obferuance eftroite,

Que fuiure plus tes preceptes iamais,
Si ie n'auoy de bon pain deformais.
Sans pain encor ne me plairoit Catulle,
Ni Callimach, Properce ni Tibulle.
Terence aussi iamais ne me plairoit,
Quand du pain cuit au logis on n'airoit :
Ni moins encor du beau Lorier la plante,
Si ie n'auois vn peu de chair cuisante
A mon fouyer, à tout le moins vn os
Que ie rongeasse en disnant à repos.
   Nous aprenons, comme vn point necessaire,
A demander nostre pain ordinaire
Des la mammelle à Dieu qui regne aux Cieux :
Car plus que tout le pain molet vaut mieux.
Et le pain fait l'Agasse iaferesse,
En moins de rien deuenir Poëtresse :
Aprent aussi le mignon perroquet,
A iargonner son babillard caquet.
Les Muses sont filles de la Disete,
Les vers leurs fils, vrais peres de souffrete :
Et les chantant on periroit de faim,
Qui ne voudroit leur apporter du pain.
   Tout son cœur met en ses vers le Poëte :
Mais le Milourd son ame plus parfaite
Met en son or : aupres duquel combien
Pourroit valoir des Muses tout le bien ?
Ie di ceci : mais ceux encor le disent,
Qui de ce tems tout corrompu deuisent.
Puis que l'on voit seruir le verd lorier,
Sans autre honneur, d'Enseigne à l'hotelier.

Qu'aux carrefours les Mufes deprifees
Ne feruent plus que de foles rifees :
Que mefme c'eft vn crime à l'opulent,
Que d'eftre docte & Poëte excellent :
Puis que les grands au iambon de Maience,
Au ceruelat, donnent la preference
Sus mile vers qui leur font prefentez
Ne rendans pas leurs efprits contentez :
Qu'ils prifent plus la poire bergamote,
La parpudelle & la bonne ricote,
Le marzepain & le bifcuit bien fait,
Que de Ronfard le carme plus parfait :
O que lourdauts & que beftes nous fommes,
De tant louer indignement les hommes !
I'entens les Grands, qui penfent qu'on leur doit
Tous les beaus vers qu'vn bel efprit conçoit.
   Quiconque efcrit fert de fable & de conte
A cette gent qui d'efcrits ne tient conte :
L'vn vous dira, ie n'entens ce parler :
L'autre dira, qu'on voudra cheualer
Quelque bienfait, & que c'eft vne embuche
Qu'on dreffe afin qu'vn prefent y trebuche.
Tandis fe perd la peine du donneur :
Car cefluy-la dont on chante l'honneur,
Pour ne bailler à la peine falaire,
D'ami fe fait vn ennemi contraire.
Quand ton Phœbus quelqu'vn eftimera,
L'autre auffi toft d'ailleurs le blamera :
Tu t'eiouis les en oyant bien dire,
Tu es marri quand quelqu'autre en veut rire :

Si que tu fens, entre le bien & mal,
Vn deplaifir au court plaifir egal :
Puis tu verras (fi depres tu regardes)
Que ton honneur bien fouuent tu hafardes
En vn Sonnet, en quelque bref difcours,
Que tu remplis de fadeffe & d'amours :
Mefme en quelqu'Air plein d'indifcretes flames,
Qu'on va chantant à l'oreille des Dames.
Et fi tu vas louant quelque Seigneur,
Tu es du faux aux autres enfeigneur,
Et n'en es point dans toy-mefme à ton aife,
Sentant au cœur du vray la fynderefe.
  Ha i'ay pitié de l'homme trauaillé,
Ayant long temps à fes Mufes veillé,
Lors que fon œuure aux Princes il prefente,
Et qu'on le paif feulement d'vne attente!
Et luy qui n'eft à la fraude nourri,
En fe voyant d'vn grand Prince cheri,
Se part delà bouffi d'outrecuidance,
D'auoir chez luy la Corne d'abondance :
Et par fur tous penfe auoir le credit,
Ne fachant pas ce qu'en derriere on dit.
Mais rien n'emporte, en fon ame abreuee
D'vn vain efpoir, qu'vne crête eleuee
D'eftre en fon art, en tout fçauoir profond,
Comme vn Phœnix qui n'a point de fecond.
Et fi tu veux luy dire, Confidere,
S'il n'y a rien en tes vers de contraire :
Ceci n'eft pas, ce me femble, affez bien :
Incontinent fans te dire plus rien,

Encontre toy tournant ſa folle plume,
Comme Archilloc, ſa fureur il allume,
Ou t'eſtimant eſtre ſon enuieux,
Couuert t'aſſaut de vers iniurieux.

    Toute bonté qui n'a l'experience,
Volontiers tombe en triſte defiance :
Et s'eblouit d'imagination
Le iugement, par la ſuſpicion.

    Mais il n'eſt point aucun, deſſous la Lune,
Encor qu'il n'ait chetif ſcience aucune,
Qui ſon eſprit echangeaſt à Platon :
Et le plus ſoul penſe eſtre vn Salomon.
Le Poëte eſt ſuiet à ce deſaſtre,
Quand il ſe plaiſt gaillard en ſon bon Aſtre,
Et faut long temps pour bien gaigner le point
De ſe iuger & ne ſe croire point.

    O poure Homere, ô malheureux Ouide !
Dont l'vn mourut ſur le riuage humide
De l'Iſle Yos, & l'autre triſtement
Eut en Pologne vn glacé monument !
On ne voit plus d'hommes bons en ce monde,
Qui vertueux & de nature ronde,
Auec l'effeƈt, arrachent la vertu
Des vieux haillons, dont le doƈte eſt veſtu.

    C'eſt auiourd'huy que du bon temps ſe donnent,
Ceux qui mechants aux vices s'abandonnent :
Les rufians, les bouffons, les flateurs,
Durant ce temps des Grands ſont conduƈteurs :
Les damerets aux mouſtaches Turqueſques,
Nourris en l'art des façons putaneſques,

Fardez, frifez, comme femmes coiffez,
Emmanchonnez, empefez, attiffez,
Goderonnez d'vne fraife poupine,
Mufquez, lauez fous grace femenine,
Aux dames font, dit on, de mauuais tours,
Les furpaffants en leurs mignards atours :
Les inuenteurs des braues mafcarades,
Et les iureurs en leurs Rodomontades,
Qui dedaigneux gardent le pas du pont
Ou trebucha l'orgueilleux Rodomont :
Qui vont cherchant des paroles enflees,
Des mots venteux, des ampoulles fouflees,
Qui vont mutins les efprits etouffants
Des villageois, des femmes, des enfants :
Les piaffeurs, les vendeurs de fumee,
Sont de la bande auiourdhuy plus aimee :
Et les ioueurs de cartes & de dez
Sont en ce temps beaucoup recommandez :
Et ceux encor qui, goffeurs en derriere,
Deuant les Grands contrefont la maniere
De tout le monde, & fans oublier rien
Vont depefchant le plus homme de bien.
Et puis heureux font les Commendataires,
Qui n'ont fouci de leurs beaux monafteres,
Sinon entant que profit il en vient :
Mais entre tous les plus heureux on tient
Du grand Threfor les riches commiffaires,
Qui cotifans ou maniants affaires,
Pouffent hardis fous grande auctorité,
Ce que permet tant de neceffité.

Malheureux ſiecle, ou l'on croit neceſſaires
Par le Royaume eſtre les Commiſſaires :
Qui vont marchant comme en proceſſion,
Touſiours la croix deuant leur action :
Des accuſez leur paſſion ſentie
Les fait iuger eſtre de la partie.
Ils ſont heureux & viuent graſſement :
Et le ſçauant ſe repaiſt maigrement.
 De peu de cas les Poëtes ſe paiſſent.
Mais les larrons abondamment s'engraiſſent
De bons Chapons, de Perdris, de Faiſans :
Et ſur leur table ayant tous mets plaiſans,
Ils ont encor ſouuent chez eux plantee
Comme en trophé' la corne d'Amaltee :
Vautours goulus, non iamais aſſouuis
De tant de biens qu'au peuple ils ont rauis :
Et va preſſant leur griffe deloyale
Le ſuc coulant de l'eponge Royale.
 Les doctes ſont tenus comme pedants,
Les grands vanteurs auiſez & prudants,
Accorts & fins : comme à poure canaille
Du pain au docte à grande peine on baille.
 Mais les plaiſants, corrompus, affaitez,
Entre les grands ſont touſiours bien traitez,
Pour ce qu'à tout leur façon s'accommode,
Et le ſçauant ne ſçait point cette mode.
A dire vray, que ſert, diſent ils, l'art
Que des premiers a ramené Ronſart,
Et toy, Baïf, & la belle cohorte
Ayant depuis eſcrit en mainte ſorte ?
         Et

Et que fert il qu'ore noſtre François
Egalé ſoit au Romain & Gregeois?
Qu'importe encor que ta belle Francine
Ait emporté la couronne Myrtine
Par deſſus Laure? & qu'on voit tous les iours
Eſtre imprimez nouueaux Sonnets d'amours?
Puis qu'il n'eſt point ſi petit ſecretaire,
Qui des Sonnets ne ſe meſle de faire?
Clercs de Palais en leurs bancs retirez,
Clercs de Finance en leurs contoirs dorez?
Ie ne croy point qu'on trouue de boutique
Dedans Paris ſans iargon Poëtique ;
Et chaque Dame a, ſelon ſon humeur,
Ou ſon bouffon ou ſon petit rymeur,
Qui du François le dous commun vſage
Ont corrompu de barragouinnage.
Mais tout cela n'aporte point de pain
A ceux qui ſont pourſuiuis de la fain.

   On n'vſe point pour ſon menger & boire,
De tous les chants des filles de Memoire,
Ni d'Apollon lequel le plus ſouuent
Ayant diſné ne ſoupe que de vent.
Puis en ce fait, ni d'odes ni de ryme,
Tant bonnes ſoient, on ne fait point d'eſtime :
Chacun s'en moque, & le riche vſurier
Ne bailleroit la deſſus vn denier :
Il faut porter vne autre choſe en gage :
Car on ne vit de vers ni de langage :
Et qui n'a point d'argent eprouue bien,
Trop à ſon dam, que les vers ne ſont rien

Qu'vne paſture & qu'vn manger de liures,
Dont on ne peut acheter aucuns viures :
Mais l'or eſt bon quand on le peut auoir,
Car il reduit tout en noſtre pouuoir.
  S'il ſe trouuoit en France des Mecenes,
Qui des ſçauants guerdonnaſſent les penes,
On pourroit bien faire vn docte etalon
D'vn que l'on voit porter mule au talon :
Mais tant s'en faut qu'on recherche le docte,
Que Francion, auec toute ſa flote,
A ia long temps en Crête demeuré,
Pour n'eſtre point de moyens aſſeuré :
Et de tes vers l'entrepriſe gentile
Poure demeure, à la France inutile.
Filleul en vain, fuyant la poureté,
Cette Nef d'or a ia long temps porté
Comme Aumonier : mais rien on ne luy donne
Dont il peuſt faire vne aumone à perſonne.
Meſme à Dorat, ſes vers qui ſont dorez,
Ne donnent point de viures aſſeurez.
Et (ce qu'on dit à nos Rois vne honte)
Du docte Feure on fait trop peu de conte :
Et l'Eſpagnol, iuſqu'en nos lieux ombreux,
(Pour eclarcir les beaux ſecrets Hebreux)
Le vint querir quand, plein d'vn ſaint courage,
En Flandre' il fiſt des grands Bibles l'ouurage.
  Qui de Maron l'auberge chercheroit,
Logé chez toy, Baïf, le trouueroit :
Et toutefois n'ayant de quoy paroiſtre,
Il n'oſe pas ſe donner à connoiſtre :

Et n'ofe pas les Mufes employer,
Pour n'auoir pas dequoy les feftoyer.
   Or fi Phœbus à la Lyre etoffee
De bel argent, ou quelque belle Fee,
Vint aporter dequoy, fans dire mot,
Couurift la table & fift bouillir le pot,
Lors que raui le Poëte compofe :
Ha, ie voudroy qu'on ne fift autre chofe !
Mais fi Phœbus, en Theffale Pafteur,
N'eut rien du Roy dont il fut feruiteur,
Quand, languiffant en Prouince etrangere,
Il le fuiuoit conduit d'amour legere :
Qu'efperez vous des Princes d'auiourdhuy,
Qui n'eftes point Dieux ainfi comme luy ?
Puis on ne voit plus de courtoifes Fees,
(Comme es Romans) de Merlins ni d'Orphees,
Qui des beaus vers nous facent fouuenir :
Et les fuiuant, il faut gueux deuenir.
   Pourtant, Baïf, il faut que tu fois homme :
Car maintenant, ou iamais, ie te fomme
D'abandonner les Mufes & Phœbus,
Qui ne font rien que fouffretteux abus :
Et plus prifer (fi tu me voulois croire)
L'or & l'argent que d'auoir la victoire,
En ce bel Art, deffus le beau Romain,
Ou fur le Grec te trauailler en vain :
Et t'addonner à tout ce qui profite,
Sans mettre en ieu tes vers ni leur merite.
Ains penfe à toy : du tien fois defendeur,
Et de l'autruy prodigue dependeur.

               V ij

Ie veux encor que tu fois promt à prendre,
Et bien tardif quand il te faudra rendre :
Grand prometteur & bailleur de beaus iours,
Aux longs delais ayant ton feul recours.
L'homme s'abufe aux promeffes vanteufes,
Comme l'enfant aux paroles menteufes.
Et fais fur tout en Cour de l'empefché,
Tantoft du gay, puis tantoft du faché
De ne pouuoir parfaire vn grand negoce
Pour vn feigneur d'Angleterre ou d'Ecoffe.
   Et fi tu veux quelque Grand aborder,
Di que tu veux le faire accommoder
Ou d'vn beau Fief ou d'vne Baronnie,
Dont par tes mains tout le fait fe manie :
Et que, s'il veut entendre à ce fait là,
Il peut gagner tant de mile en cela :
Et là deffus, d'vne fine aparance,
Tire de luy cinq cens efcus d'auance,
Afin qu'on puiffe au Baron en prefter
Pour l'amener à Paris contracter :
Apres le tout faut en longueur conduire,
En beau papier des bourdes en efcrire :
Et le tout eft, s'addreffer en ceci
Aux vieilles gents, qui n'ont autre fouci
Que d'aquerir : & non à la brauade
D'vn qui pourroit reuencher ta caffade.
   Les grands Prelats, il te faut pratiquer :
Tu gagneras vn monde à trafiquer
Des biens de Dieu : l'on en fait marchandife,
Non feulement entre les gents d'Eglife,

Mais le Seigneur, le braue Cheualier
Pour maintenir l'honneur de fon colier,
Ou pour gagner : le marchant en trafique,
Comme il feroit du drap de fa boutique.
Pour en auoir tu dois mettre en auant
Tout ton efprit, fi tu veux que fçauant
Chacun te tienne : & n'eftre comme vn ombre
Qui ne fert plus au monde que de nombre.
Et fi tu veux de l'argent emprunter,
Courtoifement aprens à bonneter :
Et s'il te faut euiter vn dommage,
Ou bien vn coup faire à ton auantage,
Fais pour vn cinq vn fept à ton befoin :
Mais s'il te faut reculer au plus loin
Ton creancier, fais par dol qu'il attende
Trente ans & plus la dette qu'il demande.
S'il faut payer, inuentif & malin,
Malade & foul, contrefais Patelin,
Et fains mourir pluftoft que rien tu payes,
Comme affronteur & grand bailleur de bayes.
   Parle toufiours de ce que moins tu fçais :
Fais femblant d'eftre vn Barthole en procez :
Et fais auffi profeffion de riche,
De grand, de noble & non d'auare & chiche :
Mets en auant des antiques parents,
(N'eftant connu) qui font des aparents
De noftre France : apres de la richeffe
Difcours fubtil auec telle fineffe
Que riche & noble enfin tu fois tenu,
Encor que foit petit ton reuenu.

Et bien que peu de depence tu faces,
Et que du foir le refte tu gardaffes
Pour le matin: pourtant feindre il te faut
Que tu mengeas & perdris & leuraut,
Et que fouuent tu changes de viande,
Eftant vn peu de nature friande.
L'Italien & l'Efpagnol fendant
Souuent à iun s'en va curant fa dant :
Auoir tu dois vn ventre de burelle
Et de velours, à la mode nouuelle,
Vn beau cappot : mais fais du cuir d'autruy
Large couroy', comme on fait auiourdhuy,
Quand tu feras à vne eftrange table,
Goulu mengeant du mets plus delectable.

  Montre vouloir ton propre cœur donner
A ceux à qui tu te veux addonner :
Et cependant que ton offre on accepte,
Auife toy de faire quelque emplaite
De leurs deniers : il te fera permis
De t'enrichir aueque tes amis.

  Il n'eft fçauoir que Poureté ne gâte :
Mais cil demeure auffi qui trop fe hâte,
Le corps en l'air & l'ame par les champs :
Par art fe faut garder des arts mechants :
Pour ce ne fuy, lourdaut & mal adêtre,
Ces metiers là qui font pendre leur maître :
Ains Charlatans, cauteleux & mattois,
Change fouuent de langage & de vois,
Et tu viuras comme on vit à cette heure :
Sinon toufiours poure & fçauant demeure.

La poure vie a cela de piteux,
De rendre aux Grands moquable vn souffreteux.
  Ie veux encor qu'auftere tu ne blames
Ceux-là qui font vn peu fuiets aux femmes,
Ains que pluftoft tu y tiennes la main,
Comme n'ayant rien en toy d'inhumain.
Cette façon de beaucoup eft prifee,
Et des plus grands la plus autorifee.
Il faudra donc par tous moyens tâcher
De prefter aide au peché de la chair,
Et s'efforcer en toutes fortes plaire,
De tels fecrets eftant fait fecretaire.
  Recherche enfin d'auoir par tous moyens
'Que tu pourras, richeffes & moyens :
Puis que tu vois que l'or & la richeffe
Tient noftre cœur toufiours en alegreffe,
Qu'elle fait taire vn malin enuieux,
Et qu'vn fçauant fans biens eft odieux :
Lors tu auras vne Mufe parfaite,
Qui te fera Philofophe & Poëte,
Et t'aquerront foudain plus de fçauoir
Que toy fçauant n'en fceus iamais auoir.

SATYRES

FRANÇOISES,

LIVRE IIII.

Par le Sievr De la Fresnaie Vavqvelin.

&Oⵚⵚ&

A Monſieur Vauquelin, Seigneur de Saſſy, &c., Conſeiller du Roy & ſon premier Auocat au Parlement de Normandie.

*AVQVELIN qui, tout plein de bonté, de rondeur,*
N'aſpires vainement à la ſotte grandeur :
Mais ferme t'apuyant ſur les vertus antiques,
Qui reluis en honneur en nos choſes publiques :
D'vne part ie ſçay bien que tu me reprendras,
(En ayant le pouuoir) lors que tu entendras,

Que trop libre ie ſuis, trop franc, trop temeraire,
De me vouloir montrer aux vices ſi contraire,
Et qu'vn ſage conduit ſes mœurs ſelon le tems :
Iamais d'eſtre repris les Grands ne ſont contens :
D'ailleurs ie me promets que, tout plein de franchiſe,
Tout plein de verité des la naiſſance apriſe,
Bontif tu me loueras de montrer, comme au doy,
A chacun ce qu'il voit tout ainſi comme moy :
Et peſant à la fin, ſuiuant ta grand' prudence,
Les deux opinions, peut eſtre la balance
De ton pur iugement penchera du côté
Ou te pouſſe en ton cœur la nette verité,
Et que tu me diras : cher Neueu, ie te loue
De ton gentil courage, & franchement i'auoue
Qu'en tes vers tu dis vray : ſi chacun librement
Parloit comme tu fais, tout iroit autrement.
Comme les medecins feroient de la vipere,
Feroient du Crocodille vn vnguent ſalutere
Contre vn autre venin : les malins reprenant,
Ainſi tu vas les bons aux vertus retenant.
  Cher Oncle, ie repons, qu'heureux ſont les Poëtes
Qui ſont leus, qui ſont veus, pour leurs Muſes parfaites :
Mais à grand' peine vn ſeul voudra lire mes vers :
Puis ie crains, les montrant à tant de gents diuers,
Que quelque vicieux dedaigné ne ſe fache
D'ouir que hardiment aux vices ie m'attache :
D'autant que la pluſpart, dignes d'eſtre repris
Pluſtoſt qu'eſtre louez, voyant que ie deſcris
Leurs fautes, leurs pechez, auront horreur de lire
Les diſcours reprencurs de ma libre Satyre.

Et qu'il ne foit ainfi, Qu'on choififfe d'entre eux
Le meilleur, le plus faint, le plus vaillant & preux,
Auffi toft on verra dans leur vulgaire bande,
Que l'Auarice à l'vn vfuriere commande,
Et que l'Ambition vn autre efclaue tient,
Que l'autre, epris d'Amour, de Dieu ne fe fouuient,
Ains, comme vn moucheron, fe brule à la chandelle :
Que l'autre en fa grandeur fe maintient par cautelle,
Fait le grand, & tenant vn Soldat menaffeur,
Du poure villageois eft iniufte opreffeur.
Ils craignent en cela que d'vne dent mordante.
Ne les pique en leur cœur ma Satyre piquante.
Craignants ainfi mes vers, des vers ils parlent mal :
Ils haiffent Horace, & Perfe, & Iuuenal :
Et difent, Gardez vous, car ce toreau-la porte
Du foin deffus la corne, il frape en mainte forte :
Fuyez le de bien loin, quand à hurter s'eft mis,
Il ne pardonne pas à fes meilleurs amis :
Il porte fur la croupe vne claire fonnette,
Qui dit aux approchans : il frape, qu'on s'en guette !
Perfonne il ne refpecte, vn Prince il fraperoit,
Et les plus grands Seigneurs iamais n'epargneroit,
Pourueu que tout le monde à fon plaifir il tire,
Et qu'il face en riant auffi les autres rire :
Et cela qu'vne fois il graue en fes efcris,
Il veut qu'il foit par cœur de toutes gents apris :
Il veut que les laquais, les vieilles qui à peine
Reuiennent du moulin, du four, de la fonteine,
Le content à chacun : & que les carrefours
Par vn Echo public refonnent fes difcours.

Or oye*z* ie vous pri', ma refponce au contraire :
Premierement ie di, Que ie ne veux pas faire
Du Poëte & ne l'eftre : & mefme que ie veux
M'ofter d'auec ceux la qui font grands & fameux :
Car pour fçauoir des vers ietter à l'auenture,
Et fylabe à fylabe accoupler leur mefure,
Cela n'eft pas affe*z* : ni d'aller tout courant,
D'vne profe rymee en fes vers difcourant :
Ni dire des propos qui d'vn iargon vulgaire
Se parlent tous les iours entre le populaire,
Ne fait pas le Poëte : & de ce braue nom
Sont dignes feulement les hommes de renom,
Ces Homeres brulans d'vne ardeur dedans l'ame,
Dont Phœbus amoureux leurs beaux efprits enflame :
Deforte que leurs vers fur hauts fuiets conceus,
Sont tous à l'enfanter des neuf Mufes receus.

    C'eft pourquoy ie ne mets qu'à peine la Satyre
Entre ceux du iourdhuy qu'on voit le mieux efcrire.
Mais i'affeureray bien qu'elle eft comme vn miroir,
Ou l'homme fes vertus & fes vices peut voir :
Car l'homme s'y mirant, fon admirable glace
Ne montre feulement quel il eft en fa face :
Mais iufqu'au fond de l'ame il s'y voit tellement
Que vices & vertus il voit ouuertement :
Et celuy qui s'y voit apres aux flateries
De foymefme il ne croit : blames & menteries
Ne luy donnent d'ennuy : foymefme il fe reprend,
Et foymefme il connoit ce qui fage le rend :
Et parmi le dous ris du goffeur Satyrique,
Toufiours quelque eguillon de la vertu nous pique.

Auifons donc comment peut ainfi l'enuieux
Prendre de la Satyre vn foupçon odieux.

 Iamais premierement elle n'occit perfonne :
Des articles fecrets à Iuftice ne donne
Contre les malfaiteurs : & iamais l'innocent
Par elle de dommage en fon cœur ne reffent :
Et celuy qui vit bien (ayant la main pucelle,
Et l'ame fainte & vierge) a plaifir auec elle.
D'elle l'homme d'efprit ne fe tient point piqué,
Ni d'elle le prudent ne s'eftime moqué.
Pourquoy donc, Enuieux, prenant mine de fage,
Ignorant & craintif, veux tu luy faire outrage ?
Tu fais mal, ie veux bien que telle baffe gent
Comme toy, pour mes vers ne mette point d'argent.
Ie fuis content encor que iamais aux boutiques
On ne trouue mon liure aux grand's Foires publiques :
Ni qu'il foit recherché par tous ces hommes vains,
Qui n'ont que de la glus pour gluer en leurs mains.

 A perfonne mes vers iamais ie ne recite,
Sinon à mes amis, aufquels il m'eft licite
De decouurir fecret mon imperfeƈtion,
Ayant aueque moy d'humeur quelqu'vnion :
Encore bien fouuent à ce faire eft forcee
La volonté du cœur parlante en ma penfee :
De tout temps i'ay hay de Poëte le nom,
N'eftant affez fçauant pour auoir ce renom :
I'ay toufiours volontiers fait honneur, au paffage,
A ceux qui pretendoient par la quelque auantage.
I'endurois vn chacun fçauant eftre loüé,
Et pour tel l'ignorant i'ay fouuent auoüé :

Ie faiſoy meſme honneur aux dames qui, galantes,
En cet Art penſoient eſtre habiles & ſçauantes :
Ie cedois aux ſçauants : & de long temps ouurier,
Courtois ie leur donnoy la palme & le laurier :
Ie ne vouloy mon nom à leur dommage eſtendre,
Ni ſur mes compagnons auantage pretendre.

   Mais lors que ie voyoy, d'vn vol audacieux,
Ces beaux ieunes rymeurs s'envoler iuſqu'aux cieux,
Ie craignoy qu'aprochant de ces lumieres belles,
Le Soleil ne fondiſt la cire de mes ailles.
Touſiours, viendras-tu dire, à poindre tu te plais,
Et faux garçon encor à propos tu le fais :
Car furetant par tout les ſecrets de Nature,
Tu donnes à chacun doucement ſa pointure.
Qui t'a baillé ce dard que l'on voit elancé
Contre ces ieunes gents qui ne t'ont offencé ?

   Celuy qui ſon ami poind & pince en abſence,
Qui ne le defend point quand vn autre l'offence,
Et qui goſſant deſire en faire rire autruy,
Et de remporter gloire en ſe moquant de luy,
Qui de luy plaiſantant conte quelque nouuelle,
Qui le ſecret receu mal à propos decelle :
Cher oncle, ie te pri', fuy cet ami moqueur,
Car il a l'ame noire & venimeux le cœur.
Il eſt du tout mechant, & ſa langue menteuſe
A ceux qu'il va flatant par apres eſt trompeuſe.

   Mes vers ne ſont pas tels, ils diſent verité :
Si ie di quelque choſe en plus grand' liberté
Que ie ne deueroy, cette audace ainſi priſe,
Par la permiſſion me doit eſtre permiſe .

A tels enfeignemens, des que i'efloy petit,
Mon pere en me flatant graue m'affuietit.
Mon fils, me difoit il, voy la depence folle
D'Arnaut, qui plus du fien ne poffede vne dolle :
Tout l'amas que fon pere auoit fage amaffé
Eft auiourdhuy mangé, decretté, fricaffé.
Bel exemple à feruir de bride à ta ieuneffe,
Pour conduire ton bien d'vne meilleure addreffe,
Et ne fuiure le trac de tous ces debauchez,
Qui de leur courte ioye enfin feront fachez.
Te contentant du tien, n'augmente ta depence :
Pour viure fans emprunt, toufiours penfe & repenfe.
Et ne fuy point les ieux, les mafques ni putains :
Marche aux chemins d'honneur, ils font les plus certains.
Quand tu feras plus grand, quelque fçauante bouche
T'inftruira mieux que moy des raifons que ie touche,
De tant d'exemples vieux & des belles vertus
Dont nos bons deuanciers eftoient iadis veftus.
      Comme vn pale fieureux qui rioteux defire
Quelque chofe contraire au mal qui le martire,
Quand il voit qu'on luy dit que fon voifin eft mort
Pour eftre opiniâtre, il oit pour reconfort
L'auis du medecin : & d'vn poureux courage,
Quelque facheux qu'il foit auale tout bruuage.
Ainfi le des-honneur, la reproche d'autruy,
Fait que des tendres cœurs eft le vice fuy.
Souuent par ces moyens i'ay corrigé ma faute,
Et gaigné deffus moy cette victoire haute,
De n'apporter dommage à perfonne qui foit.
(Vn vice i'ay d'ailleurs que chacun fçait & voit,

Qui digne eſt de pardon : le long âge, peut eſtre,
Ou mon propre conſeil m'en pourront faire maiſtre.)
Car quand ſeul ie m'en vay dans nos bois pourmenant,
Ie ne manque à moymeſme : & ſouuent raiſonnant,
Ie dy, ie feroy mieux de viure en cette mode :
Il faut qu'à la raiſon prudent ie m'accommode,
J'en feray beaucoup plus agreable a chacun.
Mais ſi ie fais cela, c'eſt contre le commun,
Il m'en faut engarder : touſiours faut mettre peine,
Que le ſalut public ſoit la loy ſouueraine :
A mes amis ainſi mes faits ne deplairont,
Et les bons par renom ſans me voir m'aimeront.
L'autr'hier ie fis cela d'vne ame trop legere :
Auiourdhuy ie me ſuis tranſporté de colere,
Iamais ie ne ſeray ſi prompt vne autre fois,
Ie veux ſans violence à tous eſtre courtois.

  Voila comme à part moy, de mes leures ferrees,
Cher Oncle, ie diſcours les matins & ſerees :
Et le temps qui me reſte en mon peu de loiſir,
Aux lettres ie le donne, aux vers ie prens plaiſir :
J'imite, ie traduits, i'inuente, ie compoſe,
Apres les anciens, ore en vers, ore en proſe :
Et ce vice eſt celuy dont ie ſuis accuſé,
Comme eſtant du plaiſir des Muſes abuſé :
Auquel ſi tu ne veux, d'vne prudente ruſe,
Toy meſmes aporter vne courtoiſe excuſe,
Les Poëtes François au ſecours me viendront,
Qui d'eſtre de leur bande encor te contraindront,
Et faudra que, marqué d'vn laurier ſur la teſte,
Auec eux d'Apollon tu celebres la feſte.

SVR LE TOMBEAV DE
luy-meſme long temps apres decedé.

Honneur de noſtre ſiecle, Eſprit de vertu plein,
Qui, dans la terre ayant acheué ton voyage,
Aux Cieux es retourné iouir de l'heritage
Qu'Abraham te gardoit au milieu de ſon ſein :
   Or' que du Tout puiſſant tu contemples à plain
Les rayons eclairants de ſon diuin image,
Les beaux lambris dorez & maint diuers etage
De ſon Palais celeſte, ouurage de ſa main.
   Falaiſe, que tu as en regrets delaiſſee,
Vne tombe t'auroit bien plus grande dreſſee,
Que du grand Mauſolé le ſomptueux monceau :
   Mais elle ne pourroit egaller ton merite :
Car quand toute voudroit te ſeruir de tombeau,
Pour couurir ſi grand' perte elle eſt par trop petite.

A Hierôme Vauquelin, Sieur de Meheudin, lors Conſeiller du Roy au Parlement de Rouen & depuis Aduocat general.

E iure que le Roy Henry ſecond, iamais
Ne ſe reiouit tant de la priſe de Mets,
De Tionuille & Calais, que i'eu d'eiouiſſance
D'entendre qu'en bon lieu tu prenois
    aliance :
Et me fut ce plaiſir mile fois redoublé,
Quand ie ſceu qu'au Senat pour ton fait aſſemblé,
Tu auois remporté par ton docte merite,
A ta reception louange non petite.
Que puiſſes tu long temps, exerçant grands Etats,
Viure heureux & content, ſans quitter les ebats
Que la vertu permet ; las ! Dieu n'a fait la grace
De viure longuement à ceux de noſtre race !
Pour ce, enſeignant Minerue, à toy, mon cher frereux,
De t'eiouir ſouuent conſeiller ie te veux :
Car quand on entreprend la charge d'vn nauire,
Vn meſnage, vne femme à vouloir bien conduire,
On n'eſt point ſans affaire : & pour ſe ſoulager,
Il faut d'vn cœur ioyeux ſon labeur aleger.
  Alors que noſtre vie eſt iointe à la Fortune,
Aux Etats, aux grandeurs, aux richeſſes commune,

X.

Elle eſt du tout ſemblable au rauage ſoudain,
Au ru bourbeux qui vient du iour au lendemain :
Car elle eſt toute trouble, elle eſt toute fangeuſe,
Rauineuſe, bruyante, à ſon abord facheuſe,
Et dure peu de temps : ce torrent à pied ſec
Vont les femmes paſſant, & les enfants auec :
Apres qu'à moins d'vn rien ſa fureur eſt paſſee,
En vn moment ſe perd la fortune amaſſee.

   Noſtre vie, au contraire, eſtante conſtamment
Coniointe à la Vertu, ſon ferme fondement,
Elle eſt toute pareille à la fontaine nette
Dont l'onde eſt immortelle, argentine & clairette,
Boiuable, non troublee, abondante en ſon cours,
Des paſteurs altereȝ la ioye & le ſecours :
Elle inuite en paſſant à boire la perſonne
A qui de ſa belle eau liberalle elle donne.
Il faut donc, cher couſin, ſuiuant nos bons ayeux,
Conioindre à la Vertu noſtre heur & noſtre mieux,
Et non à la fortune : & d'vn gaillard viſage,
Entre tant de brouillis ne perdre le courage.

   Quand ie penſe comment les ans des ailles ont
Pour s'enuoller de nous : & qu'enuieux ils ſont
De nos iours accourcis, ie deplore ſans ceſſe
De cet Eſtre mortel la facheuſe detreſſe,
Et ie di : Bien heureux ceux la qui ſans tourment
Peuuent paſſer leur vie en tout ebatement !
Autrement la vie eſt vne priſon amere,
Vn profont Ocean de triſteſſe & miſere,
Vn magaſin d'ennuis, d'aguets, de fauſſeteȝ,
Qui ſont, comme eſpions, touſiours à nos côteȝ,

Si l'homme prudemment ſage ne s'en depeſtre,
S'il ne paſſe ſes iours, de ſes paſſions maiſtre,
Aux doux plaiſirs qu'apporte vn peu d'oiſiueté :
Et s'il n'eſt craignant Dieu, ſoigneux de ſa ſanté,
Dependant tout autant que ſi la deſtinee
Deuoit en ce iour la terminer ſa iournee,
Et repargne de meſme auec vn tel moyen
Que s'il viuoit touſiours du monde citoyen :
Tandis faiſons touſiours vn peu de bonne chere :
Car on ne ſçait s'on peut le lendemain la faire :
D'autant qu'en moins d'vn rien cent mile eſtranges cas
Nous peuuent auenir : & tel tire au treſpas
Le ſoir, qui, le matin au leuer de l'aurore,
Diſpoſt, ſain & gaillard, ſe gambadoit encore.
   L'homme eſt bien oublié, qui ſe flatte & deçoit
Pour eſtre ieune & fort, & tandis n'aperçoit
La mort à ſon talon; i'ay veu porter en biere
La fille penſant eſtre à ſa mere heritiere :
Le ieune aller deuant ſon grand pere chenu,
Dont en herbe il tondoit deſia le reuenu.
La Mort commune à tous, ſans fard ni tromperie,
Tient ainſi comme aux Rois au peuple hoſtelerie :
Chacun comme il arriue eſt aſſis en honneur,
Et le moindre ſouuent prefere le Seigneur.
   Mais en ce ſiecle dur la ſageſſe eſt ſi rare,
Et la gent d'auiourd'huy tant aueugle & barbare,
Que, bien qu'elle ne ſoit immortelle ici bas,
D'vne ſoudaine mort aucune peur n'a pas :
Elle met ſeulement & ſon cœur & ſa cure
A la richeſſe vaine, à l'amas, à l'vſure :

Tant plus elle a de bien en foifon abondant,
Et tant moins elle va de ce bien dependant.
Et fi fort croifl auffi le defir tyrannique
De l'or, cruel bourreau du poffeffeur inique,
Qu'il ne permet iamais viure ioyeufement
Celuy qui fe foufmet à luy villainement :
Bien qu'vn grand Prince enfin plufieurs duchez affemble,
Il ne feroit content quand il auroit enfemble
Et l'Europe & l'Afrique : il mourra conuoiteux,
Chetif entre fes biens eflant neceffiteux.

    Cependant moquons nous de tant d'amas enfemble :
Ce peu que nous auons, que beaucoup il nous femble :
N'ayons plus deformais de defir fans raifon :
Et fi pleine d'argent n'efl point noflre maifon,
Et fi nous n'auons point vn grand nombre d'herbages,
De prez, de bois, forefls, campaignes, paflurages,
Et là mile harats, mile troupeaux bellants,
Toreaux & bœufs membrus, & geniffons beulants,
Des châteaux, des contez, des bourgs, des baronnies,
Des fiefs, des marquifats, duchez, chatelenies :
Si nous fommes contents de ce que nous auons,
Plus heureux mile fois que les Rois nous viuons.

    Toutes les cours des Rois d'ennuis font toutes pleines,
De traifons, de foucis & d'ambitions vaines,
N'aimant point le repos des Mufes fouhaité,
Ni d'vn efprit gentil la douce liberté :
Comme fait ton Brethel qui, doué de belle ame,
Toufiours brulant au cœur d'vne fincere flame
De rendre au grand Confeil à tous iufle equité,
Recherche neaumoins la Mufe & la gaité.

Que diray-ie des Roux, tes vertueux beaufreres?
Qui, fortis du Palais hors du bruit des affaires,
D'vne douce mufique ou d'vn plaifant difcours,
Reueillent plaifamment quelquefois les amours?
Ou bien au Bourthouroude aux ombres ecartees,
Au chant des Roffignols vont paffant les nuitees?
Saintebeuue tenant alors entre fes bras
Vne Venus coniointe à la chafte Pallas,
Fait que mon Saint Aubin, tout plein de gentilleffe,
Defire eftre embraffé d'vne telle maiftreffe.

Ah, feul i'aymeroy mieux librement viuoter,
Que les grandes maifons en bombance habiter.
Si i'ay toufiours du pain en repos & en ioye,
Sans qu'en neceffité trop dure ie me voye,
Pour n'eftre point veftu d'vn or eftrangement,
Ie ne laiffe pourtant d'eftre bien proprement,
Sans eftre bigarré, fans que ie me parfume,
Et fans qu'à me farder femme ie m'accoutume :
Si ie n'ay force gents, eftaffiers & valets,
Si ie ne fuis logé dedans vn grand Palais,
Auffi dans ma maifon aucun on n'empoifonne,
Ni le poignant penfer nuit & iour point n'y donne,
Ni la peur qui fouuent accompagne les Rois
Pour la Principauté deffous les riches toits,
Deforte que l'argent ni leurs aifes friandes
Ne leur peuuent ofter ces afflictions grandes :
Et ie fuis plus content d'vn appareil petit,
Et d'vn foupper d'amis bien faulcé d'appetit,
Que parmi les faifans, friandifes, delices,
Qu'ont les Princes toufiours en leurs mets & feruices.

Hé qui voudroit, bon Dieu ! nauigeant ſur la mer
Dans quelque belle Nau pleine d'or abiſmer ?
Et qui voudroit auſſi dans maiſon ſomptueuſe,
En pauillons, en tours, en donions orgueilleuſe,
Deſirer de paſſer ſes cours ans en ſouci,
Des orages, des vents eſtant à la merci ?
O qu'il vaudroit bien mieux auec ſa paſtourelle,
Dans vn buron couuert de bardeaux & d'aiſelle,
Paſteur aupres des bois ne viure que de fruits,
Qu'eſtre en grande maiſon accompaigné d'ennuis !
Et ſe voir appipé d'vne langue flateuſe,
Qui double nous deçoit par ſa voix cauteleuſe !
Touſiours, au tour des grands, bouffons & flagorneurs
Couurent leurs cœurs maſquez de mile faux honneurs,
Adorant ſeulement l'homme à l'heure preſente,
Le quittant ſi de luy la fortune s'abſente.

Viuons doncques ioyeux ſans enfermer le pain,
Comme fait Tarentel, qui n'eſt qu'vn ord vilain,
Bien que Noble il ſe die & qu'en tapiſſeries
Il montre glorieux des ſiens les armoiries :
Qui de fables ſouuent ſa famille repaiſt,
Et qui de vieux habits refaçonnez ſe veſt.

Il ne faut toutefois ſi fort prodigues eſtre,
Qu'ainſi ne nous auint qu'au bon Seigneur du Heſtre.
Quand il eut tout mengé, veſcut plus longuement
Qu'il n'auoit eſtimé des ſon commencement :
De ſorte que, cherchant d'huis en huis ſa pitance,
De ſa prodigue vie il fiſt la penitance.
Mais tu ſçais, cher couſin, qu'entre l'extremité
D'auare & prodigue eſt la liberalité,

Vertu que nous fuiurons, d'autant qu'elle outrepaffe
De toutes les vertus les beautez & la grace,
Toufiours viuant ioyeux : ioyeux doncques viuons,
Et par fois les ebats des doctes fœurs fuiuons :
Et cete breue vie en prudence paifible,
Plaifamment en repos paffons s'il eft poffible.
Las ! comme on ne voit pas, apres vn rude Hyuer,
(Mais prefente on la voit) l'Irondelle arriuer,
On ne voit point venir la vieilleffe chenue,
Mais on eft ebahi qu'on la trouue venue :
Et que, fans y penfer, on voit d'vn œil marri
Defia de tous côtez fon chef eftre fleury.
  Ha, que i'ay de regret qu'en ma ieuneffe pleine
Ie ne fauouroy pas la lieffe foudaine
Que l'âge m'aportoit : fans preuoir que les ans,
Qui viennent par apres ne font pas fi plaifans,
Et que fur noftre chef la neige refpandue
Rend la vigueur du val ia toute morfondue.
Ce qui m'en refte auffi ie le veux menager,
Afin que, s'il me faut du monde deloger,
Ie ne parte à regret pour n'auoir pas fuiuie
La volonté de Dieu, menant ioyeufe vie,
Sans chagrin, fans ennuy, fans depit, fans courrous :
Ie le veux reconnoiftre ici pere de tous,
Roy des rois, mais fi grand, fi prudent & fi fage
Que, fans autre confeil, il conduit fon ouurage
Ainfi comme il luy plaift : fans force ie fuiuray
Le temps & la faifon du fiecle ou ie viuray,
Comme il ordonnera : laiffant en terre eftrange
Les auares voguer des Gaddes iufqu'au Gange :

X iiij

Et, bien que chez eux foient les biens à grand' foifon,
A l'abandon des flots delaiffant leur maifon,
Ils vont cherchant ailleurs la corne d'Amaltee
Qu'en leur front, s'ils vouloient, ils trouueroient plantee :
Et fouuent, rencontrant vn naufrageux ecueil,
Du ventre des poiffons batiffent leur cercueil :
Pyrrhes en conuoitife, & qui iamais ne mettent
De borne à leurs defirs : ains plus ont, plus fouhaitent.
Conuoitife affamee, as tu iamais penfé
Que bien toft l'vfufruit de la vie eft paffé?
Quel forfait ne commet vne ame conuoiteufe?
Cheflet enfanglanta fa dextre maupiteufe
Au fang d'oncle & de tante, & n'epargna fa feur
Pour eftre de leurs biens iniufte poffeffeur :
Et par vn dous arreft il fouffrit la torture
Aueque moindre mal que celuy qu'il endure
Dedans fa confcience en fon cœur bourrelé,
Pour n'auoir ce meffait aux tourments reuelé.

Fuyons, Coufin, fuyons la conuoitife auare,
Et toufiours la vertu fuiuons comme vn clair phare,
Qui rappelle les naux en vn tranquille port :
Et ioyeux cependant, fans redouter la mort,
Ni fans la defirer, ebatons nous à l'aife,
Quelquefois es coutaux des roches de Falaife,
Quelquefois à chaffer le lieure ou le connin,
Quelquefois à pefcher en ton beau Meheudin,
Quelquefois à paffer fous le frais des ombrages.
Auec plaifans difcours le temps en nos bocages,
Ou foit de ton Perron, foit de nos Iueteaux,
Soit de noftre Boiffay, la maifon des oifeaux.

Et toy brulant encor de l'amoureuse flame
De ta belle, gentille & vertueuse femme,
Tu te deroberas auec elle à l'ecart
Seulet pour la baiser en quelque coin à part,
Et dans le plus touffu d'vne ombre reculee
Atiedirez l'ardeur que vous tiendrez celee :
Et lors, peut estre oyant les ramiers amoureux
Roucouler, se baiser bec à bec, deux à deux :
Et d'vn autre côté les chastes tourterelles
Prendre leur doux plaisir en tremouffant des ailles,
Vous recommencerez en si plaisant seiour,
Ieunes & vigoureux, les ebats de l'amour.
Et moy de l'autrepart feingnant vne autre affaire,
Seulets ie vous lairray dans ce lieu solitaire,
Pour hâter le souper : ie diray ce discours
A ma chere Philis, & lors de nos amours
Redirons quelque chose & du temps qu'en liesse
En nos bois nous passions nostre tendre ieunesse.

   Iamais sur le mont d'Ide abondant en ruisseaux,
Paris & son OEnone en gardant leurs troupeaux
Sous les cedres ombreux, sur la belle verdure,
Oyant des ruisselets le delicat murmure,
N'eurent tant de plaisir en leur printemps nouueau,
Quand ils grauoient à force auecques vn couteau
Leurs noms entrelassez sur l'ecorce des hestres,
Que nous en eusmes lors en nos beaux lieux champestres,
Regrettant n'auoir pas, bien que sans grand renom,
Vescu seulets ainsi que Bauce & Philemon.

   Or donc, cher Vauquelin, tousiours il nous faut suiure
En repos la vertu : s'eiouir & bien viure :

Se contenter du fien, porter d'vn cœur ioyeux
Et le bien & le mal de ce monde ennuieux.
Celuy qui vit ainfi, fait que de fa memoire
Cent ans encor apres fe raconte l'hifloire.

Sur le trefpas de luy mefme, eftant lors Aduocat general du Roy au mefme Parlement.

Helas, quand ie croyoy ton fçauoir rare & faint,
Pour le Roy, du public la haute charge prendre,
Et qu'on voyoit chacun la main humble te tendre,
Comme aux plus vertueux que la fortune craint,
 Helas! le Ciel t'a pris & le monde te plaint!
Rouen, te regrettant, de pleurs mouille ta cendre!
D'ailleurs ta ieune Epoufe à tous fait le cœur fendre,
Rompant fa cheuelure & plombant fon beau teint!
 Argenten & Falaife à toute heure en lamente!
Mais fur tous Vauquelin, Apollon s'en tourmente
Autant comme il faifoit des plus prudents iadis.
 Mais quand du monde entier tu aurois eu les palmes,
Tu n'aurois iamais eu de iours fi dous & calmes
Que ceux que Dieu te donne en fon beau Paradis.

A François Vauquelin, Cheualier, Baron de Bazoches, &c.

OVVERT de belles fleurs en l'Auril
    de ton âge,
Ayant de la valeur les beaux fruits au
    courage,
Capitaine tu as, entre mille guerriers,
Mené des gents de pied, conduit des caualiers :
Sçais-tu point, cher Coufin, d'ou vient que l'arrogance
De ces Soldats s'egalle aux Nobles de la France ?
Efl ce point que le Noble, ennemi de vertu,
Auiourdhuy fous le vice a le cœur abatu ?
Que les Nobles, fans plus d'ombres, de reuerences,
Montrent de leur vieil tronc les vaines aparences ?
Et qu'vn petit Soldat, vn gendarme tout gueux,
Auffi mechant qu'ils font, fe tient auffi grand qu'eux ?
Car fi leurs deuanciers ils fuiuoient à la trace,
Recherchoient leurs vertus, ne diffamoient leur race,
Ie croy que ces galants ne s'enhardiroient pas
De vouloir imiter tant feulement leurs pas ?
  Mais bien faire le grand efl chofe auffi commune,
Ordinaire & facile aux mignons de fortune,
Qu'aux Nobles anciens. Car ceux qui font menez
Par argent ou hafard (encor qu'ils n'y foient nez)

Aux honneurs, aux Eſtats, incontinent ils ſçauent
Tout ce qu'il y faut faire & la Nobleſſe brauent :
De ſorte qu'entendus, tous nouueaux apprentifs,
Ils deuiennent ſoudain treſgrands de treſpetits.
La Vertu n'eſt plus rien que vent & que parolle :
Chacun fait bonne mine & ſçait iouer ſon rolle.
Voy tu point, comme moy, que tous ces mal apris,
Autre qu'ils ne deuroient vne grandeur ont pris?
Chacun d'eux fait le grand, fait le Roy, fait le Prince,
Chacun veut ſa maiſon gouuerner en Prouince,
Chacun ſe deconnoiſt & veut ſon nom changer,
Chacun ſous d'autres mœurs veut les ſiens engager.
La damoiſelle veut que Madame on l'appelle,
La dame en ſon ouuroir veut eſtre damoiſelle :
Chacun veut eſtre Noble & faire le Seigneur,
Prendre les mœurs des Rois & des Princes d'honneur,
Imiter leur marcher, ſalüer de la nuque,
Retrouſſer la mouſtache & hauſſer la perruque :
Et depuis que d'Eſpagne & d'Itale eſt venu
Le flateur Baiſe-main au deuant inconnu,
Que les Princes, les Ducs, ont pris ce mot d'Alteſſe,
L'ombre pour le ſoleil fut pris de la Nobleſſe.
Ie veux conclure enfin, qu'on ne trouue coquin,
Maraut ni ſergeanteau, ni bouffon ni faquin,
Ni clergeon de finance & petit ſecretaire,
Qui ne vueille eſtre grand & les grands contrefaire.
Le bas vulgaire croit que le vin, que le pain
Des grands eſt d'autre gouſt, & fait d'autre leuain
Que celuy dont il vit : ne s'auiſant mal ſage
Qu'il entre de ſcience en vn apprentiſſage.

Las! Peuple, vois tu point que le contentement
Ne giſt qu'à ſe ſuſire en ſon entendement?
  Or, ſi tu fuſſes né dans le fonds d'Arabie
Ou ſur les ſables cuits de la chaude Libie,
(Tant eſt grand du pays le gracieux amour)
Tu ne deſirerois echanger ton ſeiour
Pour viure plus heureux en noſtre Europe graſſe :
Pourquoy doncques ainſi, né d'vne poure race,
Sans vouloir t'enrichir plein d'apre paſſion ,
Ne taches tu pluſtoſt, en la condition
Ou premier tu fus né, viure en paix & lieſſe
Que courre miſerable apres cette grandeſſe ?
Qu'inuenter les moyens, au dommage de tous,
De te faire montrer au nombre de nos lous ?
Auec l'œil eblouy, non de l'œil de prudence,
Tu vois ce qu'on dit grand, deceu par l'aparence.
  Ce Peuple ne croit pas que les plus haut montez,
Sont le plus fort des vents de miſere agitez :
Et ne voit que le riche a touſiours la tempeſte
Et l'orage & les flots grondants deſſus ſa teſte :
Et d'vn cœur conuoiteux ne deſire, irrité,
Que des montagnes d'or & de l'auctorité :
Et ne voit que le monde heureux tel homme appelle,
Que, qui verroit depres l'ennuy qui le martelle,
Il ne voudroit changer cette felicité
Auec l'eſpoir chetif de ſa calamité.
  Ah ce ſont de beaux mots ſans effect que de dire :
Vn tel eſt bien heureux, il a ce qu'il deſire !
Mais pour les faire vrais, il faudroit plus grand heur
Qu'eſtre d'vn peuple bas honoré par grandeur :

Tel femblera d'vn Dieu, qui viura miferable
Aux chams, en la maifon, en fon lict, en fa table.
   Qui tient le premier ranc aupres de nos grands Rois,
Qui dans nos Parlements a la premiere vois,
Et qui peut le mieux faire au Peuple remontrance,
N'eft fouuent le plus fage au bien de noftre France :
Mais feul fage eft celuy, feul prudent & fçauant,
Qui de ce monde voit le Vray, qui bien fouuent
A face de menfonge : & qui dans le nuage
Connoift la Verité qu'ennubloit vn ombrage.
Mettez-le dans vn four, toufiours vn fage voit
Vn rayon par lequel ce beau Vray s'aperçoit.
   Heureux auffi n'eft pas celuy qu'on voit reluire
Par Eftats, par Threfors ou par grandeur d'Empire :
Mais celuy qui fçait bien commander à propos
Aux apres paffions qui troublent le repos :
Et qui ne laiffe point, d'vn cœur pufilanime,
Emporter aux fureurs la raifon magnanime :
Qui prudent fe deffend du conuoiteux defir,
Qui vient vn homme auare en fes liens faifir :
Qui fçait mettre le frein, qui fçait tenir la bride
A tous les appetits que la luxure guide :
Qui fe range au deuoir quand Nature l'epoind,
Et non pas au vouloir qui de raifon n'a point :
Qui s'efforce conftant viure dous & paifible,
Et qui fe reiouit autant qu'il eft poffible.
Ie croy que ceftui-la fe peut heureux iuger,
Pouuant fous la raifon fes paffions ranger :
Et croy qu'il eft tout franc des beftiaux caprices,
Des quintes, des humeurs, ou bien fouuent les vices

Embarraſſent vn homme, & des ſoupçons ſoudains,
Ou l'on ſe trouue pris par haine & par dedains :
Volontiers le ſecours ie prendroy d'vn tel homme,
Et volontiers pour luy ie m'en irois à Rome.
   Mais en vain on voudroit que, pour me maintenir
Contre les durs malheurs qui peuuent auenir,
Ou que, pour me vanger d'vn ennemi contraire,
Ie deuſſe vers les Grands de ce temps me retraire.
Car il me ſouuient trop du Cheual genereux,
Qui libre, qui gaillard, errant auentureux,
Mendia le ſecours de l'homme pour apprendre
Comme il pourroit vainqueur à la courſe ſe rendre
Du Cerf aux vite-pieds : l'homme alors l'aprochant,
Le bride & l'enharnache, & deſſus affourchant,
A force d'eſperons & ruſes adioutees,
Luy fiſt vaincre le Cerf aux foreſts ecartees.
Mais l'homme du Cheual s'aquiſt la liberté
Pour ſon loyer d'auoir le Cerf par luy domté.
Ainſi ie crains les Grands. Mais ie hay l'arrogance
D'vn qui les contrefait par ſotte outrecuidance :
Et ie t'ayme ſur tous, ô ſage Vauquelin,
Qui fuis le vain conſeil, & le diſcours malin
Du ſoldat malapris, qui te fuit à la table :
Et qui cheris l'auis, le propos veritable
Du gentilhomme docte & ceux dont les neuf Sœurs
Ont enſucré l'eſprit d'agreables douceurs.   .
L'eſprit des Du Bellay, maiſon de ta compagne,
Ni celuy de Clairmont, ces Muſes ne dedagne.
   Bref ie t'aime, ô Couſin qui, né d'vn tige vieux,
Ne prens vn plus grand rang que faiſoient nos ayeux.

Beaucoup de nos maieurs ont eſté capitaines,
Et ſi n'eurent iamais les ames tant hautaines,
Que maſquer d'ombres faux leur nom & qualité.
La pompe d'ici bas n'eſt rien que vanité.
Et qui veut viure bien, il ne doit meconnoiſtre
Son pere ni les ſiens, ni l'endroit de ſon Eſtre :
Ni taire le ſurnom qu'il a des le berceau :
Ni ſe dire Angeuin quand il eſt né Manceau.

Au Sieur des Yueteaus, Nicolas Vauquelin, lors âgé de 14 à 15 ans.

V portes, mon cher fils, le nom aſſez
fameux
De ton grand Biſayeul : c'eſt pourquoy
ſi tu veux
Enſuiure ſes vertus, tu as vn exemplaire,
Sans le chercher plus loin, pour t'aprendre à bien faire.
Si nous ſommes ſoigneux des tableaux, des pourtraits,
Que les peintres nous ont de nos grands peres faits,
A plus forte raiſon le deuons nous pas eſtre
De leurs belles vertus, que l'on deuſt voir renaiſtre
Peintes au vif tableau de nos comportements?
Dauantage tu as cent mile enſeignements

Qu'apris

Qu'apris tu as de moy, foit ou de Phocilide,
D'Ifocrate, Hefiode, ou Theôgnis, qui de guide
Toufiours te feruiront, fi tu remarques bien
Que le Sçauoir qui n'eft pratiqué ne vaut rien.
   Tu es ieune, eftudie en ta belle ieuneffe :
Et tandis que tu l'as, employe en alegreffe
Le temps & la faifon : car, mon fils, defmefhuy
Pour le tien tu n'auras iamais le temps d'autruy :
Ce n'eft pas qu'il te faille alambiquer ton ame
Pour, brullant nuit & iour, la diftiller en flame :
Car il eft plus de temps que d'œuure: toutefois
Vne faison fe change en l'autre tous les mois,
Et des l'âge premier on prend vne habitude
D'aimer ou de hãir les Mufes & l'eftude.
   De nature tu n'es robufte ni puiffant
Pour des armes porter le fais rude & pefant,
Ains tu as vn efprit qui, tenant de Mercure
Et du chantre Apollon, des lettres aura cure.
Peut eftre ton puifné, plus fort & vigoureux,
Suiura de nos ayeux ce metier rigoureux.
L'eftude ne t'est plus vne dure contrainte :
Ce t'eft vne coutume, ainfi que t'eft la crainte
De Dieu, vers qui toufiours tu dois auoir recours :
Car vain fera d'ailleurs en tout temps le fecours.
   Mais par fur tout, mon fils, ie te prie eftudie
D'apprendre la fageffe & de former ta vie
A l'exemple des bons : & n'appren le fçauoir
Pour richeffe ou profit quelque iour en auoir.
Tu feras affez riche ayant en ta ieuneffe
Apris par les vertus à gagner la Sageffe,

Y

A n'eftre point mechant, à n'auoir dans le cœur
Vn bourreau qui cruel te traite à la rigueur
Car toufiours la Nature à mal faire eft forcee,
Et qui faut connoiſt bien la faute en ſa penſee.
  Si toſt que le malin a commis vn forfait,
Il ſe fâche auſſi toſt au cœur de l'auoir fait :
La premiere vengeance & la plus admirable,
C'eſt que de ſon peché n'eſt iamais le coupable
Abſous dedans ſon ame : eſtant iuge de ſoy,
Toufiours il ſe condamne en miferable emoy,
Bien qu'il ait obtenu par faueur amiable
Vne abſolution d'vn Parlement ployable.
  Fautif ne te pren pas, mon fils, à l'Eternel,
Comme s'il t'auoit fait pour eſtre criminel.
Bref il te faut garder, de ſotte vehemence,
Accuſer du haut Dieu la haute prouidence :
(Car rien n'eſt fait ſans cauſe) ains prendre en bonne part
Et les biens & les maux, ainſi qu'il les depart :
Vouloir tout ce qu'il veut : auſſi iamais ne dire,
Que le mauuais eſt riche ayant ce qu'il deſire :
Et que le vertueux eſt poure & ſouffreteux :
Le Sage n'eſt iamais de rien neceſſiteux.
En quoy penſerois-tu que le peruers abonde
Plus que celuy qui bon ſur la vertu ſe fonde ?
En meubles, en argent, en grand's poſſeſſions ?
Auſſi penſes-tu point à mile paſſions,
Dont iour & nuit ſon ame, en ſonges agitee,
En tranſe dorueillante eſt toufiours tempeſtee ?
Il n'en faut faire eſtat : mais pluſtoſt regarder,
S'il ſçait auec ſes biens mieux que toy commander

A ſes affeƈions : & s'il a plus de honte
Et plus de foy que toy : s'il fait autant de conte
De l'honneur, que tu fais : alors tu trouueras
Que beaucoup plus qu'il n'eſt, abondant tu ſeras
Poſſedant la vertu : cil plus riche demeure
Qui des richeſſes a la plus belle & meilleure.
  Ne ſois donc point oiſeux, & ferme te reſous
A ſuiure en long habit la vertu comme nous :
Tu en auras plus d'heur qu'à ſuiure la maniere
Du gentilhomme ayant vne gentilhommiere,
Vne grand' ſale antique, ou pend es ſoliueaux
Vne corne de Cerf pour pendre les chapeaux,
Et les trompes de chaſſe, ou l'on voit vn menage
De gents, de chiens, d'oiſeaux, ainſi qu'au premier âge.
Nous en auons de meſme, en nos lieux tu pourras
Prendre pareil plaiſir alors que tu voudras :
Puis vn valet de chiens, vn maquignon, en ſomme
Au monde fait autant que fait vn gentilhomme,
Qui ne fait que chaſſer & piquer ſes cheuaux.
  Or ieune embraſſe donc par courageux trauaux
L'eſtude & la ſcience : apres auecques ioye
Tu iouiras content d'vne ſi belle proye.
Aux honneurs paruenu, craignant Dieu, puiſſes-tu
Le reſte de tes ans t'eiouir en vertu !
(Comme Mimnerme a dit) ſi noſtre vie humaine,
De labeurs, de tourments, d'ennuis eſt toute pleine,
Sans le plaiſir des Arts & d'vn loyal amour,
Ie ſouhaite qu'alors il ne ſe paſſe vn iour,
Qu'en ieux & qu'en plaiſirs, qu'en vers entre les Muſes
La pluſpart de tes ans ioyeuſement tu n'vſes :

Ayant vn naturel tellement adouci ,
Que foucieux eftant tu fembles fans fouci :
Et gracieux faifant , d'vne addreffe prudente,
Qu'en public & priué de toy l'on fe contente.

A Charles Vauquelin, Abbé commandataire de S. Pierre fur dyue en Normandie.

 *AVQVELIN , que ie croy par la di*
uine grace ,
Eftre choifi de Dieu pour tenir vne place
Sainte & belle en ce monde, ainfi qu'il
n'y a brin
D'herbette , qui fa place ici ne tienne enfin :
Pourueu que la Raifon en ton ame plantee
Soit maiftreffe du tronc ou c'eft qu'elle eft entee :
Et fi tu veux par elle enfin tu trouueras
Comme parfait au monde & diuin tu feras.

 Car, ô mon fils, ie croy la grandeur infinie,
La grand' bonté de Dieu, par celefte harmonie ,
Auoir formé tout l'homme à fon diuin femblant,
A fon diuin image, en luy feul affemblant
Tant de perfection, tant de rare excellence ,
Et des ordres fi beaux , qu'vne telle femblance
A bon droit fut iadis des plus fçauants nommé
(Ne pouuant luy donner de nom plus eftimé)

Vn petit vniuers, vn abregé du monde,
Vn racourciſſement de la machine ronde.
Car, bref en l'homme ſont tous les dons precieux,
Dont ſont ornez la terre & les ordres des cieux.

   Et ſi chacun gouſtoit que, par don de Nature
Treſexcellent & digne, il eſt la creature
De ce grand Dieu puiſſant qui, meſme de chacun,
Ainſi qu'il eſt des Dieux, eſt le pere commun,
Iamais ne penſeroit, en ſon ame ſupreſme,
Rien de bas, rien de vil, rien d'abiet de luymeſme.

   Or ſi quelque grand Prince, ou ſi quelqu'Empereur,
Ou quelque Duc fameux, ou quelque autre Seigneur,
T'auoit donné ſa fille vnique en mariage,
Te faiſant heritier du ſuperbe heritage
D'vne grand'Royauté : peu d'humbles ſe verroient,
Qui de ton front hautain l'audace porteroient.
Si doncques, ô mon fils, tu te reconnois eſtre
Vn enfant fils de Dieu, qui des Rois eſt le maiſtre,
T'en priſeras-tu point dauantage, di moy ?
T'en veux-tu point ſecret glorifier en toy ?
Vn fils eſt de plus pres, ce me ſemble, qu'vn gendre :
L'heritage des cieux poſſeſſion à prendre
Plus digne qu'vn duché. Dy moy doncques pourquoy
N'es tu point glorieux d'eſtre fils d'vn tel Roy ?
Et d'eſtre l'heritier d'vne Royauté telle,
Qu'aux cieux la iouiſſance en demeure eternelle ?

   Mais pourquoy, fils de Dieu, cela ne faiſons nous
Pour auoir dés cette heure vn Royaume ſi dous ?
Ah, cela ne ſe peut ſi promptement connoiſtre :
Car le corps prend de terre, & l'ame prend ſon Eſtre

Des cieux, maiſon diuine : eſtants enſemblement
La raiſon & le corps meſleʒ confuſement
Deſlors que nous naiſſons : puis on voit peu de Sages,
Qui ſachent de ces deux diſtinguer les vſages :
Par le Corps la Nature en commun nous depart,
Auec tous animaux, vne aliance à part :
Par l'eſprit nous auons commune la Prudence,
La Raiſon, le Diſcours, la haute intelligence
Aueques l'Eternel : mais ces naturels maux,
Que nous auons communs auec les animaux,
Nous rendent la pluſpart enclins à vouloir suiure
La nature mortelle en ſa façon de viure.
  Mais peu, qui ſont bien peu, ſuiuent l'affinité
De la Nature iointe à la diuinité.
Ce petit nombre ſuit cet' heureuſe partie,
Que Dieu diuinement en nous a departie :
Puis tous ayants beſoin vſer de tout ainſi
Que le cœur dit qu'on doit en bien vſer auſſi :
Ce peu, ce petit nombre ayant la connoiſſance
(S'y ſentant obligé comme des ſa naiſſance)
Qu'il faut garder ſa foy, que honte il faut auoir
De ne ſe ranger pas à faire ſon deuoir,
A bien la preuoyance en ſon ame excellente,
D'vſer à tous propos de ce qui ſe preſente,
Selon l'occaſion : & ſi ne penſe pas
En ſon cœur rien d'abiet, rien de vil, ni de bas :
Ains touſiours peu à peu d'eleuer il eſſaye,
L'eſſence de ſon corps par l'eſſence plus vraye.
  Mais le grand nombre fait au contraire autrement.
Quel, dit il, me voy-ie eſtre? homme plein de tourment,

Vne chair miferable, vn ioüet de fortune,
Que la calamité nuit & iour importune :
Les animaux, qui font les hoftes des forefts,
Ceux qui pendent en l'air, ceux qui vaguent apres
En l'Ocean, ne font fuiets aux loix feueres
Ou l'homme eft empeftré par cent mile miferes.
  Mais on luy peut refpondre : As-tu rien de meilleur
Que ta flouette chair? que ton corps? que la peur
De te voir afligé? tu as bien dauantage,
Puis que tu es de Dieu la femblance & l'image.
Pourquoy, chetif, as-tu chofe de fi grand pris,
Par vn contennement, à dedain & mepris?
Que pluftoft n'oublies-tu cette chair qui, trop fiere,
Tient en captiuité ton ame prifonniere?
Eleue ton efprit, voy des cieux la hauteur,
Aux cieux tu trouueras ou gift ton Createur :
Et forti d'vn bon lieu, voudrois-tu doncques faire
Quelque chofe qui fuft indigne de ton pere?
  Or pour prendre legers les chofes du dehors,
Et prifer moins les biens de l'efprit que du corps,
Nous delaiffons à part noftre nature bonne,
Et changeons autrement fouuent noftre perfonne.
Tantoft nous deuenons comme lous rauiffants,
Quand traitres nous guettons nos voifins moins puiffants :
Tantoft lions auffi quand, pleins de mile rages,
Nous fommes rapineux, barbares & fauuages :
Nous fommes la plufpart tantoft comme regnarts,
Qui nous entr'abufons par mile fortes d'arts :
Tantoft nous fommes Ours lors que, par violence,
Des poures fouffreteux nous humons la fuftance :

Tantoſt Cameleons, flateurs, ſous faux ſemblant
Toutes autres couleurs nous prenons, fors le blanc :
Tantoſt aigles goulus, & tantoſt des Harpies
Par qui ſeroient des Rois les viandes honnies.
Tantoſt nous ſommes faits comme infames corbeaux,
Qui vont ſur la charongne & les puants tombeaux,
Quand ſur les vices ſeuls des hommes, par enuie,
Nous nous iettons goulus, taiſant leur bonne vie.
Ce qu'ont les animaux en eux de monſtrueux,
Et ce qu'ont de venin les ſerpents tortueux
D'Afrique & de Lybie, en l'homme il eſt des l'heure
Que la part de ſon corps la plus forte demeure.
   Il faut donc auoir ſoin de n'eſtre enuelopé
En ces calamitez ou l'homme eſt attrapé.
Car qui regarde à ſoy, qui l'ame raiſonnable
Separe des façons du corps touſiours mourable,
Et qui penſe l'homme eſtre vn petit vniuers,
(Ou ſont autant de biens que ſont de maux diuers)
Par la part de l'eſprit, la part la plus parfaite,
Il rendra l'autre part du corps à luy ſuiette :
Et comme le mechant deuient vn animal,
Il deuient bon auſſi comme vn Ange ſans mal.
   Garde donc que ton Monde à la fin ne ruine,
Puiſque tu es eſleu par la Grace diuine
A le rendre parfait : aiſement tu le peux,
Si l'eſprit de ton corps faire maiſtre tu veux,
Et s'il te ſouuient bien, que iamais ne faut faire
Rien qui ne ſoit en ſoy digne de Dieu ton pere.
Autrement trebuchant au gouffre des deſirs,
Entre les vanitez, entre les vains plaiſirs,

(Comme on voit auiourdhuy beaucoup de perfonnages,
Qui beftes vont de Dieu paiffant les pafturages)
Vn monftre tu feras, deloyal, imparfait,
Fils ingrat oubliant le bien que Dieu t'a fait.

A Guillaume Vauquelin, fieur de la Frefnaye, aprefent Lieutenant general au Bailliage & Prefidial de Caen.

*ON fils, plus ie ne chante ainfi comme*
autrefois :
Ie fuis plein de chagrin,ie ne fuis plus courtois :
Seulement tout hargneux ie vay fuiuant
la trace
De Iuuenal, de Perfe, & par fur tous d'Horace,
Et fi i'eftens ma faux en la moiffon d'autruy,
I'y fuis comme forcé pour les mœurs d'auiourdhuy :
Les Mufes ne font plus en cet âge ecoutees,
Et les vertus au loin de tous font reietees.
Les ieunes de ce temps font tous achalandez
Aux boutiques des ieux de cartes & de dez,
Beaux danfeurs efcrimeurs qui, mignons comme femmes,
Courrent fous leurs habits les amoureufes flammes :
La plufpart tous frifez, d'vn vifage poupin,
Suiuent des le berceau les Dames & le vin,

Et vont par les maifons muguettants aux familles,
Au hafard de l'honneur des femmes & des filles.
Te voila de retour : fous le Ciel de Poitiers,
Tu n'as pas cheminé par de plus beaux fentiers :
Car, à iuger ton port, à regarder ta face,
Tu as de ces mignons la façon & la grace.
Mais tout mis fous le pied, il eft temps de penfer
En quel rang tu te veux maintenant auancer,
Le temps à tous moments noftre âge nous derobe :
Ie te iuge auffi propre aux armes qu'à la robe.
La malice du fiecle & Mars tout debauché
T'a, comme l'vn des fiens, en fon Eftat couché.
Mais ce feroit ton heur fi, d'vne ame prudante,
Tu fuiuois la Deeffe & guerriere & fçauante.
C'eft le meilleur d'auoir, en la ieune faifon,
Des armes pour les champs, de l'art pour la maifon.
 Aime Dieu cependant &, marchant en fa crainte,
Garde que fa lumiere en toy ne foit eteinte :
Elle te conduira par les obfcurs detours
Ou tu chemineras deformais tous les iours :
Car toufiours la ieuneffe eft la plus agreable.
Qui porte fur le front vne douceur aimable,
Montrant par fes difcours à chacun, en tout lieu.
Qu'en fon ame eft emprainte vne image de Dieu,
Et qui, par des effects pleins d'vn gentil courage,
Fait goûter de bon fruict des fon apprentiffage.
Comme on connoift au gefte, au port, au mouuement
Quelquefois des Mortels le bon entendement :
Ainfi par les façons, la grace & la pofture,
On remarque fouuent vne fote Nature.

C'eſt pourquoy cette grace il faut bien aſſurer,
Et touſiours aux vertus conſtamment aſpirer.
Mais ſur tout du Deuoir il faut ſçauoir l'vſage,
Si tu veux bien iouer ici ton perſonnage,
Porter à toutes gents, ſelon leur qualité,
L'honneur & le reſpeƐ qu'ils auront merité :
Aimer ceux de ton âge, & que tes mœurs aiſees
Pour leurs facilitez des hommes ſoient priſees :
Et modeſte & ſecret ne parler ſans propos,
Et par tout ſans medire apporter du repos.
   Apres à tes parents montre toy debonnaire :
C'eſt vn mepris de Dieu qu'orgueilleux leur deplaire.
Quand il eſt commandé de ſon pere honorer,
Et d'aimer ſes prochains, ſa mere reuerer,
Dieu ne nous a promis que bons ſeront nos peres,
Noſtre mere bien ſage & vertueux nos freres :
S'ils ſont bons, ce nous eſt vn auantage heureux :
Les chaſtiments des bons ne ſont point rigoureux.
Ne fais pas comme Argon qui, cruel & ſeuere,
Se rid des maudiſſons & de pere & de mere,
Et dit qu'il ne s'en chaut ne l'ayant merité,
Et que leur maudiſſon part d'vn cœur irrité,
Qu'ils ont long temps veſcu, que trop les peres viuent,
Quand les enfans âgez en miſere les ſuiuent,
A leur trepas auſſi les fils ne ſont marris :
Le pleur de l'heritier ſous le maſque eſt vn ris.
Ha, tels qu'ils ſont, Argon, il faut qu'on les comporte,
Qui veut de la raiſon tenir la regle forte.
S'ils ne ſont leur deuoir, ils ne t'excuſent pas
De ne faire le tien. S'Arlemont ne fait cas

Du deuoir honorable ou Nature l'oblige,
Veux tu donc, comme luy, coupper vn si beau tige,
Et te ietter au fond d'vn gouffre deuorant?
Le forfait du mauuais du nostre n'est garant.
Si de mechansseté contre toy Berland vse,
Cela pour en vser ne te sert point d'excuse.

  Si tu as par hasard, auec gents de raison,
Des biens à debrouiller, c'est heur en ta maison
D'en rencontrer de tels : s'ils sont deraisonnables,
Tu ne feras pourtant des actes miserables.
 Puis qu'il te faut auoir vn chesne, vn if, vn pin,
Vn noyer, vn erable, vn hestre pour voisin,
Il te faut supporter, d'vn patient courage,
(Sans point les saccager) leur pente & leur ombrage.
Vray que quand tu aurois, au lieu de piquants houx,
Des lauriers pour voisins, l'ombre en seroit plus doux
Et ton bon heur plus grand. Mais ces poignants bordages
Feront sembler plus beaux ceux de tes iardinages.
D'autrepart ne sois point, d'vn cœur malicieux,
Dessus le bien des tiens miserable enuieux.
Si tu trouuois vn roc à tes pieds de rencontre,
Tu t'en detournerois pour ne hurter au contre :
Tout ainsi de l'enuie ecarte toy, depeur
Qu'elle ne fasse point à bas broncher ton cœur.
Quand le vice t'assaut, resiste à sa poursuite :
Des armes de vertu sa force on suppedite.
Il ne faut chercher loin que c'est que le peché,
Nous auons dans le cœur ce secret attaché.
Ce que le cœur nous dit estre faute c'est faute :
Nous l'y portons graué par la Maiesté haute.

Qui ſçait bien à part ſoy dans ſon cœur conſulter,
Touſiours vn ſaint conſeil Dieu luy vient apporter.
Sur tout ne ſois ingrat, c'eſt vne tache infette,
Qui noircit la blancheur de l'ame la plus nette.
Garde toy d'auarice, elle perd quelque fois,
Comme celle du peuple, auſſi l'ame des Rois.
Que ſert à Vallandry d'auoir de viues ſources
D'or, d'argent & de biens pour emplir mile bources,
S'il meurt de faim aupres, s'il n'en prend du plaiſir
Et s'il n'en peut iamais contenter ſon deſir ?
Si tu as donc vn iour des biens en abondance,
Sois en courtois aux tiens, ſans vſer d'arrogance :
Mais tout humble, en faiſant liberal ton deuoir,
Montre auec tes amis vn bien commun auoir.
Connoy de ces amis les façons ordinaires,
Et des plus depiteux ſupporte les coleres.
Attendant la ſaiſon vn arbre, en l'an ſuiuant,
Rapportera ſon fruict ainſi qu'au parauant.
Endure du malade, il a deſia peut eſtre
Bien enduré de toy : ſon frere il faut connoiſtre.
Cheri les amitiez qui longues dureront,
Et les inimitiez qui bien toſt finiront.
Mais on hait bien ſouuent les hommes qu'on offenſe :
Et ſouuent le bien fait de mal ſe recompenſe.
Mais qui ferme ſe tient au Roc de la vertu,
Du courrous orageux n'eſt iamais abatu.
Tu es vn peu colere, euite les orages,
Qui d'vn courrous trop promt agitent les courages.
Empriſonne chez toy pour vn iour ton courroux,
Au matin il ſera plus traitable & plus doux.

Tandis ieune trauaille &, par la vigilance,
Croy qu'aux biens, aux honneurs, à la fin on s'auance,
Trauaille en tes beaux ans, en tes ans plus parfaits,
Pour porter plus content de tes vieux ans le fais :
Trauaille à t'eleuer aux vertus excellentes :
Les ans coulent toufiours comme les eaux coulantes.
Comme apres la faifon tant de fruits plantureux
Perdent en pourriffant tous leurs gouts fauoureux ;
L'âge premier fe paffe : & la vieilleffe blanche,
Long temps apres les fruids ne demeure en la branche.
Le Soleil, retiré dans fa couche du foir,
La nuid ne tarde guere à fe faire apparoir.
La vie eft comparable au vin : quand il n'en refte
Qu'vn petit, il s'aigrit : le friant le detefte :
Ieune mets peine donc, te voyant appellé
Aux armes & aux loix, d'eftre à tous deux meflé.
Et toufiours la vertu prens pour ta feure guide,
Sans lafcher aux defirs de ieuneffe la bride.
Capable te rendant des armes & des loix,
Des exemples tu as de tous deux à ton choix
Entre ceux de ton fang : Mais, fans grande prudence,
L'vn confomme bien toft vne grande cheuance,
Et l'autre, s'il reçoit de Dieu la beniffon,
Conferue plus long temps les fruids de fa moiffon

A Iean Iacques Vauquelin, Seigneur de Sacy.

 *O N fils, fi tu voulois faire de grands voyages,*
Tu t'enquerrois fouuent des lieus & des
paffages
Ou tu deurois paffer, des chemins
qu'ont tenus
Les braues voyageurs qui feroient reuenus :
Or tu t'en vas au monde, enquiers toy quelle etoile
Conduira ta nauire auant que faire voile.
I'en reuiens : fi tu veux, le Typhis ie feray
Qui les routes des Mers le premier te diray.

   Mon fils, qui veut entrer en la foreft mondaine,
D'epines, d'eglantiers, de haliers toute plaine,
Pour eftre bien conduit il faut inuoquer Dieu,
Qui bon guide t'addreffe à la voye, au milieu
Des chemins, des detours, des fentes ecartees,
Qui font des gents d'honneur feulement frequentees.

   Celuy qui s'entremet à faire le Seigneur
En la maifon d'autruy, d'en eftre gouuerneur
En l'abfence du maiftre, à la fin on le chaffe,
Ou bien on le punit de fon aueugle audace.
Tout ce grand Vniuers n'eft qu'vne grand' Cité,
Ou l'on ne doit rien faire auec temerité.
Vn grand Prince y commande, il veut que toute chofe
S'eftabliffe & s'y face ainfi comme il propofe :

Comme tu te verras eſtre enclin, montre toy
Promt à te conformer au vouloir de ce Roy :
Au vouloir du grand Dieu, qui te fera connoiſtre
En quel rang tu pourras en la Cité paroiſtre.
Il a mis dans ton cœur vne belle clarté,
Pour t'eclairer par tout ſuiuant ſa volonté :
Suy doncques ſa conduite & ne debas au contre :
Toute clarté s'enfuit quand le Soleil ſe montre.

Si tu eſtois poullain diſpoſt & henniſſant,
Aſſailly dans vn Pré d'vn lion rugiſſant,
Ce qui feroit en toy ſoudain il faudroit faire,
Ou tu ſerois meurtri d'vn ſi fort aduerſaire :
Mais eſtant vn Toreau, defendre il te faudroit :
La Nature à combatre auſſi toſt t'aprendroit.

Quand le deſtin nous pouſſe & que le Ciel oɗroye
A quelqu'vn d'aſſieger vne ville de Troye,
Qu'il ſe montre vaillant vn autre Agamemnon,
Par prudence & valeur eſtendant ſon renom :
Et qui peut vaincre Heɗor, qu'il ſe montre vn Achile,
Combatre Rodomont à Roger fut facile.
Recherche ta Nature en toy meſme & ton heur :
Si timide tu es, ou ſi plein de valeur.

Qui veut comme vn indigne, vn cauſeur, vn Therſite,
Entreprendre à monter en haut lieu ſans merite,
Il n'y paruiendra point, ou bien s'il y paruient,
Comme homme tel qu'il eſt, Fay-neant on le tient.

Mon fils, penſe touſiours eſtre homme, & conſidere
Ce qu'vn de ton calibre entreprendroit de faire.
Suy touſiours la raiſon, ſans lacher le cordeau
A viure ſans courage auſſi doux qu'vn agneau,

Et

Et fans trop le roidir, à viure auffi farouche
Qu'vn tigre, qu'vn Lion qu'on furprend en fa couche.
Examine depres ton inclination,
Et forme là deffus vne perfection :
Et de bonne heure prens vn doux port, vne grace,
Qui ne foit par trop humble & qui foit fans audace,
Portant toufiours refpec conuenable à chacun,
Tant au grand, au moyen qu'au vulgaire commun :
Mais aime par fur tous, ceux la qui font aimables
Par la feule vertu, qui les rend defirables.
Car tant plus vertueux & prudents ils feront,
D'autant meilleurs & bons, plus fort ils t'aimeront.
Et comme vn amoureux qui fera bien fidelle,
Ne laiffera d'aimer fa maiftreffe rebelle,
Pour luy voir quelque trait de facheux au fourci :
Qu'ami de la Vertu, tu ne laiffes auffi
De l'aimer & cherir pour la trouuer facheufe :
La dificulté rend l'ame plus courageufe.
  Si les hommes muets ne t'ont affez apris,
Et fi tu ne te plais à lire tant d'efcris,
Les hommes bien parlants te pourront mieux aprendre :
Vn parler vif pourra beaucoup fçauant te rendre.
Homere defcriuant d'Vliffe la vertu,
De fciences & d'arts ne l'a pas reueftu :
Mais il luy fait fçauoir les mœurs & les coutumes
De cent peuples diuers, fans voir tant de volumes.
En voyageant de mefme, aprens pour tes leçons
De ceux que tu verras les mœurs & les façons.
Tu as defia connu quelquepart de la France,
Et veu le Languedoc & la belle Prouence.

Z

Tu es ieune, tu peux ailleurs bien voyager,
Et te faire abile homme auant que te ranger
A l'ordre qui t'eſt deu. Tandis fais qu'à ton âge
Commande le Deuoir pluſtoſt que le courage,
Aimant & reuerant ceux que tu dois aimer,
Sans te faire hagart des tiens mal eſtimer.
Sur tout fois patient, d'vne ame moderee,
Qui la grace rendra de ton port aſſeuree.
Chaſſe au loin le chagrin, le depit outrageux :
Ne fois point defiant, ne fois point ombrageux :
Comba d'vn cœur ioyeux toute melancholie :
Iamais aux fonges vains priſonnier ne te lie :
Exerce toy le corps à tous plaifans trauaux,
A fauter, à danfer, à dreſſer des cheuaux :
Si ton efprit s'addonne à la Menagerie,
De peu tu pourras faire vne grand' Seigneurie.
Et fi tu veux attaindre aux honneurs pres du Roy,
Beaucoup y font montez qui font moindres que toy :
Mais attents que ton âge encor verd fe meuriſſe,
Et que de tes beaux ans le beau cours s'accompliſſe.

   Si pendant que la glace, en fon morne criſtal,
Empefche les ruiſſeaux de rouler en aual,
Et que les arbres, veufs de leur perruque verte,
De neige & de frimats ont la terre couuerte,
Tu demandois des fruits qu'aſſaifonne l'Eſté,
Qu'aſſaifonne l'Automne en fa grand' meureté,
Comme des abricots, des griotes, des guignes,
Cerifes, bigarreaux, & des raifins aux vignes,
Tu n'en trouuerois pas : mais le temps attendant,
Tu auras tous ces fruicts que tu vas demandant.

Le temps aporte tout : la patience aporte
Ce qu'il faut à chacun en diferente forte.
Et mefme tes àmis, te quittant fans raifon,
Reuiendront fi tu veux attendre la faifon.
Sois doncques patient : & foit ton ame duite
A prendre toufiours Dieu pour ta feure conduite.
Tout honneur te fuiura, fi tu fuis, Vauquelin,
Le bien ou tu feras par ta nature enclin.

A Monfieur le Blais, Confeiller du Roy au Parlement de Rouen.

ON cher le Blais, dont le beau iuge-
ment,
Comme vn Soleil reluit au Parlement,
Dont l'amitié, coniointe à l'alliance,
A ta vertu me fait auoir fiance :
Fors que de toy, de tous autres ï'entens.
Que prendre femme auifé tu pretens,
Et refolu par vn confeil bien fage,
Tu te veux mettre aux loix du mariage :
Tu me le cele & fi ne fçay pourquoy,
Car nul ce fait n'approuue tant que moy.
* Si quelquefois, par maniere de rire,*
Tu m'as ouy quelques fornettes dire
Des ieunes gents, qui tout d'vn coup s'en vont
Au nic de pie, alors que femme ils ont.

Ie n'y comprens neanmoins tout le monde.
Si d'autres fois qu'en raison ie me fonde,
Ie blame ceux qui, d'vn peril fortis,
Par leur danger ne font point auertis
De ne tenter de rechef le naufrage :
Ains tout foudain rentrent parmi l'orage :
Pourtant celuy qui n'y fut iamais ioint,
Se mariant ie ne meprife point :
Et dauantage encore ie t'auoue
Que les garçons perpetuels ie loue :
Mais ie ne blâme Anthoine ni Gautier,
Qui fous le ioug d'Himen fe vont lier.
Malauifé ie montreroy ma vie
Eftre au mechef des autres afferuie,
Puis fon malheur il faut toufiours cacher.
  Non, cher ami, ie ne veux t'empefcher
De prendre femme &, plein de courtoifies,
De te foumettre aux loix que i'ay choifies.
Auffi i'ay dit plufieurs fois, qu'en bonté
Nul n'eft parfait fans femme à fon côté :
Et qu'on ne peut iamais viure fans blame
Ni fans peché, quand on viura fans femme :
Car qui de foy n'en a point, il faut bien
Qu'il en emprunte à quelques gents de bien.
  Qui s'accoutume à goûter la viande
De fes voifins, d'vne bouche friande
Deuient glouton de cette chair d'autruy :
Et s'il vouloit d'vne tourtre auiourdhuy.
Demain il veut d'vne graffette caille :
Puis d'vn faifan il voudra qu'on luy baille.

Qui fait ainſi ne ſçait, en verité,
Que peut iamais valoir la charité.
Et de là vient que tant de bons chanoines
Sont ſi friands, & ſi goulus les moines :
Que ces Prelats au rouge accoutrement,
Que ces Abbez veſtus pompeuſement,
Eſtants nourris de cette chair paillarde,
Sans femmes ont la façon ſi gaillarde :
Car ils ſont tous ces Aſnes indiſcrets :
Vous pourriez bien parler de ces ſecrets,
O bons Romains, ſi la poureuſe crainte
Ne tenoit point voſtre langue contrainte :
Mais ie le voy ſans vous l'ouir conter,
Et rien de moy ie n'en veux reciter :
Ceux la qu'on voit brûler en ce martire,
Plus qu'ils n'en ont meritent encor pire :
Et ne veux point parler des autres lieux,
Ou les Ribauts ſe trouuent encor mieux.

   Or, couſin, prens femme ſi la dois prendre :
S'il ſe doit faire, hé fay-le ſans attendre
Que la vieilleſſe ait tes ſens ebloüys?
Ainſi que fiſt le Sire dom Louys,
Qui vieillard priſt vn Palfroy d'Angleterre,
Pour le porter en Paradis grand' erre :
Et comme a fait ton voiſin glorieux,
Qui vieil a pris vn hobin furieux :
Car le vieil âge eſt trop plus conuenable
A bien ſeruir Bacchus en vne table,
Qu'au lict Venus : & puis on ne peint point
Hymen vieillard : mais ieune, frais & coint.

Quand le defir le chaud vieillard allume,
De luy beaucoup il efpere & prefume :
Puis il fe trompe & tout foudainement
Au rencontrer il ioûte foiblement.
Et ce pendant des ieunes epoufees,
N'eftant les fleurs du iardin arroufees,
Et ne voulant les laiffer defeicher,
Elles s'en vont ailleurs de l'eau chercher
Pour leur fecours, pouretes langoureufes!
S'il n'eft ainfi, les langues dangereufes
Aumoins à tous en fecret le diront :
La Renommee euiter ne pourront,
Pluftoft le faux que non le vray femante :
Ce qui fait mal à la perfonne aimante
Son cher honneur : Mais tout cela n'eft pas
Vn tel ennuy qu'on doiue en faire cas,
Pres de celuy que le Sire Guillaume
Dit arriuer fouuent en ce Royaume :
C'eft quand on voit au bers vn enfançon,
Puis deux petits aprenant leur leçon,
Et peu deuant vne fillette nee,
Et le vieux pere aupres la cheminee,
Qui maladif n'a force ni moyen
De leur montrer le chemin du vray bien,
Pour efquiuer mile eftranges trauerfes
Pleines de fraude en leurs fentes diuerfes.

Prens doncques femme & ne fay pas ainfi
Comme ont ia fait plufieurs nobles ici,
Qui trefpaffez gifent en nos Eglifes :
Leur deffein fut, pour belles entreprifes.

De non iamais libres ſe marier,
Depeur de voir trop d'enfants au fouyer :
Mais ne voulants, poures en heritage,
Se marier en l'Auril de leur âge,
En leur Decembre auecque blâme ils ſont
Pire cent fois : car au village ils ont,
Ou bien au bourg, trouué quelque voiſine,
Et bien ſouuent vn ſouillon de cuiſine,
Auec lequel ils ſe ſont aſſortis :
Delà voyants quelques enfants ſortis,
Menteurs enfin, d'vn cœur puſilanime,
Laches ont fait Noces de peu d'eſtime
Pour ne laiſſer leurs enfants nez batards :
On voit qu'ainſi tout le beau ſang de Mars,
Bien allié, par là ſe deſalie :
De tels vaillants eſt pleine l'Italie.
Voilà pourquoy tu vois en tant de parts,
Que la Ieuneſſe aime peu les beaux Arts,
Et les vertus, & que la pluſpart d'elle
Suit ſeulement la trace maternelle.
Te mariant, tu feras bien vrayment :
Mais au deuant penſes y ſagement :
Car on ne peut par apres ſe deſdire,
Depuis qu'on a le traicté fait eſcrire.
Or ie te veux conſeiller en ceci,
Et te montrer ce que tu dois auſſi
Suiure ou fuir : on doit en la ſcience
Croire celuy qui a l'experience.
Si tu vois donc que ie touche le point
Par mon conſeil, ne le refuſe point ·

Et s'il n'eſt bon , reiette là ma rime :
Iamais l'or pur ne fera ſans eſtime.
Mais ie te veux dire premierement ,
Que l'appetit tu ſuiuras ſeulement ,
Si l'ardant feu d'vne amoureuſe flame
Te fait brulant pourchaſſer vne femme :
Toute vertu , tout honneur en elle eſt ,
Si preuenu d'amour elle te plaiſt :
Et n'y a Grec ni Latin qui te puiſſe
Diſſuader de luy faire ſeruice.
Ie ne ſuis point pour montrer le ſentier
A quelque aueugle au loin de ſon cartier :
Mais ſi tu ſçais le blanc du noir connoiſtre ,
Tu pourras voir quel mon conſeil peut eſtre.
   Doncques voulant prendre femme , tu dois
Bien regarder à ſa nature , ainçois
Quelle on tenoit au parauant ſa vie ,
Et quelle dame elle a depuis ſuiuie ,
Et quelles ſont & ſa mere & ſes ſœurs ,
Quel leur honneur & quelles ſont leurs mœurs.
   Si pour le choix des beſtes naturelles ,
Nous regardons aux races & femelles ,
Pourquoy de pres auſſi ne prendrons nous
Aux femmes garde ? animaux plus que tous
Fallacieux ? Tu ne vois de la vache
Naiſtre la biche : & la colombe láche
Foible ne naiſt de l'aigle genereux ,
Ni le milan du ſacre auentureux :
Ni fille auſſi d'honneſtes mœurs pudique
Ne naiſtra point d'vne mere publique :

Outre qu'au tronc reſſemble le rameau,
Elle a ſuccé les mœurs des le berceau,
Suiuant touſiours l'exemple domeſtique,
Sans en laiſſer vne ſeule relique :
Si que ſa mere elle imitera tant,
Que bien ſouuent ira la ſurmontant :
Et ſi la mere en auoit trois ou quatre,
Auecques cinq elle voudra s'ebatre,
Et quelquefois auecques ſix ou ſept,
Puis tous venants enrêter elle ſçait :
Et tout cela pour faire entendre qu'elle
N'eſt en rien moins plaiſante, aimable & belle,
Qu'eſtoit ſa mere, & que la Deité
Ne luy depart vne moindre beauté.

Il ſera bon de ſçauoir ſa nourrice,
En quel endroit elle fait exercice,
Quelle compagne elle veut bien choiſir,
Si pres des ſiens elle prend ſon plaiſir
Ou bien en Court : s'elle eſt triſte ou ioyeuſe,
De douce humeur, ſuperbe ou glorieuſe.

Ne cherche point celle qui a pouuoir
De t'apporter plus de biens & d'auoir,
Plus de nobleſſe & de vieille antiquaille,
Ayant grand' ſuite & longue valetaille :
Mais qui le mieux à ta ſorte conuient :
Tu porteras vn grand ſaix s'il auient
Qu'elle ait derriere eſtafiers, damoiſelles,
Pages, laquais, & manieres nouuelles,
Vn ſoul, vn nain, auecques tout ceci,
De table & ieu des compagnons auſſi ;

Qui, te rongeant par gourmande alegreſſe,
T'aporteront miſere en ſa lieſſe :
Elle pompeuſe & braue en tant de cas.
Sans chariot ne voudra faire vn pas :
(Bien que ï'eſtime eſtre cette depence
Des moindres frais que pour elle on depence)
S'ainſi ne fais, qui feras des premiers
De la contree, à peine les derniers
Le voudront faire, & lors qu'vn homme eſt riche,
Il ne doit point à ſa femme eſtre chiche.

    Si chaque iour Ardemire tu vois
Auoir vn coche & cheuaux & harnois
Pour mieux paroiſtre à Paris ſouffreteuſe,
Que deura faire vne riche & pompeuſe?
Si celle encor viuant moyennement,
Deſire auoir du train honneſtement,
Pourquoy n'aura de la ſuite & bombance,
Celle qui a des biens en abondance?

    S'il te plaiſt donc l'extraite de haut lieu,
Ami, prens-la, te commandant à Dieu :
Et comme Vliſſe aux beaux chants des Syreines,
Bouche l'oreille aux plaints, aux cris, aux peines,
A la vergongne, aux noiſes & tanſons,
Dont on orra le bruit en tes maiſons :
Mais garde bien quelque iniure luy dire,
Si tu ne veux mile fois ouir pire,
Et mile mots, qui plus fort piqueront
Que les frelons & gueſpes ne feront.

    Pluſtoſt prudent, ſelon ton ranc, prens celle
Qui ne mettra nulle vſance nouuelle

En ta maifon, qui mefme ne voudra
Auoir du train plus qu'il ne luy faudra.
  Ie ne la veux de beauté qui foit telle
Qu'à tous conuis fur toutes on l'apelle,
Ni que toufiours on vift conduit au bal
Des plus mignards ce gentil animal,
Chef de brigade & de bande plaifante,
Nouuelle dance à tous coups auifante.
Mais ie la veux de moyenne grandeur,
Sans grand' beauté, ni fans grande laideur :
Quand on prend garde, il y a, ce me femble,
Vn beau chemin entre les deux enfemble.
Ou beaucoup vont, qui marchantes ainfi,
N'ont la beauté ni la laideur auffi :
Et qui du tout s'elles ne font plaifantes,
Elles ne font auffi defauenantes.
A dextre donc prens que les belles foient,
A gauche ainfi que les laides fe voient :
Que plus on va vers la dextre, plus belles
Se trouuent là dames & damoifelles :
Que plus on tire à gauche, on trouuera
Qu'vn nombre grand de plus laides fera :
Qu'entre les deux il fe trouue vne fente
Ou la beauté moyenne fe prefente :
Si ou tu dois prendre femme, tu veux
Que ie te die, au milieu de ces deux
Ie te diray : n'allant à la main dextre,
Ni mefme auffi tirant à la feneftre.
  Si tu veux prendre vne grande beauté.
Demeure aupres, ou bien fa priuauté

Te fera voir en l'amoureux empire
Pour l'amour d'elle vn chacun en martire.
Et lors voyant maints amants la tenter,
Puis elle à deux, voire à trois refifter,
Ne prens pourtant fur l'efpoir tant de gloire
Qu'vn autre encor n'en euft pas la victoire.

Tu ne la dois prendre fi laide auffi
Pour prendre enfemble vn ennuyeux fouci :
Et ne la prens ni louche ni boiteufe,
Ni monftre dont Nature foit honteufe.
Louant du beau la mediocrité,
Ie blame auffi la grand' deformité.

Ta femme foit debonnaire & gentile,
Douce faifante & propre & bien habile,
Qu'elle ne dorme auec les yeux ouuers,
Et que iamais ne guigne de trauers :
Car eftre fotte & laide fans remede,
Eft la laideur des laideurs la plus laide.
Lors que la fotte en quelque bronchement
Scandaleux tombe, il fe va tellement
A tout chacun decouurant par les rues,
Que fes façons en tous lieux font connues.
L'autre plus fage à l'œuure fe conduit
Secrettement : & d'vn efprit plus duit,
Comme le chat, couure fon immondice :
Vice caché bien fouuent n'eft pas vice.

Or foit ta femme agreable de l'œil,
Humble, courtoife, & du hautain orgueil
Toute ennemie, & iamais ne rechine :
Qu'elle ne foit facheufe ni chagrine :

Et n'ayant point renfrongné le fourci,
Ne foit honteufe : & qu'ecoutant auffi,
En ta prefence hardiment ne refponde
Promte pour toy : mefme qu'elle ne gronde
S'on l'auertit, n'aimant à receuoir
L'oifiueté contraire à fon deuoir.
Qu'elle foit nette & mignonne & iolie,
Et fans grands frais en fes habits polie.

  Si tu me crois, d'Himen fuiuant la loy,
Dix ou douze ans elle aura moins que toy :
Plus que toy vieille ou bien de pareil âge,
Ne la fais point commander ton menage :
Car puis qu'on voit le bon temps & les ans,
Pluftoft qu'en nous aux femmes fe paffans,
Elle pourroit te fembler en vieilleffe,
Que tu ferois en ta pleine ieuneffe.
Et d'autrepart il faut que le mari
Ait fes trente ans, afin d'eftre cheri
Pour fa prudence : à caufe qu'en cet âge
A la raifon obeit le courage,
Et la fureur au vouloir : lors on fçait,
Sans puis apres fe repentir, qu'on fait.

  Qu'elle aime Dieu, Catholique & deuote,
Et toutefois qu'elle ne foit bigote,
Voulant ouir plufieurs meffes le iour,
Et vifiter le paruis & contour,
Et de l'Eglife & des chapelles faintes
Importunant les Saincts de leures feintes :
Qui veille encor les Beaux peres fouuent,
Pour les pechez confulter au couuent :

Il fufira chaque iour d'vne Meffe,
Et qu'elle en l'an vne fois fe confeffe.

   Ie ne veux point qu'auec les Afnes vains,
Qui n'ont iamais de bats deffus les reins,
Elle pratique, & que, chaque iournee,
Au confeffeur foit pitance donnee
De la part d'elle; on doit chaffer au loin,
Ceux qui pourroient de femme auoir befoin.

   Qu'elle aime auffi le naturel vifage
Que Dieu luy donne, & ne mette en vfage
Ni le vermeil, ni le blanc : ce foucy
Soit laiffé d'elle à celle de Mouffy :
Bien qu'auiourdhuy chacune dame encore,
D'ornement faux fon teint farde & colore,
Ie ne veux point qu'elle vfe de cet art :
Ie croy qu'auffi tu ne veux point de fard.

   Si Villeblond fçauoit bien ce qu'il touche,
Quand Canarithe il baife dans fa couche,
Il feroit moins, ce croy-ie, depité,
Baifant vn cul de rongnes tout gâté.
Il ne fçait pas qu'on aporte d'Itale
Ce fard braffé de matiere fecale :
Car bien qu'il foit auec mufc detrempé,
Le nez encor n'en peut eftre trompé :
Il eft vendu dans Rome par les Iuifues,
Qui, l'excrement (auecques leurs faliues)
De leurs enfans circoncis detrempant,
Meflant parmi de la chair de ferpant,
Qu'à cette fin en referue elles gardent :
O que de peine ont celles qui fe fardent !

Combien encor d'ordes chofes fe font,
Qu'ores ie tais, quand feules elles vont
S'oignant par tout, lors que fous la paupiere
Le fomne enferme au foir noftre lumiere!
Si que ceux là qui les iront baifant
Reffentiront vn mal plus deplaifant
Que s'ils baifoient, à la Lune nouuelle,
Par chaque mois leur fente naturelle.

   Le fublimé, cerufes, vermeillons,
Poudres, biaque, eaux fortes & bouillons,
Dont tout eft plein, font que fi toft s'efface
Le beau vermeil de leur vermeille face,
Et que leur teint s'affadit fans couleur,
Et que leurs dents fe perdent en douleur.
Ces belles dents qui leur furent fi cheres,
Qu'elles tenoient fi nettes & fi claires,
Noires de rouille & de chancre fe font,
Leur bouche encor puante fe corromt,
Et d'orient l'enfileure ebrechee,
Leur langue plus ne tient clofe & cachee.

   La tienne donc ne fe connoiffe en l'art
De bien s'aider du vermeil & blanc fard :
Mais qu'elle foit aux ouurages fçauante,
Bien de la gaze & du filet s'aydante.

   Si tu la peux trouuer telle, vrayment
Tu pourras bien la prendre affeurement
Par mon confeil : apres s'elle fe change
Ou que fon cœur autrepart elle range,
Ou qu'au feruice elle ait vn familier,
Qui fur le front te plante vn andouillier,

Ou s'elle fait quelqu'autre œuure blamable,
Ou que fon fruict ne fe montre femblable,
En le cueillant, à l'Auril qui paroit
Son beau Printemps dont tant on efperoit,
Tant feulement accufe la Fortune,
Qui t'eft encor auec plufieurs commune :
Car tu n'auois negligent meprifé
Tout ce que peut faire vn homme auifé,
Pour empefcher que, d'apetit feduite,
Elle ne fuft d'vn mefme efprit conduite.

    Mais cefluy-la qui, comme à l'eftourdi,
Va fe ietter d'vn courage hardi
Au fort de l'eau, prenant à l'auenture
Sans la choifir la premiere monture
Qui s'offre en place ; ou qui, bien pis faifant,
Non chafte & bonne encor la connoiffant,
La veut auoir, chargé de marchandife
Qu'il voit & fçait n'eftre de bonne mife ;
S'il fent apres trop hatif fon ennuy,
Il ne s'en doit prendre finon qu'à luy,
S'eftant donné, tout contraire à foy mefme,
De fon malheur la peine plus extrefme.

    T'ayant donc mis à cheual affez bien,
Ie veux encor t'enfeigner le moyen
Comme tu dois le piquer & conduire,
Et de pied coy l'arrefter & le duire.

    Si tu te veux marier auiourdhuy,
Il faut du tout laiffer le nic d'autruy
Pour eftre au tien, depeur qu'eftant volage,
N'y vint nicher quelqu'oifeau de paffage ;
                            Ta

Ta femme apres aime d'vn cœur conſtant,
Puiſque tu veux qu'elle t'en face autant;
Prenant plaiſir à ce qu'elle veut faire,
Puiſque tu vois que c'eſt pour te complaire.
Si quelquefois elle fault, d'vn œil doux
Auerti-la ſans entrer en courroux;
Elle eſt punie aſſez quand la repriſe
La fait rougir ſans fard, de honte epriſe.
Mieux le cheual s'adoucit à la main,
Qu'auec la force à luy tirer le frein :
Et mieux le chien, par blandices courtoiſes,
Qu'eſtant couplé, te ſuit ou que tu voiſes :
Ces animaux, qui ſont bien plus humains,
Ne doiuent pas touſiours auec dedains
Se corriger : ni moins, comme il me ſemble,
Auec le batre & la rudeſſe enſemble.

Eſtime en toy, que compagne elle t'eſt,
Que d'eſtre eſclaue à la femme il deplaiſt :
Que ce ſeroit, peut eſtre, la premiere
Qui ſe voudroit appeler chamberiere :
Et n'eſtant ſerue, on ne doit point auoir
Sus elle tant d'empire & de pouuoir.

Tache touſiours d'accomplir ſes demandes,
S'elles ne ſont iniuſtes ou trop grandes,
A ton pouuoir luy complaiſant ioyeux,
Conſerue la d'vn amour gracieux.
Ie ne di pas que tu la laiſſes faire,
Sans ton auis, & ton ſceu, ſon affaire
Tout à ſa poſte : & ne veux quand à moy
Qu'elle te voye en doute de ſa foy.

A a

Ie ne defens, quand l'honnefte licence
Le permettra, qu'elle n'aille à la dance,
Soit en public ou bien foit en priué,
Lors que le iour du bal eft arriué :
Ni moins d'aller gaillarde endimenchee
Au beau feftin d'vne ieune accouchee :
Aux grands banquets, aux Eglifes ou c'eft
Que la Nobleffe & s'affemble & fe plaift :
Dans le palais, en la place publique,
Le fage amant indifcret ne pratique :
Mais es maifons des comperes voifins
Ses rets fubtils il tend aux larrecins,
Chez telles gents, comme chez la commere,
Qui peut feruir à couurir telle affaire.

Beaucoup ont eu iadis opinion,
Pour du medire ofter l'occafion,
Qu'on ne doit perdre vne Helene de veue :
Car aifement chofe belle eft perdue :
Et quand les bleds fans garde on laiffe aux champs,
L'occafion fait les hommes mechants.

Mets peine donc qu'elle n'ait compagnie
Mechante, en qui par trop elle fe fie .
Regarde bien qui hante en ta maifon,
Et fi quelqu'vn y va point fans raifon.
Mais il y faut pouruoir de telle addreffe,
Qu'elle n'auife en cela ta fineffe ;
Car te voyant defier de fa foy,
C'eft vn fuiet de fe plaindre de toy.

Bref ofte luy, de toute ta puiffance,
Caufe de faire au chafte honneur offence :

Afin qu'apres s'elle enfraignoit les lois
Du faint Hymen, coupable tu n'en fois.
Ie ne fçay point d'autre meilleure voye
Pour empefcher que ne fe donne en proye
La ieune dame à d'autre qu'à l'efpous,
Si les moyens que i'ay dits tu fais tous.
Mais vne fois s'il luy prend fantaifie
De s'y donner eftant en frenefie,
N'efpere point de iamais l'en garder :
Et fi fçaura tellement commander
A ton confeil, que ta fageffe caute
Seruira mefme à luy couurir fa faute.
*   Il fut iadis vn peintre de renom*
(De qui ie n'ay fouuenance du nom)
Qui fouloit peindre auec face agreable,
Auec beaux yeux & beaux cheueux le Diable ·
Ne luy faifant, ni les ongles griffus,
Le front cornu, ni les cheueux touffus :
Ains plaifamment vne chere eueillee,
Comme au bel Ange allant en Galilee,
Ou le grand Dieu l'enuoya meffager :
Il le peingnoit difpos, gaillard, leger,
Tant que le Diable eftima deuoir eftre
Ingrat tenu, fans ce bien reconnoiftre,
Et que par luy vaincu d'honnefteté,
Vn grand honneur luy pourroit eftre ofté :
Au peintre en fonge, en vne matinee
(Vn peu deuant que l'aube enfafrannee
Ouurift le iour) il s'aparut, difant
En bref propos, qu'il allaft auifant

Ce qu'il voudroit, qu'il eſtoit ce beau diable
Qu'il auoit peint en port tant agreable,
Expres venu pour luy rendre merci
De l'auoir peint ſi beau iuſques ici :
Et que pourtant ſans crainte il luy demande
Ce qu'il deſire : & que toſt ſa demande
Il obtiendra, voire peut eſtre mieux,
Tant ſoit le don demandé precieux.

Le poure peintre ayant lors vne femme,
Excellemment belle ſur toute dame,
Dont toutefois il eſtoit fort ialoux,
Viuant touſiours en defiant courroux,
L'alla prier (puis qu'il luy permet dire
Cela que plus en ce monde il deſire)
De luy montrer au certain la façon
Comme vn mari viura ſans marriſſon.
Bien aſſeuré que ſa femme tresbelle
Ne luy fera nullement infidelle.
Lors luy ſembla que le diable vn anneau
Luy miſt au doigt, luy diſant : bonhommeau,
Tandis qu'au doigt tu auras cette bague,
Ne crains iamais que ta femme diuague.
Le peintre lors aſſeuré par ceci,
Qu'il pourroit bien ſans vn ialoux ſouci
Garder ſa femme, en cœur ioyeux s'eueille,
L'eſprit raui de ſi grande merueille :
Mais lors trouuant ſon doigt dans le fendu
De ſon eſpouſe, il fut tout eperdu.

Or en ſon doigt cet anneau ferme tienne
Sans point l'oſter, qui voudra de la ſienne

Iamais vergongne ou cornes receuoir :
Et toutefois il aura beau l'auoir
S'elle ne veut, ou s'elle est dispofee
De voir fa bague en autre doigt posee.

Epigramme du grec d'Apollodore à ce propos.

Qu'on ferme bien la maifon forte,
Qu'on barre & verrouille la porte,
Le bon portier aura beau faire,
Si le chat & fi l'adultere,
N'entrent dedans en quelque forte.

Du Naturel des femmes, traduit de Naumache, Poete Grec.

A P. de Marchanuille Sieur du Rofel, Threforier general de France à Caen.

*HER du Rofel, ton bien qui n'eft aquis,*
Ta maifon belle & tes meubles exquis,
Ton bel efprit & ta fage conduite,
Qui des meilleurs deuance le merite,

A a iij

Font à beaucoup defirer de te voir
Le ioug feruil de mari receuoir.

Or moy qui t'ayme à l'egal de moymefme,
Ie veux t'aider en ce hafard extrefme,
En te donnant les vers d'vn bon Gregeois,
Que i'ay traduits eftant ieune autrefois :
Ou tu verras que des femmes fans feinte,
Comme au plus pres la nature eft depeinte.
Au moins voulant vne femme choifir,
Tu la pourras ici voir à loifir :
Ou fi tu veux demeurer à ton aife,
(Depeur d'auoir vne femme mauuaife)
Tu te plairas à voir dedans ces vers,
Defcrit au vray ce naturel peruers.

Aux grand's maifons pour eftre bien pourueues,
Il y faut voir des chofes fuperflues :
Entre ce meuble, vne femme fera
Celuy qui plus fuperflu fe fera.
Tu n'en as point, regarde en Simonide
Celle qui mieux de Nature fe guide.
Comme on ne voit, entre oifeaux tant diuers,
Qu'vn feul Phœnis en ce grand vniuers,
On dit auffi qu'on n'en voit qu'vne au monde.
Ou la bonté parfaitement abonde.
Et toutefois tant d'hommes infinis
Penfent chacun poffeder ce Phœnis !
Ie ne fçay pas qui ce Phœnis poffede :
Je fuis d'auis qu'en cet heur on luy cede :
Mais ie fçay bien que plufieurs ne l'ont pas,
Bien que leur femme ils eftiment grand cas,

Et que souuent comme vn Ange honoree,
En leur maison elle soit adoree.
  Si tu estois marié comme nous,
Ie te verrois encor meilleur que tous,
Et confesser que les maisons sans femmes,
Sont comme corps priuez de belles ames.

Simonide.

  Quand Dieu forma l'homme, sa creature,
Il fist à part des femmes la nature.
  Il en produit vne premierement
D'vne orde Truye, enfante salement.
En sa maison sans ordre est son menage,
Sans ornement à terre son bagage :
Elle n'est nette, & son meuble brouillé,
Comme de boue est par tout barbouillé :
Auec habits ords & pleins de souillure,
Elle s'engraisse assise en son ordure.
  D'vne Regnarde vne autre il fist apres,
Et la malice en elle il mist expres :
Soit bien, soit mal, elle sçait toute chose :
Comme elle veut sa face elle compose.
Or' elle est bonne, & puis le plus souuent
Elle est mauuaise ainsi comme deuant.
Selon les gents elle prend mœurs diuerses,
Et tousiours baille vn monde de trauerses.
  Puis d'vne Chienne vne autre il fist aussi :
Et medisante il la fist tout ainsi

Comme *fa mere : en parole piquante,*
Chacun allant importune abboyante.
Voulant tout voir, en tout elle ofera :
Allant, venant, toufiours elle abboira :
Or' ci, or' la, regardant par la voye,
Iappe toufiours fans qu'aucun elle voye :
Tout veut fçauoir, à tout veut regarder.
Et cependant ne ceffe de gronder.
Ni fon Mari ne pourroit par menace,
De fon iapper faire abaiffer l'audace,
Quand courroucé les dens luy cafferoit,
Son importun abboy ne cefferoit :
Et bien qu'il vint d'vne bouche benine
Pour empefcher cette façon chiennine,
Sife aupres l'hofte en douceur la prier,
Opiniâtre on la verroit crier.

    Vne autre il fift d'vne terre argileufe,
Pour eftre à l'homme en tout temps dommageufe.
Soit bien, foit mal, autrement ne le fent :
Mais à manger toufiours elle confent,
Aprochant bien, alors que l'hyuer dure,
Sa chaire au feu depeur de la froidure.

    L'autre que Dieu compofa de la Mer,
Contemple la premier que de l'aimer :
Par fois fi gaye à tous elle fe montre,
Que l'Eftranger voyant cette rencontre
A la maifon, telle l'eftimeroit,
Qu'vne meilleure aimer on ne pourroit.
Ne trouuant femme en cette terre baffe,
Qui parmi nous ait fi courtoife grace.

Comme au contraire infuportable elle eft,
Quand quelquefois à tous elle deplaift,
Soit du regard, foit de la rude aproche,
Ne permettant en courroux qu'on aproche
D'elle non plus qu'vne chienne allaitant
D'elle aprocher ne va point permettant.
Tout elle fache, & de pareille audace
Ses ennemis & fes amis menace.
Comme parfois qu'vn pilote en Efté
Voit l'Ocean fans eftre tempefté,
Il s'efiouit. Mais par fois qu'irritee
Il voit la Mer de tourmente agitee,
Il fremit tout. De cette femme ici
De la Mer nee, il en prent tout ainfi.
Et puis la Mer, à l'onde variable,
Se montre mieux à la femme femblable.
Vne autre il fift de cendre qu'allier
Il fceut au fang d'vn Afne fardelier :
Qui par menace à grand' peine domtee,
Et du befoin peu à peu furmontee,
A la fin fait ce qu'il plaift à l'efpoux :
Mange tandis au feu fur fes genoux :
Et nuit & iour derobe quelque chofe,
Qu'elle engloutit feulette à porte clofe.
Mais au labeur que Venus entretient,
Souuent chacun elle prend comme il vient.
Vne autre il fift du corps d'vne Fouïne :
Efpece en tout miferable & maline :
Elle n'a rien de beau ni de ioyeux,
Rien defirable ou d'aimable en fes yeux :

Ains de Venus les ieux elle deprife,
Et fon Mari prefent elle maitrife :
Et derobant elle fait aux voifins
Maint detriment : mefmes en fes larcins
Point ne pardonne à la chofe facree,
Qui bien fouuent par elle eſt deuoree.

   D'vne Caualle il fiſt vn autre cors,
Belle fur tout à voir par le dehors :
Qui hait de foy tout œuure mecanique :
Nette au trauail menager ne s'aplique,
Elle ne fçait l'ordure hors ietter,
Elle ne veut ni faſſer ni bluter :
Car de l'honneur à fes habits veut faire
Sans les gâter. D'vn amour neceſſaire
Son homme elle aime, & mile fois le iour
Se nettoyant elle fe fait l'amour,
S'oint & parfume, & foigneufe a grand' cure
De bien peigner toufiours fa cheuelure,
Que bien fouuent elle ombrage de fleurs,
Faifant vn Ciel de diuerfes couleurs.
C'eſt vn obieã à tous bien agreable
De regarder vne femme femblable,
Fors au Mari, qui dommage en reçoit :
S'il n'eſtoit Prince ou bien Roy qui conçoit
Vn grand foulas de voir chofe pareille
Quand fes plaifirs dormants elle reueille.

   Mais Iupiter au monde parmi nous
Enuoya bien le plus grand mal de tous,
Quand vne il fiſt de forme comparable
Au Singe laid, contrefaifeur moquable.

Car telle femme ayant d'vn vray marmot
Le fot vifage, elle fans dire mot
Allant en ville eft de tous deprifee,
En tous endroits feruant d'vne rifee.
Elle a le coul fi court qu'elle ne peut
Le bien tourner ainfi comme elle veut,
Feffe petite & cuiffe heronniere,
Belle deuant comme elle eft par derriere.
O chetif l'homme vn tel monftre baifant !
Ou l'heur confifte elle va deuifant,
Elle fçait tout, en confeil elle eft fine,
Comme le Singe elle fait bonne mine,
Et ne rit point. Et par bien fait iamais
Elle n'aquiert d'autruy la grace, mais
Elle regarde, au lieu d'eftre courtoife,
Comme elle peut aporter quelque noife :
Et chaque iour à part foy penfera
Comme vn grand mal elle machinera.
   Mais celle la qui d'vne Abeille eft nee,
Rend l'homme heureux auquel elle eft donnee
Comme ayant feule entre toutes le pris,
Et n'ayant rien digne d'eftre repris.
Car fon labeur fleurit en fon menage.
Son bien augmente & reluit fon ouurage :
Toufiours aimante auec l'efpoux aimé
Elle vieillit au lict accoutumé :
Pour l'eiouir elle enfante feconde
De beaux enfans pour tenir rang au monde :
Et cette femme entre toutes reluit :
Car la faueur diuine la conduit :

Et ne ſe plaiſt entre femmes aſſiſe,
Quand des propos amoureux on deuiſe.
  Mais Iupiter aux hommes donne ici
Celles qui ſont vertueuſes ainſi
Comme il luy plaiſt : & des autres la ſorte
Il veut auſſi que l'homme la ſupporte.
  Or Iupiter creant ces animaux,
Le plus grand mal il fiſt des autres maux,
Bien que peut eſtre en aparences belles,
Quelque profit il ſemble venir d'elles :
Mais ſi l'on croit les femmes profiter,
Pourtant grands maux on les voit aporter
A leurs Maris : Car vn homme ne paſſe
Vn iour entier ioyeuſement en grace
Auec ſa femme : entre eux par elle vn bruit
Fait chaque iour quelque debat ſans fruit :
Et diſnant tard il ſouffre miſerable
D'elle ſouuent la riotte en la table :
Et la famille eiunee en medit,
Et dans ſon cœur cette femme maudit.
De l'homme elle eſt la compagne contraire,
Et meſme aux Dieux elle eſt comme aduerſaire.
  Quand le Mari pour le chagrin fuir
En la maiſon ſe voudra reiouir,
Soit que du Ciel ſon ame en ſoit emeue,
Soit pour auoir d'vn ami la venue,
Lors cette femme au combat s'armera
Sur quelque fait qu'elle controuuera.
Car ou ſe trouue vne femme, à grand' peine
Sera la paix en la maiſon certaine,

Quand mefme encor viendroit vn eftranger.
Et celle enfin qu'on croit mieux fe ranger
A la raifon, au Mari le plus fage
Le plus fouuent aporte grand dommage.
Mais les voifins font bien aifes de voir
Faillir cet homme oubliant fon deuoir :
Alors chacun ioyeux eftime à l'heure,
Eftre fa femme encores la meilleure,
Et blament l'autre, & par ce fouuenir
De fe louer ne fe peuuent tenir :
Ne connoiffant que chacun fa chacune,
Va poffedant de femblable fortune.
Car Iupiter a fait que ce grand mal
Eft tout d'vn Sort aux hommes comme egal :
Et l'a lié d'vn neu non denouable :
Pour ce beaucoup ont eu bien agreable,
(En combatant pour leurs femmes) la mort,
Tant ils craignoient qu'on leur deuft faire tort.

Enfeignements pour les filles à marier, traduits de Naumache, Poete Grec.

ILLE, c'eft belle chofe auoir vne ame pure
Dans vn corps chafte & net : & franche demeurer
Pucelle & toute vierge en fa prime nature,
Et des beautez de l'ame & s'orner & parer !

Sans porter le fardeau dans ses flancs, soufpirante,
D'vn gros ventre importun, & trembler de la peur
Du trauail de gefine : enquoy la plus conftante,
Par fes cris angoiffeux tefmoigne fa douleur !

Mais eftre comme Roine entre les femmes groffes,
Eleuant l'ame au Ciel fus vn viure tout pur ?
Au Ciel ou fe parfont les plus parfaites noces,
Dont le beau ioug n'eft point pefant, facheux ni dur :

Ou des efprits conioints par paroles diuines
Naiffent, au lieu d'enfants, mile diuins difcours,
Et mile beaux penfers, mile belles doctrines,
Qui mile beaux effets enfantent tous les iours !

Or fi du plus commun tu veux fuiure l'vfage,
Expert le connoiffant bien ie t'auertiray :
Afin que d'vn cœur ferme, en ce facheux paffage,
Tu puiffes trauerfer comme ie te diray.

Soit ton mary celuy que ton Pere & ta Mere
Entre eux te choifiront : S'il eft bon & prudent,
Heureufe tu feras : Si mauuais au contraire,
Il te le faut fouffrir comme vn dur accident.

L'ayant & fage & bon, il faut en toute chofe
Faire ce qu'il voudra : n'etriuer contre luy :
Mais gracieufe eftant, il faut qu'on fe propofe
De l'eftre encore plus s'il luy vient quelqu'ennuy :

Femme douce vn epoux ennuyé reconforte.
L'affaire du dehors qu'il entend par raifon,
Laiffe luy gouuerner : Et toy la charge porte
Du dedans du menage, & garde la maifon.

Ne luy demande point chofe qui n'apartienne
Aux femmes de fçauoir : mais s'il veut ton auis

Et s'en conseille à toy, fay que sage il te tienne,
Approuuant ses propos par tes sages deuis.
   Ne permets ni ne fay chose qu'il ne l'ait sceue,
La fin n'en seroit bonne : Au reste le Mari
A la femme sufit : & iamais toute nue
Autre ne la doit voir dedans le lict cheri.

   Or si tu as vn soul, bien que tu sois forcee
Il en faut endurer, & quoy qu'il face il faut
Supporter sa folie : & ta douleur pressee
Cacher en l'estomac d'vn courage humble & haut.

   A tous de ce qu'il fait des raports ne dois faire,
Ni mesme à tes parents tu ne le conteras :
Mais quand il fera faute, à part & sans colere,
Comme la raison, veut tu l'amonnesteras.

   Comme vn mot piquant peut transporter le plus sage,
Vn dous parler peut bien l'indiscret ramener :
Et si les debauchez luy causent du dommage,
Il faut de leur hantise enfin le detourner.

   Ma fille, il ne faut lors, contre luy depiteuse,
L'assaillir en querelle, ains mouuoir vn debat
Entre ces fouls & luy : leur amitié douteuse
Incontinent ainsi se dissoult & s'abat.

   Ma fille, tu duiras par ce moyen son ame
A suiure les prudents, amis les choisissant :
Qui penseroit aussi faire amitié sans blame
Auecques les mauuais, mauuais les connoissant ?

   Ce fait, ton cher Epoux aime d'amour constante,
Aime bien ses enfants, adouci leurs humeurs :
Car tel estre ne peut ton mari qu'il ne sente
Et ne remarque bien ton amour & tes mœurs.

Mais ecoute, ô pucelle, il faut douce & benine
Faire encor ce qui suit : ioyeufement rager
Ne faut à tous propos : auffi n'eftre chagrine :
N'eftre point ocieufe, ains toufiours menager :

Et n'eftre à fes feruans ni rude ni trop douce :
Car les Maiftres trop dous perdent communement.
Des feruiteurs craintifs la cautelle on repouffe,
Rengeant l'obeiffance au bon commandement.

Ne t'acointe aifement de femmes eftrangeres,
Si tu n'as reconneu leurs mœurs & leurs façons :
Chaffe de ta maifon les vieilles langageres,
Les vieilles ont gâté maintes bonnes maifons.

Mais ne t'accofte auffi d'vne femme caufeufe,
Indifcrette à parler : le parler vicieux
Corrompt les bonnes mœurs de la plus vertueufe,
Rien tant que le medit ne peut eftre odieux.

Apres l'or & l'argent ne brule point auare :
Ni de Iacinte fauue ou bien de iafpe vert,
Ni de gemmeux colier ta gorge point ne pare,
Ains fimplette pluftoft tien toy le fein couuert.

L'or & l'argent n'eft rien qu'vne poudre cendreufe :
Les ioyaux precieux que pierres & caillous,
Au riuage amaffez de la mer fablonneufe,
Ou pres des bords d'vn fleuue à l'abandon de tous.

Le fang vermeil encor d'vne conque marine
A fait cette ecarlatte enquoy tant on fe plaift :
Mais, ô gente Pucelle, on aime fa ruine,
Aimant la vanité de tant d'habits qu'on veft!

Auffi te regardant dans vn miroir, ne farde
De blanc ni de vermeil cette ieune beauté :

　　　　　　　　　　　　　　　　　　Curi-

Curieuſe agençant, en ſa façon mignarde,
Ce beau poil ratiffé d'vn & d'autre coſté.

   Ni meſme de tes yeux ne noirci la paupiere,
Ni ton poil naturel, ni ton vouté ſourci :
Quand Dieu forma la femme, il la fiſt toute entiere,
Il ne faut rien par art luy adiouter ici.

   Mais, ô vierge, comment l'homme accort & bien ſage
Te regardera t'il, chaque iour par le ſart,
Ores changeant de poil, or' changeant de viſage,
Qui ſe paſſe & repeint touſiòurs d'vn nouuel art ?

   L'vne fois tu ſeras à toy du tout ſemblable,
Vne autre fois vne autre, & puis tout autrement,
Touſiours eſtant toy meſme en faces variable,
Qui te dois faire voir à tous diuerſement.

Bb

SATYRES

FRANÇOISES,

LIVRE V.

Par le Sievr De la Fresnaie Vavqvelin.

A P. le Iumel, Seigneur de Lisores, Pre-
sident au Parlement de Normandie.

 *ON Lisores, d'ou vient, ie te pri' di le moy,*
Qu'vn courtaut courageux, qu'vn am-
blant Palefroy ,
Pour estre enharnaché d'vne façon ga-
lante ,
Ou pour estre couuert d'vne housse pendante,
N'en est plus glorieux ? se vantant seulement ,
Ou bien d'estre dispos, ou d'ambler doucement ?
Et que l'homme au contraire à tous propos se vante
De son or amassé, de sa terre opulante,

De ſa belle maiſon, de ſes meubles doreʒ,
Et de ſes beaus lambris d'ouurage elaboureʒ?
Et ne met en auant la vertu precieuſe,
Dont ſon ame ſur tout deuſt eſtre ambitieuſe?
　Ah, ſi le beau courſier ſe vantoit, en diſant :
Ie ſuis braue & guerrier, maniable & puiſſant,
Il ſeroit excuſable en ſa lourde vantance,
Car il ſe vanteroit de ſa propre puiſſance?
Mais l'homme qui, ſuperbe & glorieux & fier
D'auoir en ſa maiſon ce genereux Courſier,
S'orgueillit ſeulement d'vn cheual que, peut eſtre
Il perdra par fortune, ou changera de maiſtre,
Il ſe trompe luy meſme, & par opinion
Il iette hors de ſoy ſa ſote affection :
Car ſi, ſelon Nature, il prenoit quelque gloire,
De ſa propre excellence il ſeroit ſa victoire :
Sans s'apuyer ainſi, comme les femmes font,
Sur les biens d'ici bas, qui viennent & reuont :
Et ſans meſme admirer tant de richeſſes vaines
Dont les maiſons des grands iuſqu'au comble ſont plaines.
　De rien de ce qu'on voit ne prendre eſtonnement,
Eſt vn point qui fait viure vn homme heureuſement.
Les Sages ſans merueille & le Soleil regardent,
Et les rais eclairants que les Planettes dardent,
Et les Signes qui vont remarquant les ſaiſons
Quand Titan entre ou ſort de leurs belles maiſons,
Ne s'ebahiſſant pas des eſtoiles tombantes,
Des grands cheurons de feu, des flames eclatantes,
Des aſtres cheuelus, ſignes preſagieux,
Par leſquels bien ſouuent nous menacent les Dieux,

Ains fermes & conflans en leur ame innocente,
Leur plaift comme elle vient toute chofe prefente,
Libres, ioyeux, n'ayans iamais rien fouhaité
Que ce que veut de Dieu la fainte volonté.

Mon Lifores, ainfi celuy qui rien n'admire,
Penfes-tu que les dons de la terre il defire?
Qu'il y mette fon cœur? qu'il s'eftonne en voyant
D'or, d'argent, de ioyaux, vn amas flamboyant,
Dont le Portugais riche & l'Efpagnol abonde,
Glorieux retournant de l'autre nouueau monde?
Qu'il prife les threfors, ni des Arabiens,
Ni de la riche mer des derniers Indiens?
Ni que des vains honneurs la pompe deceuante
Eniure de grandeurs fa ceruelle fçauante?
Ni que les fots defirs il loge dans fon cœur?
Ni qu'il veuille feruir de iouet au moqueur?
Il n'eft point conuoiteux, il ne veut ni fouhaite
Que la chofe non fienne en fa puiffance on mette:
Iamais pour fes meffaits il n'aquiert de faux bruits:
Des arbres des voifins il n'abat point les fruits:
Mais fi dans fon chemin il trouue d'auenture
Quelque chofe laiffee, il la prend par droiture:
Et les biens qui font fiens il garde tellement
Que, quand il les perdroit, il feroit fans tourment:
Et fi n'aparoift point, par fon vifage blefme,
Qu'il fuiue la vertu d'vne façon extrefme.
En la fuiuant, il a le vifage ioyeux:
Et s'il fe faut montrer humble & deuotieux,
Il le fait de façon que fa ceremonie,
Ni petite ni grande, aucun ne calomnie.

Car ſi plus qu'il ne faut on ſe montre deuot,
On acquiert bien ſouuent le ſurnom de bigot :
Et meſme vn Feuillantin, qui fait trop de l'hermite,
Outrepaſſant ſa regle, on apelle hypocrite :
Et d'ailleurs qui delaiſſe à l'Egliſe d'aller,
Se fait bien toſt du peuple heretique apeller.
Il faut d'vn droit moyen maintenir la balance,
Afin qu'elle ſe tienne en egale diſtance :
Le plus ſage autrement nom de foul acquerroit,
Et ce qui ſeroit bon mauuais on trouueroit.

　Si la vertu deplaiſt quand quelqu'vn en abuſe,
Iamais les hommes fouls ne trouueront d'excuſe
Adorant la richeſſe? O Courtiſan ardant,
Admire tous les biens qui te vont commandant,
Les meubles precieux, les couleurs Tyriennes,
Les perles, les ioyaux, les gemmes Indiennes,
Les Threſors, les amas, dont la prodigue main
D'vne grand' Maieſté n'aſſouuit point ta fain :
Et marche outrecuidé, par les ſalles du Louure,
De voir que la lumiere en l'ombre ne decouure
Tes rauiſſantes mains, quand tu brules en toy
De n'auoir pas encor des biens comme le Roy :
Toutefois tes moyens periront en peu d'heure :
Ce qui va, ce qui vient, conſtamment ne demeure.

　Comme par trait de temps, le temps reuelera
Les threſors que dans ſoy la terre celera :
Elle engloutit ainſi les choſes les plus belles,
Et donne à gents nouueaux auſſi choſes nouuelles.

　Bien que dans les Palais, les Chateaux & les Bois
De Sammor, Saingermain, Chambourg, Amboiſe, Blois,

Et bien qu'au plaifant lieu, qui Paris auoifine,
Ou batit tous les iours la Roine Catherine,
Tu te montres fuperbe & des plus honorez
Qui foient par la Fortune à la Court bien heurez,
Si faudra t'il quitter ces Royales delices,
Et rendre conte à Dieu de tes vains exercices,
Et t'en aller la part ou, depuis Pharamond,
Tant *de braues Loys & tant de Charles vont.*

   Si quelque mal de reins, fi quelque maladie
Te preffoit, te tenoit en la tefle etourdie,
Soudain tu chercherois remede à ce grand mal,
Qui s'en retourne à pied, mais qui vient à cheual :
A plus forte raifon veux tu point que ta vie
De debile en fanté foit de repos fuiuie ?
Qui feroit-ce, dis-tu, qui ne le voudroit point ?
Recherche la vertu pour attaindre à ce point,
Le vice delaiffant qui, d'alechante amorce,
Tire aux plaifirs nos fens, nos cœurs & noftre force :
Et garde prudemment les faints enfeignements,
Que Dieu de fon doy graue en nos entendements.

   Peut eftre penfes-tu, Que ce font des paroles,
Que ce font contes faux, que ce font mots friuoles
Que les noms des vertus, que ce font des difcours
Qui ne peuuent donner à nos defauts fecours :
Et tu ne fais point cas des Religions Saintes,
Qui font des la naiffance en nos ames empraintes,
Et ne vois point que Dieu vit & parle par tout,
Depuis vn bout du monde allant à l'autre bout.
Mais lors tu le verras, quand la faifon changee
Montrera ta maifon toute demenagee.

Et toy, Marchand, pratique au beau haure d'Enuers,
A Calais, à Bourdeaux auecques gents diuers,
Et trafique à Florence, à Gennes & à Luques,
En Afrique, au Perou, voire iusqu'aux Moluques :
Que nul premier que toy n'arriue en tous ces Ports,
Pour ne perdre ta peine en perdant les thresors
De ces estranges pays : & iusqu'au comble amasse,
D'or, de perles, d'argent vne excessiue masse :
Puisque l'Or, ce grand Roy, te peut donner faueur,
Femme riche & parents, amis, credit, bon heur,
Grace, beauté, sçauoir, noblesse & biendisance,
Car te rendre agreable à tous il a puissance ;
Bref qui se trouue riche à tous semble courtois,
Et peut mesme attirer à son desir les Rois.
Trafique donc de tout : car l'ordure puante
Qui raporte profit, mesme a l'odeur plaisante.
  Puis donc que la Richesse & les biens plantureux
Ont moyen d'agrandir & rendre vn homme heureux,
Que ce soit ton premier & ton dernier ouurage,
Que de faire vn amas de meuble & d'heritage.
Tu auras des honneurs, des grandeurs, des estats,
Si tu veux employer ce corrompeur amas.
Par argent tout se vend : rien ne s'en peut defendre :
Et la France auiourdhuy mesme seroit à vendre,
S'il se trouuoit quelqu'vn qui la peust acheter :
Et chacun à son dam veut du profit gouter :
Les mains, les bras, les pieds, se veulent entrenuire,
Et le chef veut le corps sans vnion destruire.
  Les loix, aux autres lieux, les Edits menaceurs
Vont bridant la fureur des hommes opresseurs,

Mais des Edits ici les nouuelles entrees
S'en vont de toutes parts rebrouillant nos contrees.
Et cet Or gate-tout fait que tous les mechants
Gourmandent les bourgeois & les pieds gris des chams,
Et ne fe trouue point de fi petit village
Qui ne fente l'effeƐ de quelque brigandage.
Des anciennes loix les eftabliffements
Sont or' fouleẕ aux pieds par des contemnements.
Tous pefchent en eau trouble, & le meilleur trafique,
En ces troubles peruers, de la chofe publique :
La pierre caut il iette & puis cache la main :
Ayant l'vne en la bouche & l'autre dans le fein.
Les troupeaux deueflus aux lous on baille en garde :
Et fous habits de paix chacun goulu regarde
D'engloutir du meilleur : apres fuccederont
Des Onces, des Lions, qui les deuoreront.
Gardons d'eftre mangeẕ, nous autres qu'on remarque
Peut eftre de porter de ces grands lous la marque.
    Retirons nous d'ici, deformais n'admirons
Que les faits du grand Dieu par qui nous refpirons,
Fuyons ce bord auare : allons à ton Pompierre,
Qui nous fera paffer en quelque eftrange terre
Bien loin de ces malheurs : mettons la voile au vant,
Et deffus l'Ocean tourmente s'eleuant,
Lifores, tu feras la claire Cynofure,
Qui nous guidera droit en fi belle auenture :
Et comme vn Magelan, Pompierre trouuera
Vne route qui droit en des Ifles ira,
Plus heureufes cent fois que les Canariennes,
Ni les Moluques or' fous l'Efpagnol Chrefliennes :

Et là nous planterons des faintes loix encor,
Qui mefme regiront la Cherfonefe d'or.

 Toy, le Iumel, qui fçais comme iufte on balance
Et le droit & le tort, tout rempli d'eloquence
Comme vn fecond Orphé, tu defauuageras
Ces peuples, dont les mœurs tu ciuiliferas.
Moy, comme vn Amphion, au dous fon de la Lyre,
A baftir des citez ie les fçauray conduire.
Nous ne mettrons point là, ni les loix de Dracon,
Ni celles de Solon, ni celles de Platon :
Mais celles des François, du temps que la malice
Des grands n'auoit encor corrompu la Iuftice.

 Nous formerons auffi les beaux ordres Chreftiens
De la Religion, deffus nos anciens :
Les Euefques viuront faintement à leur aife,
Auec croffe de bois, en chacun diocefe.
Nous ferons des Couuents & des Religions,
Qui feront purs & nets, fans fuperftitions.
Mais, Lifores, di moy, faifant de Sainte Clere,
Ou de la Trinité quelque Saint Monaftere,
Les filles qui feront parfaites en beauté,
Seront elles d'vn mur clofes fans liberté ?
Il m'eft auis à moy, Que les chofes hideufes,
Les Monftres malplaifans, les beftes dangereufes,
Se doiuent enfermer, non les Printemps plaifans,
Les fleurs & les beautez des filles de quinze ans :
Et qu'il faudroit, pluftoft que les faire hypocrites,
Prendre de Rabelais l'ordre des Thelemites.

 Nous fonderons nos loix fur le beau fondement
Que Dieu mift par Nature en nous premierement,

Et couplerons au ioug du chafle Mariage
Les filles & garçons qui feront d'vn mefme âge.
Nous les verrons danfer fous les ombres flairans
Du flair voluptueux des mufcads odorans,
Et fur le moite frais des humides prairies,
En mile diuers bonds, leurs bals & canaries.
Tandis nous cueillirons l'Automne, en loyauté,
De nos Nymphes, ainfi que nous fifmes l'Eflé :
Il fera bien feant d'acheuer nos vieilleffes
Auec celles de qui nous eufmes les ieuneffes.
L'Innocence, l'Amour, l'Enfance, la Gaité.
La Nature, le Ieu, le Plaifir, la Bonté,
Seront auecques nous : & dans nos cœurs empraintes
Nos loix ne feront point des leur naiffance enfraintes.
    Nous viurons fans fouci dans les bois embâmez
De la plaifante odeur des girofliers aimez :
Les tarins, les fereins auec leurs dous ramages,
Et mile oifeaux diuers de colorez plumages
Nous y reiouiront : la terre enfantera
Du fruit qui fans labeur nos corps fuflentera.
Là fans plus admirer les richeffes mondaines,
Là fans nous foucier des fortunes foudaines,
Des changements d'Eflats, des ennuis, des medits,
Qu'on reçoit au Palais à paffer tant d'Edits,
Nous viurons à noflre aife, & n'aurons efperance
Ailleurs qu'en la vertu, roc de ferme affeurance.

A Meſſire Gaſpar de Pellet, Cheualier de l'ordre
du Roy, Sieur de la Verune, Bailly, Capitaine
& Gouuerneur de la Ville & Chaſteau de
Caen, & l'vn de ſes Lieutenants en
Normandie.

*M Y de la Verune, en qui les cieux amis,*
La plus grande bonté de leurs bontez
ont mis :
Tu n'es pas ſeulement deuot & debon-
naire,
Mais en toy la vertu d'vn parfait exemplaire
Te fait luire en l'eclat qu'autrefois ont rendu
Les preux contes d'Alais, dont tu es deſcendu :
Et Remom de Pellet, ton ayeul magnanime,
Paroiſſoit deuant tous aux guerres de Solime :
Il auoit de l'armee & le choix & la fleur,
Le Conte de Tholoſe egalloit en valeur,
Ayant alors choiſi pour epouſe vne fille,
Qui belle & vertueuſe eſtoit de ta famille.
Auſſi ta grand' bonté, tes vertus & ta foy
Ont contraint tout le monde à bien dire de toy.
Plus ie voy le meſpris & l'enuie eſtre au monde,
Plus en moy le deſir de te louer abonde :
Plus ie voy les mortels ſous le vice abatus,
Plus i'eleue mon cœur à cherir tes vertus.

Plus ie voy l'amitié des autres variable,
Plus i'estime la tienne estant constante & stable.
Par epreuue ie sçay qu'on aime grandement
Vn ami plein d'effets, qui se voit rarement.
Comme vn Phenix vnique, ami, seul on te treuue,
Et chacun comme moy te connoist à l'epreuue :
Ce seroit vn labeur infini, qui voudroit
Trouuer vn autre ami comme toy franc & droit :
En la Court & par tout, quand on a quelque affaire,
De plaisir sans profit personne ne veut faire :
Et d'ailleurs ie sçay bien qu'en plusieurs ne defaut
De montrer sans effect vn cœur ouuert & caut,
A vouloir s'employer, à vouloir bien dependre
Pour le premier venu, s'offrant à le deffendre :
Ie sçay bien, toutefois, que tout ce beau parler
On voit comme vn eclair au besoin s'en aller :
Et que, quand la Fortune au bas vn ami range,
On ne le reconnoist non plus qu'vn homme estrange.
Mais qui montre d'auoir d'escus ses coffres pleins,
Il trouue des amis vulgaires & certains.
Lorsque la bourse est vuide, à la Court souffreteuse
On trouuera tousiours son affaire douteuse.
Qui n'a point de faueur, il peut bien s'asseurer
Qu'il pourra sans rien faire au Louure demeurer.
* Celuy qu'on voit au fond de cette iniuste Roue,*
Qui bien plustost des bons que des mauuais se ioue,
De tous sislé, moqué, souuent est deprisé
De l'ami qu'il auoit deuant auctorisé.
* Plusieurs auront d'amis & le nom & l'estime,*
Qui quittent leurs amis tombez en peu de crime :

Pour vn mal qui leur vient ils les delaiſſeront ;
(Comme le peuple fait) des plus forts ils feront :
Ils feront comme fait l'eſtrangere arondelle,
Qui vient auecques nous en la faiſon nouuelle,
Puis quand l'hyuer facheux arriue aux rudes iours,
Elle quitte noſtre air, nos foyers & nos tours.
Ainſi la terre belle au Mouton fait entrec,
Et puis au Cancre elle eſt de fleurs defacoutree.
    Celuy qui met ſon cœur à s'aimer feulement,
Ne pourroit ſes amis aimer fidellement :
Touſiours il quittera ceux-la que la Fortune
De danger, de miſere & de mal importune.
Il eſt bien malheureux, qui met par trop de foy
A ce que l'homme montre en aparence en ſoy,
Et qui croit folement qu'abite la penſee
Sur le bout de la langue : ailleurs elle eſt placee.
Au trebuchet de foy, le ſage poiſe en luy
Auec le poix d'eſſay les promeſſes d'autruy,
Et tient ſeuls pour amis ceux de qui la fiance
Luy fait par des effeᴅs auoir cette croyance.
Tandis qu'on a des biens à ſon pouuoir ſoufmis,
On doit diligemment eprouuer ſes amis.
Aumoins on ne demeure au beſoin en la peine
D'eprouuer ceux qu'on croit d'vne amitié certaine.
Se fier ſans raiſon fait ſouuent receuoir
Du dommage au beſoin que l'homme peut auoir.
Qui d'ailleurs ne ſe fie enfin honteux ſe treuue :
On guarit tout ce mal par vne douce epreuue.
    Ah ! Siecle dont le cours des vertus eſt tari,
Veuf de toutes bontez & des vices mari !

En toy se trouûe à peine vn homme bien fidelle,
Qui garde vne amitié sans trompeuse cautelle !
Car plusieurs vont vendant, par desseins tous vtils,
Tous les plaisirs qu'ils font à grands & à petits,
Et non pour leur aider: s'ils le font, c'est en sorte
Que cette aide à propos grand profit leur aporte :
Ils designent l'endroit, & quand, & bien à point,
Pour venir à bon port les naux ne faudront point,
Comme vne marchandise au deuant attendue,
Doit bien tost du Bresil au Havre estre rendue.

   Mais tant plus l'amitié noire en France ie voy,
Plus blanche elle me semble & plus luisante en toy :
De sorte qu'à iamais vne longue memoire
En tes amis suiura ton eternelle gloire.
Par effect i'ay connu que, pour les gents de bien
Iamais ne flechira ton cœur gentil en rien,
Que iamais auec toy les bons n'auront de noise,
D'autant que tu es plein d'amour douce & courtoise :
Les mauuais au contraire, ils s'entrehanteront,
Mais contre leurs amis tousiours attenteront.
Pour ce qu'à tous propos ils s'entrefont dommage,
Ils s'entrefont iniure, ils s'entrefont outrage :
Or il est tout certain que celuy qui fait tort,
Qui le reçoit aussi, ne peut aimer bien fort.
Mais la vraye amitié de nostre ami Desportes,
Celle de du Perron, celle que tu me portes,
A iamais durera : Car elle a son apuy
Sur toute la bonté qui nous reste auiourdhuy.

   C'est pourquoy tes vertus vn miracle aparoissent,
En la Court de nos rois ou tant de vices croissent,

Et pourquoy mefme auſſi ie les eſtime tant,
Si ferme te voyant, en cet âge inconſtant,
A garder tes amis, à bien ſuiure la voye,
Qui les hommes d'honneur à tout honneur conuoye.
  Et puis tes deſſeins ſont aidez & ſouſtenus
De ta ieune compagne, ayant d'vne Venus
L'agreable beauté, d'vne Iunon modeſte
Le port chaſte & la grace, & de Palas celeſte
L'Eſprit & le ſçauoir : beau miroir qui dans ſoy
Repreſente vn beau temple & d'amour & de ſoy,
Et qui ſe montre en tout vne Perle bien digne
Des grands Monmorenci, ſon beau nom & ſa ligne.

A Monſieur de la Boderie, Anthoine le Feure, eſcuyer maiſtre d'hoſtel du Roy, maintenant agent pour ſa Maieſté en Flandres & pays bas.

 *E Feure, cependant qu'auec plaiſante peine,*
Les remarques tu vois de la grandeur
       Romaine,
Et tandis que, ſuiuant du Roy l'Ambaſ-
       ſadeur
A Rome, tu ne vois quel eſt noſtre malheur :
Deſſus les riues d'Orne, au long des vertes prees,
Qu'elle arroſe en paſſant par nos belles contrees,
Ie ſuis ore vn de ceux qui plains inceſſamment
L'eſclandre infortuné, le nouueau remument

De la France troublee : helas ! qui dans son foye,
Dans son cœur, dans son sang, plus que iamais guerroye !
Oyant tant de rumeurs, tant de contraires bruis
Et tout le monde emeu, ie vis en mile ennuis :
Ie suis plein de tristesse en voyant par nos rues
Les villageois ayant delaissé leurs charues,
Qui vienent de Bacchus acheter la liqueur
Pour remplir l'estomac du gendarme moqueur,
Qui libre en leurs maisons debauche la famille,
Ou force la maistresse, ou s'addresse à la fille.
Rien n'a de bon la guerre & les grands Empereurs
Sont comme grands Cesars bien souuent grands voleurs.

I'oublie ainsi du tout les Muses tant aimees,
Et les Arts qui nous ont rendu tant estimees
Athenes & Corinthe, & n'ay plus de souci
Que de me garantir en ce malheur ici :
Et defendre les miens de tant de pilleries,
Que nos mesmes voisins font à nos seigneuries.
Ie ne voy plus Tibulle & Catulle mignard,
Properce curieux & Gallus le vieillart :
Au lieu que ie souloy lire dans vn Virgille,
Ou dans mon graue Horace, or' ie vay par la ville
Reueur ouir le bruit de la guerre qui court,
Et que c'est que l'on dit de la ligue à la Court :
Si quelque forteresse est de nouueau surprise,
Et si le Roy s'entend auec telle entreprise.

Que nous ferions heureux de nous voir bien vnis,
Et tous les huguenots hors de France banis
Si cela se pouuoit sans vol & sans pillage,
Et sans abandonner le peuple au brigandage !
                                             Mais

Mais las ! il vaudroit mieux auoir des affafins,
Auoir des Leftrigons, auoir des Sarrafins,
Que de voir cette guerre & tant de tyrannie ,
Qui par trop cherement rendra la France vnie :
Et ce defaftre encor tombe tant feulement
Sur ceux qui vont viuant tres-catholiquement.

 Qu'il me fache d'ouir , foit que le iour fe leue,
Ou foit que le Soleil fes beaus courfiers abreue
Au foir en l'Ocean, vn continu rebat
De tambours qui fans ceffe aux oreilles me bat !
Combien de fois ie dis en mon ame penfiue :
Las ! faut il que toufiours en la France on etriue
Pour la Religion qui n'eft que charité ,
Et que par le combat on cherche verité !

 Puis ie di bienheureux & fage tout enfemble
Cefluy-la qui, paifible en fa maifon, ne tremble
Pour n'ouir d'vn canon le tonnerre eclatant,
Pour n'ouir le Soldat fans ceffe tempeftant ,
Pour n'ouir à toute heure vne fcopeterie ,
Ni pour voir le mechant vfer de brauerie !
Ie te mets quant & quant au nombre des prudents
De t'eftre retiré loin de ces accidents,
Et viure loin de nous en eftrange patrie,
Ou n'eft des innocents l'innocence meurtrie.

 Mais puis qu'ore tu veux ouir de tes amis
Des nouuelles de France, autant qu'il eft permis
Ie t'en veux bien efcrire, & par ces vers peut eftre
Tu pourras de nos maux le demeurant connoiftre :
Derechef vn orage on entend menacer
De faire fans pitié cet Eftat renuerfer !
C c

La France eſt de deniers en tous lieux epuiſee,
La Iuſtice abatue & l'audace priſee :
Et chacun à ſon gré veut ſon fait ordonner ,
De ſorte qu'il ſe puiſſe au beſoin cantonner.
L'outrage debordé les gents de bien moleſte ,
On voit par tout nos lieux menace? de la peſte ,
Et le Ciel, iuſtement irrité contre nous ,
Nous fait d'vne autre part reſſentir ſon courrous :
Car l'eſpoir le plus grand de tous nos labourages
Eſt preſque ſaccagé des eaux & des orages ,
Tellement que l'hyuer n'eſt point aux autres lieux
Autant que noſtre Eſté maintenant pluuieux :
Chacun vit en triſteſſe, hormis ceux que les guerres
Auĉtoriſent mechants de moiſſonner nos terres :
Et leur eiouiſſance on entend par les bruits
Du tambour , qui les guide à racueillir nos fruits :
Et par l'eclat tonnant que ſont leurs mouſquetaires ,
S'ils pouuoient , voudroient bien nous rendre tributaires.

   Qu'il me fache de voir ces guerriers piedeſcaux ,
Ces truants, ces brigands, malotrus & lourdauts
Picorer le bon homme & porter à mains pleines
La part de leur larcin aux nouueaux capitaines !
Capitaines helas ! mal nourris iuuenceaux ,
Qui ſont quant à la guerre inexpers hobereaux :
Et l'art de la milice en voulant bien apprendre
Ils apprennent ſans plus à voller & à prendre !
Encor ils contrefont leur langage & leur vois ,
Gaſconnants leur iargon : mais touſiours au patois
On les reconnoiſt bien : d'homme ils ont le viſage ,
Et de beſtes le reſte, arrogants ſans courage.

Qu'il me fache de voir que quelques vns, fortis
De maifon de bon lïeu, fe montrent apprentis
A faire ce metier : mais fur tout il me fache
Que pas vn feulement d'entre eux fuiure ne tache
Les exemples premiers des anciens François,
Qui gracieux viuoient auec les villageois
Sans fouiller en leur bourfe eftranges & farouches,
Ni par force fouiller leurs innocentes couches :
Ils buuoient, ils mengeoient la poule fans crier,
Et de viure auec eux ils fe faifoient prier.
Ha, ce n'eft la façon de noftre gent Françoife!
Auffi d'eux la plufpart eft d'vne race Angloife,
Ecofoife, infulaire, epiant la faifon
Pour retourner chargez de biens en leur maifon.
Ah, ce n'eft pas ainfi que les François vos peres,
Deuots & genereux, valeureux, debonnaires
Conquirent le Royaume & la Sainde Cité,
Qu'ont or' les Mefcreans par voftre iniquité.
Car fi vous eftiez tels, les peuples de l'Europe
D'vn amiable accord vous fuiuroient à grand' tropè,
Afin de conquerir par voftre grand' vertu
Tout le refte du monde à vos pieds abatu.
  On ne fouloit vfer d'outrage & violence
Que contre le vaincu, combatu par outrance,
Sans aucun depouiller qu'apres eftre vainqueur :
Mais auiourdhuy c'eft fait en cheualier de cœur,
En capitaine grand, que prendre toute chofe,
Que forcer la maifon dont la porte n'eft clofe,
Que depouiller tout nu le peuple indefendu,
Et prendre de l'argent de fon meuble vendu.

C c ij

Ie ne puis ſans horreur ouir qu'au Vaudeuire
(Ou iadis on ſouloit les belles chanſons dire
D'Oliuier Baſſelin) qu'ils ont fort mechamment
Coupé la langue aux beufs en tout debordement :
Ayant en maint endroit mainte femme forcee,
Aux yeux de ſon mari chetiue renuerſee :
Meſme à beaucoup oſtants leurs bagues & ioyaux,
De chaſtes les faiſoient paillardes es bordeaux.

S'ils peuuent debaucher quelques garces faciles,
Auſſi toſt ils les font comme garçons habiles
Chauſſer vn haut de chauſſe & veſtir vn pourpoint,
Prendre vn gentil chapeau, propres & bien en point
Les font ſeruir à table & les apellent pages :
Les pitaux qui les voyent vſer de ces langages
S'etonnent de les voir apres les carreſſer,
Les baiſer, les cherir, ſouuent les embraſſer
Et coucher auec eux : de ſorte qu'en fantôme
Ils penſent derechef voir vn autre Sodome :
Ou qu'en habits François ce ſoient Italiens,
Qui ſe font deguiſez pour menger leurs moyens,
Et comme d'vne horreur, ils en font à la honte
D'Eſpagne & d'Italie à leurs voiſins le conte.

O l'âge bienheureux, non ſemblable à celuy
Que nous voyons regner aux guerres d'auiourdhuy :
Age bien fortuné, quand les Peres antiques
Preferoient à leur bien toutes choſes publiques !
Age bon, ou viuoient les François Palladins
Qui, Chreſtiens & deuots, valeureux & benins,
N'offencerent iamais que les hommes rebelles,
Quand en croupe ils portoient les ieunes damoiſelles,

Sans iamais attenter contre leur chaſteté,
Et gardoient de leur part en amour loyauté.
   Age digne d'honneur, dont les faits veritables
Se content auiourdhuy des mechants comme fables.
Les capitaines lors, les braues cheualiers,
Vertueux, inuaincus, refuſoient les lauriers,
Attribuant l'honneur à Dieu de la victoire,
Et de tout à luy ſeul ils raportoient la gloire.
Ces Capitaines là, ces François anciens
Ne permettoient iamais Chreſtiens contre Chreſtiens
Auoir debat enſemble, & parmi les fidelles
N'auoient iamais de lieu les actions cruelles.
Par leurs deportemens ils temoignoient à tous,
Que meſme aux plus cruels ils eſtoient bons & dous.
   O ſaincte paix, reuien, reuien & nous rameine
Les iours beaux qui rendront la ſaiſon plus ſereine :
Vien auec les epics & l'Oliue en la main,
Pour chaſſer de nos champs ce grand Mars inhumain,
Pour accomplir nos vœux que ta preſence ameine
L'abondante Amaltee auec la corne pleine,
Etouffe nos malheurs, reuien, ô ſaincte paix,
Et parmi les François habite pour iamais.
Et toy, Mars furieux, va-t'en en Alemagne,
Ou bien en Angleterre, ou retourne en Eſpagne,
Tant qu'vn iour nous puiſſions nous reuoir hors d'erreur
Et parmi nous du tout eteinte la fureur.
La France trop de fois, d'vn aueugle courage,
S'eſt inhumainement armee à ſon dommage.
Trop de fois elle a fait ruiſſeler de ſon flanc,
(Contre elle furieuſe) à bouillons ſon beau ſang.

C c iij

France, repofe toy, ne fois point fi cruelle,
Car tu n'as plus befoin de te montrer rebelle.
　La miferable France, elle pleure & gemit,
De fon mal douloureux la face luy blemit,
Elle apelle à fecours, mais en vain, tous les Princes
Et Seigneurs qu'elle voit gouuerner fes Prouinces :
Mais ils font enuers elle, encor à fes defpens,
Plus cruels que Lions, que Tigres ni Serpens :
De mode que fi Dieu, par fa bonté fuprefme,
N'apaife la douleur qu'elle fent en foymefme
Par fes propres enfans, fon efprit defolé
Iamais d'aucun des fiens ne fera confolé :
Que fi ie voy la paix en France retournee,
Deflors ie beniray la diuine iournee
Comme vn grand iour de Dieu : car hors de tout ennuy,
I'oubliray, fi ie puis, les guerres d'auiourdhuy :
Ioyeux paffant en paix fi peu d'ans qui me reftent,
Sans plus me tourmenter des maux qui nous moleftent,
Mais tout prenant en bien, riant de tous abus,
Ie viuray deformais en paix auec Phœbus,
Aueque les neuf Sœurs chantant en alegreffe
Des anciens François l'excellente proëffe :
Et peut eftre mes vers auront tant de vigueur
Que ces nouueaux guerriers cefferont leur rigueur.

Paſtorale, A luy meſme ſur le Treſpas de Guy le
Feure, eſcuyer, ſieur de la Boderie, ſon frere.

Orphee.
Dafnis ,   Tyrſis.

Daf. *O Tyrſis*, *eſt il vray qu'Ante*, *noſtre ruiſſeau*,
Qu'Orne, *noſtre riuiere*, & *que Diue* & *Noireau*,
Murmurent à leurs bords, *que la mort*, *pour trophee*,
A leurs riues a mis la depouille d'Orphee?
Du Feure, *noſtre Orphee*, *vn ſecond Arion*,
Qui vainquit les chanſons de Line & *d'Amphion?*
Qui chantant fiſt venir aux cheſnes des oreilles,
Pour ouir de ſes chants les diuines merueilles?
Les Satyres cornus apres luy s'en alloient,
Les Faunes & *Silene aueque luy parloient :*
Les Nymphetes des bois, *Driades* & *Napees*,
De ſes ſaintes amours eſtoient toutes frapees,
Le ſuiuant comme Pan : Pan le dieu bocager,
Qui le reconnoiſſoit comme vn diuin berger :
Sçauant il entendoit toutes langues eſtranges,
Il parloit meſmement le langage des Anges :
Eſt il mort, *cher Tyrſis? eſt eteint le flambeau*,
Qui luiſant eclairoit en nos foreſts ſi beau?
Tyrſ. *Il eſt mort*, *cher Dafnis*, & *dans la Boderie*,
On ne voit rien plaiſant en toute la prairie :
Les foreſts d'alentour & *les taillis d'aupres*
Ont leurs arbres changez en Ifs & *en Cypres.*

C c iiij

Daf. Doncques on orra plus bourdonner ſa Muſette?
Deſormais la foreſt ſera du tout muette?
Les bois n'aprendront plus à redire en ce lieu,
Apres luy des Hebreux les ſainĉts noms du grand Dieu?
La Mort ne fait donc plus aux plus ſçauants de grace?
Elle n'a fait eſtat de ſon antique race,
De ſes belles vertus, ni de ſes bonnes mœurs,
Qui ſeruoient d'exemplaire aux plus ſaintes humeurs?
  O Muſes, ô Phœbus, ô vous ſon Vranie,
Qui par les cours du Ciel luy fiſtes compagnie,
Ou fuſtes vous alors que, pour parer les cieux,
Son eſprit fut raui des deſtins enuieux?
Muſes, vous n'eſtes plus ici vierges montrees,
Car vos vers difameჳ ſont ore en nos contrees!
Voyeჳ vos lauriers ſecs, vos fontaines tarir,
Et nous dedans la mer de nos larmes perir.
Tyrſ. Dafnis, laiſſons les pleurs, cette belle ame & ſainte
Ne veut pour ſon depart qu'on face aucune plainte.
L'autre iour ce berger aux foreſts aparut,
Ou grand nombre auſſi toſt de paſteurs accourut,
Qui l'ouirent, diſant: Qu'aucun de vous ne pleure,
Plus belle qu'en la terre au Ciel eſt ma demeure:
Et ce mourir a fait qu'à cette heure ie vi,
Auec les bien heureux heureuſement raui:
Vn ſeul regret me tient, que ie ne vous voy ſuiure
Le chemin qui conduit à ce bien heureux viure,
Et qu'vn nuage epais vous ombrage ſi fort
Qu'encor vous ne voyeჳ la vie eſtre en la mort,
Et que vous demeureჳ, Eſprits benins & rares,
Entre des lougarous, entre des gents auares,

Qui ne font plus de cas de vers ni de chanfons,
De la flute à fept voix, de flageols ni de fons.
Les Nymphes de Creſſy, triſtes & decoiffees,
Aux fonds de vos valons & fur la roche aux Fees,
Se lamentent que plus on n'oit les chalumeaux,
Dont vos bergers fouloient egayer leurs troupeaux.
   Eleuez donc, Paſteurs, aux Cieux vos belles ames
Et fuyez cette gent, fuyez ces preſts infames,
Ce profit dommageable & cette faleté :
Au monde ainſi, Paſteurs, trop vous auez eſté.
Quant à moy i'ay vefcu bien long temps, ce me femble,
S'on mefure les ans & la fcience enfemble :
Science dont ie fus amoureux tant ardant,
Que mon ardeur rendit mon fçauoir abondant.
Mais peu i'apris ou rien, en voſtre terre vaine,
Au prix de ce qu'au Ciel ie voy fans nulle peine.
Ie voy tout le fçauoir du Monde raporté
En la face de Dieu, de toute eternité :
Et ce qui ne m'eſtoit au monde manifeſte,
Clairement ie le voy dans ce Palais celeſte,
Auec tant de lieſſe & de contentement
Qu'vn mortel ne le peut comprendre aucunement :
Et ce plaiſir retient, en amour infinie,
A la triple vnité mon ame toute vnie.
Ce dit, il difparut : ainſi, gentils paſteurs,
En l'aimant ne troublons fon aife par nos pleurs.
Daf. O Tyrſis, il faut donc en allegreſſe epandre
Des rofes & des lis tous les ans fur fa cendre,
Et chommant le beau iour de fon heureux trefpas,
Auec luy viure au Ciel en viuant ici bas,

Et fans nous enfanger en l'ordure du vice,
Euiter des mortels l'vfure & l'auarice.

A Meffire Claude de Sanzay, Cheualier, Seigneur de Coffé & de la Mottefouquoy, &c.

EP VIS la mort du chantre Epineuaux,
  Sans pleurs n'ont point eflé les bons
    frelaux,
  Mon de Sanzay, les garces, les ru-
    fifques,
En ont ietté maintes larmes publiques :
Le bon Ganaffe & les Comediens
De Tabarin, & tous Italiens,
Droles, bouffons nourris en la doctrine,
Des le berceau, de la fecte Aretine,
L'ont regretté, louant fort fon efprit,
Qui de l'amour de leurs façons s'eprit :
Les bons gourmets & les friands encore,
Qui frequentoient les ecoles du More,
Muficiens, Meneftriers & Rimeurs,
Cabaretiers, Baladins, Efcrimeurs,
Tous bons fuppots, vrais enfants de la Mate,
Ont pour fa mort nommé la Mort ingrate :
Et chaque iour, auec chanfons & los,
Le vont encor pleurant entre les pos,
Et vont difant, qu'en art, ni qu'en faconde,
Ni qu'en franchife, il n'eut pareil au monde :

Bien que l'on tint qu'en toute extremité
Il eſtoit plein de prodigalité,
Ses compagnons ont eſcrit de ſa vie
Vne legende afin d'eſtre ſuiuie.
Tout au contraire Arlon rien ne depent,
Ainçois s'il mange vn œuf, il s'en repent :
Viuant en chien, il croupit en l'ordure
Pour engendrer vſure de l'vſure :
Et rien ne donne aux ſouffretteux amis
Pour n'eſtre au rang d'vn grand prodigue mis :
Et ſi reſpond, Que ſi l'vn l'en diſame,
Que d'autre part vn autre ne l'en blame.
  O combien rare eſt le bon iugement !
Mon de Sanƶay, voyeƶ qu'etrangement
Chacun des deux prend ſon fait à l'extreſme !
Du populas chacun en fait de meſme.
  Gron ſes habits porte ſi grands & longs,
Qu'ils vont trainant iuſques à ſes talons :
Orbin ſi cours les porte à large manche,
Qu'ils vont à peine atteignant à ſa hanche :
L'vn de Seigneur, l'autre a port de faquin :
Marc ſent le muſc, Anthoine le bouquin :
Quand ſouls ils croient qu'vn grand vice ils euitent,
En vn contraire alors ſe precipitent.
Bref on ne voit Noble ni Citoyen,
Qui bien obſerue en ſon fait le moyen.
Et meſme encor ſemblable eſt la folie
De ceux qu'Amour de ſon cheueſtre lie :
Car l'vn ne veut, amant tout genereux,
Qu'en riche endroit eſtre eſclaue amoureux,

Et n'en veut pas qui ne foit magnifique :
L'autre n'en veut finon qu'vne publique :
L'autre la veut folâtre en fait & dit :
L'autre qu'à nul ne donne de credit.

    Caton vn iour, dans la ville de Romme,
Hors du bordeau vit fortir vn ieune homme
Auquel il dist, Sois pourtant vertueux :
Mais en l'ardeur d'vn feu voluptueux,
Tu as mieux fait qu'auoir, à ton dommage,
De ton voifin trahi le mariage.

    A quoy refpond Sibary, Ie ne veux
Eftre loué de gents tant fcrupuleux :
Car, fi ie puis, ie mettray la ramure
D'vn cerf branchu deffus la cheuelure
De quelque Grand : mieux vaut, contre raifon,
Faire feruice aux dames de maifon,
Que s'en aller en cloaque publique
Pour defcharger fon ordure lubrique :
Et par fur tout i'admire, quand à moy,
La grand' beauté des Grandes que ie voy,
Quand on n'eft point au hafard des epreuues
De ce faint bois, qui vient de terres neuues.
Vous vous trompez, Sibary, de penfer
Qu'auec la Grande on fe puiffe auancer :
Par grand peril, la volupté foudaine,
Le court plaifir s'en achete à grand' peine :
Là peu fe voyent fans eftre bien batus,
Rompus, brifez, rançonnez, deueftus,
Iettez en bas de deffus la muraille,
Oyant crier la barbare canaille,

Qui dit : *il faut la queue à ceux couper,*
Qu'on peut ainſi paillardants attraper.
(Gyronde lors de ce morceau friande,
Veut que pluſtoſt on le mette en amande)
  Combien de fois, Sibary parfumé,
Peigné, mignard, d'amour tout alumé,
T'es tu trouué faiſant le pied de grue,
Long attendant en quelque coin de rue,
En eſperant de la Grande aprocher,
Que retournois eperdu te coucher,
D'auoir eu peur de rencontrer le Maiſtre,
N'ayant chez toy ſouuent de quoy repaiſtre?
Et maintenant, chetif & morfondu,
Tu as le tien follement dependu :
Et ſans eſpoir voyant mourir la dame,
Tu n'as pourtant encor eteint ta flame :
O quel exemple en Sybus de iamais
Ne ſe fier aux grandes deformais!
Qui veulent bien qu'on batiſſe vne embuche,
Ou leur amant miſerable trebuche!
Croyant auoir leur Epoux contenté,
En conſentant à cette cruauté.
  Et toy, chetif, de qui s'embabouine
Vne Princeſſe, vne autre Meſſaline,
Sillie ayant ta Sillane quitté,
En quel peril t'es tu precipité?
Ne vois-tu point que ton amour ſuperbe,
Secret te cache vn ſerpent deſſous l'herbe?
  Tels ont penſé bien eſtre ſeurement,
Quand tout d'vn coup couſus honteuſement,

Par les maris efloient à la voirie
Le lendemain trainez par moquerie.
Et le Mari fouuent, en ce hafard,
Dedans le ventre enfonce le poignard,
Ou l'enfançon remporte le falaire
Que meritoit en ce mal l'adultere :
Grands & petits approuuent ce forfait,
Et difent tous, qu'autant en euffent fait.

   Cet autre ayant abufé d'vne femme,
Le mari mort, la prend comme vne infame
Qui fon ordure a faite en fon chapeau,
Puis le remet fur fon chef de plus beau.

   Rien n'eft plus vray que qui porte dommage
A fon prochain auec double arrerage
En a le mal & demeure enlaffé
Au mefme las que luy mefme a dreffé.
Il vaut donc mieux, fans receuoir vergongne,
Ne faire plus des autres la befongne,
Et trauailler chacun à fon ouuroir,
Pour y feruir aux autres de miroir.

   D'ailleurs celuy qui penfe eftre plus fage,
Pour chez autruy n'aller en garrouage,
Et neaumoins auecque frais vilains,
Depend le fien aux garces & putains,
En fon erreur fans excufe eft de mefme :
Et chacun d'eux en fon vice eft extrefme.

   Pour neant, dit le fieur de Valombré,
Le lict d'autruy ie n'ay point encombré :
Et fi du mien aux communes ie donne,
Ie ne fais point pour ce tort à perfonne :

Et i'aime autant à leuer le furcot
De Ianeton, de Perrete ou Margot,
Que le velours d'vne grande Conteſſe.
  Vous dites vray, Valombré, mais ſi eſt ce
Qu'à tout cela le voſtre dependeʒ,
Et tous les iours quelque choſe vendeʒ,
Tant qu'à la fin, comme vn defroqué moine,
Poure fereʒ ſans aucun patrimoine :
Ainſi l'honneur & les biens baſſement
Vous conſommeʒ comme plus hautement.
Perdant la force, on vous verra ſans doute
Plein de nodus, de gales & de goute :
Et ſi vous faut, en chacune ſaiſon,
Faire en ſecret diette en la maiſon.
De ce vous eſt petite recompenſe,
Qu'au liĉt d'autruy vous ne faites d'ofence.
  Et ne me plaiſt à moy qui ſuis Chreſtien,
Qu'on ſuiue auſſi l'auis Horatien,
Qui veut qu'on ait la Gouge d'ordinaire
Pour apaiſer la paillarde colere,
Sans ſe ſoumettre au perilleux danger
Qui ſuit touſiours vn amour etranger :
I'aprouue bien que tous ceux là qui viuent
Aux parcs de Dieu, l'auis d'Horace ſuiuent,
Sans point bequer des autres les raiſins.
Beaux veaux on a des toreaux des voiſins,
Diſoit quelqu'vn : & ſouuent la geniſſe
Court autrepart afin qu'on la rempliſſe.
  Tu me diras : cil qui reprend autruy
Sera repris de ce qu'on voit en luy,

S'vn bon conseil, par bonne remontrance,
Ne donne à ceux qu'il blame auec outrance.
　Ie te diray mon auis franchement,
Sans mes raisons deguiser nullement.
C'est qu'au hasard les sentiers & les routes
Suiuis de tous me plaisent par sus toutes :
Et qu'il vaut mieux aller le grand chemin,
Que de passer dans le clos du voisin :
Que la grand' voye est bien plus asseuree
Que n'est le trac d'vne sente egaree :
Et te diray, si tu veux le sçauoir,
Que les pechez ie ne veux receuoir
Pour les vertus : & quoy que ie me rie,
Ie veux sur tout que l'homme se marie,
Sans diuaguer, rufian & rageux,
Sous l'apetit d'vn amour outrageux.
L'ordre le veut, nostre Dieu le commande,
Et tout chacun sa chacune demande.
Quand quelque iour on espere passer
A ce passage, il s'y faut auancer :
Et puis ce mal nous estant necessaire,
Comme au bon heur il faut aussi s'y plaire.
Sans resistence il faut suiure les loix :
Quand on a pris vne femme à son choix ;
Bon ou mauuais on doit de ce partage
Fidellement cultiuer l'heritage,
S'auenturant au hasard de la mer,
Qui ne fait pas tous vaisseaux abismer
Voguants dessus. Car qui ne s'auenture
N'a iamais part à la bonne auenture.
Puis

Puis cil qui vit deſſous le ſaint lien
Du ieune Hymen, ne depend point ſon bien
Chez la Normande ou bien chez la Têtue :
Et ne craint point qu'vn foul mari le tue
Dans la maiſon, en colere arriué :
Et n'eſt contraint ſe mettre en vn priué,
Ou ſous vn lict attendant la miſere
Du chaſtiment qu'attend vn adultere ;
Ains librement ſa femme il baiſera,
Et ſans danger il la carreſſera :
Dans ſon iardin, d'vne feconde pluye,
Sa belle fleur il rend plus reiouye,
Il la regarde à ſon gré haut & bas,
Et comme il veut il en prend ſes ebats.
Seul il la mene au profond des valees,
Es bois reclus, es ombres recellees :
Bref n'offençant ni les hommes ni Dieu,
Il la conduit pour compagne en tout lieu,
Et des plaiſirs qu'vn ieune amour inuente,
Il rend ainſi ſa ieuneſſe contente.
   On n'eſt brigand ni voleur ſans voler :
Mais on peut bien aiſement ſe ſouler
De ce plaiſir que la Nature donne
Sous ce beau ioug, ſans offenſer perſonne.
Ne craignez point, ieuneſſe, à vous lier
Sous la priſon d'vn ſi plaiſant colier.
   Voyez, Maris, que l'amour vagabonde
N'eſt rien ſinon que tourment en ce monde,
Touſiours ſuiette à la calamité
D'vne miſere ou d'vne poureté.

D d

Mais au contraire, aimer ſa chere femme
Eſt vn plaiſir & du corps & de l'ame,
Qu'à grand danger, grand trauail & grand ſoin
On ne va point au moins chercher au loin :
Car auec elle eſt telle l'allegreſſe,
Qu'auec Helene & qu'auecque Lucreſſe.

  Ie ſuis certain, quand la ſoif vous epoind,
Qu'vn hanap d'or vous ne demandeȝ point,
Ni de Criſtal vne coupe luiſante,
Ains vous buueȝ en ce qu'on vous preſente :
Souuent auſſi la moyenne beauté,
Comme vne grande, a l'homme contenté :
Et puis que Dieu l'a conioint auec elle,
Il doit touſiours luy demeurer fidelle,
Sans s'amuſer à ces muſquins friands,
A ces dous yeux affeteȝ & riants :
Car qui verroit deſſous la couuerture,
Ne verroit rien que laideur & qu'ordure :
Ce n'eſt pas or que tout ce qui reluit;
Sous vn beau fard on cache ce qui nuit :
Et telle on croit eſtre belle & bien nette,
Qui ſous le linge eſt orde & contrefaite.

  Donc, ſans plus viure en la diuerſité,
Du foul amour ſuiuant l'extremité,
(Soit qu'en haſard on pourſuiue la grande,
Soit que ſon bien en la baſſe on depende)
Il vaut bien mieux ſuiure le moindre mal,
Sous le dous ioug d'vn mariage egal,
Que, diuaguant au peril de ſa vie,
Son amour rendre au malheur aſſeruie.

Car lors qu'on prend les chauds ebatements,
Dont *Venus* ioint enfemble les amants,
On ne craint point le bruire d'vne porte,
L'abboy d'vn chien, que quelqu'vn entre ou forte,
Ou d'vn malin le cauteleux aguet,
Ou d'vn ialoux le malicieux guet :
Ou que la femme hors du lict etonnee,
Coupable lors s'apelle infortunee :
Ou que l'on foit contraint de fuir nu :
En pleine nuit, en chemin inconnu,
Perdre l'honneur, ofter la renommee
D'vne famille à iamais diffamee,
Comme *Ombefy* tomber dans vn foffé,
En plein *Hyuer* de glaces heriffé,
Puis fe vengeant (vengeance trop cruelle)
Faire tuer apres le mary d'elle.
C'eft vn malheur piteux qu'eftre furpris
Au court plaifir de la fole *Cypris* ;
Tefmoins en font ceux-là qu'en *Angleterre*,
Vn Roy iadis fift mettre fous la terre.
    Mon de *Sanʒay*, forti des heritiers
Certains & vrais des contes de *Poitiers*,
(Bien que des ducs de *Bourgongne*, ta ligne
En premier lieu prenne fon origine)
Comme eftant plein de fageffe & bonté,
Trouues tu pas que ie di verité?
La verité dans vn four pourroit eftre,
Qu'on la verroit neantmoins appareftre.

D d ij

A Charles de Bourgueuille, Efcuyer, Sieur du
lieu, &c., fur vn liure de l'Immortalité
de l'Ame.

YANT, ou peu s'en faut, defia quatre
vingts fois
Veu paffer le Soleil par tous les douҙe
mois,
Et fage remarqué la non vifible trace
Qu'il vous faudra fuiuir pour prendre voftre place
Aux cieux entre les Saints, ie ne fuis pas faché
De vous voir decouurir le myftere caché
De l'Immortalité. Mais toute courroucee
Mon ame prifonniere aflige ma penfee
D'ouir, dans vos efcrits, que beaucoup ont tenté
De ne croire malins cette Immortalité,
Et que, durant les iours de vos longues annees,
Vous ayeҙ decouuert ces ames forcenees.

   Le prudent Capitaine, apres auoir eflé
Au feruice du Roy par long temps arreflé,
Preuoyant bien venir la vieilleffe debile
Qui le rend deformais aux armes inutile,
Quelque Gouuernement pourchaffera du Roy
Au loin de la frontiere, ou, hors de tout emoy,
En paix il aura foin d'augmenter fon menage,
Auecque fes plus chers ruftiquant au village:
Demefme apres auoir tant de temps balancé
Et le droiฎ & le tort, aux honneurs auancé,

Maniant du public le principal affaire,
Vous vous eſtes enfin retiré ſolitaire
Loin du bruit du Palais, ou vous auez ſoigné,
Apres, le grand eſpoir qui nous eſt teſmoigné
En l'Euangile ſainᗣ, comme eſtude certaine
De ceux qui ſont ſoulez de la raiſon humaine.
Et vous reſouuenant de la grand' lâcheté
Ou ſouuent tombe l'homme en ſa mechanſeté,
Vous auez fait vn Liure, afin de faire entendre
La vanité de ceux qui veulent entreprendre,
En deceuant vn autre, auſſi ſe deceuoir
Du bien que nous pouuons apres la mort auoir,
Oſans bien attenter de la diuine Eſſence
Blâmer, contre leur cœur, la haute prouidence :
Contre leur cœur ie di, car ie croy qu'il n'eſt point
D'homme qui dans ſon ame ait engraué ce point :
Et qu'il n'eſt point de gent tant farouche & ſauuage,
Encore qu'elle n'ait l'Euangile en vſage,
Qui doute qu'vn grand Dieu, par eternel pouuoir,
Ne face l'vniuers & nous en luy mouuoir.

Mechants, on connoiſt bien que vous n'eſtes Athees,
Ains ayant du grand Dieu les graces depitees,
Vous le voulez fuir : mais le peché bourreau,
Vous va touſiours perçant le cœur de ſon couteau.
Democrite penſa que tout, ſous la Fortune,
Se regiſſoit ainſi qu'vne choſe commune.
Epicure en apres, ſuiuant ce bel autheur,
Par ſes lâches eſcrits en fut confirmateur.
En doute auparauant toutefois Protagore
Auoit ia mis les Dieux : & depuis Diagore

Les meprifa du tout, & mile autres efpris
Enflez en leurs raifons Dieu mirent à mepris.
Mais depuis que la Grece eut permis cette offence
En la bouche de tous voller en euidence,
Elle abaiffa toufiours fon efpoir plus hautain,
Et n'eut plus rien depuis en fa foy de certain :
Bien qu'au contraire elle euft les feueres Stoïques,
Et le diuin troupeau des grands Academiques,
Qui montroient comme à l'œil, par l'ordre naturel,
La haute Prouidence & l'Efprit eternel :
Et feparants leurs corps de l'Ame pure & belle,
Contemploient à loifir Dieu, l'Ame vniuerfelle.
    France, faut il encor que ces debordements
Troublent de tes François les beaux entendements?
Et que cela te foit vn menaçant prefage
De te voir faccagee vn iour par quelque orage,
Tout ainfi que la Grece? Arriere ces mortels
Qui vont de l'Eternel blamant les faints autels.
Et vrayment tu ferois, ô France, bien ingrate,
(Toy qui n'as feulement vn Platon, vn Socrate,
Ains l'Euangile faint, que le grand Saint Denis
D'Athenes aporta qui nous a tous benis)
Ne remerciant Dieu, qui dedans ta poitrine
A graué de fon doy cette fainte Doctrine.
Car on connoift vn Dieu trefmanifeftement,
Voyant de l'vniuers l'admirable ornement,
Le Ciel toufiours tournant d'vne egale mefure,
Qui d'eftoiles fans nombre embellit fa vouture,
Des Planettes le cours iuftement compaffé,
Sans que iamais il ait fa borne outrepaffé.

Et des quatre Elements la force moderee,
Et des quatre faisons la vertu temperee,
Pour nourrir & meurir & les corps & les fruits,
Que naturellement.la Nature a produits :
Les iours, les nuits, les mois, des heures l'entresuite,
Les siecles & les ans nombrez sous la conduite
Du Soleil rayonneux & de la Lune aussi,
Dont nous vient la clarté qui nous eclaire ici :
Et bref en general la façon disposee,
Qui tient cette machine en ordre composee,
Ou toute creature annonce la hauteur
De son saint Architecte, ouurier & createur,
Gouuerneur eternel, immuable, impassible,
Inuisible & voyant, non pensable, indicible,
Fin & commencement de son œuure entrepris,
Qui comprend toute chose & n'est iamais compris :
Comme venant de luy toute Ame est Immortelle.
Et qui voudroit nier vne maxime telle?
Tout ce qui par soy mesme a branle continu,
C'est bien raison qu'il soit pour immortel tenu :
Car la chose qui n'est que par soymesme emeue,
Qui sans commencement son mouuoir continue,
Ne pourroit auoir fin, d'autant qu'elle ne peut
Se delaisser soymesme : & l'Ame qui se meut
De soy, ne pourroit donc estre en rien perissante,
Puis qu'elle est & sera par soy tousiours mouuante.
Aussi nostre esprit prompt à se faciliter,
D'vn art industrieux les choses inuenter,
Discerner, conceuoir, auoir la preuoyance
Du futur, comme il a du passé souuenance,

D d iiij

Connoiſtre tous les arts & les nombres egaux,
(Connoiſſance qui manque aux autres animaux)
Se montre bien diuin : car certes l'origine
De l'Eſprit comprenant toute choſe diuine,
Ne vient point de la terre, en luy ne ſe voit rien
Qui meſlé ſente auſſi l'animal terrien.
Il eſt l'vni de Dieu, ſurhumain & celeſte,
Et tel, pour dire vray, que plus il ne luy reſte,
Fors ce corps qui le tient captif en ſa priſon,
Qu'il n'aille voir au Ciel ſa premiere maiſon,
Sa demeure & ſon Eſtre, ou les ames heureuſes
Admirent du grand Dieu les œuures merueilleuſes,
Auec les Anges ſaints, diuines maintenant
Parmi tant de beaux lieux en paix ſe pourmenant :
Voyant deſſous leurs pieds les eſtoiles menues,
La Lune & le Soleil & les branlantes nues :
Ore ſatiſſaiſant à la diuine ardeur,
Qui les bruſloit en corps de voir cette grandeur.
Car bien que l'homme ſoit en terre, il eſt l'image
De Dieu qui regne au Ciel : ayant en ſon viſage
De ſa beauté l'idee, & par ſon aćtion,
Et par intelligence epoint d'affećtion,
Il fait œuure d'vn Dieu : ſans partir d'vne place,
Tout le large Ocean, comme à pied ſec, il paſſe,
Et voit iuſqu'en ſon fond les Phorques & Tritons,
Qui dans leurs conques vont entonnant mile tons,
Se font ſuiure aux Dauſins, aux monſtreuſes Baleines,
Aux friands Eturgeons, aux chanteuſes Syreines,
Et, par ſa clair-voyance à trauers les boyaux,
De la terre, il trauerſe & voit tous les metaux :

Difpos il monte aux cieux fans aide ni fans ailes,
Il monte & puis reuient par les campagnes belles
Des celefles retours : il ne craint arreflé
De leurs cours fi foudains l'impetuofité,
Ni l'ardeur du Soleil, ni de tout ce grand monde
Le long & large efpace enclos en voute ronde :
Ains paffant outre, il va de la Diuinité
Eplucher les fecrets, fe foir en maieflé
Aupres des Anges beaux. Et bref i'oferoy dire
Que noftre ame eft fi digne, en ce mondain empire,
Qu'en nos corps elle tient d'vn Dieu mortel le lieu,
Et qu'vn homme immortel elle eft aupres de Dieu.

Veu que religieux l'homme eft par fa nature,
Ayant des fa naiffance vne euidente cure
De tâcher en fes faits fi fort s'euertuer,
Qu'il puiffe fa memoire enfin perpetuer,
Ie m'ebahi comment, ores que Dieu nous donne
La religion vraye & fon fils en perfonne,
Sauueur de noftre efpece, ou les fouls ont les yeux,
De rappeler en doute vn point fi gracieux ?
Ofans bien denier cela que les prophetes,
Du vouloir du grand Dieu les diuins interpretes,
Ont predit faindement; ce qu'on voit confirmé
Par la fainde efcriture & non iamais blâmé
D'aucune nation, ains par raifon valable
Des Philofophes grands approuué veritable?

O vous, Princes François, des voftres ayez foin,
Diligents renuoyez dela les monts, au loin
Les legeres raifons, les peruerfes redites
Des Athé's Aretins, des Machiaueliftes :

Vous n'eſtes que nos chefs, vous n'eſtes que paſteurs,
Et des troupeaux de Dieu ſeulement conducteurs,
Vous en auez la garde, il en faut rendre conte
Au maiſtre qui pourroit vn iour vous faire honte,
Que peut eſtre en vos parcs, que peut eſtre en vos Cours,
Ont eu premier credit ces damnables diſcours :
Ou pluſieurs ieunes gents, ehontez & volages,
Souuent mal à propos tiennent de faux langages.

   Si l'Eſprit & le corps mouroient enſemblement
Les malins en auroient vn grand contentement :
Car ſouuent paruenus par fineſſe & malice
Aux magiſtrats mondains, n'exercent que le vice :
Toutefois en mourant ils ſeroient exemtez
Par la mort de l'Eſprit de leurs mechanſetez.
Mais ils ſont bien deceus : auſſi, la faute faite,
La conſcience au cœur ſans ceſſe les pincete ;
Et leur promet l'Enfer, ou l'Ame deſormais
Viuante perira, ſouffrante à tout iamais :
Si Dieu ne les rapelle & ne leur fait connoiſtre,
Qu'au prix de luy n'eſt rien tout noſtre mortel Eſtre,
Et qu'en cet vniuers vn Dieu peut ſeulement
A ces deſeſperez donner allegement.

   Quand le Soleil nous luit en ſa lumiere belle,
Pourquoy chercherons-nous de meilleure chandelle?
Las! nous faut il chercher de plus belle clarté
Que Dieu, pour paruenir à la felicité !
C'eſt le Soleil parfait, c'eſt l'Eſtoile & conduite,
Qui n'obſcurcit iamais le chemin à ſa ſuite :
Et qui voudroit douter que, comme on voit l'émant
Tirer le fer à ſoy, demeſme en nous aimant,

D'vne force cachee à luy nos cœurs il tire,
Pour nous ioindre immortels à son diuin Empire?
Et qu'il n'ait imprimé par vn resouuenir,
En nos cœurs le sentier que nous deuons tenir,
Pour retourner au Ciel, dont nostre ame est venue?
Ame que Dieu tousiours appelle dans la nue?
Ah! regardez les Cieux, frapez en vostre cœur!
Et Dieu vous ouurira la porte du vainqueur,
Du Parler eternel, de la Raison diuine,
Qui se viendra loger seule en vostre poitrine
Pour y grauer la foy, qui lors resistera
A tout mechant penser, qui ne l'effacera:
Car si tost que la foy du cœur est effacee,
La liberté sans frein bondit en la pensee,
Comme vn cheual retif, qui donne vn desespoir,
Compagnon sans confort au mal qu'on peut auoir.

  Helas! ingrate terre, as-tu doncques fait naistre
Des hommes en ce temps pour epier leur maistre,
L'apeller au combat, destruire sa Sion,
Et mettre de rechef Osse sur Pelion?
Vous irez, Licaons, par les forests obscures,
Vrlans & lamentans vos tristes auentures:
Accablez, foudroyez par les champs Phlegreans,
Vostre presomption vous irez maugreans:
Et connoistrez encor dans le profond Coccite
Vostre ame estre immortelle en sa douleur depite,
Que l'humaine raison, qui prend les plus rusez,
Vous aura malheureux de son sucre abusez.
Car la raison humaine on hait tout ainsi comme
Pour quelque faussete l'homme hait vn autre homme:

Mais il faut euiter, d'vn ferme iugement,
La diuine Raiſon haïr legerement.
On n'aime ceſtuy-là qu'on eſtimoit ſincere,
Loyal, plein de rondeur & franc en ſon affaire,
Alors qu'il eſt trouué vermoulu dans le cœur,
Et que de ſa promeſſe on voit l'effeⅽt moqueur.
Auſſi celuy qui voit, d'eſperance conceue,
Par ſes plus chers amis ſa ſimple foy deceue,
Les a tous en horreur, & penſe que la foy
Demeure enſeuelie aux ombres à requoy.
Car qui ſe maintenir par la Raiſon s'eſſaye,
Tantoſt l'eſtimant faulſe & puis l'eſtimant vraye,
La hait ore & puis l'aime & ne peut accuſer
Luymeſme qui ſe veut par luymeſme abuſer.
Ah! c'eſt pitié de voir ſa raiſon abuſee
Par vne opinion humainement ruſee!
Et pour s'eſtre en la ſorte en diſcours confondu,
Demeurer ſans entendre & ſans eſtre entendu!
    Vous doncques qui, fondez ſur des raiſons humaines,
Enflez vos vains eſprits d'opinions ſi vaines,
Et qui, pour aparoiſtre en vos diſcours hautains,
Montrez de vos cerueaux les auis incertains,
De Bourgueuille inſtruits, remarquez cette faute
Ou vous guide chetifs l'opinion peu caute:
Et liſant ſon Liuret, voſtre cœur endurci
Peut eſtre contre vous dira qu'il eſt ainſi:
Mais pourtant ie ſouhaite, ô cher de Bourgueuille,
Qu'en vain vous ayez eu la nature facile,
La plume & le ſçauoir, voſtre Liure eſcriuant,
Et qu'on ne trouue aucun ſi mechamment ſçauant,

Qui de vos raisons ait, trop incredule, affaire :
Ains ayants tous en Dieu la foy si debonnaire
Qu'en effect, confirmee en sa perfection,
Ils ne detournent plus leur bonne affection :
Et d'ailleurs regardants que tant plus diminue
La force en vostre corps, plus vostre ame est connue
D'vne vigueur plus grande, ils iugent qu'estant hors
Du lien qui la tient prisonniere en son corps,
Elle sera parfaite, & que les ames belles
Ainsi hors de prison sont toutes immortelles.

Epitaphe sur luy Sieur de Bourgueuille, long
temps apres decedé. l'Esprit parle.

AY fait viuant dresser cette Chapelle,
Afin que mort ie reposasse en elle :
N'offence point, Passant, vn trespassé
Qui n'a viuant aucun homme offencé.
Ie m'apelloy Charles de Bourgueuille,
Et fus long temps le premier de ma ville,
Cheri des bons, des sçauants estimé,
Et de Phœbus & des Muses aimé,
Pour les auoir pourettes racueillies,
Et pris plaisir à leurs sages folies :
Bref cinquante ans Iuge ici i'ay vescu
Sans d'vn vil gain auoir esté vaincu :
Ains riche & noble, ennemi de malice,
En m'honorant i'honorois la Iustice :

Puis plusieurs ans chez moy tout retiré,
Les faits de Dieu seulement i'admiré,
En proposant à mon ame rauie
Les grand's beautez de l'eternelle vie :
Lors ayant veu par quatre vingts neuf fois
Le beau Soleil entrer aux douze mois
Et resortir, mon ame au Ciel passee,
En terre apres sa depouille a laissee :
Tu me connois, ie te pri' connois toy,
Passant, plustost que medire de moy.

A Mess. Ponthus de Thiard, Euesque de Chaalons.

*HIARD, qui la Bourgongne & le beau*
Maconnois
Auez quitté pour estre en ces Estats de Blois,
Ou les Muses nous ont, par leur bonté
secrete,
Incontinent conioints d'vne amitié parfaite,
Nous donnant vn esprit, entre les deputez,
De iuger clair-voyants de nos calamitez :
Dites, sçauant Prelat, qui sçauez nos malices,
Si vous vistes iamais tant de maux & de vices ?
Les Poëtes iadis auoient accoutumé,
Quand ils sentoient leur cœur de fureur alumé,

De souhaiter cent vois, cent langues & cent bouches,
Pour chanter dignement les grandes ecarmouches
D'vn long siege de Troye, & la dure achoison
Dont se plaignoit Medee encontre de Iason,
Le trespas d'vn Thieste, vn souffrant Promethee,
La mort d'Ifigenie, Electre depitee,
La rage d'vn Oreste & les cruels dedains
Du hautain Roy Creon & des freres Thebains :
Mais ores, s'ils vouloient enfler leurs vers vtiles,
Il faudroit à chacun mile langues fertiles
Pour dire les malheurs de ce siecle de fer :
Il faudroit vn Cerbere & les fureurs d'enfer,
Le vautour d'vn Titie & d'Ixion la roue,
Et ce caillou lequel d'vn Sisiphe se ioue,
La peine de Tantale & des Sœurs qui sans fruit
Tuerent leurs Epoux des la premiere nuit,
Pour punir les forfaits de ce siecle ou nous sommes,
Auquel plus que iamais on voit de mechants hommes :
Et, chose horrible à dire, ils murmurent secrets,
Que de Rome est passee en nous l'horreur des Grecs,
Dont Orphé fut puni par les femmes de Thrace :
Du peuple d'auiourdhuy trop superbe est l'audace :
Car trop legerement il souhaite mutin
De reuoir vn Cesar en l'empire Latin :
N'aimant pas comme il deust la bonté de son Prince,
Quand par trop franchement ses Gouuerneurs il pince,
A leur exemple estant ou bon ou dissolu.

   Que nous fussions heureux, si le Ciel eust voulu
Que Saturne eust sans fin la Cité gouuernee !
Ou bien que Iupiter, suiuant la destinee,

Euſt touſiours eſté tel que chacun l'attendoit
Lors que ce pere encor tout doré commandoit !
Sans que lubrique il euſt ouuert l'ecole aux vices ,
Se laiſſant emporter aux royales delices ,
Quand le poil epaiſſi luy couurit le menton !
Adultere il n'euſt point, d'vn apetit glouton ,
Sous tant de formes fait ici de paillardiſes ,
En Olympe riant de ſes fautes commiſes !

   Ha ! faux Dieux , vous ſerez à la fin renuerſez !
Car vous rendrez raiſon de vos forfaits paſſez :
Et bien loin hors d'Olympe & ſuiets au concile ,
Vous ſerez reformez par la bande ciuile
Des bons dieux aſſemblez : il vaut mieux doucement
Se regler que d'attendre vn facheux iugement.

   Poëtes qui chantez tant de feux & de flames ,
A reprendre ces maux tournez vos belles ames :
Faites mentir qui dit qu'vne grand' part de vous
Toute foible pratique, en chagrin & courrous ,
Du gentil Fracaſtor la Nymphe Siphilide :
Et qu'vn autre troupeau catarreux tout humide
Regrette, vieil cheual, mais toutefois en vain,
De ne s'eſtre pas bien ieune gardé poulain.
Beaux eſprits, ne ſouillez vos eſprits en l'ordure
Du Tans qui fleſtriroit du Laurier la verdure.

   L'abeille veut mourir en ſon miel doucereux ;
Le grillon dans ſon trou ; dans le ſein amoureux
Des pucelles, la puce ; & nageant par les ondes
Le dauphin veut finir dans les eaux vagabondes :
Mais le vil eſcarbot de mourir a deſir
En l'ordure ou il prend nourriture & plaiſir.

                                Ainſi

Ainſi ne faut il pas ſe donner de merueille
Si des vicieux eſt l'affection pareille :
L'vſage en vice fait leur nature tourner,
Et le fait tellement aux vices adonner,
Que la grand puanteur, l'infaite punaiſie
Dont ils ſe font frotez, leur ſemble fleur d'Aſie,
Eau de naſſe, ambre & muſc : car leur eſprit ſouillé
Demeure dans le ſouil ou leur cœur a fouillé.

    Pour ce on voit maints Paſteurs boire à d'autre fontaine
Qu'à l'eau belle du Puis de la Samarithaine :
Bien loin de Galillee, auec des voiles d'or
La celeſte Nacelle ils conduiſent encor ;
Sous vn riche nocher, dans vne mer doree,
Ils veulent que par force elle ſoit adoree :
Et d'vn ſubtil Simon (autre que n'eſtoit pas
L'Apoſtre qui portoit le ſurnom de Cephas)
Eſt allumé le feu qui bruſle voſtre vie
De luxure, ô Prelats, d'auarice & d'enuie,
D'ambition qu'on voit quaſi nous apporter
La plus grand' part des maux du parti de Luther !
Ie ne le di tout ſeul, la France, l'Italie,
L'Eſpagnol, l'Aleman, comme moy le publie.
On trouue en tous eſtats de ſemblables deſſauts.
Ces Eſtats meſmes ſont deſia pleins d'ombres faux.

    Toute raiſon eſt morte & la iuſtice etainte :
Sous le pourpre diuin vn Toiep n'a pas crainte
De cacher le ſerpent qu'il portoit dans ſon cœur :
Ou eſt la Vacquerie & le Senat vainqueur,
Qui, pluſtoſt que paſſer vne ordonnance inique,
S'offrirent à la mort pour la choſe publique ?

E e

Quand leur ferme vertu, que la mort n'etonna,
A l'onzieme Loys etonnement donna?

  Infame ambition, auare maquerelle
De la Pucelle Aftree, à Dieu mefme infidelle,
A qui tu vas fauffant, miferable, ta foy,
Quand tu veux faire ici des egaux à ton Roy!
Et ton Prince, marri de voir ta façon lâche,
Te meprife & te hait: car quitter il te tâche,
Efclaue de faueur, comme on quitte fouuent
La putain qui trop cher fa chair paillarde vent.

  Et vous, Chefs de nos Cours, qui tous defirez eftre
Confeillers du Confeil priué de voftre Maiftre;
Vous faites comme ceux qui iurent deuant Dieu,
De loyauté garder à leur femme en tout lieu,
Et toutefois à part ils ont vne Maiftreffe,
Qui leur fait oublier la premiere promeffe:
Mais, las! vous me direz que parmy les explois
De guerre & de fureur que mortes font les lois.
Encore au bout du conte on trouue la iuftice
D'honnefte poureté n'eftre qu'vn exercice.

  Mais bien vn plus grand mal noftre France patit
Pour ce Gouffre affamé qui fon Or engloutit.
Mile Monftres nouueaux, de leurs gorges beantes
Rauiffent alentour fes finances tombantes.
Tant plus noftre mifere augmente, d'autant plus
Accroift de cefte mer le flus & le reflus.
Puis ces eponges font par des griffons epraintes,
Qui leur font rendre gorge & viennent aux attaintes.
Vous le fçauez, Thiard, du fiecle de deuant
Et du fiecle dernier eftant le plus fçauant.

Or, Thiard, voyant donc tant de chofes contraires,
Ie crains que ces Eftats rebrouillent nos affaires :
Car que nous feruira l'Edit faint d'vnion,
Cefte grandeur d'Eftats, cefte Communion,
Que nous faifons ici, fi de grandes brigades
Apellent cet Edit, Edit des Baricades ?
Edit de violence, & ne veulent penfer
Qu'il puiffe bien iamais la France radreffer ?
   A vray dire, ie croy que la gloire certaine
Et le falut viendront de la main Souueraine :
Quand les Prelats de France iront les yeux dreffants
A Dieu, qui les fera fur les Peuples puiffants :
Faifant, ainfi que vous, de faintes Homelies
Pour adoucir l'aigreur de nos apres folies :
Toutefois Dieu nous doint vn bon commencement,
Voftre exemple y fera tres grand auancement.
Par vous de nos Prelats la bande vn peu pompeufe,
Ne nous deceuant plus d'vne façon trompeufe,
Reprendra le courage &, par vous animez,
Seront à la vertu nos Princes enflammez.
Lors nous verrons la mer eftre calme & tranquille,
Au monde le repos, aux champs comme à la ville :
Les tonnerres bruyants, les eclairs tempefteux,
Les nuages epais, les tourbillons venteux,
De noftre Ciel ferein eftre ecartez arriere,
Hors de deffous le muy nous verrons la lumiere,
Et le meurtre fanglant eftre de nous bani,
Et fous vn feul pafteur le troupeau bien vni.
   Mais auant toute chofe il faut, s'il eft poffible,
Ofter par ces Eftats ce qui nous eft nuifible.

E e ij

Comme on voit quelquefois, quand l'homme s'est hurté,
Ayant d'vne grand' cheute vn genouil deboité,
Ne se pouuoir guarir, que l'os on ne remplace,
Et qu'il ne se reioint dans sa premiere place :
Ainsi nous ne pouuons guarison esperer
Au mal que nous voyons à la France endurer,
Iusqu'à tant qu'elle soit bien iointe & bien remise
Sur l'ancien piuot ou elle fut assise,
Reformant nostre Estat au moulle des vertus,
Dont nos Peres premiers estoient iadis vestus,
Et que sans passion amis vnis ensemble,
Le Corps de nostre France à nos Maieurs resemble.
Cela fait, mon Thiard, sans debats ni courrous,
La Paix viendra du Ciel redessendre entre nous.

A la Noblesse & aux Estats estant à Blois
le sixiéme Nouembre 1588.

Faites place, François, faites place au rauage,
Laissez passer le cours de ces flots viollents :
Afin qu'en leur canal peu à peu s'ecoullants,
Vous ayez puis apres vn plus libre passage.

Mais seruant vostre Roy ne perdez pas courage,
Soyez comme en valeur en grand cœur excellents
Pour supporter l'effroy de ces vents turbullents,
Volontiers vn beau temps s'enfuit apres l'orage.

Vous, Estats, remarquez au discours, à la vois,
Que nostre Roy n'a pas les sens ainsi malades
Comme vous le croyez, il est braue & François.

N'enuoyez plus vers luy de rudes embassades :
Car vous pourriez forcer son naturel courtois
A se resouuenir du iour des Baricades.

A Monfieur Bertaut, Abbé d'Aulnay, aprefent premier Aumofnier de la Royne.

*DIEU, mon cher Bertaut, ie vay quitter*
   le Monde :
   Rien plus que ta vertu qui n'a point de feconde,
   Bertaut, ie ne regrete, encor ay-ie grand
     peur
Qu'en fin tu ne fois pris à quelque apaft trompeur,
Et que ton iugement, ton fçauoir, ta conftance
Ne facent iufqu'au bout au Monde refiftance.
Tout eft fi corrompu que la corruption
Peut eftre corrompra ta grand' perfeftion.
  Quand ie voy les vertus poures & toutes nues
S'en aller en exil aux terres inconnues,
Et les Mufes auffi chetiues mendier,
Epoint d'vn creuecœur, ie me prens à crier :
O le malheureux âge ! ô fiecle miferable !
Ou rien ne fe voit plus en France defirable !
Car d'vne part ie voy croailler les corbeaux
Par les maifons des Roys, par les theâtres beaux :
Et les doux Rofignols, par les bois folitaires,
Plaindre de ce dur temps les facheufes miferes :
De l'autre le toreau ie voy de Phalaris
Mettre deffous le ioug (dont les bons font marris)
Les courfiers belliqueux & les genets d'Efpagne
Labourants comme bœux la deferte campagne.
             E e iij

Et puis les Arts s'en vont maintenant abolis,
Et maintenant rouillez sont les esprits polis :
Car le Monde or' se plaist entre ames insensees,
Entre faux iugements, entre fauses pensees,
Entre les faux discours, entre les ombres faux,
Qui cachent du bon Dieu les secrets les plus hauts.
  Donc si l'aueugle erreur du perissable Monde
M'a quelquefois conduit, plongé mon chef en l'onde
De son vain Ocean, à ceste fois ie veux
Repentant renoncer à son orgueil pompeux :
Puis qu'aussi bien ie voy Phœbus tout en colere
S'enfuir hors de France & les Sœurs s'y deplere :
Qu'vn Marsie on y voit, d'Agasses entouré,
Triompher par sur luy, d'ignorance adoré :
Et Minerue faschee, Aracne iouissante
Du laurier seul acquis à Minerue sçauante.
  L'oiseau Cillenien d'autre costé s'enfuit :
Argus desendormy se vante qui le suit :
Et l'indocte Cherille ore se fait entendre,
Pour ce qu'il est loué d'vn second Alexandre.
Le decret est rompu, tout Paintre maintenant
Peut aller les pourtraits des Roys entreprenant :
Et vienne desormais vn Apelle ou Lisipe
Pour rapporter au vif du grand fils de Philipe
Le port & le visage, on ne le prisera
Non plus qu'vn autre paintre ignorant le fera.
  Celuy qui sçait le mieux des publiques ruines
Inuenter les moyens d'augmenter les rapines,
Sera le plus cheri, se faisant reputer
Digne d'estre la sus aupres de Iupiter.

Et pour ce il conuient bien que par dedain ie chante,
Contraint de la fenteur d'vne odeur fi puante;
Car ie ne me puis plus tenir le nez bouché,
Et d'vn air retenu mon cœur eft empefché.
Pour m'aider vienne donc la lyre Calabroife,
La quiterre d'Aronce & la trompe Aquinoife,
Qui tient quafi le fceptre au Satyre Latin :
Qu'icy Perfe foudroye & l'antique Cratin,
Sufarion, Menandre & Philemon encore,
Et tous ceux que la Mufe en ce beau genre honore :
Puis que Iunon auare a le grand huis fermé,
De peur qu'on n'entre plus au Chafteau renommé
De fon Royal epoux, que fous la couuerture
D'vn mouton ecorné, mafle en vain, fans nature:
De la maifon Royalle elle a l'Aigle chaffé,
Pour y faire nicher le troupeau r'amaffé
(Fuitif de chez Phiné) des infames Harpies
Qui dans ce grand Pallais fecrettes font tapies.
Entre leurs volontez pleines de mauuaitié
Eft affife l'Enuie, ayant l'Inimitié,
Le depit, le chagrin, la palle ialoufie
Autour de fon pallais emprainte en fantaifie.
  Or cefte Enuie eft celle à qui rien n'eft caché,
Qui, toufiours trifte & maigre, a fecrete taché
De rompre tous deffains glorieux & fuperbes,
Faifant par fa palleur mefmes pallir les herbes,
Contrefaifant la fainte & par fubtilité
Oftant aux beaux Efprits leur immortalité.
Entre les Sceptres grands tu la verras affife,
Diuerfe regardant chacun en mainte guife,

Au vifage plombin, aux yeux torts & hagards,
N'ayant iamais apris d'auoir fermes regards.
Les dents comme de fer elle a toutes rouillees,
Et comme de limon fangeufes & fouillees,
Et fortes toutefois elles poignent fi fort
Qu'à plufieurs innocents elles donnent la mort,
Elles feruent de haye à fa langue qui femble
A celle d'vn ferpent & d'vn afpic enfemble,
Qui iadis a defia (mefmes entre les lis)
O pitié! plufieurs grands fans caufe enfeuelis!
De fiel & de cicue enclofe en fa poitrine,
Du poifon à quelqu'vn toufiours elle machine :
Iamais elle ne rit, fi par quelque rancœur
La douleur du prochain ne la fait rire au cœur.
Voir le monde en erreur toufiours elle defire,
Et ne peut bien cacher contre Euterpe fon ire.
Iamais elle ne dort, veillante à tous propos,
Elle s'aflige à voir les humains en repos.
Toufiours elle regarde, en angoiffe infinie,
Des hommes bienheurez la profperante vie :
Et le bonheur d'vn autre eft la peine & tourment,
Qui peu à peu la meine enfin au monument.

D'autrepart cauteleufe & plus qu'Argus veillante,
Pour fe montrer plus fort deteftable & mechante,
L'Auarice elle va fine folliciter
(La fource de tout vice) afin de l'inciter
D'ouurir fon large ventre & fa pance profonde
Plus que toutes les mers qui font en tout le monde.
Vn abifme d'auoir, vn gouffre conuoiteux
Plus que Scille & Caribde au fond precipiteux,

Cette dame Auarice ouure lors que Fortune
Luy preſente à pleins poins vn monde de pecune :
Pecune qui touſiours eſt le commencement
Du malheur qui le monde abat finablement. .
La rapine, la proye & la rongeante vſure,
La fauce-foy, le tort, & l'outrageuſe iniure,
Le Deſir affamé, la ſoif qui ne s'etcint,
L'apetit nonſoulable & qui touſiours ſe plaint,
Sont miniſtres ſecrets de l'Etat, de l'Empire
D'Auarice qui tout iniuſtement deſire.
Bien qu'elle aime goulue & le cuiure & l'airain,
De l'or eſt toutefois ſa principale fain.
Eſprit foliciteux, qui iamais ne contente,
Et qui, glouton de tout, ſur tout touſiours attente.
Cette dame, le cours de nature forçant,
Lors que tout animal doux ſe va repoſant
Apres vn grand repas, vne fain la reueille,
Qui ne permet iamais la nuit qu'elle ſommeille :
Et quand l'âge vieillard tout apetit finit,
Celuy de cette Dame à l'heure raieunit.
C'eſt la Dame & le Saint ou toute gent, rebelle
A la claire vertu, va portant ſa chandelle :
Qui tout ſouuerain bien renuerſe à male fin :
C'eſt le malin ſerpent, c'eſt le ſecret venin
Qui coule doucement ſous les reluiſans mitres,
Sous les Sceptres Tyrans, ſous les orgueilleux titres
Des grands, qui vont mettant leur menſonger eſpoir
En l'amas abondant d'vn ſouffreteux auoir.
C'eſt la ſemence helas ! dommageable & feconde,
Dont la France eſt enceinte, & dont le mal abonde,

Auant l'enfantement qu'en langueur elle fent,
Et ne voit toutefois fon mal eftre prefent.
Le fang de IESVS CHRIST *fus elle cri' vengeance,*
Voyant fon beau Palais foumis à fa puiſſance :
Il veut qu'on le repurge, & que bien loin aux chams
On chaſſe deformais ces auares marchands.
Car vn defir de Regne & d'or la fain cruelle
Commettroient adultere auec l'Epoufe belle,
Que chaſte il conioingnit (grand filʒ de Dieu) iadis
Auec le Saint qui tient les clefs de Paradis.

   Mais pourquoy fuit apres cet' orgueilleufe befte,
Qui dedaigneufe & fiere, haute leuant la tefte,
Marche deſſus le ioug du charoy des humains,
Et iette mile dars foudroyants de fes mains ?
Auec ambition, de folle audace pleine,
Elle veut dominer deſſus la race humaine.
Sa face de lion montre que par dedain
Elle hait tout regard s'il n'eft fier & hautain :
Vn gefte gracieux, vne humble contenance,
Deplaifent, à la voir, à fon outrecuidance.
D'vn pas feigneurial fe marchant brauement,
Elle porte en fon chef deux cornes hautement,
En rameaux d'or bruny luifantes feparees,
Et fa gorge & fes mains de ioyaux font parees.
Sa poitrine de fer eft plus dure que Mars :
Se plaifant elle va montrant de toutes parts
Ses beauteʒ, fes Threfors, fes hautaines coutumes,
Comme le bel oyfeau de Iunon fait fes plumes.
Elle eft fi dedaigneufe, infolente fi fort,
Que mefme il luy deplaift d'ouir louer vn mort.

Mais elle voudroit bien qu'auec vœux & prieres
Le monde l'adoraſt en cent mille manieres.

   Vanité glorieuſe, orgueil audacieux,
Menteuſe vanterie, vn mepris enuieux,
Sont les germes premiers de ſa corne eleuee,
D'eau de preſomption eſtant toute abreuee.
Le muſc d'autruy luy put, & ſon infeƈtion
Luy ſemble meſme auoir quelque perfeƈtion.
Elle cherche eſtre veue alors qu'en elle eclate
L'argent, l'or & la ſoye & la rouge ecarlate,
Et la tenir vn lieu de haute dignité,
Ignorante & fardee en ſon auƈtorité :
A peine ſaluant, fors que d'vn petit ſigne,
Celuy qu'eſtre on connoiſt cent fois plus qu'elle digne.
Comme criarde elle eſt en ſon commandement,
Muete elle eſt auſſi pour prier humblement.
O ſeure Lemnien, tes Ciclopes employe
A faire vn foudre aigu qui ſa teſte foudroye,
Et le mets en la main du pere Iupiter,
Qui la face aux enfers bien toſt precipiter.

   Vne fierté cruelle, vne impudence extreſme,
Vn parler menaçant, vn amour de ſoy-meſme,
Sont tabours & clairons hautains & triomphants,
Qui marchent au deuant des etandars bouffants
De l'Orgueil lors qu'il marche auec la Flaterie,
Qui la Luxure aborde en mots de ſeigneurie,
De Dame & de Maiſtreſſe, & la flatant ainſi
Epoint ſon tendre cœur d'vn amoureux ſouci,
Et puis baille à l'Orgueil ceſte ieune Princeſſe
D'oiſiueté nourrie, en tous ieux & lieſſe,

En delices, en chants, entre foye & velours,
Entre fonets lafcifs, entre chanfons d'amours,
Entre parfuns & l'ambre, entre mufc & ciuete,
Entre benioin fumant dedans la caffolete,
De tout efprit gentil trifte perdition,
Quand efclaue il fe rend de cette paffion.

  Dure, graffe & laffiue, elle fe fied chantante,
Entre fleurs, entre odeurs, folaftre difcourante
Mille gaillards difcours de gemmes & rubis
Et de perles eftant tous couuerts fes habits.
Elle montre à propos vne gorge albaftrine,
Vn teton dur & ferme, vne blanche poitrine,
Pour y tendre vne rez, à fin d'enueloper
Tout efprit qui fe laiffe à la chair attraper,
Et pour plus l'attirer à l'heure qu'en fa flame
D'vne ardeur chatouilleufe elle brule fon ame.
Son vifage vermeil & blanchi par les fards,
Auec vn œil conduit par mile attrais mignards,
Elle tourne par tout & guide en telle addreffe
Que toufiours de quelqu'vn elle fe fait maiftreffe.
Ses cheueux attiffez, crefpez, frifez, eparts,
Ennondez, anelez, dreffez de toutes parts,
D'or & perles liez, finiffent en guirlande,
Qui rien que Volupté, rien qu'Amour ne demande.

  La chair, la paillardife, en cent mile façons
De Venus auec elle aprennent les leçons :
Et diroit on encor, qu'à tous ils veulent dire,
Ici de Cupidon eft l'amoureux empire :
Et par fignes lafcifs ils monftrent chacun iour,
Qu'en cefte Dame eft l'Art & la fraude d'Amour.

Comme l'araigne aguete en ſa toile vne mouche,
Cupidon eſt aſſis deſſus ſa belle bouche,
En ſes yeux flamboyants, en ſa gorge, en ſon ſein,
Auec ſon arc turquois & le ré dans la main.
Et ſous le creſpe blanc, tant de treſſes retortes,
Et ce poil agencé par ſi diuerſes ſortes,
Sont les chatouillements, le fuſil & le ſeu,
Qui la meche d'Amour allument peu à peu.
Vouter ſes beaux ſourcis, ſon front etendre encore,
Cela ſert de regiſtre à la deeſſe Flore
Pour eſcrire ſes ieux & marquer de la dent,
De ſon ami Zephir le courtois accident.
Le fidelle miroir, les ointes Buſſoletes,
Le vermeillon d'Eſpagne & tant de boiteletes
De gomme, de ſauon, tant de fards compoſez,
D'eau de fleur d'orenger ſi ſouuent arroſez,
Les dextres ruffiants, les maquerelles feintes,
Les faux pariurements, les amoureuſes plaintes,
Les coches, la depence en habits ſomptueux,
Sont chaines ou ſe prend le cœur voluptueux.
Onc en tant de pourceaux Circe l'enchantereſſe
Ne changea les amis de ce Prince de Grece,
Qui ſe perdit dix ans, & dix ans combatit,
Que cette dame ici d'amoureux conuertit
En oiſons, en hiboux, en boucs d'odeur puante,
Comme beſtes ſuiuant cette dame puiſſante.
  Les penſers inconſtants, l'aueugle volupté,
Les deſirs amoureux & la laſciueté
Sont chefs de ſon conſeil : ô doctes Sœurs pucelles,
Vous ne permettez pas qu'impudic ie decelles

Cette orde vilennie : ici dormant conioint,
Comme au mont Aſcrean vos chants on n'aprend point :
Ni moins apres cet autre auecque qui Nature
Gourmande continue en ſon infette ordure.
  Ie di celle qui ſuit, qu'on voit & qu'on diroit
Eſtre la Gloutonnie à qui bien iugeroit.
Touſiours ſa groſſe leure elle mord & releche
Torſe vers le menton : depeur qu'elle ne ſeche,
Souuent elle la trempe en la rouge liqueur
Dont Bacchus reiouit des Silenes le cœur :
Ne veut point de Laurier ſe tordre yne couronne :
Mais de pampre ſouuent ſon chef elle enuironne.
Elle n'aime point l'eau de Pegaſe, & d'ailleurs
Les ius friands de vigne elle trouue meilleurs.
  Mile pateꝫ diuers, mile etranges viandes,
Les gateaux, les tourteaux & les ſauſes friandes
Sont les tortis mignards dont ſon chef eſt orné.
Son viſage reluit, refait, gras, enuiné,
Comme celuy du frere ou l'on fut à creuailles,
Le iour qui preceda ſes ordes funerailles.
Cette dame eſt la mort, la ruine, le fleau,
Au leuraut, au faiſan, au fan, comme au perdreau :
O Paons infortuneꝫ, voſtre plume doree
N'engarde que ne ſoit voſtre chair deuoree ;
Ni vos petits paonneaux : & Lucule abondant
A Rome n'alloit point tant de biens dependant :
Vn feſtin tel ne fiſt la Roine AEgiptienne
A l'Empereur Romain, comme eſt la table ſienne.
Auec tout l'art du monde elle a des cuiſiniers,
Qui dans les plats fumants accoutrent les gibbiers :

Sauciſſons, ceruelats, ſeruices de credence
Sont les moindres depens de ſa grande depence.
Onc ne furent iamais les pirates fameux ,
En tant de goulfes, ports, riuages ecumeux ,
Pour chercher par les Mers les richeſſes etranges,
Que cette-cy par tout , en l'air , aux bois , aux fanges
Des marets limonneux , en la mer , dans les eaux ,
Recherche d'animaux , de poiſſons & d'oiſeaux.
Il ſemble qu'elle n'ait autre ſoin en la teſte,
Que de faire la guerre à ſang à toute beſte.
Le rugir du lion, le bruyant ſiſlement
Du baſilic ne donne vn tel etonnement
Aux animaux, que fait ſon ſlaire & ſon haleine,
Son apetit glouton, ſous lequel à grand'peine
Ils reſpirent de peur: tout eſt mal aſſeuré
En ce gouffre allouui. Mais c'eſt trop demeuré
En cette rade infette : il faut en autre riue
Dire comme cette autre en ſa colere priue
Les ſimples gents de vie, effroyable en fureur :
L'Ire en ſa rage fait à tout le monde horreur :
Sa voix, ſon fier parler & ſa hideuſe plainte
Donne au cœur des humains tout effroy , toute crainte,
Et ſemble qu'elle face à tous le ſang geler
Et dreſſer les cheueux , quand on l'entend parler.
*   Deux ſerpents à ſon chef ſeruent de diadeſme,*
Qui meuuent auec elle & la couronnent meſme :
Il luy ſort de la bouche vne telle vapeur,
Qu'elle eteint toute flame & fait à tous grand' peur.
Elle ard d'vn fier dedain, depite & courroucee :
Elle grince les dents ainſi qu'vne incenſee :

D'vn cœur tout impuiſſant, malin & furieux,
Sans ceſſe elle maugree & blapheme les Dieux :
La bride de raiſon elle a du tout rompue,
Et de ſon plein vouloir ſeulement eſt repue.
Ce grand Vautour, qui va les poumons tiraçant
Du larron Promethë' n'eſt point ſi menaçant,
Si cruel, ſi goulu, comme, en ſa rage grande,
Sur le peuple craintif cette dame commande.

   La beſte qui la ſuit & qui derniere vient,
Touſiours ſous le manteau de Pareſſe ſe tient :
Du laiɗ de ſa mammelle elle va nourriſſante
Sa chair toute mollaſſe : & touſiours ſommeillante,
Lente, poureuſe, lourde, elle n'oſeroit pas
Sans guide qui la pouſſe à peine faire vn pas.
Vne couleur plombine, vn poulmon flegmatique
La repaiſt d'vne humeur froide & melencolique :
Vne poltronnerie, vn engourdiſſement
De membres, & d'eſprit vn endormiſſement
En delices la tient : vne odeur enfumee
Haïe des bons eſprits, & d'elle bien aimee :
Et tout cela qui plaiſt aux bons entendements
Aporte à cette ci miſeres & tourments.
Mais en ſa nonchalance, en ſa fai-neantiſe,
Oiſiue à toute ſeule à tous propos deuiſe
En ſon liɗ pareſſeux, ſur l'ocieux matlas,
Iamais ſon vain eſprit de compoſer n'eſt las
Deſſeins deſſus deſſeins, & de touſiours ſe plaire
A faire des chaſteaux en Eſpagne & au Caire :
Et cent mile diſcours tous pleins de vaniteȥ
Seront en ſon eſprit mile fois repeteȥ,

                           En

En vne heure faiſant plus de chemin couchee,
Que maint Poſte ne fait en mainte cheuauchee.
Sa force qui deſcend de l'ecume & du ſang
De Saturne attriſté, luy fait groſſir le flanc
Du coſté de la rate, & ſa moelle enflee
Dans ſes os rend ſa chair iauniſſante & ſouflee.
   Or m'enfuyant bien loin de ces monſtres diuers,
Ie deſaigry ma peine en la douceur des vers,
Sur la lyre d'Orphee : & vay charmant mes larmes,
Et de iour & de nuit, par ces gracieux charmes
Seulet ie m'en fuy par les bois ecartez,
Dans les deſerts ombreux, aux lieux moins frequentez.
Dans vn antre rocheux ie fay mon hermitage,
Attendant que ie face hors d'icy mon voyage.
Entre vne auare gent, vn peuple mal apris,
Las! ie plains ma fortune & leurs foibles eſprits!
Et de voir que le mal touſiours au mal ſuccede,
Sans voir qu'à tous nos maux s'apreſte de remede.
Mais qui pourroit tenir ſon viſage ſans pleur
Quand il voit triompher vn renaiſſant malheur,
Qui tient le ſceptre en main de nous & de la France?
Et voir ces Peuples vils conduits par arrogance,
Nous venir gourmander! & ia par tant de fois,
Ils ont ployé le coul ſous le ioug de nos loix.
   Des l'Ibere Eſpagnol & de l'Inde Hidaſpie,
Des monts Hyperborez à ceux d'AEtiopie,
Tu as par tant de fois, inuincible à dompter,
Fait tes armes par tout, ô France, redouter!
Et maintenant ie plains, que tes propres eſclaues
Que tu as tant vaincus, ſur toy ſacent les braues!

F f

Qu'il te faille le tien derechef conquester,
Et de moindres que toy les forces emprunter !
Du rouil & du moysy tes armes sont mangees,
Et l'araigne a dessus ses toiles arrangees,
Car tu ne t'en sers pas : ta gloire desormais
S'eteint trop lachement ! Cependant tu permets
Tes pages, tes laquais sortir à main armee
Pour rendre ta valeur par toy desestimee.
O Gauloise vertu, dont le genereux cœur
A presqu'esté iadis de l'vniuers vainqueur,
Pourquoy, veux tu, dy moy, deschirer tes entrailles ?
Pourquoy veux tu de toy faire les funerailles ?
Helas ! France, pourquoy, maintenant parmes-tu
Qu'à ton veu soit ainsi ton peuple deueslu ?
Et qu'on aille contant aux neueux pour histoire,
Qu'en ce siecle est eteinte, ô ma France, ta gloire,
Ce que las ! or' ie plains & veux fuyr d'ici,
Afin de ne te voir plus malheureuse ainsi,
Et, de ces monstres pleine, enfanter trop feconde
Les erreurs qui te font blasmer à tout le monde.
Adieu donc, mon Bertaut, adieu d'vn long adieu,
Ie m'en vay la vertu chercher en autre lieu.
Ie m'en vay dans le monde, hors du monde en hermite
Habiter desormais ou l'innocence habite :
Tandis ton nom ie mets en mes vers le dernier,
Comme tu es fiché dans mon cœur le premier,
Afin que du profond tout le dernier tu sortes,
Estant de mes amis premier en toutes sortes.

Fin des Satyres.

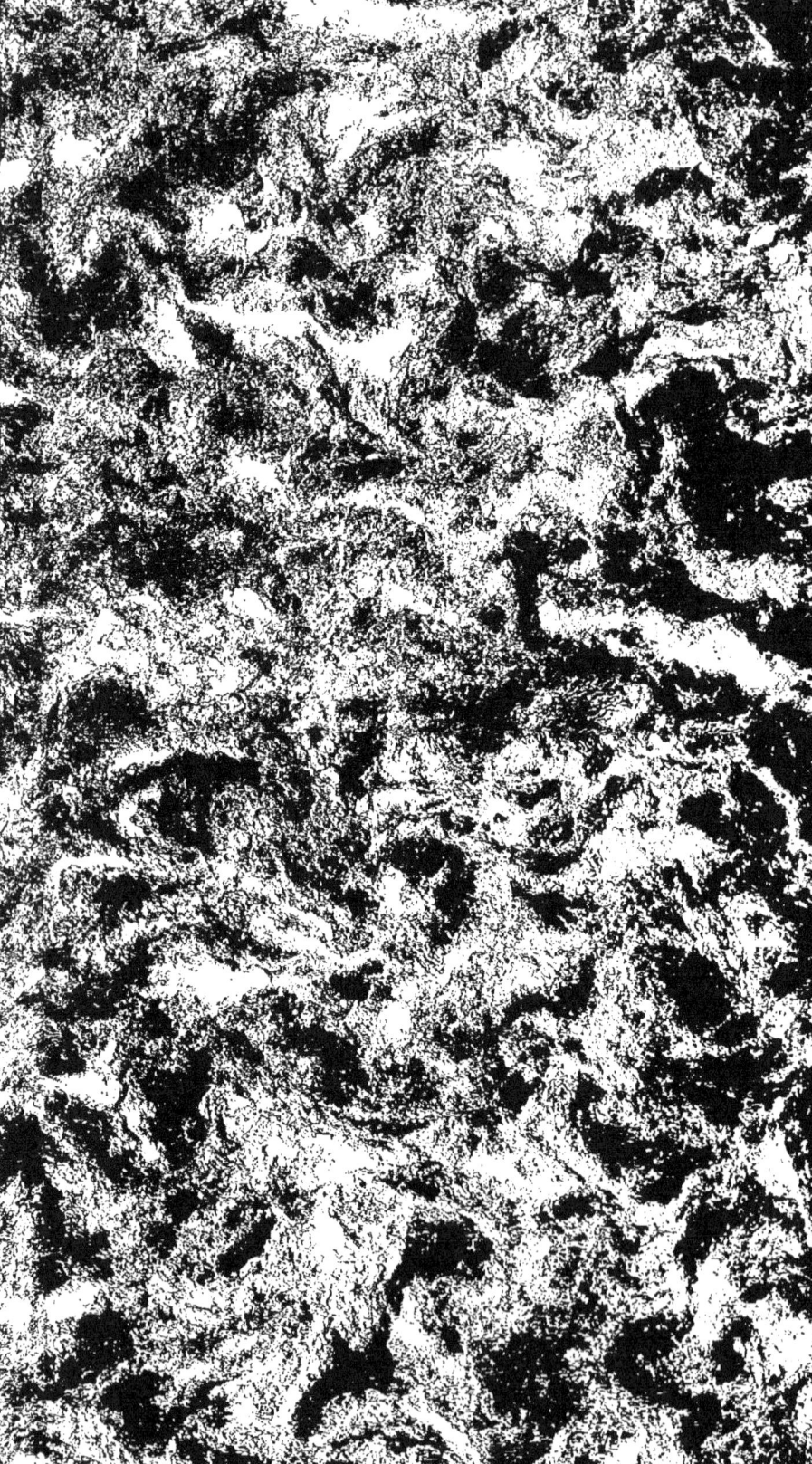